Tom McCarthy

8 ½ Millionen

Roman

Aus dem Englischen von
Astrid Sommer

Titel der englischen Originalausgabe:
Remainder

Neuauflage 2012

www.diaphanes.net

Satz und Layout: 2edit, Zürich
Druck: Pustet, Regensburg

ISBN 978-3-03734-187-2

Für meine Eltern

1

Über den Unfall selbst kann ich wenig sagen. Fast nichts. Etwas fiel vom Himmel, damit hatte es zu tun. Technologie. Teile, Bruchstücke. Und das ist auch schon alles: Alles, was ich preisgeben kann. Das ist nicht viel, ich weiß.

Nicht, dass ich Hemmungen hätte. Es ist nur so, dass – na ja, erstens kann ich mich gar nicht an das Ereignis erinnern. Da ist eine Leerstelle: ein weißes Blatt, ein schwarzes Loch. Verschwommene Bilder, fragmentarische Eindrücke: dass mich etwas trifft, oder getroffen hat – oder, genauer, *im Begriff* ist, mich zu treffen; Blaulicht; ein Zaun; Lichter in anderen Farben; über eine Art Ablage oder Bett gehalten zu werden. Aber wer sagt mir, dass diese Erinnerungen authentisch sind? Wer sagt mir, dass mein traumatisiertes Gedächtnis das nicht alles nur erfunden oder von sonst wo hervorgekramt hat, aus irgendeinem anderen Winkel, um das Loch zu stopfen, den Krater, den der Unfall gesprengt hat? So ein Gedächtnis ist ein wandlungsfähiges und raffiniertes Ding. Ein richtiger Windhund.

Und dann ist da noch die Auflage. Die Klausel. Die Bedingungen des Vergleichs, die mein Anwalt und die Parteien, Institutionen, Organisationen – nennen wir sie die *Körperschaften* –, die für den Unfall verantwortlich sind, aufgesetzt haben und die mir untersagen, in der Öffentlichkeit oder in irgendeinem dokumentierbaren Format (diese Passage kenne ich auswendig), über Wesen und/oder Einzelheiten des Vorfalls zu sprechen, unter Androhung der Einbuße sämtlicher finanzieller Entschädigungen, die ich erhalten habe, inklusive des zwischenzeitlich aufgelaufenen Mehrbetrags (ein schönes Wort, dieses »auflaufen«) – und höchstwahrscheinlich der Einbuße, sagte mir mein Anwalt mit ernster Stimme, von noch viel mehr. Womit sich sozusagen der Kreis schließt.

Der Vergleich. Dieses Wort: *Vergleich. Ver-gl-eich.* Als ich da elend auf dem Rücken lag, im Streckverband und festgebunden, und alle möglichen Schläuche und Kabel etwas in meinen Körper reinpumpten und etwas anderes raussaugten, elektronische Metronome und Blasebalge das eine beschleunigten und das andere drosselten, ihr Piepsen und Keuchen gegen mich antrat, durch mein nutzloses Fleisch und meine Organe lief wie Meerwasser durch einen Schwamm – während der Monate, die ich im Krankenhaus verbrachte, pflanzte sich dieses Wort in mich ein und wuchs. *Vergleich.* Es bahnte sich einen Weg durch mein Koma: Greg musste mit mir darüber gesprochen haben, als er anzugaffen kam, was der Unfall übrig gelassen hatte. Als sich der Nicht-Raum vollständigen Vergessens in meinem bewusstlosen Schädel zu unscharfen Formen und Szenen ausdehnte und wieder zusammenzog – Sportplätze in erster Linie, Aschenbahnen, Kricketfelder –, begleitet von der Stimme eines Reporters, der mich aufforderte, das Geschehen mit ihm zusammen zu kommentieren, gelangte dieses Wort in den Kommentar: Wir diskutierten den Vergleich, obwohl keiner von uns wusste, was er mit sich bringen würde. Wochen später, als ich aus dem Koma aufgetaucht und von künstlicher Ernährung auf breiige feste Nahrung umgestellt worden war, dachte ich jedes Mal, wenn ich zu schlucken versuchte, an den Mittelteil des Wortes, das *–gl–*. Der Vergleich ließ mich würgen, bevor er mir das Maul stopfte: Soviel ist sicher.

Noch später dann, in den Wochen, die ich sitzend im Bett verbrachte und bereits denken und sprechen, aber mich noch an nichts erinnern konnte, präsentierte man mir den Vergleich als meine Zukunft, stark genug, meine Nicht-Vergangenheit aufzuwiegen, als den Moment, der meinen Zustand verbessern, mich wieder ganz machen, mich vervollständigen werde. Als meine Vergangenheit schließlich zum größten Teil zurückgekehrt war, auf Raten, wie alte Folgen irgendeiner banalen Seifenoper, ich aber immer noch nicht laufen konnte, sagten die Krankenschwestern, der Vergleich werde mich wieder auf die Beine bringen. Marc Daubenay schaute regelmäßig vorbei und informierte mich über die Fortschritte, die der Vergleich machte, und ich saß da in meinem Gips und wartete darauf, dass meine Knochen Fortschritte machten. Wenn er gegangen war, saß ich da und dachte an Raten, Serien, Sets: Tischsets, ein ganzes Set mit x-beliebig vielen gleichen Tassen und Tellern, sechs Sätze im Tennis, an Filmsets, an sich endlos wiederholende Muster. Ich dachte an Reihenhaussiedlungen, an Kasernen, Settlements, Stützpunkte unter feindlichem Himmel, Kolonien. Ich dachte an Menschen – Tänzer vielleicht, oder Soldaten –, in Formation, geduckt, darauf wartend, dass ein Ereignis seinen Lauf nimmt.

Später, viel später, kam der Vergleich tatsächlich zustande. Ich war seit vier Monaten aus dem Krankenhaus entlassen und hatte seit einem Monat keine Physiotherapie mehr. Ich lebte allein in einer Zweizimmerwohnung am Rand von Brixton. Ich arbeitete nicht. Der Laden, bei dem ich bis zum Unfall gewesen war, eine Marktforschungsfirma, hatte mir bis Mai bezahlten Genesungsurlaub gewährt. Es war April. Mir war überhaupt nicht danach, wieder zu arbeiten. Mir war nicht danach, irgendetwas zu tun. Ich machte gar nichts. Die Tage vergingen mit Alltagsroutine: aufstehen und mich waschen, einkaufen gehen und wieder nach Hause kommen, Zeitung lesen, in meiner Wohnung sitzen. Manchmal sah ich fern, aber nicht viel; sogar das schien mir zu viel Initiative zu erfordern. Manchmal nahm ich die U-Bahn nach Angel, zu Marc Daubenays Büro. Meistens saß ich in der Wohnung und tat nichts. Ich war dreißig Jahre alt.

An dem Tag allerdings, als der Vergleich zustande kam, hatte ich etwas zu tun: Ich musste nach Heathrow zum Flughafen, um eine Freundin abzuholen. Sie kam aus Afrika zurück. Ich wollte gerade meine Wohnung verlassen, als das Telefon klingelte. Es war Daubenays Sekretärin. Ich nahm ab, und ihre Stimme sagte:

»Olanger und Daubenay. Büro Marc Daubenay. Ich stelle Sie durch.«

»Wie bitte?«, sagte ich.

»Ich stelle Sie durch«, wiederholte sie.

Ich erinnere mich, dass mir schwindelig wurde. Wenn ich etwas nicht verstehe, wird mir schwindelig. Seit dem Unfall hatte ich gelernt, alles langsam zu machen und jede Bewegung, jedes Detail meines Tuns zu *verstehen*. Ich habe es mir nicht ausgesucht, alles auf diese Weise zu machen: Ich kann es nicht anders. Wenn ich ein Wort nicht verstehe, lasse ich es einen meiner Mitarbeiter für mich nachschlagen. An diesem Tag, damals im April, als Daubenays Sekretärin anrief, hatte ich keine Mitarbeiter, und sowieso wäre das in diesem Fall nicht sehr hilfreich gewesen. Ich wusste nicht, auf wen sich das *durchstellen* bezog, auf Daubenay oder auf mich. Ein unbedeutender Unterschied, könnte man meinen, aber die Ungewissheit verursachte mir dennoch Schwindel. Ich stützte mich mit der Hand an der Wohnzimmerwand ab.

Nach ein paar Sekunden war Daubenays Stimme in der Leitung:

»Hallo?«, sagte die Stimme.

»Hallo«, antwortete ich.

»Wir sind durch«, sagte Daubenay.

»Ja, ich bin's«, sagte ich. »Das war nur Ihre Sekretärin, die mich durchgestellt hat. Jetzt bin ich dran.«

»Hören Sie zu«, sagte Daubenay. Seine Stimme klang aufgeregt; er hatte nicht begriffen, was ich gerade gesagt hatte. »Hören Sie zu: Sie haben kapituliert.«

»Wer?«, fragte ich.

»Wer? Sie! Die andere Seite. Sie sind eingeknickt.«

»Oh«, sagte ich. Ich stand da, die Hand gegen die Wand gestützt. Die Wand war gelb, daran erinnere ich mich.

»Sie sind uns entgegengekommen«, fuhr Daubenay fort, »mit einem Geschäft, dessen Bedingungen für beide Seiten außerordentlich überzeugend sind.«

»Was sind die Bedingungen?«, fragte ich.

»Ihrerseits«, sagte er, »dürfen Sie über den Unfall weder in der Öffentlichkeit noch in irgendeinem dokumentierbaren Format sprechen. Sie müssen praktisch vergessen, dass es überhaupt geschehen ist.«

»Ich habe es bereits vergessen«, sagte ich. »Ich hatte von vornherein keinerlei Erinnerungen daran.«

Das stimmte, wie bereits erwähnt. Die letzte deutliche Erinnerung, die ich habe, ist, dass ich vom Wind durchgerüttelt wurde, ungefähr zwanzig Minuten bevor ich getroffen wurde.

»Das ist ihnen egal«, sagte Daubenay. »Darum geht es nicht. Worum es geht, ist, dass Sie akzeptieren müssen, dass dagegen dann keinerlei Rechtsmittel mehr eingelegt werden können.«

Es dauerte eine Weile, bis ich das verstanden hatte. Dann fragte ich:

»Wie viel zahlen sie mir?«

»Achteinhalb Millionen«, sagte Daubenay.

»Pfund?«, fragte ich.

»Pfund«, wiederholte Daubenay. »Achteinhalb Millionen Pfund.«

Es dauerte nochmal einige Sekunden, bis ich begriffen hatte, wie viel Geld das war. Als es mir soweit klar war, nahm ich meine Hand von der Wand und drehte mich abrupt zum Fenster. Die Bewegung geriet so schwungvoll, dass ich das Telefonkabel mitnahm, es einfach aus der Wand riss. Der ganze Anschluss kam heraus: das Kabel, der flache Stecker, den man einstöpselt, und das Gehäuse um die Buchse, in die er eingestöpselt wird, ebenfalls. Es kam sogar etwas von den Kabeln mit heraus, die in der Wand verlaufen, und alles war übersät und gesprenkelt mit bröseligen, fleischfarbenen Stückchen Putz.

»Hallo?«, sagte ich.

Es war sinnlos: Die Verbindung war unterbrochen. Ich stand eine ganze Weile, ich weiß nicht wie lange, mit dem toten Hörer in meiner Hand da und schaute auf das, was die Wand alles ausgespuckt hatte. Es sah ziemlich eklig aus, wie etwas, das aus etwas anderem herausgekommen ist.

Das Hupen eines vorbeifahrenden Autos brachte mich wieder zu mir. Ich verließ die Wohnung und hetzte zu einer Telefonzelle, um Marc Daubenay zurückzurufen. Die nächste war gleich um die Ecke, an der Coldharbour Lane. Während ich meine Straße überquerte und in die einbog, die senkrecht auf meine trifft, dachte ich über die Summe nach: achteinhalb Millionen. Ich stellte sie mir vor, ihre Form. Die Acht war perfekt, makellos: eine geschwungene Ziffer, die unendlich in sich selbst zurückkehrt. Aber dann die Halbe. Warum hatten sie die Halbe dazugegeben? Sie schien mir so unschön, diese Halbe: ein Rest, ein Bruchstück, ein Abfallsplitter. Als meine Kniescheibe, die beim Unfall zertrümmert wurde, wieder zusammengewachsen war, blieb ein winziger Splitter lose. Den Ärzten war es nicht gelungen, ihn herauszufischen, und so trieb er dort im Kniegelenk, nutzlos, überflüssig wie ein Kropf;

manchmal geriet er zwischen Scheibe und Kapsel und brachte das ganze Gelenk durcheinander, blockierte es, entzündete Nerven und Muskeln. Ich erinnere mich, dass ich mir, als ich an jenem Tag die Straße entlang ging, diesen überzähligen Bruchteil der Summe, die Halbe, als den Splitter in meinem Knie vorstellte und stirnrunzelnd dachte: *Nur Acht wäre besser gewesen.*

Davon abgesehen fühlte ich mich neutral. Man hatte mir gesagt, dass mich der Vergleich wieder zusammensetzen, meinem neuen Leben einen Kick verpassen werde, aber im Grunde genommen fühlte ich mich kein bisschen anders als vorher, bevor Marc Daubenays Sekretärin angerufen hatte. Ich schaute zum Himmel: Er war ebenfalls neutral – ein neutraler Frühlingstag, sonnig, aber nicht strahlend, weder kalt noch warm. Ich kam an meinem Fiesta vorbei, der auf halbem Weg an der Straße geparkt war, und schaute auf die Beule hinten links. Mir war jemand in Peckham reingefahren und dann abgehauen, etwa einen Monat vor dem Unfall. Ich hätte es eigentlich reparieren lassen sollen, aber seit ich aus dem Krankenhaus draußen war, schien es mir bedeutungslos, wie die meisten anderen Dinge auch, also war die Karosserie hinter dem linken Hinterrad immer noch zerbeult und eingedellt.

Am Ende der Straße, die senkrecht von meiner abzweigt, ging ich nach rechts und überquerte die Straße. In dem Haus, das sich dort befand, hatte vor etwa zehn Monaten, zwei Monate vor dem Unfall, eine Razzia stattgefunden. Die Polizei hatte jemanden gesucht und einen Tipp bekommen, denke ich. Sie hatten das Haus belagert, die Straße beidseitig abgesperrt und Scharfschützen in kugelsicheren Westen hinter LKWs und Laternenpfählen postiert, die ihre Gewehre auf die Fenster richteten. Als ich den Straßenabschnitt überquerte, den sie für einen kurzen Zeitraum zu Niemandsland gemacht hatten, fiel mir ein, dass ich Marc Daubenays Nummer nicht dabei hatte.

Ich blieb mitten auf der Straße stehen. Es war kein Verkehr. Ich stand eine Weile da – wie lange, weiß ich nicht –, genau in der ehemaligen Visierlinie der Scharfschützen, bevor ich zur Wohnung zurück ging, um die Nummer zu holen. Ich drehte meine Handflächen nach oben, schloss die Augen und dachte an den Moment vor dem Unfall, als ich vom Wind durchgerüttelt worden war. Die Erinnerung daran verursachte ein Kribbeln, von den Oberschenkeln bis zu den Schultern und weiter in den Nacken. Es dauerte nur einen kurzen Moment – aber währenddessen fühlte ich mich nicht-neutral. Ich fühlte mich anders, intensiv: zugleich intensiv und heiter, gelassen. Ich erinnere mich sehr genau an dieses Gefühl: wie ich dort stehe, die Handflächen nach oben, ein Gefühl von Intensität und Gelassenheit.

Ich ging zu meiner Wohnung zurück, aber nicht durch die Straße, die ich gekommen war, sondern durch eine Parallelstraße, holte die Nummer und machte mich gleich wieder auf den Weg: Ich nahm wieder die Straße, die senkrecht von meiner abgeht. Wieder kam ich an meinem Auto vorbei, an der Beule. Der Mann, der mir reingefahren war, hatte die Vorfahrt missachtet und war dann einfach weitergefahren. Genau wie beim Unfall: Beide Male war die andere Seite schuld gewesen. Ich kam wieder durch die Sperrzone. Der Mann, den die Polizei gesucht hatte, war nicht im Haus gewesen. Als ihnen das klar wurde, kamen die Scharfschützen aus ihrer Deckung; die Polizeibeamten lösten das schwarz-gelbe Band, das sie zur Markierung des Sperrgebiets quer über die Straße gespannt hatten, und sammelten es ein. Wäre man ein paar Minuten später vorbeigekommen, hätte man nicht bemerkt, dass irgendetwas geschehen war. Aber es war etwas geschehen. Das musste irgendwo dokumentiert sein – wenn vielleicht auch nur in der Erinnerung der vierzig, fünfzig, sechzig Passanten, die aus Neugier stehengeblieben waren. Alles muss irgendeine Spur hinterlassen.

Daubenay und ich waren mitten im Gespräch unterbrochen worden. Als ich in der Telefonzelle mein 50-Pence-Stück in den Schlitz steckte und zurückrief, meldete sich die Empfangsdame. Ich war ihr schon begegnet, schon mehrmals. Sie war elegant und förmlich, Anfang dreißig, ein bisschen pferdegesichtig.

»Olanger und Daubenay«, sagte sie. »Guten Tag.«

Ich sah den Schreibtisch vor mir, hinter dem sie saß, die Ledersessel gegenüber, das Glastischchen daneben. Von einem niedrigen Fenster zu ihrer Rechten sah man auf einen gepflasterten Hof.

»Kann ich bitte mit Marc Daubenays Büro sprechen?«, sagte ich.

»Ich stelle Sie durch.«

Es folgte eine Stille, aber nicht die Ruhe des Büros, sondern die Art von Stille, die entsteht, wenn nichts in der Leitung ist. Mein Bild von Olanger und Daubenay verblasste, verdrängt durch die vergitterte Fassade des Büros eines Taxiunternehmens direkt neben der Telefonzelle. MOVEMENT CARS, hieß es dort; FLUGHÄFEN BAHNHÖFE L ICHT UMZÜGE NAH UND FERN. Ein Mann rollte einen großen Cola-Automaten durch den Eingang, kippte ihn langsam und stützte ihn mit den Schultern. Ich überlegte, was LICHT in diesem Zusammenhang bedeuten könnte, und schon überkam mich wieder eine leichte Welle des Schwindels. FLUGHÄFEN sagte die Schrift auf dem Fenster. Meine Bekannte, Catherine, würde in kaum mehr als einer Stunde in Heathrow ankommen. In der Leitung klickte es, dann nahm Marc Daubenays Sekretärin ab.

»Büro Marc Daubenay«, sagte sie.

Diese Frau war älter, etwas über vierzig. Auch ihr war ich schon begegnet, jedes Mal, wenn ich Marc Daubenay aufgesucht hatte. Sie war es, die mich vor ein paar Minuten angerufen hatte. Sie wirkte immer ernst, streng, fast ein wenig strafend. Sie lächelte nie. Ich sagte meinen Namen und dass ich Daubenay sprechen wolle.

»Ich probiere es bei ihm«, sagte sie. »Nein, ich fürchte, es ist besetzt. Er telefoniert.«

»Ja, er telefoniert mit mir«, sagte ich. »Wir haben miteinander gesprochen und wurden getrennt. Ich nehme an, er versucht mich zurückzurufen.«

»Wenn Sie auflegen, werde ich ihn bitten, es nochmal zu versuchen.«

»Nein«, sagte ich, »das hat keinen Sinn. Mein Telefon ist aus der Wand gekommen. Es ist kaputt. Wir haben gesprochen, und es ging kaputt. Ich bin sicher, er versucht mich gerade anzurufen. Vielleicht können Sie ihn unterbrechen und ihm Bescheid sagen.«

»Ich muss rübergehen«, sagte sie.

Ich hörte, wie sie den Hörer weglegte, dann Schritte, Stimmen, ihre und Daubenays, im anderen Zimmer. *Er ist auf Ihrer Leitung?* sagte Daubenay. *Aber sein Telefon ist tot. Ich habe es die ganzen letzten zehn Minuten versucht.* Sie sagte etwas zu ihm, was ich nicht verstehen konnte, dann hörte ich seine Schritte zum Telefon in ihrem Zimmer kommen, dann ein Rascheln, als er den Hörer vom Schreibtisch nahm.

»Sind Sie wieder dran?«, sagte er.

»Wir wurden unterbrochen«, sagte ich.

Die Anzeige des Telefons zählte mein Geld rückwärts und war bereits bei 32. Spitzentarif. Ich grub in meinen Taschen nach weiteren Münzen, fand aber nur Zwei-Pence-Stücke.

»Wie viel haben Sie gehört?«, fragte Daubenay.

»Die Zahl. Könnten Sie sie wiederholen?«

»Achteinhalb Millionen Pfund«, wiederholte Daubenay. »Die Bedingungen, die das Einverständnis mit dieser Summe regeln, sind Ihnen klar?«

»Ich darf niemandem etwas sagen?«

»Sie dürfen weder in der Öffentlichkeit noch in irgendeinem dokumentierbaren Format über Wesen und/oder Einzelheiten des Unfalls sprechen.«

»Ich erinnere mich, dass Sie mir das gesagt haben«, sagte ich.

»Sollten Sie das dennoch tun, büßen Sie alles ein, auch den zwischenzeitlich aufgelaufenen Mehrbetrag.«

»Auflaufen, ja«, sagte ich. »Ich erinnere mich auch daran. Und lässt sich das rechtlich durchsetzen?«

»Das lässt es sich garantiert«, antwortete er. »In Anbetracht der Stellung dieser Parteien, dieser, äh, Institutionen, dieser, äh …«

»Körperschaften«, sagte ich.

»... Körperschaften«, fuhr er fort, »lässt sich so ziemlich alles durchsetzen. Ich empfehle ausdrücklich, dem zuzustimmen. Wir wären verrückt, wenn wir das nicht täten.«

»Was muss ich tun?«, fragte ich.

»Kommen Sie morgen vorbei. Die Dokumente werden per Kurier zum Unterschreiben hierher geschickt. Kommen Sie gegen elf: Bis dahin sollten sie da sein.«

Der Cola-Automaten-Mann rollte seine leere Sackkarre aus dem Movement-Cars-Büro heraus. Es hieß LEICHTE UMZÜGE, nicht LICHT, dann UMZÜGE. Die beiden E's fehlten. Die Anzeige des Telefons war schon bei den Zehnern. Daubenay gratulierte mir.

»Wofür?«, fragte ich.

»Es ist eine beispiellose Summe«, sagte er. »Alle Achtung!«

»Ich habe sie mir nicht verdient«, sagte ich.

»Sie haben gelitten«, antwortete er.

»Das ist nicht wirklich die richtige ...«, sagte ich. »Ich meine, ich habe mir nicht ausgesucht – und jedenfalls ...«

Und genau hier wurden wir unterbrochen, wieder mitten im Gespräch.

Ich ging zurück zu meiner Wohnung, um neue Münzen zu holen. Wieder nahm ich auf dem Hinweg die Parallelstraße zu der senkrecht von meiner abgehenden und auf dem Rückweg die senkrechte, wie vorher: am Fiesta vorbei, an der Ex-Sperrzone. Diesmal warf ich Zwei-Pfund-Münzen ein. Daubenay schien überrascht, mich zu hören.

»Ich dachte, wir hatten die Sache soweit abgeschlossen«, sagte er. »Sie sollten ein Glas Sekt trinken gehen. Bis morgen um elf.«

Er legte auf. Ich kam mir dumm vor. Es war unnötig gewesen, ihn nochmal anzurufen. Abgesehen davon musste ich mich beeilen, zum Flughafen zu kommen, achteinhalb Millionen hin oder her. Als ich die Telefonzelle verließ, stellte ich mir Catherines Flugzeug vor, irgendwo über Europa, wie es auf den Kanal zusteuert, auf England. Ich ging ein drittes Mal zu meiner Wohnung zurück, nahm wieder dieselbe Route, holte meine Jacke und meinen Geldbeutel und kam bis zu einem Reifenhändler auf halbem Weg zwischen der Sperrzone und der Telefonzelle, als ich merkte, dass ich den Zettel mit der Flugnummer in meiner Küche gelassen hatte.

Ich drehte wieder um, hielt aber sofort inne, als mir einfiel, dass ich diese Information vielleicht gar nicht brauchte: Ich musste nur auf die Anzeigetafel mit den ankommenden Flügen schauen und würde sehen, welcher Flug aus Harare kam. Egal zu welcher Uhrzeit, es würde nie mehr als einer sein. Ich drehte mich wieder um und wollte gerade losgehen, als mir der Gedanke kam, dass ich nicht wusste, zu welchem Terminal ich musste. Ich musste eben doch zurückgehen und die Angaben holen. Bevor ich aber auch nur einen Schritt Richtung Wohnung getan hatte, fiel mir ein, dass in den U-Bahn-Wagen der Piccadilly-Linie Listen hingen, auf denen man sehen konnte, an welchem Terminal welche Fluglinie ankam. Ich drehte mich also wieder um. Zwei Männer, die aus einem Café neben dem Reifenhändler kamen, schauten zu mir herüber. Mir wurde bewusst, dass ich hin und her ruckte wie ein angehaltenes Videobild auf einem Billigrekorder. Es muss seltsam ausgesehen haben. Es war mir peinlich. Ich entschied, die Angaben zum Flug doch zu holen, blieb aber noch einige Sekunden auf dem Gehweg stehen und tat so, als würde ich verschiedene Möglichkeiten abwägen, um zu einer fundierten Entscheidung zu kommen. Ich setzte sogar meinen Finger ein, den Zeigefinger meiner rechten Hand. Ich gab diese Vorstellung für die beiden Männer, die mich beobachteten, meine Bewegungen sollten dadurch authentischer wirken.

Als ich zu guter Letzt meinen Rundkurs durchbrach, den ich jetzt vier- oder fünfmal auf derselben Route durchlaufen hatte, die senkrecht abzweigende Straße hin und die parallele zurück, wobei ich sogar jede Straße immer an derselben Stelle überquert hatte: immer bei demselben Müllcontainer oder immer genau nach demselben Gullydeckel – als ich also schließlich links in die Coldharbour Lane Richtung U-Bahn Brixton einbog, fiel mir ein, dass ich mich ab jetzt gar nicht mehr am Boden fortzubewegen brauchte. Ich war so reich, dass ich einen Hubschrauber ordern und ihn anweisen könnte, im Ruskin-Park zu landen, und wenn er nicht landen konnte, würde er einfach über den Dächern schweben, ein Seil herunterlassen und mich in seinen Bauch hinaufwinden – so wie man es bei Leuten macht, die aus dem Meer gerettet werden. Und doch blieb ich am Boden, folgte mit meinen Augen dem Untergrund wie ein Blinder mit seinem Finger der Blindenschrift, konzentrierte mich auf mein Vorwärtskommen: auf jeden Schritt, wie die Knie sich beugen, wie meine Arme schwingen. Seit dem Unfall musste ich die Dinge so angehen: erst verstehen, dann ausführen.

Als ich später in der U-Bahn saß, hatte ich das Bedürfnis – wie jedes Mal, wenn ich die U-Bahn nach Angel nahm –, mir das Terrain vorzustellen, das der dahinsausende Wagen durchquerte. Nicht die Tunnels und Bahnsteige, sondern den Raum, den Raum über der Erde, London. Ich erinnerte mich, wie ich vom ersten Krankenhaus zum zweiten gebracht worden war, etwa zwei Monate nach dem Unfall, und wie furchtbar das gewesen war. Ich musste flach liegen und alles, was ich sehen konnte, war das Innere des Krankenwagens, Stangen und Schläuche, ein Stückchen Himmel. Ich hatte damals das Gefühl gehabt, die ganze Fahrt gar nicht wirklich zu erleben: wie der Krankenwagen sich durch den Verkehr schlängelt, auf die falsche Straßenseite wechselt, an Ampeln und Verkehrsinseln vorbeiflitzt, all das konnte ich nicht sehen. Mir wurde übel, weil ich nicht in der Lage war, den Raum, durch den wir uns bewegten, zu erfassen. Ich hatte mich sogar im Krankenwagen übergeben. Auf der U-Bahn-Fahrt nach Heathrow spürte ich einen Anflug des gleichen Unbehagens, der gleichen Übelkeit. Ich hielt sie in Schach, indem ich mir vorstellte, dass die Gleise mit Kabeln verbunden sind, die zu Kästen und anderen Kabeln über der Erde führen, die entlang der Straßen verlaufen und uns dadurch mit ihnen verbinden, und meine Wohnung mit dem Flughafen und die Telefonzelle mit Daubenays Büro. Die ganze Fahrt nach Heathrow konzentrierte ich mich auf diesen Gedanken.

Fast die ganze Fahrt. Eine merkwürdige Sache passierte. Manchem mag es unbedeutend erscheinen, mir aber nicht. Ich erinnere mich ganz deutlich daran. Am Green Park musste ich umsteigen. Um an der Station

Green Park umzusteigen, muss man mit der Rolltreppe fast ganz nach oben fahren und dann mit einer anderen Rolltreppe wieder nach unten. Oben im Eingangsbereich, hinter den Automatikschranken, befanden sich einige Münztelefone und ein großer Stadtplan. Davon wurde ich so angezogen – von den in Aussicht gestellten Verbindungen, dem Überblick –, dass ich meinen Fahrschein an der Sperre eingeschoben hatte und durch- und darauf zu gegangen war, bevor ich merkte, dass ich eigentlich wieder nach unten gemusst hätte. Um es noch schlimmer zu machen: Mein Ticket kam nicht wieder raus. Ich rief jemanden vom Aufsichtspersonal und sagte ihm, was passiert war, und dass ich mein Ticket zurückhaben musste.

»Es wird in der Sperre stecken«, sagte er. »Ich werde sie für Sie öffnen.«

Er zog einen Schlüssel aus der Tasche, öffnete die Ticketsammelklappe der Sperre und nahm das oberste Ticket heraus. Er prüfte es.

»Dieses Ticket gilt nur bis zu dieser Station hier«, sagte er.

»Dann ist es nicht meins«, sagte ich. »Ich habe bis Heathrow gelöst.«

»Wenn Sie der letzte waren, der hier durchgegangen ist, sollte Ihr Ticket das oberste sein.«

»Ich war der letzte«, sagte ich. »Niemand ist nach mir durchgegangen. Aber es ist nicht mein Ticket.«

»Wenn Sie der letzte waren, muss das Ihr Ticket sein«, wiederholte er.

Es war nicht mein Ticket. Mir wurde wieder schwindelig.

»Warten Sie«, sagte der Mann. Er fasste in den Schlitz an der Oberseite der Klappe und zog einen anderen Fahrschein heraus, der zwischen zwei Zahnrädern eingeklemmt gewesen war. »Der hier?«, fragte er.

Er war es. Er gab ihn mir zurück. Der Fahrschein hatte schwarze Schmiere von den Zahnrädern abbekommen, als der Mann die Klappe geöffnet hatte, und diese Schmiere war nun an meinen Fingern.

Ich ging zurück zur Rolltreppe nach unten, aber bevor ich sie erreichte, fielen mir all diese Rolltreppenstufen ins Auge, die gerade repariert wurden. Man stellt sich eine Rolltreppe als etwas Zusammenhängendes vor, als ein Ding, ein Armband in endloser Kreisbewegung, aber in Wirklichkeit besteht sie aus einer Menge einzelner, separater Stufen, die sich zu einem reibungslos funktionierenden System verzahnen. Verbinden. Diese hier waren unverbunden und lagen verstreut in einem abgesperrten Bereich der oberen Halle herum. Sie wirkten hilflos, wie gestrandeter Fisch. Ich starrte sie an, als ich an ihnen vorbeilief. Ich starrte so konzentriert darauf, dass ich die falsche Rolltreppe nahm, die nach oben, und wieder in der Halle landete. Als meine Hand über den Handlauf glitt, kam ein bisschen schwarze Schmiere auf meinen Ärmel und ließ einen Fleck zurück.

Bis heute habe ich eine fotografisch genaue Erinnerung daran, wie ich in der Halle stand und auf mein beflecktes Hemd schaute, auf die Schmiere – diese schmutzige, lästige Materie, die keinerlei Respekt vor den Millionen zeigte, nicht wusste, wo sie hingehörte. Mein Verderben: Materie.

2

Nach dem Unfall – einige Zeit nach dem Unfall, als ich aus dem Koma erwacht war und meine Erinnerungen zurückgekommen und meine gebrochenen Knochen zusammengewachsen waren – musste ich lernen, wie man sich bewegt. Der Teil meines Gehirns, der die motorischen Funktionen der rechten Körperhälfte kontrolliert, war geschädigt. Die Schädigung war einigermaßen irreparabel, und so musste der Physiotherapeut etwas machen, das man »Umleiten« nennt.

Umleiten ist genau das, wonach es sich anhört: Für die Übermittlung der Befehle muss ein neuer Weg durchs Gehirn gefunden werden. Es ist ungefähr so, wie wenn eine Regierung Land enteignet, um dort Bahngleise zu verlegen, nachdem das Gelände, durch das die alten Gleise verliefen, überflutet wurde oder einem Erdrutsch zum Opfer fiel. Der Physiotherapeut musste den Schaltkreis, über den die Befehle an die Glieder und Muskeln geleitet werden, durch einen anderen Teil des Gehirns lenken – einen ungenutzten, brachliegenden Teil, den Teil, mit dem man Flohhüpfen spielen oder Popmusik hören kann oder was auch immer.

Um die neuen Schaltkreise anzulegen, lassen sie einen Handlungen visualisieren. Einfache Handlungen, zum Beispiel eine Karotte zum Mund führen. Zuerst, für ungefähr eine Woche, geben sie einem noch keine Karotte, sie verlangen noch nicht mal, dass man versuchen soll, die Hand zu bewegen: Man soll sich erst einmal vorstellen, dass man eine Karotte in die rechte Hand nimmt, sie mit den Fingern umschließt und dann den ganzen Unterarm vom Ellbogen aus hebt, bis die Karotte den Mund erreicht. Sie bringen einem bei, wie das alles funktioniert: Welche Sehne macht was, wie dreht sich welches Gelenk, wie konkurrieren Winkel-, Aufwärts- und Schwerkraft miteinander bzw. gleichen sich aus. Indem man das versteht und sich wieder und wieder vorstellt, wie man die Karotte zum Mund führt, werden neue Bahnen im Gehirn angelegt, die es einem schließlich erlauben, die Aktion tatsächlich auszuführen. Soweit die Idee.

Aber wenn es dann ans Ausprobieren geht, muss man feststellen, dass es viel komplizierter ist als gedacht. Siebenundzwanzig einzelne Manöver sind erforderlich. Man hat sie gelernt, eins nach dem anderen, in der richtigen Reihenfolge, hat verstanden, wie jedes einzelne funktioniert, hat sie im Geiste durchgespielt, immer wieder und wieder, eine ganze Woche lang – hat mehr als tausend imaginäre Karotten zum Mund geführt, oder eine imaginäre Karotte mehr als tausendmal, was auf dasselbe hinausläuft. Aber dann nimmt man die Karotte – sie geben einem eine verdammte Karotte, so krumm, dreckig und ungleichmäßig, wie es die imaginäre Karotte nie war, und legen sie einem in die Hand – und kaum sieht man dieses Scheißding, weiß man auch schon, weiß man einfach sofort, dass es nicht klappen wird.

»Nichts wie ran«, sagte der Physiotherapeut. Er legte mir die Karotte in den Schoß, trat, als wäre ich ein Kartenhaus, vorsichtig zurück und setzte sich mir gegenüber.

Bevor ich die Karotte anheben konnte, musste ich meine Hand zu ihr hin kriegen. Ich schwenkte meine Handfläche und meine Finger vom Handgelenk aus nach oben, aber um dann die ganze Hand zur Karotte zu bringen, musste ich den Ellbogen von der Schulter aus nach vorne schieben, was ich bisher weder gelernt noch geübt hatte. Ich hatte nicht die leiseste Ahnung, wie ich das machen sollte. Schließlich packte ich meinen Unterarm mit der linken Hand und zerrte ihn einfach nach vorn.

»Das ist geschummelt«, sagte der Physio, »aber ok. Versuchen Sie jetzt, die Karotte anzuheben.«

Ich legte meine Finger um die Karotte. Ich spürte sie – ja, ich *spürte* sie: Das genügte, die ganze Operation in Gang zu setzen. Die Karotte hatte Struktur; sie hatte Masse. Die ganze Woche hatte ich mich auf das Anheben der Karotte vorbereitet, hatte mir meine Hand, meine Finger, mein umgeleitetes Gehirn als aktiv Handelnde vorgestellt, während die Karotte ein Nicht-Ding gewesen war – ein Hohlraum, den ich greifen und bewegen konnte. Und jetzt war diese Karotte aktiver als ich: Sie war knubbelig, sie war runzelig, und auf ihr wimmelte es nur so von Sand. Sie war kalt. Ich ergriff sie und begann mit Phase Zwei, dem Hochheben, aber selbst dabei spürte ich den aktiven Karotten-Input wie einen Stromstoß, der die Kommunikation zwischen Gehirn und Arm durcheinanderbrachte, falsche Kontraktionen auslöste, Muskeln gerade dann einrasten ließ, wenn sie sich dringend entspannen und dehnen mussten, und stützende Gelenke in die falsche Richtung dirigierte. Als die Karotte mir entglitt, wegrollte und herunterfiel, begriff ich, wie sich Fluglotsen in dem Augenblick fühlen müssen, da sie realisieren, dass ein Flugzeug abstürzen wird und sie nichts dagegen tun können.

»Erster Versuch«, sagte mein Physio.

»Wenigstens ist sie nicht auf jemanden draufgefallen«, sagte ich.

»Wir machen's nochmal.«

Es dauerte eine weitere Woche, bis ich das richtig hinkriegte. Wir fingen noch einmal bei der Theorie an, bezogen sämtliche zusätzlichen Signale ein, die wir bislang nicht einbezogen hatten, durchliefen noch einmal die Visualisierungsphase und kamen schließlich zur echten Karotte zurück. Seitdem hasse ich Karotten. Bis heute kann ich keine mehr essen.

So war es mit allem. Alles, jede Bewegung: Ich musste sie alle lernen. Zuerst verstehen, wie sie funktionieren, sie in jeden einzelnen Bestandteil aufspalten, dann ausführen. Laufen, zum Beispiel: Das ist jetzt sehr kompliziert. Bei einem einzigen Schritt nach vorn sind fünfundsiebzig Manöver beteiligt, und jedes Manöver hat seinen eigenen Befehl. Ich musste sie alle lernen, alle fünfundsiebzig. Und wenn man jetzt denkt, *Das ist doch nicht so schlimm: Wir alle mussten einmal laufen lernen; du musstest es eben zweimal lernen*, dann liegt man falsch. Vollkommen falsch. Es ist doch so: Normalerweise muss man laufen überhaupt nicht *lernen* – nicht wie man schwimmen lernt oder Französisch oder Tennis. Man macht es einfach, ohne darüber nachzudenken, wie man es macht: Man stolpert da rein, im wahrsten Sinne des Wortes. Ich dagegen musste Laufunterricht nehmen. Ganze drei Wochen lang ließ mein Physio mich keinen Schritt ohne Überwachung gehen, damit ich ja keine falschen Gewohnheiten annahm – falsche Kopfhaltung, den Fuß bewegen, bevor ich das Knie gebeugt hatte oder wer weiß was. Er war wie einer dieser besessenen Ballett- oder Eislauftrainer von hinter dem alten Eisernen Vorhang.

»Zehen nach vorne! Nach vorne, verdammt nochmal!«, schrie er zum Beispiel. »Mehr Knie! Hoch damit!« Er haute mit der Faust gegen die Tafel, gegen seine Diagramme.

Jede Aktion ist eine komplexe Operation, ein System, und ich musste sie alle lernen. Ich musste sie verstehen und sie dann nachahmen. Am Anfang, in den ersten Monaten, machte ich alles sehr langsam.

»Sie lernen«, sagte mein Physio, »und außerdem sind Ihre Muskeln immer noch wie Plastik.«

»Plastik?«

»Plastik. Steif. Das Gegenteil von schlaff. Mit der Zeit werden sie schlaff werden: geschmeidig, entspannt. Schlaff, gut; Plastik, schlecht.«

Schließlich lernte ich nicht nur, die meisten Aktionen auszuführen, sondern erreichte auch Höchstgeschwindigkeit. Nahezu Höchstgeschwindigkeit – auf einhundert Prozent kam ich nie mehr. Vielleicht auf neunzig. Im April hatte ich meine Höchstgeschwindigkeit schon fast erreicht, meine neunzig. Aber ich musste immer noch über jede Bewegung, die ich machte, nachdenken, musste sie verstehen. Kein Tun ohne Verstehen, das war die Hinterlassenschaft des Unfalls – eine immerwährende Umleitung.

Etwa eine Woche nach der Entlassung aus dem Krankenhaus ging ich mit meinem Freund Greg ins Kino: Wir sahen *Mean Streets* mit Robert De Niro im Ritzy. Zweierlei war dabei seltsam. Zum einen war es seltsam, bewegte Bilder anzuschauen. Meine Erinnerungen waren, wie bereits erwähnt, als Film zurückgekommen, als bewegte Bilder – wie ein Film in mehreren Folgen, eine Seifenoper, ungefähr eine Fünfjahresepisode pro Woche. Es war nicht besonders spannend gewesen; eigentlich war es sogar ziemlich banal gewesen. Ich hatte im Bett gelegen und die Episoden angeschaut, wie sie eben kamen. Ich hatte keine Kontrolle darüber gehabt. Es hätte genauso gut eine andere Geschichte sein können, eine andere Abfolge von Handlungen und Ereignissen, so wie manchmal im Labor die Urlaubsfotos vertauscht werden und man die falschen zurückbekommt. Ich hätte es nicht besser gewusst und mich auch nicht darum geschert, hätte die falschen genauso akzeptiert. Als ich mit Greg *Mean Streets* sah, war meine Haltung genauso distanziert und gleichgültig, keinen Deut mehr, aber auch nicht weniger, obwohl doch die Handlung dieses Films gar nichts mit mir zu tun hatte.

Das andere, was mir auffiel, war De Niros Perfektion. Jede seiner Bewegungen, jede Geste war perfekt, makellos. Ob er sich eine Zigarette anzündete oder eine Kühlschranktür aufmachte oder nur die Straße entlang ging: er schien die Aktion perfekt auszuführen, sie zu leben, damit zu verschmelzen, bis er und die Aktion eins geworden waren und es nichts mehr dazwischen gab. Auf dem Weg nach Hause sprach ich mit Greg darüber.

»Aber die Figur ist ein Verlierer«, sagte Greg. »Und er vermasselt den andern alles.«

»Das spielt keine Rolle«, antwortete ich. »Wenn er etwas tut, ist er natürlich. Nicht künstlich, wie ich. Er ist schlaff. Ich bin wie Plastik.«

»Er ist der aus Plastik, sollte man meinen«, sagte Greg, »auf ein Stück Film gestanzt und so. Ich meine, du hast da das Ding über deinem Auge, aber ...«

»Das meine ich nicht«, sagte ich. An einer Narbe über dem rechten Auge hatte ich eine kleine plastische Operation gehabt. »Ich meine, dass er entspannt ist, geschmeidig. Er fließt in seine Bewegungen, selbst in die einfachsten. Wenn er eine Kühlschranktür aufmacht, sich eine Zigarette anzündet. Er muss nicht über sie nachdenken, oder sie erst verstehen. Er muss nicht über sie nachdenken, weil er und seine Bewegungen eins sind. Perfekt. Echt. Meine Bewegungen sind alle künstlich. *Second-hand.*«

»Du meinst, er ist cool. Alle Filmstars sind cool«, sagte Greg. »Der Film macht sie dazu.«

»Es geht nicht ums Coolsein«, sagte ich. »Es geht darum, einfach nur zu *sein*. De Niro *ist* einfach; ich kann das nicht mehr, nie mehr.«

Greg blieb mitten auf dem Bürgersteig stehen und schaute mich an.

»Und du meinst, früher hast du das gekonnt?«, fragte er. »Meinst du, ich kann das? Meinst du, außer im Film zündet sich irgendjemand so die Zigarette an oder macht so die Kühlschranktür auf? Überleg doch mal: Das Feuerzeug zündet nicht gleich, beim ersten Zug steigt einem der Rauch in die Augen und man muss blinzeln; die Kühlschranktür hakt und scheppert, Milch schwappt über. Das passiert jedem. Das ist was Universelles: Es geht eben daneben! Da bist du kein Spezialfall. Weißt du, was du bist?«

»Nein«, sagte ich. »Was?«

»Du bist einfach nur normaler als alle anderen.«

Ich dachte später sehr lange über dieses Gespräch nach. Und kam zu dem Schluss, dass Greg Recht hatte. Ich war immer nicht-authentisch gewesen. Auch vor dem Unfall, wenn ich durch die Straßen gegangen war wie De Niro und wie er eine Zigarette geraucht hatte – und selbst wenn sie beim ersten Versuch angegangen war, hatte ich trotzdem gedacht: *Hier bin ich und laufe durch die Straßen und rauche eine Zigarette, wie jemand in einem Film.* Klar? *Second-hand.* Leute im Film denken sowas nicht. Sie machen einfach ihr Ding, sind echt, ohne irgendwas dabei zu denken. Der ganze Genesungsprozess nach dem Unfall, mich bewegen lernen, laufen lernen, verstehen, um agieren zu können – all das hatte mich nur noch mehr zu dem gemacht, was ich sowieso schon immer gewesen war. Es hatte die Distanz zwischen mir und den Dingen, die ich tat, noch mehr vergrößert. Greg hatte Recht, vollkommen Recht. Ich war nicht unnormal: Ich war normaler als die meisten anderen.

Ich fing an zu grübeln, wann ich in meinem Leben am wenigsten künstlich, am wenigsten *second-hand* gewesen war. Ganz sicher nicht als Kind: Das ist die schlimmste Zeit. Man spielt immer etwas vor, macht andere Leute nach, schaut sich ab, was sie machen, und dann macht man sie auch noch schlecht nach. Nein, ich kam zu dem Schluss, dass es in Paris gewesen war, ein Jahr vor dem Unfall. Dort hatte ich auch Catherine kennengelernt. Sie war Amerikanerin, aus der Nähe von Chicago. Sie arbeitete für eine große humanitäre Organisation, irgendwelche Lobbyisten. Sie hatten sie zu demselben Intensivsprachkurs geschickt wie meine Firma mich. Heute kommt es mir merkwürdig vor, dass sie nicht dort in Illinois Französisch gelernt hat. Meine Teilnahme war für meine Firma in Anbetracht der Tatsache, dass sie mich ein Jahr später verlieren würde, eine Fehlinvestition – aber sie hatten immerhin nicht behauptet, es im Interesse hungernder Kinder zu tun.

Egal, ich begegnete Catherine bei diesem Kurs. Wir verstanden uns sofort großartig. Wir hatten Lachanfälle im Unterricht. Statt Hausaufgaben zu machen, gingen wir abends weg und betranken uns. Eines Tages entdeckten wir am Quai Malaquais ein Ruderboot, kletterten hinein, lösten die Vertäuung und wollten gerade mithilfe unserer Hände wegpaddeln, als ein paar Männer erschienen und uns rausschmissen. Ein anderes Mal – ach, es gab viele andere Male. Die Hauptsache ist aber, dass ich mich in Paris, als ich mit Catherine unterwegs war, weniger gehemmt gefühlt hatte als zu irgendeiner anderen Zeit in meinem Leben – natürlicher, mehr im Hier und Jetzt. Drinnen, nicht draußen – als wären wir unter die Haut von irgendetwas gelangt: der Stadt vielleicht, oder vielleicht auch des Lebens selbst. Es kam mir wirklich so vor, als wäre uns damals ganz unbewusst etwas geglückt.

Seitdem hatten wir uns ziemlich regelmäßig geschrieben. Nach dem Unfall war das meinerseits natürlich eingeschlafen, aber sobald meine Erinnerung zurück war, hatte ich mich wieder bei ihr gemeldet und sie auf den neuesten Stand gebracht. Im Februar, als ich gerade aus dem Krankenhaus entlassen worden war, hatte sie mir geantwortet, dass man sie nach Zimbabwe schickte und sie auf dem Rückflug über London kommen würde. Danach schrieben wir uns regelmäßiger. Unsere Briefe bekamen einen sexuellen Unterton, was in der Zeit, die wir zusammen verbracht hatten, nie ein Thema gewesen war. Ich fing an, mir vorzustellen, Sex mit ihr zu haben. Ich entwickelte verschiedene Fantasieszenarien einer ersten Verführung, die ich für mich abspielte, weiterentwickelte, bearbeitete und wieder abspielte.

Eines dieser Szenarien spielte in meiner Wohnung. Wir stehen im Flur zwischen Küche und Schlafzimmer, wobei gelegentlich Einblendungen von Paris und einem Chicago, das ich nie gesehen habe, dazwischenfunkten: Die Schaufenster einer Brasserie, flankiert von Hochhäusern, windige Kanäle, die gegen gelbe Mauern drängen. Ich sage etwas Zweideutig-Witziges, und Catherine antwortet: *Das musst du mir zeigen* oder *Warum zeigst du's mir nicht?* oder *Das musst du mir jetzt aber wirklich zeigen*, und dann küssen wir uns, lassen uns dabei Richtung Schlafzimmer treiben. In einer anderen Version sind wir irgendwo auf dem Land. Ich nehme sie in meinem Fiesta mit und parke an einem Feld- oder Waldrand. Sie steht da, im Profil, weil sie so besser aussieht, ihre Wange von lockigem Haar halb verdeckt. Ich komme ihr ganz nah, sie dreht sich zu mir, wir küssen uns und lieben uns schließlich im Fiesta, während in den Baumkronen Vögel ekstatisch zwitschern und kreischen.

Diese zweite Sequenz habe ich allerdings nie so richtig hinbekommen, wegen der Schwierigkeit, uns ins Auto zu manövrieren, ohne dass wir uns den Kopf anstoßen oder über die Gurte stolpern, die immer aus den Türen hängen. Außerdem machte ich mir immer Sorgen wegen der Stelle, an der ich geparkt hatte, ob vielleicht jemand um die Kurve gerast kommt und uns reinfährt, wie der Fahrerflucht-Typ in Peckham. Aber bei der Flurszene war es auch nicht besser: Wenn wir uns Richtung Schlafzimmer bewegten, fiel mir ein, dass haufenweise schimmelige Kaffeetassen neben dem Bett standen und das Bettzeug alt und schmutzig war. Und wenn nicht das, dann standen gerade die Nachbarn draußen und ich hatte die Vorhänge nicht zugezogen und sie wollten sich durchs Fenster mit mir unterhalten, oder – na ja, *irgendwas* kam immer dazwischen, unterbrach diese imaginären Verführungen und vermasselte sie mir. Selbst meine Fantasien waren aus Plastik, unvollkommen, unecht.

Als Catherine an dem Tag, als der Vergleich zustande kam, in London eintraf, erreichte ich den Flughafen kurz nach der planmäßigen Ankunftszeit ihres Fluges. Auf der Ankunftstafel sah ich, dass ihr Flugzeug bereits gelandet war und hetzte zu den Schiebetüren, die Zoll- und Immigrationsbereich vom öffentlichen Terminal trennen. Ich lehnte mich an ein Geländer und beobachtete, wie die Passagiere durch diese Türen kamen. Es war interessant. Einige der Ankommenden hielten nach Angehörigen Ausschau, aber die meisten wurden nicht erwartet. Letztere wirkten, als hätten sie eine demonstrative Haltung für die versammelte Menge eingenommen, als hätten sie, kurz bevor sich die Türen für sie öffneten, einen bestimmten Gesichtsausdruck aufgesetzt. Sie versuchten zum Beispiel auszusehen, als hätten sie es eilig, als würden sie dringend gebraucht, weil sie sehr wichtig waren und ihr Geschäft ohne sie nicht laufen würde. Oder sie versuchten unbekümmert, unschuldig und glücklich auszusehen, als ob sie sich nicht bewusst wären, dass fünfzig oder sechzig Augenpaare auf sie gerichtet waren, auf sie allein, wenn auch nur für zwei Sekunden. Obwohl sie es natürlich waren – sich dessen bewusst, meine ich. Wie auch nicht? Der Streifen zwischen Geländer und Türen war wie ein Laufsteg, mit Models, die verschiedene Rollen, verschiedene Identitäten durchspielten. Ich lehnte am Geländer und schaute der Parade zu: eine Figur nach der anderen, alle so verlegen, stilisiert, falsch. Die anderen Leute waren wirklich wie ich; sie wussten es bloß nicht. Und sie hatten keine achteinhalb Millionen Pfund.

Nach einer Weile hatte ich keine Lust mehr, all diesen amateurhaften Auftritten zuzuschauen und beschloss, mir einen Kaffee zu holen. Ein paar Meter entfernt war einer dieser Seattle-Erlebnis-Coffeeshops, wo man Cappuccino, Latte und Espresso bekommt, keinen Kaffee. Wenn man bestellt, begrüßen sie einen mit *Heyy!* und wiederholen laut die Bestellung, wobei sie *groß* und *klein* durch *large* und *small* ersetzen. Ich bestellte einen kleinen Cappuccino.

»Heyy! Small Cap«, sagte der Mann. »Kommt sofort. Haben Sie eine Treuekarte?«

»Treuekarte?«, sagte ich.

»Immer wenn Sie zu uns kommen, bekommen Sie einen Stempel pro Tasse«, sagte er und reichte mir die Karte. Zehn kleine Kaffeetassen-

Bildchen waren darauf. »Für zehn Stempel bekommen Sie eine Tasse umsonst. Und eine neue Karte.«

»Aber ich komme nicht so oft hierher«, sagte ich.

»Ach, wir haben überall Filialen«, sagte er. »Die Karte gilt überall.«

Er stempelte die erste Tasse und reichte mir den Cappuccino. Da rief jemand meinen Namen, und ich drehte mich um. Es war Catherine. Während ich die Schiebetüren beobachtet hatte, war sie die ganze Zeit schon im Café gewesen.

»Heyy!«, sagte ich. Ich ging auf sie zu und umarmte sie.

»Ich habe versucht, dich anzurufen«, sagte Catherine, als wir uns wieder losließen, »aber dein Telefon geht nicht.«

»Ich bin reich!«, sagte ich.

»Oh, heyy!«

»Nein, wirklich. Gerade geworden, heute.«

»Wie das?«, fragte sie.

»Die Abfindung für den Unfall.«

»Mein Gott! Natürlich!« Sie schaute mir prüfend ins Gesicht. »Man sieht dir nichts an – oh, doch, da hast du eine Narbe.« Sie strich mit Zeige- und Mittelfinger ihrer linken Hand über die Narbe über meinem rechten Auge, dort, wo ich die plastische Operation gehabt hatte. Am Ende der Narbe blieben die Finger liegen. Sie zog sie weg, kurz bevor die Geste zweideutig geworden wäre. »Also haben sie bezahlt?«, sagte sie.

»Eine ungeheure Summe.«

»Wie viel?«

Auf diese Frage war ich nicht vorbereitet. Ich stotterte einen Moment und sagte dann: »Ein paar – na ja, nach Abzug von Steuern und Gebühren und so, einige Hunderttausend.«

Vielleicht ist in diesem Moment eine Art Schranke zwischen uns heruntergegangen. Ich fühlte mich schlecht wegen der Lüge, konnte mich aber auch nicht dazu durchringen, den tatsächlichen Betrag zu nennen. Es schien einfach so viel, zu viel, auch nur davon zu sprechen.

Wir nahmen die U-Bahn zurück zu meiner Wohnung. Wir saßen nebeneinander, aber ihr Profil war nicht ganz so sexy, wie ich es mir in meiner Fantasie vom Feld und dem geparkten Fiesta ausgemalt hatte. Sie hatte ein paar Pickel auf der Backe. Ihr schmutziger und riesiger lila Rucksack, der zwischen ihren Beinen stand, fiel immer wieder um. Als wir ankamen, lag der Telefonanschluss immer noch auf dem Teppich und rührte sich nicht.

»Wow! Hat hier ein Blitz eingeschlagen?«, sagte sie – und fügte dann, nachdem sie kurz Luft geholt hatte, hinzu: »Oh! Es tut mir leid. Ich meine, ich wollte nicht … Ich weiß, es war kein Blitz, aber …«

»Kein Problem«, sagte ich. »Es war nicht … Ich meine, es hat mir nichts …«

Mein Satz blieb genauso unvollständig wie ihrer, und wir standen uns schweigend gegenüber. Schließlich fragte Catherine:

»Kann ich ein Bad nehmen?«

»Klar«, sagte ich. »Ich lass' dir Wasser einlaufen. Möchtest du einen Tee?«

»Tee!«, sagte sie. »Das ist so englisch. Ja, gerne.«

Ich machte Tee, während sie ein Bad nahm. Ich überlegte, ob ich die Tür öffnen und ihr den Tee bringen sollte, entschied mich aber dagegen, stellte die Tasse vor dem Badezimmer ab und sagte ihr durch die Tür Bescheid.

»Cool«, sagte sie. »*Qu' est-ce qu'on fait ce soir?*«

Was machen wir heute Abend, meinte sie. Ich weiß, dass sie es auf Französisch sagte, um uns an unsere Zeit in Paris zu erinnern, aber mir war nicht danach, auf Französisch zu antworten. Und ich nahm ihr die Stichelei von wegen typisch englisch ein bisschen übel. Natürlich ist Tee englisch: Was hatte sie denn erwartet?

»Wir treffen uns mit meinem Freund Greg«, gab ich durch die Tür zurück. »Hier in der Nähe, in Brixton.«

Greg war mein bester Freund. Er hatte mich mit Daubenay in Verbindung gebracht, über einen Onkel von ihm. Er wohnte in Vauxhall – vielleicht wohnt er immer noch dort, wer weiß. Wir hatten uns im Dogstar verabredet, einem Pub am anderen Ende der Coldharbour Lane. Als

Catherine und ich kamen, war er schon da und holte sich gerade an der Bar ein Bier.

»Greg, Catherine – Catherine, Greg«, sagte ich.

Greg fragte, was wir haben wollten. Ich nahm ein Bier. Catherine auch; sie wollte aber erst zur Toilette und fragte Greg, wo sie war. Greg sagte es ihr und sah ihr nach, als sie wegging. Dann drehte er sich zu mir und fragte:

»Freundin oder ›Freundin‹?«

»F…«, begann ich und sagte dann: »Greg, der Vergleich ist durch.«

»Marc Daubenay hat's geschaukelt?«

»Ja. Es ist ein außergerichtlicher Vergleich.«

»Wie viel?«, fragte Greg.

Ich schaute mich um, senkte dann meine Stimme zu einem Flüstern und sagte:

»Mehr als eine Million Pfund!«

Wir waren gerade auf dem Weg zu einem Tisch und Greg hatte in jeder Hand ein Bier. Als er das hörte, blieb er wie angewurzelt stehen – so plötzlich, dass etwas Bier aus den beiden Gläsern auf den Holzfußboden schwappte. Er drehte sich zu mir, ließ einen Freudenschrei los und wollte mich umarmen, merkte dann aber, dass er das nicht konnte, solange er das Bier noch in der Hand hatte. Er drehte sich wieder um, ging schnell zum Tisch und hielt die Umarmung zurück, bis er die Gläser abgestellt hatte. Dann umarmte er mich.

»Alle Achtung!«, sagte er.

Diese ganze Szene kam mir merkwürdig vor. Es schien mir, als hätten wir es nicht *richtig* gemacht. Es wäre authentischer gewesen, die Gläser in die Luft zu werfen und einen Freudentanz aufzuführen, während die goldenen Tropfen langsam auf uns niederregneten. Oder wenn wir junge Aristokraten aus einer anderen Ära gewesen wären, unglaublich reiche Lords und Barone, und Greg hätte nur ruhig *Wacker geschlagen, alter Junge* gesagt und dann hätten wir unser Gespräch über Moorhuhnjagd oder einen Skandal an der Oper fortgesetzt. Aber das hier war weder–noch. Und mein Ellbogen bekam Bier ab, als ich ihn auf den Tisch stützte.

Catherine kam zurück.

»Hast du die Neuigkeit schon gehört?«, fragte Greg.

»Klar hab ich das«, sagte sie. »Meine Güte! Das ist soviel Geld!«

»Sprecht nicht über die Summe«, sagte ich zu beiden. »Ich möchte nicht, dass ..., ihr wisst schon ... Ich habe noch nicht ...«

»Klar«, versicherten beide. Greg hob sein Glas:

»Prost!«, sagte er. »Auf ... na ja, auf das Geld!«

Wir stießen an. Als ich den ersten Schluck Bier nahm, erinnerte ich mich, dass Daubenay gesagt hatte, ich solle ein Glas Sekt trinken gehen. Ich wandte mich zu Greg und Catherine und sagte:

»Soll ich uns nicht eine Flasche Sekt bestellen?«

Keiner der beiden antwortete direkt. Greg hielt seine Hände in einer unbestimmten Geste ausgestreckt und bewegte den Mund wie ein Goldfisch. Catherine schaute auf den Boden.

»Wow, Sekt!«, murmelte sie. »Ich glaube, ich habe mich kulturell noch nicht akklimatisiert. Von Afrika, meine ich.«

Greg war plötzlich ganz ausgelassen und gut gelaunt und sagte:

»Na klar, unbedingt! Scheiß drauf! Haben die das hier überhaupt?«

Wir schauten uns um. Es war nicht besonders viel los. Schmuddelige Typen, Weiße mit Dreadlocks und Wollpullovern, ein paar Leute in Anzügen und dieser komische Kauz, der alleine und ohne einen Drink dasaß und alle anderen anstarrte, das war alles.

»Sie werden wohl Sekt haben, bei den Anzugtypen da«, sagte ich. »Ich frage mal.«

Die Bedienung wusste erst nicht, ob sie welchen da hatten. Sie verschwand, kam dann zurück und sagte ja. Ich hatte nicht genug Geld dabei und musste einen Scheck ausstellen.

»Ich bringe ihn gleich«, sagte sie.

Als ich zurückkam, überprüfte Greg die Anruferliste auf seinem Handy und Catherine schaute zur Decke. Jetzt sahen sie beide zu mir.

»Es ist so unglaublich!«, sagte Catherine.

»Ja, echt, alle Achtung«, sagte Greg.

»Das hat Marc Daubenay auch gesagt«, sagte ich. »Ich habe gar nichts getan. Ich bin bloß getroffen worden, von einem …, von Zeugs, das fiel, das herabfiel …, du weißt schon. Du bist derjenige, der etwas erreicht hat, weil du Daubenay aufgetrieben hast. Greg hat mir den Anwalt beschafft«, erklärte ich Catherine. »Weißt du was, Greg, ich sollte dir eine Kommission dafür zahlen, irgendeine …«

»Nein! Auf gar keinen Fall!« Greg hob die Hand und drehte den Kopf weg. »Das ist alles deins. Du sollst es für dich ausgeben. Ja, Mensch: Was wirst du mit dem ganzen Geld machen?«

»Keine Ahnung«, sagte ich. »Ich habe noch nicht darüber nachgedacht. Was würdest du machen?«

»Ich würde … Na ja, ich würde ein Konto bei einem Koksdealer eröffnen«, sagte Greg. »Ich würde ihm sagen: Hier ist meine Badewanne, mach sie voll mit Kokain, und in ein paar Tagen kommst du wieder und machst sie mir nochmal voll und nach ein paar Tagen nochmal. Und besorg mir ein Mädchen mit schönen, festen Titten, damit ich's mir von da reinziehn kann!«

»Hmm«, sagte ich. Ich drehte mich zu Catherine und fragte sie: »Was würdest du machen?«

»Es ist ganz allein deine Entscheidung«, sagte sie, »aber wenn's meine wäre, würde ich es in einen Ressourcenfonds stecken.«

»Sparen?«, fragte ich.

»Nein«, sagte sie, »ein Ressourcenfonds. Um Leuten zu helfen.«

»Wie diese mildtätigen Philanthropen von früher?«, fragte ich.

»Na ja, ein bisschen«, sagte sie. »Aber das ist heute viel moderner. Die Idee ist, statt den Leuten nur Scheiße zu erzählen, investiert die Erste Welt, so dass Afrika autonom werden kann, was die reichen Länder davor bewahrt, in der Zukunft weiter blechen zu müssen. So wie das, was ich jetzt in Zimbabwe gemacht habe: Alles dreht sich darum, Material für Bildung, Gesundheit und Hausbau zur Verfügung zu stellen, so was. Wenn sie das bekommen, können sie es so weit bringen, dass sie keine Almosen mehr brauchen. Dieses viktorianische Modell erhält sich selbst.«

»Ein unendlicher Vorrat«, sagte Greg, »ein Zauberquell. Und ich würde ihm sagen, er soll mir noch ein Mädel auftreiben, eins mit 'nem Arsch wie ein Felsen, damit ich mir das Kokain von da reinziehn kann, wenn ich vom Tittenreinziehn genug hab.«

»Du meinst, ich sollte also eher in die Entwicklung in Afrika investieren als hier?«, fragte ich Catherine.

»Warum nicht?«, sagte sie. »Es ist doch alles miteinander verbunden. Alles Teil eines großen Ganzen, du weißt schon, der ganze Krempel. Die Märkte sind alle global; warum sollte das dein Gewissen nicht sein?«

»Interessant«, sagte ich. Ich dachte an Schienen und Kabel und Kästen, die alle miteinander verbunden sind. »Aber was, äh, was *machen* die so in Afrika?«

»Was die so machen?«, wiederholte sie.

»Ja«, sagte ich. »Wenn sie halt einfach ihr alltägliches Ding machen. Herumlaufen, zu Hause sein, solche Sachen.«

»Komische Frage«, sagte sie. »Die machen tausend verschiedene Sachen, genau wie hier. Jetzt gerade wird sehr viel gebaut in Zimbabwe. Es gibt haufenweise Leute, die Häuser hochziehen.«

In diesem Moment kam die Bedienung mit dem Sekt und drei Gläsern. Sie fragte mich, ob sie die Flasche aufmachen solle.

»Ich mache das«, sagte ich. Ich legte die Finger um den Flaschenhals und versuchte, mit den Fingernägeln in die Metallfolie einzudringen. Es war schwierig, meine Fingernägel waren nicht scharf genug und die Folie war dicker als gedacht.

»Hier, versuch's mal mit meinen Schlüsseln«, sagte Greg.

Ich legte die Finger um seinen Schlüsselbund. Catherine und Greg schauten mir zu. Ich führte die Hand wieder zum Flaschenhals, ritzte die Folie ein, knickte die Lasche um und fing an, sie zurück- und die Folie langsam abzuziehen.

»Soll ich helfen?«, fragte Catherine.

»Nein«, sagte ich. »Ich mach das schon.«

»Klar«, sagte sie. »Ich wollte nicht …, du weißt schon, ach, egal.«

Ich zog die Folie ganz ab und wollte gerade den Draht vom Korken lösen, als mir einfiel, dass wir noch unser Bier hatten.

»Die sollten wir erst erledigen«, sagte ich.

Greg und ich begannen, unser Bier runterzustürzen.

»Ganze Dörfer bekommen Häuser als Bausätze«, sagte Catherine. »Solche großen Fertighausteile, die auf riesigen LKWs angeliefert werden. Sie müssen sie nur noch aufstellen und zusammennageln.«

»Und das passt alles einfach so zusammen?«, fragte ich. »Ohne Probleme?«

»Die sind sehr gut konstruiert«, sagte sie.

Greg stellte sein Bier ab und rülpste. »Es gibt eine Party am Samstag«, sagte er. »Bei David Simpson. Du kennst doch David Simpson, oder?«

Ich nickte. Ich kannte ihn flüchtig.

»Na ja, er hat gerade eine Wohnung gekauft, in der Plato Road, die geht von der Acre Lane ab. Hier um die Ecke. Er macht am Samstag seine Einweihungsparty, und ihr seid eingeladen. Alle beide.«

»Okay«, sagte ich.

Ich stürzte den Rest von meinem Bier runter und nahm mir den Draht um den Korken vor. Es war ein Pfeifenputzer-Drahtgitter, so wie das Gitter, das die Damen im 18. Jahrhundert unter den Kleidern hatten. Ich musste es zwischen meinen Fingern zusammendrücken und drehen. Es gelang mir, und ich versuchte, den Korken mit meinen Daumen hochzudrücken. Aber er wollte nicht rausgehen.

»Lass mich mal versuchen«, sagte Greg.

Ich reichte ihm die Flasche, aber er schaffte es auch nicht.

»Du musst …«, begann Catherine, aber da kam der Korken auch schon mit einem Knall rausgeflogen. Er verfehlte meinen Kopf nur um einen knappen Zentimeter. Er traf eine Metalllampe an der Decke und fiel dann zu Boden.

»Boah!«, sagte Greg. »Da hättest du deinen Unfall ja gleich nochmal gehabt. Wenn die Lampe auf dich gefallen wäre, meine ich.«

»Vermutlich«, sagte ich.

»Also, schenk' ein«, sagte Greg.

Ich füllte die Gläser mit Sekt und wir tranken. Er war nicht besonders kalt und roch merkwürdig, nach Kordit. Catherine hatte immer noch zwei Gläser vor sich, den Sekt und das Bier. Sie wechselte ab, nippte von beiden.

»Du könntest beides machen«, sagte Greg.

»Wie bitte?«, sagte ich.

»Wie ein Rockstar leben *und* diese Hausbauprojekte in Kenia unterstützen. Es reicht für beides.«

»Zimbabwe«, sagte Catherine. »Ja, aber es geht nicht nur um Hausbau. Hausbau ist ein ganz wesentlicher Aspekt, aber es geht auch um Bildung. Und Gesundheit.«

»Hey«, sagte Greg, »hab ich dir von der Zeit erzählt, als ich mit dieser Rockband gekokst habe? Ich war mit dies …«

Er brach ab und schaute hoch. Catherine und ich sahen auch hoch. Greg hatte aufgehört zu reden, weil der komische Kauz, der alleine gesessen hatte, zu unserem Tisch geschlurft war und uns wütend anstarrte. Wir schauten ihn an. Er blickte von einem zum anderen, dann zum Tisch und zur Sektflasche, dann ins Leere. Schließlich sagte er etwas:

»Wohin führt das alles?«

Catherine drehte sich weg. Greg fragte:

»Wohin führt was alles?«

Der komische Kauz zeigte vage auf den Tisch und die Flasche.

»Das«, sagte er.

»Wir trinken das«, antwortete Greg. »Wir haben Verdauungssysteme.«

Der komische Kauz sinnierte, machte dann *tsss*.

»Nein, ich mein nicht nur das«, sagte er. »Ich mein *alles*. Leute wie ihr, ihr denkt nicht über sowas nach. Gebt mir ein Glas von dem Zeug.«

»Nein«, sagte Greg.

Der komische Kauz machte wieder *tsss*, drehte sich um und ging weg. Andere Leute trudelten ein. Musik spielte.

»Findet ihr nicht, dass dieser Sekt nach Kordit riecht?«, fragte ich.
»Was?«, sagte Greg.
»Kordit«, sagte ich etwas lauter, um die Musik zu übertönen.
»Kordit?«, sagte Greg, ebenfalls etwas lauter. »Wie riecht Kordit?«
»So«, antwortete ich.
»Ich glaube nicht«, sagte Greg. »Aber hör zu: Damals, da hing ich mit diesem Freund rum – na ja, mit diesem Typen, den ich kannte – und der spielte in einer Band, und ...«
»Wann damals?«, fragte Catherine. Sie hatte ihr erstes Glas Sekt ausgetrunken und sich nachgeschenkt.
»Als ich mit dieser Band gekokst hab«, sagte Greg zu ihr. »Wir sind alle in einem Kleinbus gefahren, zu einer Party nach dem Konzert. Es war irgendwo oben in Kentish Town, Chalk Farm. Es gab da – Moment ...« Er schenkte sich auch nochmal nach. »Es gab da ...«
»Warte mal«, sagte ich. »Angenommen, ich würde in diesen Reservefonds einzahlen ...«
»Ressourcen«, korrigierte mich Catherine.
»Ja, stimmt«, sagte ich. »Na ja, könnte ich ... Ich meine, wie würde ich da reinpassen?«
»Reinpassen?«, fragte sie.
»Ja«, sagte ich. »Welche Verbindung habe ich dazu? Muss ich da hinfahren? Und wenn nicht, könnte ich hingehen und es mir ansehen?«
»Vielleicht könntest du die Jungfrau mit dem strammsten Arsch als Pfand bekommen«, sagte Greg. »Und dann noch die mit den strammsten Titten als Zins für deine Investition. Wann immer du dann eine Line auf ihr ziehst: *Bingo!* Schon ist die Verbindung da.«
»Warum musst du das sehen?«, fragte Catherine. »Zu wissen, dass es stattfindet, reicht das nicht?«
»Nein«, sagte ich. »Na ja, vielleicht. Aber ich bräuchte ...« Mir wurde schwindelig. Ich wusste, was ich meinte, konnte es aber nicht richtig ausdrücken. Ich wollte eine Verbindung spüren zu diesen Afrikanern. Ich versuchte mir vorzustellen, wie sie mit Catherines Hausbau-Bausätzen Häuser zusammenbauten, oder wie sie in Schulen saßen,

oder ganz allgemein afrikanische Dinge taten, wie Fahrrad fahren oder Singen. Es ging nicht: Ich war nie in Afrika gewesen, genauso wenig wie ich – oder Greg – je gekokst hatten. Ich versuchte mir ein Gitter um die Erde vorzustellen, eine Art gerippten Drahtkäfig, wie der von der Sektflasche, mit Linien für Längen- und Breitengrade, die rundherum verlaufen und einen Ort mit dem anderen verbinden, das ganze Terrain zu einem nahtlosen, gegliederten Netzwerk verweben, aber das Bild verlor sich zwischen den herausgerissenen Rolltreppenstufen der Green Park-Station. Ich wollte aufrichtig mitfühlen mit diesen Afrikanern, aber es gelang mir nicht. Ich war aber auch nicht kaltherzig oder feindselig. Ich war einfach neutral.

»Na ja, egal«, sagte Catherine. »Das würde ich machen. Aber das ist mein Ding. Es hängt alles davon ab, was dir die größte, äh …«

Sie verstummte. Greg machte mit seiner Kokain-Story weiter. Dann sprachen sie wieder über Afrika, wo Greg einmal gewesen war, auf irgendeiner Safari. Das brachte sie wieder auf die Diskussion, was ich mit meinem neuen Vermögen anfangen sollte; dann gab es einen Waffenstillstand und sie plauderten wieder über Afrika. Auf dieser Schiene ging es eine ganze Weile weiter. Den ganzen verdammten Abend wahrscheinlich. Es drehte sich im Kreis, immer wieder auf dem gleichen Terrain. Nach einer Weile schweiften meine Gedanken ab. Mir war bereits klar geworden, dass ich weder den Wunsch hatte, in irgendeinem Land, in dem ich noch nie gewesen war, Schulen zu bauen, noch wie ein Rock-Idol zu leben. Es wurde immer voller und die Musik wurde immer lauter, so dass Catherine und Greg brüllen mussten, um sich Gehör zu verschaffen. Und wie sie brüllten. Wir bestellten noch eine Flasche Sekt und noch drei Bier. Am Ende waren sie ziemlich betrunken. Ich fühlte mich den ganzen Abend stocknüchtern.

Catherine und ich verabschiedeten uns von Greg vor dem Pub und gingen zurück zu meiner Wohnung. Ich musste das Sofa im Wohnzimmer zu einem Bett ausziehen. Es war knifflig, vertrackt: Man musste dieses Teil bei jenem Teil einhaken und ein drittes frei lassen. Ich hatte es vor dem Weggehen nicht ausgezogen – absichtlich, falls das Extra-

Bett sich als unnötig erweisen würde. Aber es war nötig. Catherine hatte schon angefangen, mir auf die Nerven zu gehen. Ich zog ihre Abwesenheit vor, ihren Geist.

3

Am nächsten Tag ging ich zu Marc Daubenay. Sein Büro war in Angel, wie bereits erwähnt. Ich fuhr mit der U-Bahn, konzentrierte mich dabei auf das oberirdische Terrain, hielt mich daran fest.

Daubenays Untergebene mussten über den Vergleich informiert worden sein. Die erste, die junge, pferdegesichtige Empfangsdame, ließ mich auf der Stelle durch, wobei sie mir nervöse Blicke zuwarf, als wäre ich ansteckend. Die zweite, Daubenays Sekretärin, stand, als ich ihr Vorzimmer betrat, sofort vom Schreibtisch auf und öffnete Daubenays Tür. Dabei verfolgte sie mich die ganze Zeit mit ihrem strengen Blick. Er war wirklich strafend, dieser Blick – so hatte einen die Schulsekretärin immer angeschaut, wenn man zum Büro des Schulleiters geschickt wurde, weil man was ausgefressen hatte.

Marc Daubenay sprang auf und schüttelte mir herzlich die Hand.

»Glückwünsche nochmals!«, sagte er. »Das ist ein erstaunlicher Vergleich.«

Er strahlte; dabei legte sich die Haut um seine Augen und auf der Stirn in Falten. Er musste Ende fünfzig, Anfang sechzig sein. Er war hochgewachsen und dünn; sein weißes Haar hatte sich schon stark gelichtet. Er trug eine Weste unter seinem Jackett und darunter ein feingestreiftes Hemd und Schlips. Sehr korrekt. Er blieb hinter seinem Schreibtisch stehen, als er mir die Hand schüttelte. Sein Schreibtisch war ziemlich breit, so dass ich mich, um seine Hand zu erreichen, irgendwie darüberlehnen und dabei darauf konzentrieren musste, das Gleichgewicht zu halten, während die Schreibtischkante gegen mein Bein drückte. Schließlich setzte er sich und bedeutete mir, dasselbe zu tun.

»Also!«, sagte er. »Also!« Er lehnte sich in seinem Sessel zurück und breitete die Arme aus. »Da haben wir also eine sehr erfreuliche Lösung unseres Falls.«

»Lösung?«, sagte ich.

»Lösung«, wiederholte er. »Ende, Abschluss, Ergebnis. Sie unterschreiben diese Papiere, und damit ist alles erledigt. Das Geld wird überwiesen, sobald das hier mit dem Fahrradkurier zurückgeschickt worden ist.«

Ich dachte eine Weile darüber nach und sagte dann:

»Ja, ich nehme an, dass es das ist. Für Sie.«

»Was meinen Sie?«, fragte er.

»Eine Lösung«, sagte ich. »Ende.«

Daubenay blätterte in einem Haufen Papiere. Er zog verschiedene heraus, legte sie vor mich hin und sagte:

»Unterschreiben Sie das hier.«

Ich unterschrieb es.

»Und dieses hier«, sagte er. »Und das, und das. Und das hier auch.«

Ich unterschrieb sie alle. Nachdem er sie wieder eingesammelt und zu einem Stapel zusammengeschoben hatte, fragte ich:

»Wohin geht das ganze Geld?«

»Ja, gute Frage. Ich habe heute Morgen ein Bankkonto dafür eingerichtet. Auf Ihren Namen natürlich. Nur, um einen Landeplatz dafür zu haben. Einen Rückhaltetank, gewissermaßen. Sie können das Konto schließen und alles abheben, wenn Sie möchten, oder vielleicht wollen Sie es auch bestehen lassen. Ich habe mir außerdem die Freiheit genommen«, fuhr er fort, »einen Termin mit einem Börsenmakler für Sie zu vereinbaren.«

Er reichte mir eine Mappe. *Younger und Younger* war darauf zu lesen, in vergoldeten, verschnörkelten Lettern, die an die Schrift auf Geburtstagstorten erinnerten.

»Sie sind die Besten auf ihrem Gebiet«, sagte Daubenay. »Absolut unabhängig – und doch gleichzeitig hervorragend vernetzt. Immer auf dem Laufenden, sozusagen. Matthew Younger wird sich um Sie kümmern, falls Sie sich entscheiden, hinzugehen.«

»Welcher ist er?«, fragte ich.

»Er ist der Sohn«, antwortete Daubenay. »Der Vater heißt Peter, ist aber bereits halb im Ruhestand. Sie sind schon in der dritten Generation.«

»Müsste es dann nicht Younger und Younger und Younger heißen?«, fragte ich.

Daubenay dachte einen Moment darüber nach.

»Ich denke schon«, antwortete er.

»Obwohl, wenn der Jüngste dazukommt, kann er der Zweite werden, und der Vater, der der Zweite war, kann der Erste werden, und der Erste kann einfach hinten aussteigen«, sagte ich. »Es geht nur darum, auf welcher Position sie sind. Sie rotieren.«

Marc Daubenay schaute mich einige Sekunden aufmerksam an. Schließlich antwortete er:

»Ja. Ich nehme an, Sie haben Recht.«

Das Büro von Younger und Younger war in der Nähe der Victoria Station. Ich nahm die U-Bahn. Als ich nach oben kam, auf den Vorplatz vor dem Bahnhof, war die Rushhour in vollem Gang. Pendler strömten an mir vorbei und über die Treppe hinunter zur U-Bahn. Ich blieb einige Minuten dort stehen und versuchte herauszufinden, in welcher Richtung das Büro von Younger und Younger lag, während Männer und Frauen in Businesskleidung eilig an mir vorbeiströmten. Es war ein seltsames Gefühl. Nach einer Weile dachte ich nicht mehr über den Weg zum Büro nach, sondern stand einfach nur da und spürte sie vorbeieilen, vorbeiströmen. Ich dachte daran, wie ich vor zwei Tagen in der Nähe meiner Wohnung in der Ex-Sperrzone zwischen der senkrecht und der parallel verlaufenden Straße gestanden hatte. Ich schloss die Augen, drehte meine Handflächen wieder nach oben und spürte dasselbe Kribbeln, dieselbe Mischung aus Gelassenheit und Intensität. Ich öffnete die Augen wieder, ließ meine Handflächen aber nach oben gedreht. Ich merkte plötzlich, dass ich dastand wie ein Bettler, der die Hände aufhält und Passanten um Kleingeld bittet.

Das Gefühl von Intensität nahm zu. Es fühlte sich sehr gut an. Ich stand regungslos, meine Hände ausgestreckt, die Handflächen nach oben gedreht, während die Pendler an mir vorbeiströmten. Nach einer Weile entschloss ich mich, *tatsächlich* um Kleingeld zu bitten. Ich fing an zu murmeln:

»Kleingeld … ein bisschen Kleingeld … bisschen Kleingeld …«

Das machte ich ein paar Minuten lang. Ich ging niemandem hinterher und suchte auch keinen Augenkontakt – ich stand einfach nur da, starrte unbestimmt vor mich hin und murmelte *ein bisschen Kleingeld*, immer und immer wieder. Niemand gab mir etwas, was in Ordnung war. Weder brauchte noch wollte ich ihr Kleingeld: Ich hatte achteinhalb Millionen Pfund. Ich wollte einfach hier an diesem Ort sein, zu eben diesem Zeitpunkt und eben diese Handlung ausführen. Ich fühlte mich dadurch so gelassen und intensiv, dass ich mich fast als echt empfand.

Das Büro befand sich etwas nördlich der Victoria Station, gegenüber von den Parkanlagen des Buckingham Palace. Die Empfangsdame hier ließ die Yuppiedame von Olanger und Daubenay wie eine Supermarktkassiererin aussehen. Sie trug ein in eine cremefarbene Bluse eingestecktes Seidenhalstuch und hatte perfekt sitzendes Haar. Es bewegte sich kein bisschen, als sie ihren Mund Richtung Gegensprechanlage senkte, um Matthew Younger wissen zu lassen, dass ich da sei, oder als sie in den kleinen Küchenbereich ging, um mir einen Kaffee zu machen. Über ihr, ebenfalls zu gefrorenen Wellen geformt, erstreckte sich eine Mahagonitäfelung bis zur hohen, mit einer Kranzleiste verzierten Decke.

Matthew Younger kam herein, bevor mein Kaffee fertig war. Er war klein, ziemlich klein sogar – aber als er mir die Hand schüttelte und mich begrüßte, hallte seine Stimme dröhnend durch den ganzen Raum, über die Mahagonitäfelung und bis zur verzierten Decke. Ich fand es seltsam, dass jemand, der physisch so wenig Raum einnahm, ein so starkes Gefühl von Präsenz vermitteln konnte. Er schüttelte mir herzlich die Hand – nicht so heiter wie Daubenay, sondern betonter, mit festem Griff, der das Karpalband mit ins Spiel brachte. In den seltensten Fällen ist beim Händedruck das Karpalband beteiligt; nur bei einem wirklich festen. Er deutete aus dem Empfangsraum hinaus Richtung Flur.

»Lassen Sie uns nach oben gehen«, sagte er.

Ich wandte mich zum Aufgang, zögerte aber an der Tür, da die Empfangsdame immer noch mit meinem Kaffee beschäftigt war.

»Oh, ich bringe ihn dann hoch«, sagte sie.

Matthew Younger und ich gingen eine breite, mit Teppich ausgelegte Treppe hinauf, über der Porträts von reich, aber kränklich aussehenden Männern hingen. Wir kamen in einen großen Raum mit einem dieser langen, polierten, ovalen Tische, wie man sie von Vorstandssitzungsszenen aus Filmen kennt. Er legte eine Mappe auf den Tisch, zog das Gummiband ab, das sie zusammenhielt, nahm ein Papier heraus, bei dem ich am Briefkopf erkennen konnte, dass es aus Marc Daubenays Büro stammte, und fing an:

»So. Marc Daubenay teilt mir mit, dass Sie zu einer größeren Geldsumme gekommen sind.«

Er schaute mich an und wartete auf eine Erwiderung. Ich wusste nicht, was ich sagen sollte und verzog nur ein wenig den Mund. Nach einer Weile fuhr Younger fort:

»Im Laufe des vergangenen Jahrhunderts hat sich der Aktienmarkt in jeder Dekade besser entwickelt als Bargeld, von den Dreißigern abgesehen. Viel besser. Als Faustregel kann man sagen, dass sich Ihr Kapital in fünf Jahren verdoppeln kann. Bei der gegenwärtigen Marktsituation kann man die Spanne auf drei reduzieren, vielleicht sogar auf zwei.«

»Wie funktioniert das?«, fragte ich. »Ich investiere in Firmen und bin an ihrem Gewinn beteiligt?«

»Nein«, sagte er. »Na ja, doch, das macht einen kleinen Teil davon aus. Sie erhalten eine Dividende. Aber was ihre Anlagen wirklich in die Höhe treibt, ist Spekulation.«

»Spekulation?«, wiederholte ich. »Was ist das?«

»Aktien werden permanent ge- und verkauft«, sagte er. »Die Preise sind nicht festgelegt: Sie ändern sich, sie richten sich danach, was die Leute dafür zu zahlen bereit sind. Wenn Leute Aktien kaufen, beurteilen sie sie nicht danach, was sie tatsächlich in Bezug auf Waren oder

Dienstleistungen darstellen: sie beurteilen sie danach, was sie einmal wert sein *könnten*, in einer imaginären Zukunft.«

»Aber was passiert, wenn diese Zukunft eintritt und sie nicht so viel wert sind wie die Leute dachten?«, fragte ich.

»Das passiert nicht«, sagte Matthew Younger. »Wann immer eine Zukunft eingetreten ist, wird schon eine neue imaginiert. Die kollektive Imagination aller Investoren projiziert ständig eine neue Zukunft und lässt die Aktien weiter steigen. Natürlich kann es vorkommen, dass ein bestimmtes Aktienpaket mit der Imagination der Leute nicht mehr Schritt hält und fällt. Es ist unser Job, Sie rechtzeitig da rauszuholen, wo sie fallen – und, umgekehrt, Sie da reinzubekommen, wo sie in Kürze in die Höhe schießen werden.«

»Was, wenn alle gleichzeitig damit aufhören, eine Zukunft zu imaginieren?«, fragte ich.

»Ah!« Younger runzelte die Stirn und seine Stimme wurde leiser, zog sich aus dem Raum zurück in seinen kleinen Mund und seine kleine Brust. »Das legt im ganzen System den Schalter um, und der Markt bricht zusammen. Das ist '29 passiert. Theoretisch kann das wieder passieren.« Sein Blick verdüsterte sich für einen Moment; dann hellte sich seine Miene wieder auf – und auch seine dröhnende Stimme kam zurück, als er resümierte: »Aber wenn keiner glaubt, dass das passiert, dann passiert es auch nicht.«

»Und glaubt man, dass es passieren wird?«

»Nein.«

»Cool«, sagte ich. »Dann lassen Sie uns Aktien kaufen.«

Matthew Younger zog einen umfangreichen Katalog aus der Mappe und schlug ihn auf. Er war voller Grafiken und Tabellen, wie eine Art Gezeitenkalender.

»Mit der Art von Kapital, das Sie zur Verfügung haben«, sagte er, »lässt sich doch ein ganz ordentliches Portfolio zusammenstellen.«

»Was ist ein Portfolio?«, fragte ich.

»Oh, so bezeichnen wir die Streuung Ihrer Anlagen«, erklärte er. »Man könnte es mit Roulette vergleichen – mit dem entscheidenden

Unterschied allerdings, dass Sie in unserem Fall gewinnen, während man beim Roulette meistens verliert. Aber auf einem Roulettetisch gibt es Sektoren, Gruppen von Zahlen, auf die man setzen kann, Reihen, Farben, Gerade/ Ungerade und so weiter. Ein kluger Roulettespieler wird eher den ganzen Tisch strategisch abdecken, als alle Chips auf eine Zahl zu setzen. Genauso sollte man, wenn man an der Börse spielt, verschiedene Bereiche abdecken. Banken, verarbeitende Industrie, Telekommunikation, Öl, Pharma, Technologie …«

»Technologie«, sagte ich. »Technologie gefällt mir.«

»Gut«, sagte Younger. »Diesem Sektor sind wir auch sehr zugeneigt. Wir könnten …«

»Welcher war der davor nochmal?«, fragte ich.

»Pharma. Die großen Arzneimittelfirmen sind immer ein …«

»Nein, noch davor.«

»Öl?«

»Nein: Signale, Nachrichten, Verbindungen.«

»Telekommunikation?«

»Ja! Genau.«

»Das ist ein außerordentlich vielversprechender Sektor. Der Mobilfunkmarkt hat Jahr für Jahr nahezu exponentielle Zuwachsraten. Und je mehr neue Verbindungsarten zwischen Telefon und Internet und Hi-Fi-Systemen und wer weiß was noch alles möglich werden, desto mehr imaginäre Zukünfte eröffnen sich. Sie verstehen das Prinzip?«

»Ja«, sagte ich. »Wir nehmen diese beiden: Telekommunikation und Technologie.«

»Nun, wir können selbstverständlich Ihr Portfolio in dieser Richtung *gewichten*«, begann Younger – hielt aber inne, als die Empfangsdame mit dem perfekt sitzenden Haar hereinkam. »Ah, da kommt Ihr Kaffee«, sagte er.

Sie trug ihn auf einem kleinen Tablett, so wie es Stewardessen in Flugzeugen verwenden. Als sie die Tasse auf dem polierten Tisch abstellte, bemerkte ich, dass es sich um eine aus zwei Teilen bestehende Konstruktion handelte: die Tasse selbst, dann, darin eingepasst, ein Plastikfiltereinsatz, in dem sich das Kaffeepulver befand. Es erinnerte mich an diese Mondlandemodule aus den Sechzigern, die Art und Weise, wie die Segmente sich ineinanderfügten. Es gab natürlich auch noch eine Untertasse: drei Teile. Die Empfangsdame ließ die ganze Assemblage sanft auf die Tischplatte gleiten, stellte ein kleines Gefäß mit Sahne und eine Schale mit grob gewürfeltem Zucker daneben, legte einen Löffel dazu und rauschte mit dem Tablett wieder davon.

»Wir können selbstverständlich ins Auge fassen, es in dieser Richtung zu *gewichten*«, fuhr Younger fort. »Aber was ich mit der Roulette-Analogie sagen wollte, ist doch, dass es am besten ist, verschiedene Sektoren abzudecken, Sektoren des …«

»Ja, ich verstehe«, sagte ich. »Aber ich möchte wissen, wo ich bin. Mich mit einem bestimmten Sektor beschäftigen, statt überall und nirgends zu sein, alles durcheinander. Ich möchte eine … eine bestimmte …«, ich suchte lange nach dem richtigen Wort und fand es schließlich: »Position.«

»Eine Position?«, wiederholte er.

»Ja«, sagte ich. »Eine Position. Telekommunikation und Technologie.«

Jetzt sah Younger verwirrt aus.

»Obwohl ich diese beiden Sektoren für äußerst vielversprechend halte, bin ich doch der Meinung, dass dieser Grad an Konzentration, und besonders hinsichtlich der großen Summe, die wir zu investieren beabsichtigen, dass das in ganz unverhältnismäßigem Maße bedeutet, sich zu exponieren, sich Ungewissheiten auszusetzen. Es wäre wesentlich besser …«

»Wenn Sie das nicht machen«, sagte ich, »gehe ich zu einem anderen Börsenmakler.«

Younger verkrampfte sich. Er schien noch mehr zusammenzuschrumpfen; seine Stimme verkümmerte zu einem Schweigen, während er zu begreifen versuchte, was ich gesagt hatte. Dann setzte er wieder seine freundliche Miene auf, atmete tief durch und dröhnte:

»Wir können das schon machen. Auf jeden Fall. Es ist Ihr Geld. Ich berate Sie lediglich. Ich würde zu einer gewissen Diversifikation raten – aber wenn Sie das nicht möchten, dann ist das vollkommen …«

»Telekommunikation und Technologie«, sagte ich. Sobald er erklärt hatte, wie es funktionierte, war mir vollkommen klar, was ich wollte, augenblicklich. Es war mein Geld, nicht seins.

Matthew Younger begann, seinen Katalog durchzublättern. Ich hob den Filtereinsatz der Kaffeetasse an und versuchte, ihn auf der Kante der Untertasse zu balancieren, aber er rutschte auf den Tisch. Ich bemerkte, dass das Wasser noch nicht vollständig durchgelaufen war: Schwarzes Klebzeug sickerte aus dem Gazeboden und lief über die Tischplatte. Ich tupfte mit meinen Fingern darauf herum, um zu verhindern, dass es die Tischkante erreichte und auf meine Hose tropfte. Aber das ließ es nur schneller fließen, und am Ende hatte ich es doch auf meiner Hose, und an meinen Fingern hatte ich es auch. Es war klebrig und schwarz, wie Teer.

»Das tut mir leid«, sagte Matthew Younger. Er griff in die Tasche seines Jacketts und zog ein sauberes Seidentaschentuch heraus. Ich rieb meine Finger damit ab, bis das nasse Zeug trocken und körnig geworden war; dann gab ich ihm das Tuch zurück und er begann, die Technologie- und Telekommunikationskapitel seines Katalogs mit mir durchzugehen.

In weniger als einer halben Stunde hatten wir eine Firma ausgesucht, die kleine Chips für Computer herstellt, zwei der größten Mobilfunknetzbetreiber und einen Hersteller für Schnurlostelefone, eine Firma für terrestrische Telefonie und Kabelfernsehen, ein Luft- und Raumfahrtunternehmen, eine Firma, die Verschlüsselungen fürs Internet entwickelt, eine andere, die Software entwickelt, deren Zweck ich nicht ganz verstand, einen Hersteller von flachen Lautsprechern, noch ein paar Software-Leute und noch so ein Mikro-Ding. Ich kann mich nicht an alle erinnern: Es waren so viele. Ein Spiele-Hersteller, ein Pionier des interaktiven Fernsehens, ein Unternehmen, das diese kleinen tragbaren Geräte herstellt, die einem zu jeder Zeit genau sagen, wo man sich befindet, indem sie Signale ins All senden und wieder zurück – und viele viele mehr. Als ich ging, hatten wir mehr als achtzig Prozent meines Geldes in Aktien versenkt. Eine Million sollte auf einem Bausparkassenkonto angelegt werden, wofür ich mit Youngers Hilfe gleich die Formulare ausfüllte. 150.000 blieben auf dem Rückhaltetank-Konto, das Daubenay am Morgen für mich eröffnet hatte.

»Ich brauche vielleicht mal plötzlich Bargeld«, sagte ich zu Matthew Younger, als er mich aus den Geschäftsräumen von Younger und Younger hinausbegleitete.

»Natürlich«, antwortete er. »Auf jeden Fall. Und vergessen Sie nicht, dass wir auch jederzeit Aktien verkaufen können. Rufen Sie an, wann immer Sie mich brauchen. Auf Wiedersehen.«

Es war immer noch Rushhour. Mir war nicht danach, gleich die U-Bahn zu nehmen. Statt dessen ging ich langsam Richtung Fluss, durch die Seitenstraßen von Belgravia. Am Fluss ging ich weiter nach Osten, überquerte die Lambeth-Brücke und nahm dann die Treppe hinunter zum Albert-Ufer, suchte mir eine Bank und blieb dort eine Weile sitzen, mit einem weiten Blick über die Themse.

Ich dachte daran, wie Catherine und ich damals das Boot genommen hatten, an der Uferpromenade in Paris. Es war früh am Tag gewesen, ein frischer, blauer Morgen, und die Sonne hatte überall auf dem Wasser diese Spalten aus Licht aufblitzen lassen – tanzende, funkelnde Spalten, die sich öffneten. Jetzt war Abenddämmerung. Die Stadt wirkte, als würde sie die Schotten dicht machen; sie sammelte sich, kam zu sich, aber ich blieb ausgeschlossen. Sie glühte, aber sie wärmte mich nicht. Als ich da so saß, kam mir in den Sinn, dass ich losgehen und so gut wie alles, jede beliebige Straße, jede Häuserzeile, jeden Block, kaufen könnte – die Geschäfte, die Cafés, Kinos, egal was. Das alles könnte ich besitzen, aber ich würde trotzdem außerhalb bleiben, draußen, ausgesperrt. Ich sah dem Dunkelwerden und Glühen zu, schaute zu, wie die Schotten dicht gemacht wurden, und das Gefühl des Ausgegrenzt-Seins färbte nach und nach die ganze Stadt. Die Landschaft, die ich betrachtete, schien verloren, tot, eine tote Landschaft.

Ich wollte noch nicht zurück nach Brixton, nach Hause. Catherine war auch unterwegs, wollte sich die Stadt anschauen: Museen, Shopping, solche Sachen. Mir war sowieso nicht danach, sie zu sehen. Ich ging am Ufer entlang Richtung Waterloo und kam an der Rückseite des St.-Thomas-Krankenhauses vorbei. Neben den großen Türen für die Warenanlieferung und dem eingegitterten Abfallbereich waren die Mitarbeiterparkplätze markiert. Krankenwagenfahrer standen rauchend bei ihren Fahrzeugen. Küchenpersonal schob Rollwagen durch die Gegend. Darauf hatte ich mich im Krankenhaus immer gefreut: auf diesen Augenblick, wenn der Rollwagen kommt. Das Gespräch, das die Person, die ihn schiebt, mit einem führt, ist banal und man kann es umgehend vergessen, genau wie das Essen, aber das ist gut, denn es bedeutet, dass sich die gleiche Unterhaltung ein paar Stunden später wiederholen kann, und am nächsten Tag wieder, und auch am darauffolgenden, und man kann sich immer wieder darauf freuen. Im Krankenhaus dreht sich alles im Kreis. Ich beobachtete die Rollwagen, die scheppernd ihre Runden von der Küche zu den Hintereingängen der Stationen drehten, die Müllsäcke, die sich im Abfallgehege stapelten, die Krankenwagenfahrer und ihre Fahrzeuge, still und unbewegt zwischen den Markierungen.

Schließlich überquerte ich den Fluss ein zweites Mal und ging zu Fuß bis nach Soho. An der Ecke, wo die Old Compton Street die Frith Street in einem exakten 90-Grad-Winkel kreuzt, entdeckte ich eines dieser Seattle-Erlebnis-Cafés, wo ich einen Cappuccino getrunken hatte, als ich in Heathrow auf Catherine wartete. Mir fiel ein, dass ich eine Treuekarte besaß und dass ich, wenn alle zehn Tassen gestempelt waren, eine Tasse umsonst bekommen würde – und eine neue Karte mit weiteren zehn Tassen darauf. Die Idee begeisterte mich: den Zähler zurückstellen, einmal die ganze Runde, zurück auf null und gleich wieder von vorne. Ich ging hinein und bestellte einen Cappuccino.

»Heyy! Small Cap«, sagte die Bedienung. Es war diesmal eine weibliche. »Kommt sofort. Haben Sie eine …«

»Ja, hier«, sagte ich und schob sie über den Tresen.

Sie stempelte die zweite Tasse und reichte mir den Cappuccino. Ich nahm ihn mit zu einem Hocker am Fenster. Es war eins dieser langen, hohen Fenster, die über die ganze Wand reichen. Ich setzte mich und beobachtete die Leute, die vorbeikamen. Es muss gegen acht gewesen sein. Medienleute verließen ihre Büros und Clubtypen strebten in die Bars und Restaurants. Ein paar Leute schoben einen Wandschirm die Straße entlang – einen dieser alten barocken Wandschirme mit orientalischem Muster. Im Krankenhaus hatte es auch Wandschirme gegeben – ohne Muster natürlich: einfache weiße Wandschirme, die sie ums Bett herum aufstellten, wenn sie einen umdrehen oder ausziehen wollten. Die Leute, die den Wandschirm die Old Compton Street entlangschoben, waren vielleicht zwei oder drei Jahre jünger als ich, Mitte bis Ende zwanzig. Sie hatten ihn wohl aus dem Studio einer der Produktionsfirmen geholt, die in Soho überall zu finden sind, oder brachten ihn gerade dorthin zurück. Sie sahen aus wie Fernsehleute: kurze, gefärbte Haare und Diesel- und Evisu-Klamotten und kleine, bunte Handys in der freien Hand oder in der Hosentasche. Ich fragte mich, ob ihre Telefone wohl dazu beitrugen, für eines meiner Aktienpakete eine imaginäre Zukunft zu entwerfen und den Kurs nach oben zu treiben.

Ich stand auf und holte mir noch einen Cappuccino, bekam einen dritten Stempel und ging zu meinem Fensterplatz zurück. Die Medienleute, die den Wandschirm schoben, hatten mitten auf der Straße eine Pause eingelegt, weil sie eine Gruppe von Medienleuten getroffen hatten, die in einem der anderen Cafés draußen saßen. Sie riefen sich wechselseitig Begrüßungen zu, liefen zwischen dem Wandschirm und dem zweiten Café hin und her, winkten, lachten. Sie erinnerten mich an eine Werbung – nicht an einen bestimmten Spot, einfach an irgendeine Werbung mit schönen jungen Leuten, die Spaß haben. Die Leute mit dem Wandschirm hatten jetzt dieselbe Werbung im Kopf wie ich. Ich sah es ihnen an. Mit ihren Gesten und ihren Bewegungen spielten sie die Rollen der Figuren aus der Werbung: wie sie beim Lachen ihren Kopf zurückwarfen, wie sie ihr Handy lässig in ihre tiefhängende Hosentasche zurückgleiten ließen, wie sie sich umdrehten und in eine Richtung gingen, während sie noch in die andere Richtung gedreht redeten. Ihre Körper und Gesichter vibrierten vor Ausgelassenheit und Überschwang – im triumphierenden Bewusstsein, dass sie jetzt, für dieses eine Mal, an eben dieser rechtwinkligen Kreuzung, nicht in irgendeinem Kino oder in irgendeinem Wohnzimmer vor dem Fernseher sitzen und anderen schönen jungen Leuten beim Lachen und Abhängen zuschauen mussten: Diesmal waren sie selber diese schönen jungen Leute. Klar? Genau wie ich: ganz und gar *second-hand*.

Ich holte mir eine dritte Tasse, bekam den vierten Stempel auf meiner Karte und ging zurück zu meinem Hocker am Fenster. Die Medienleute und ihr Wandschirm waren verschwunden. Ein paar Straßen weiter ging eine Autoalarmanlage an und hupte periodisch in Intervallen von drei oder vier Sekunden. Im Krankenhaus hatte ich neben meinem Bett einen Monitor und eine Plastiklunge, die ungefähr im gleichen Intervall piepsten und schnarrten. Als sich mein Koma aufhellte – das ist ihr Wort dafür, ›aufhellen‹ –, als mein Bewusstsein noch schlief, aber schon unruhig wurde und Szenen und Räume erfand, die ich bewohnen konnte, hatte ich mich in riesigen Sportstadien befunden, entweder in Leichtathletik-Arenen mit markierten Aschen- und Asphaltbahnen oder auf Kricketfeldern mit weißen, aufs Gras gemalten Spielfeld- und Grenzlinien. Die Sportereignisse wurden kommentiert, und ich musste mich beteiligen, musste ebenfalls kommentieren. Ich musste meinen Kommentar im Rhythmus des Piepsens und Schnarrens sprechen, sonst wäre ich aus der Szene ausgeblendet worden. Ich wusste, dass die Situation merkwürdig war, dass ich bewusstlos war und es mir nur vorstellte, aber ich wusste auch, dass ich mit dem Kommentieren nicht aufhören durfte, dass ich dem Format, der Vorgabe entsprechen musste, sonst würde ich sterben.

Während ich an meinem Fenster saß und die Leute beobachtete, die vorbeikamen, fragte ich mich, wer von ihnen am wenigsten formatiert war, am wenigsten unecht. Ich nicht – so viel war sicher. Ich war in dieser ganzen Szene ein Eindringling, ein Voyeur. In anderen Cafés saßen andere Leute hinter Fenstern; sie spiegelten mich: Eindringlinge auch sie, allesamt. Dann gab es die Touristen, die sich plump und unbeholfen vorbeischoben und die Leute hinter den Fenstern anstarrten. Noch weiter unten in der Hackordnung, entschied ich. Dann gab es die Clubber. Die meisten von ihnen schwul – szene-schwul, mit engen Jeans und gegeltem Haar und jeder Menge Piercings. Sie waren wie die Medienleute mit dem Wandschirm: Sie spielten etwas vor – den Zuschauern, sich gegenseitig, sich selbst. Sie zogen von einer Bar zur nächsten, küssten ihre Freunde zur Begrüßung, taxierten andere Männer in übertriebener Weise, ihre Gesten allesamt völlig übertrieben, tuntig. Sie waren alle braungebrannt, aber unecht, von Sonnenbänken in teuren Fitnessstudios oder aus der Tube. Theatral, künstlich, alle miteinander.

Ich musste bei meinem sechsten Cappuccino gewesen sein, als mir eine Gruppe Obdachloser auffiel. Sie waren schon die ganze Zeit, die ich hier auf meinem Aussichtsposten verbracht hatte, dagewesen, getarnt zwischen Schaufenstern und Mülleimern, aber ich war erst jetzt auf sie aufmerksam geworden und fing an, sie zu beobachten. Einer von ihnen saß in einen Polyesterschlafsack gewickelt, auf seinem Schoß hatte sich ein Hund zusammengerollt. Seine Freunde hatten sich etwa zwanzig Meter weiter niedergelassen – drei oder vier von ihnen. In unregelmäßigen Abständen verließen sie ihren Platz, um ihn zu besuchen, mal einzeln, mal zu zweit; dann drehten sie wieder um und gingen zurück. Ich beobachtete sie aufmerksam, eine lange Zeit. Die Etwas-weiter-weg-Leute näherten sich dem eingewickelten Typ-mit-Hund zielstrebig, als hätten sie eine Nachricht für ihn, eine wichtige Information. Sie überbrachten die Nachricht und gingen wieder weg, aber einer von ihnen kam nach jeweils ungefähr sieben Minuten mit den neuesten Informationen zurück. Manchmal übernahmen sie seinen Posten, hielten seinen Platz besetzt, während er mit seinem Hund zu ihrem Platz schlenderte.

Allmählich konnte ich eine gewisse Regelmäßigkeit im Schema ihrer Bewegungen erkennen, im Kreislauf, der zwischen den beiden Plätzen entstand – wer wen ersetzte, wann und in welcher Reihenfolge. Es war allerdings vertrackt: Jedes Mal, wenn ich dachte, ich hätte die Sequenz geknackt, bewegte sich einer außerhalb der Reihe oder nahm eine andere Route. Ich beobachtete sie sehr lange, ganz auf das Schema konzentriert.

Nach einer Weile kam mir der Gedanke, dass letztendlich *diese* Leute die authentischen waren. Dass sie keine Eindringlinge waren. Dass ihnen die Straße gehörte, ihnen selbst, dass sie ganz und gar im Moment lebten. Ich beobachtete sie mit Staunen. Ich wollte Kontakt zu ihnen aufnehmen. Ich entschloss mich, *tatsächlich* Kontakt zu ihnen aufzunehmen. Als sich der eingewickelte Typ-mit-Hund zum vierten Mal zurück in seinen Schlafsack gesetzt hatte und ich mehr oder weniger sicher voraussagen konnte, dass in den nächsten sieben Minuten oder so keiner seiner Freunde vorbeikommen würde, stand ich von meinem Hocker auf, verließ das Café und ging über die Straße zu der Stelle, wo er saß.

Sein Hund sah mich zuerst kommen. Er streckte sich und wurde munter, sah mich wachsam an und schnupperte. Dann schaute der eingewickelte Typ ebenfalls auf. Er musste so um die zwanzig sein, etwas jünger vielleicht. Seine Haut war zart und sehr blass, mit kleinen roten Sprengseln von geplatzten Äderchen. Ich stand eine Weile vor ihm und schaute zu ihm hinunter. Schließlich fragte ich:

»Kann ich mit dir reden?«

Er sah zu mir hoch, genau wie vorher sein Hund: spöttisch, aber auch nervös und defensiv.

»Bist du'n Christ oder was?«, fragte er.

»Nein. Nein, ich bin kein Christ«, sagte ich.

»Mit den Christen will ich nix zu schaffen haben«, sagte er. »Lassen einen beten, bevor sie einem was zu essen geben und so'n Kram. Scheiß Heuchlerpack.« Er sprach langsam und schleppend, aber ziemlich nasal. Es erinnerte mich an drogensüchtige Rockstars aus den Sechzigern – Bill Wyman oder so.

Ich fragte mich, ob er auch drogensüchtig war.

»Ich bin wirklich kein Christ«, sagte ich. »Ich will nur mit dir reden. Ich will dich was fragen.«

»Was?«, sagte er. Sein Mund blieb offen stehen, als das Wort heraus war.

»Ich …«, begann ich – dann wurde mir klar, dass ich nicht genau wusste, was ich ihn fragen wollte. Ich sagte: »Kann ich dir was zu essen besorgen?«

»Gib uns 'n Zehner, wenn du willst«, sagte er.

»Nein«, sagte ich. »Ich möchte dich zum Essen einladen. Ein richtiges Essen, mit Wein und allem Drum und Dran. Was sagst du dazu?«

Er schaute zu mir hoch, immer noch mit offenem Mund, und dachte nach. Ich war kein christlicher Seelenjäger, und es war offensichtlich, dass ich nicht von der Polizei war. Dann spannten sich seine Gesichtszüge und er fragte:

»Bist du'n Kinderschänder oder so was?«

»Nein«, sagte ich. »Du wirst zu nichts gezwungen. Ich will dich nur zum Essen einladen und mit dir reden.«

Er musterte mich ziemlich lange und eingehend. Dann machte er seinen Mund zu, schniefte geräuschvoll, lächelte und sagte:

»In Ordnung.«

Er stieg aus seinem Schlafsack, pfiff seinen Freunden und signalisierte, dass einer von ihnen kommen und seinen Platz einnehmen sollte, schlug sich auf die Schenkel und pfiff nochmal, etwas leiser, diesmal nach seinem Hund. Wir machten uns gemeinsam auf den Weg und verließen Soho auf der Charing Cross Road in nördlicher Richtung. Ich nahm ihn mit zu einem Griechen am Centre Point. Die Bedienung, eine alte Frau mit dicker Brille, wollte seinen Hund nicht reinlassen. Ich gab ihr einen Zwanzig-Pfund-Schein und sagte, dass der Hund sich schon benehmen würde, und bat sie um einen Knochen zum Abnagen für ihn. Wir setzten uns und sie brachte ihm einen großen Lammknochen, an dem er ganz gesittet unter dem Tisch herumkaute.

»Was darf's für Sie sein?«, fragte sie. Sie war jetzt die Freundlichkeit selbst, nach den zwanzig Pfund.

Ich bestellte eine Flasche teuren Weißwein und gemischte Vorspeisen und bat um einige Minuten Zeit, bis wir uns für ein Hauptgericht entschieden hatten. Sie nickte, immer noch lächelnd, und ging zur Küche.

»Also!«, sagte ich. Ich lehnte mich in meinem Stuhl zurück und breitete die Arme aus. »Also!«

Mein Obdachloser beobachtete mich. Er nahm seine Serviette und spielte damit herum. Nach einer Weile fragte ich:

»Wo kommst du her?«

»Luton«, sagte er. »Bin vor zwei Jahren hergekommen. Zweieinhalb.«

»Warum bist du weg aus Luton?«, fragte ich.

»Familie«, sagte er, während er immer noch an seiner Serviette herumzupfte. »Mein Alter säuft. Hat mich geschlagen.«

Die Bedienung kam mit unserem Wein. Mein Obdachloser betrachtete ihre Brüste, als sie sich über den Tisch lehnte, um einzuschenken. Ich betrachtete sie auch. Ihre Bluse war oben nicht zugeknöpft und sie hatte schöne, runde Brüste. Sie musste etwa sein Alter sein, achtzehn, neunzehn. Wir sahen ihr nach, als sie sich umdrehte und wegging. Schließlich hob ich mein Glas.

»Prost!«, sagte ich.

Er nahm sein Glas und trank in großen Schlucken. Er stürzte die Hälfte runter, wischte sich mit dem Ärmel über den Mund und stellte das Glas wieder ab. Der Alkohol hatte ihm Mut gemacht und er fragte:

»Was willste denn jetzt wissen?«

»Also«, sagte ich. »Ich möchte wissen … Na ja, was ich wissen will, ist … Okay: Wenn du an deinem Platz auf der Straße sitzt, in deinen Schlafsack eingewickelt, mit deinem Hund auf dem Schoß … Du sitzt da, und es kommen Leute vorbei – na ja, hast du … Was ich wirklich wissen möchte …«

Ich stockte. Ich brachte es nicht richtig heraus. Ich atmete tief ein und begann nochmal von vorn:

»Also«, sagte ich. »In Filmen, wenn die Leute was machen – Figuren, die Helden, Robert De Niro zum Beispiel – was sie auch machen, es ist immer perfekt. Egal was. Wenn sie einen Kühlschrank aufmachen, oder sich eine Zigarette – nein, sagen wir mal, wenn sie eine Serviette nehmen, zum Beispiel. Der Held würde sie nehmen, einmal kurz schnipsen und sie sich in den Kragen stecken oder einfach auf seinem Schoß auffalten, und dann würde sie ihn die ganze Szene nicht mehr beschäftigen. Und sein Dialog wäre auch einfach perfekt. Verstehst du, was ich meine? Wenn wir das versuchen, du oder ich, würde sie immer wegrutschen und runterfallen.«

Mein Obdachloser nahm wieder seine Serviette. »Soll ich sie mir ins Hemd stecken?«, fragte er.

»Nein«, sagte ich. »Darum geht es nicht. Es geht darum, dass ich mich frage, ob du dir dessen bewusst bist. Wenn du an deiner Ecke sitzt.«

»Ich nehm keine Servietten, wenn ich esse«, sagte er.

»Nein! Ich meine, das meine ich nicht. Vergiss die Serviette. Das war nur ein Beispiel. Was ich meine, bist du … Wenn du irgendwas machst – mit deinen Freunden redest, zum Beispiel, oder Passanten nach Geld fragst – na ja, bist du …«

»Ich frag sie ja nur, weil ich keins hab«, sagte er und legte die Serviette weg. »Wenn ich 'nen Job hätte, würd' ich's nicht machen, oder?«

»Nein, hör zu«, sagte ich und streckte meine Hand über den Tisch, »das ist …«, aber meine Hand stieß gegen das Weinglas. Das Glas fiel um und der Wein ergoss sich über das Tischtuch. Das Tischtuch war weiß; der Wein färbte es tiefrot. Die Bedienung kam. Er war … Sie war jung, mit einer großen dunklen Brille, eine Italienerin. Große Brüste. Schmale.

»Was willst du wissen?«, fragte mein Obdachloser.

»Ich möchte wissen …« begann ich, aber die Bedienung lehnte sich über mich, als er das Tischtuch wegnahm. Sie nahm auch den Tisch weg. Es gab keinen Tisch. Die Wahrheit ist, dass ich das alles nur erfunden habe – das ganze Zeug mit dem Obdachlosen. Er existierte zwar, hatte gut getarnt zwischen Schaufenstern und Mülleimern gesessen – aber ich bin nicht zu ihm hingegangen. Ich beobachtete ihn und seine Freunde, die Kreise, die sie zwischen seinem Platz und ihrem zogen, ihre Zielstrebigkeit, ihre ›Ich überbringe eine wichtige Nachricht‹-Ausstrahlung. Sie stolzierten in ihrem Territorium herum, spuckten auf den Bürgersteig, drehten, wenn sie die Richtung wechselten, schwungvoll ihre Schultern, sogar noch übertriebener als die Medienleute vor ihnen, hatten es nicht mal nötig, sich nach Autos oder Fahrrädern umzuschauen, wenn sie die Straße überquerten. Sie mussten etwas beweisen: dass sie eins waren mit der Straße; dass sie und nur sie ihre wahre Sprache sprachen; dass der Raum um sie herum tatsächlich ihnen *gehörte*. Scheiße: totale Scheiße. Sie kamen noch nicht mal aus London. Luton, Glasgow, irgendwoher, aber von außerhalb, von weit weg, ohne Bedeutung. Und dann ihre Herumstolziererei, ihre Arroganz: bloß Tarnung. Usurpatoren. Betrüger.

Ich war nicht zu ihm hingegangen, hatte nicht mit ihm gesprochen. Ich hatte es gar nicht vorgehabt, es gab absolut nichts, was ich von ihm hätte lernen können. Außerdem hasse ich Hunde, habe sie schon immer gehasst.

4

Ein paar Tage später, am Samstag, ging ich zu David Simpsons Party. Seine neue Wohnung in der Plato Road befand sich im zweiten Stock eines umgebauten Hauses. Es war um die hundert Jahre alt, denke ich. Gar nicht übel, kein schlechter Ort. Er hatte die Wohnung noch nicht renoviert: Kabel hingen von der Decke, Bleistiftstriche an den Wänden markierten, wo Regale angebracht werden sollten, und kleine Diagramme, die den Verlauf der elektrischen Leitungen zeigten, waren neben Schalter gekritzelt. Und überall standen Kisten voller Kleider und Bücher und Geschirr.

»Oh! Hallo!«, sagte David, als er mir die Tür aufmachte. »Ich habe gehört, dir geht's … äh, besser.« Er musterte meine Stirn direkt über meinen Augen; Greg hatte ihm wohl von der plastischen Operation an der Narbe erzählt.

»Sie ist über dem rechten«, sagte ich.

»Oh, stimmt«, antwortete er. »Ich wollte nicht … Komm, ich hol dir was zu trinken.«

Er hatte eine Art Bowle gemacht. Sie war rosa und süß – vielleicht Sangria. Es gab auch Bier und Wein. Ich nippte an der rosa Bowle und ging ins Wohnzimmer. Jemand rief meinen Namen. Es war Greg.

»Hey Kumpel!«, sagte Greg und haute mir auf die Schulter. Er war schon ziemlich betrunken. »Wo ist Catherine?«

»In Oxford«, sagte ich. Sie war übers Wochenende hingefahren. Sie langweilte mich mittlerweile unglaublich. Alle langweilten mich. Alles langweilte mich. Seit meinem Treffen mit Matthew Younger hatte ich die Tage damit verbracht, darüber nachzugrübeln, was ich mit dem Geld anfangen sollte. Ich war alle Möglichkeiten durchgegangen: um die Welt reisen, mich selbstständig machen, eine Wohltätigkeitsstiftung gründen, alles verprassen. Nichts davon reizte mich auch nur im Geringsten. Was für eine Wohltätigkeitsstiftung hätte ich gründen sollen? Mir lag kein Thema besonders am Herzen. Wenn ich alles bei einer irrsinnigen Einkaufsorgie ausgeben würde, was würde ich kaufen? Ich war weder an Kunst interessiert, noch an Klamotten und auch nicht an Drogen. Der Sekt neulich hatte bitter geschmeckt, nach Kordit, und ich hatte ihn nur bestellt, weil Marc Daubenay mir gesagt hatte, dass ich das tun solle; ich hatte einmal *Foie Gras* versucht, in Paris: Mir war davon übel geworden. Nein: Ich hatte alle Möglichkeiten durchgespielt, hatte jede geprüft, so wie ein Kind ein billiges Spielzeug ein paar Sekunden lang in die Hand nimmt, bis es merkt, dass das Scheißding sich weder drehen, noch Musik machen, noch in irgendeiner Weise Begeisterung hervorrufen wird, und es wieder weglegt. Ich war also gelangweilt – von den Leuten, von irgendwelchen Ideen, von der Welt: von allem.

Greg torkelte in die Küche, um sich mehr zu trinken zu besorgen. Ich setzte mich auf ein Sofa und schaute mich um. Es schien eine ziemlich langweilige Party zu sein. Ich kannte nicht viele Leute hier, und die, die ich kannte, interessierten mich nicht sonderlich. David arbeitete im PR-Bereich oder Marketing oder so was; er langweilte mich und seine Freunde waren auch langweilig. Ich stand auf und stellte mich ans Fenster, etwa einen halben Meter rechts davon. Dort blieb ich eine Weile, ging dann in die Küche und schenkte mir nach. Ich hatte das Glas kaum angerührt, aber es war eine Beschäftigung. Ich ging zurück ins Wohnzimmer und traf wieder auf Greg.

»Hey Kumpel!«, sagte er und haute mir wieder auf dieselbe Schulter. »Also, wo ist Catherine?« Er war noch etwas betrunkener als vor einer Viertelstunde.

»Sie ist in Oxford«, sagte ich.

Er torkelte wieder davon und ich ging zurück zum Sofa, dann wieder an den Platz am Fenster. Diese zweite Stelle war besser. Als ich im Krankenhaus war, hatte ich ein sicheres Gespür dafür entwickelt, welches gute Positionen sind und welche nicht – weil ich mich nicht selbst bewegen konnte. Im normalen Leben, wenn man sich bewegen kann, setzt man als selbstverständlich voraus, die eigene Position verändern zu können. Aber wenn man verletzt ist und sich nicht rühren kann, muss man genau dort bleiben, wo Ärzte und Schwestern einen hinbringen. Es wird höllisch wichtig, wo sie einen hinbringen: die eigene Position im

Verhältnis zu Fenstern, Türen, dem Fernseher. Die Station, in der ich nach der Intensivstation die meiste Zeit verbrachte, war L-förmig. Ich war an der kurzen Seite des L, am Fuß, genau an der Ecke, wo die lange Seite auf die kurze trifft. Es war ein guter Standort: Die beiden Alleen der Station ließen sich von dort aus hervorragend überblicken und man hatte die Schwestern-Enklave und die Rollwagenstation genauso im Visier wie all die anderen kleinen Bedeutungsinseln im Strom der Stationsoberflächen. In der Station danach hatte ich dagegen einen richtig schlechten Platz, in einem Bett, das falsch ausgerichtet war, auf nichts Bestimmtes, einfach falsch. Die richtige Position hat seitdem für mich eine große Bedeutung. Nicht nur wegen des Krankenhauses: auch wegen des Unfalls. Ich wurde getroffen, weil ich an einer bestimmten Stelle gestanden hatte und nicht woanders – auf dem Rasen, exponiert, wie ein Jeton auf dem grünen Samtgitternetz eines Roulettetisches, auf einer bestimmten Zahl, in Warteposition …

Ich ging zurück zur Küche, um mein Glas wieder aufzufüllen, merkte aber, dass der Pegel kein bisschen gesunken war, seit ich das letzte Mal nachgeschenkt hatte; also blieb ich einfach in der Tür stehen. Zwei Frauen neben der Bowleschüssel sahen mich an.

»Suchst du was?«, fragte mich die eine.

»Ja«, sagte ich. »Ich suche eine … ein Dings.« Ich machte eine Art drehende Bewegung mit meinen Fingern, eine Geste irgendwo zwischen dem Öffnen einer Flasche mit einem Korkenzieher und dem Benutzen einer Schere. Dann verließ ich die Küche wieder.

Ich war auf dem Weg durch den Flur zurück ins Wohnzimmer, als mir ein kleiner Raum abseits der Runde, die ich bisher immer gedreht hatte, auffiel. Ich hatte mich in der Küche jedes Mal im Uhrzeigersinn bewegt und im Wohnzimmer gegen den Uhrzeigersinn, Tür-Sofa-Fenster-Tür. Mit dem kurzen, schmalen Flur zwischen den beiden Räumen hatte mein Rundkurs die Form einer Acht. Dieser zusätzliche Raum schien daneben aufgetaucht zu sein wie die Halbe in meinem Vergleich: ein Ableger, ein Zusatz. Ich spähte hinein. Es war ein Badezimmer. Ich ging rein und schloss hinter mir ab. Da passierte es: das

Ereignis, das, abgesehen vom Unfall, das wichtigste Ereignis in meinem Leben war.

Und so passierte es. Ich stand im Badezimmer, die Tür hinter mir abgeschlossen. Ich war auf der Toilette gewesen und wusch gerade meine Hände am Waschbecken. Dabei schaute ich am darüberhängenden Spiegel vorbei – ich mag Spiegel grundsätzlich nicht – auf diesen Riss, der die Wand hinunter verlief. David Simpson, oder vielleicht auch der Vorbesitzer, hatte die Tapete entfernt, so dass nur der Putz auf der Wand war und einige Farbkleckse, wo David wohl ausprobiert hatte, wie der Raum in unterschiedlichen Farben aussehen würde. Ich stand am Waschbecken und schaute auf diesen Riss im Putz, als ich plötzlich ein Déjà-vu-Erlebnis hatte.

Das Gefühl des Déjà-vu war sehr stark. Ich war schon einmal in einem Raum wie diesem gewesen, ganz genau wie diesem, hatte auf den Riss geschaut, einen Riss, der genau wie dieser vorsprang, sich genau gleich die Wand entlangschlängelte wie dieser hier neben dem Spiegel. Dort war genau so ein Riss gewesen, und auch eine Badewanne, und ein Fenster genau über dem Badewannenwasserhahn, genau wie hier in diesem Zimmer – nur war das Fenster etwas größer gewesen und der Wasserhahn älter, anders. Vor dem Fenster waren Dächer gewesen, mit Katzen darauf. Rote Dächer, schwarze Katzen. Es war weit oben gewesen, viel höher als hier: im fünften oder sechsten oder vielleicht sogar siebten Stock eines alten Mietshauses, eines großen Wohnblocks. Das Gebäude war mit Menschen vollgestopft gewesen: Nachbarn unter mir und um mich herum und im Stockwerk darüber. Der Geruch von in der Pfanne gebratener Leber war aus dem Stock darunter zu mir heraufgeweht – auch die dazugehörigen Geräusche, das Brutzeln und Zischen.

Ich erinnerte mich an all das sehr klar. Die gebratene Leber eine Etage tiefer, der Geruch, das Brutzeln und Zischen, und zwei Stockwerke darunter war Klaviermusik zu hören gewesen. Keine aufgenommene Musik von CD oder aus dem Radio, sondern echte, Live-Musik, auf einem Flügel gespielt von dem Mann, der dort wohnte, einem Musiker. Ich erinnerte mich an den Klang, den Rhythmus. Manchmal hatte er innegehalten – immer wenn er einen falschen Ton angeschlagen oder sich verheddert hatte. Er hatte innegehalten und die Passage von vorne gespielt, langsam, war an der Stelle, wo er sich verspielt hatte, noch langsamer geworden. Dann hatte er sie mehrmals richtig wiederholt, sie nochmal durchgespielt, sie wieder etwas schneller gespielt, bis er in der Lage war, sie ohne Patzer richtig schnell zu spielen. Ich erinnerte mich an all das sehr klar und deutlich – kristallklar, so klar wie in einer Vision.

An all das erinnerte ich mich, aber ich konnte mich nicht erinnern, *wo* es gewesen war, dieser Ort, diese Wohnung, dieses Badezimmer. Oder wann. Zuerst dachte ich, ich würde mich an eine Wohnung in Paris erinnern. Nicht die, in der ich gewohnt hatte, als ich den Kurs besuchte – die hatte nicht im Entferntesten so ausgesehen wie die, die sich in meiner Erinnerung entfaltete, weder innen noch außen: Es hatte dort keine Katzen auf Dächern gegeben, keine Leber und keine Klaviermusik, kein solches Badezimmer mit einem solchen Riss in der Wand – aber vielleicht die von jemand anderem: von Catherine oder von jemandem, den wir beide kannten, von einem anderen Studenten. Aber wir waren bei keinem der anderen Studenten in der Wohnung gewesen. Nein: Es war nicht Paris. Ich ging noch weiter in meiner Vergangenheit zurück, bis in die Kindheit. Zwecklos. Ich konnte diese Erinnerung absolut nicht einordnen.

Und es wuchs von Minute zu Minute, dieses erinnerte Gebäude, als ich da im Badezimmer stand; es breitete sich, vom Riss ausgehend, immer weiter aus. Die Nachbarin aus der Etage unter mir, die die Leber briet, war eine alte Frau gewesen. Ich war ihr fast jeden Tag im Treppenhaus begegnet. Ich erinnerte mich daran, wie ich sie vor ihrer Wohnungstür getroffen hatte, als sie ihren Müll auf dem Treppenabsatz abstellte. Sie hatte etwas zu mir gesagt; ich hatte geantwortet und war dann an ihr vorbei weitergegangen. Sie hatte den Müll rausgestellt, damit die Portiersfrau ihn mitnahm. Das Gebäude in meiner Erinnerung hatte eine Portiersfrau, wie die Concierge in Pariser Mietshäusern. Im Treppenhaus waren eiserne Geländer gewesen und ein abgenutzter gemusterter

Fußboden aus Marmor oder Marmorimitat. Ich erinnerte mich, wie es gewesen war, darüber zu laufen: wie sich meine Schuhe auf seiner Oberfläche angehört hatten; wie sich das Geländer angefühlt hatte, wenn man es berührte. Ich erinnerte mich daran, wie es sich angefühlt hatte, durch meine Wohnung zu gehen: vom Badezimmer mit dem Riss in der Wand zur Küche und ins Wohnzimmer; wie die Pflanzen, die in Körben von der Decke hingen, geraschelt hatten, wenn ich vorbeiging; wie ich mich leicht zur Seite gedreht hatte, wenn ich an der hüfthohen Kante der Küchenzeile vorbeikam – wie ich mich zur Seite und dann geschickt in einer einzigen geschmeidigen Bewegung wieder zurückgedreht hatte, und wie mein Hemd dabei das Holz streifte. Ich erinnerte mich, wie sich all das angefühlt hatte.

Am besten von allem erinnerte ich mich an Folgendes: dass innerhalb dieses erinnerten Gebäudes, in der Wohnung und im Treppenhaus, im Eingangsbereich und in dem großen Hof zwischen diesem und dem gegenüberliegenden Gebäude mit den roten Dächern und den schwarzen Katzen – dass in diesen Räumen alle meine Bewegungen fließend und ungezwungen gewesen waren. Nicht ungelenk, angelernt, *second-hand*, sondern natürlich. Die Kühlschranktür aufmachen, eine Zigarette anzünden, ja, selbst eine Karotte zum Mund führen: Diese Handbewegungen waren makellos gewesen, perfekt. Ich war mit ihnen verschmolzen, war durch sie hindurchgegangen, hatte sie durch mich hindurchgehen lassen, bis kein Raum mehr zwischen uns gewesen war. Sie waren *echt* gewesen; ich war echt gewesen – *war gewesen*, ohne erst verstehen zu müssen, wie das gehen kann: zu sein. Ohne Umweg. Ich erinnerte mich an all das mit der Wucht einer Erscheinung, einer Offenbarung.

Plötzlich war mir vollkommen klar, was ich mit meinem Geld machen wollte. Ich wollte diesen Ort rekonstruieren und ihn betreten, damit ich wieder das Gefühl haben konnte, echt zu sein, wirklich. Ich wollte es; ich musste es; ich würde es. Nichts anderes war mehr von Bedeutung. Ich stand da und starrte auf den Riss. Darauf lief alles hinaus: wie der Riss die Wand hinunter verlief, die Struktur des Putzes um ihn herum, die

Farbkleckse rechts daneben. Das war der Auslöser gewesen. Ich musste das irgendwie zu Papier bringen – exakt, mit sämtlichen Gabelungen, sämtlichen Zacken. Jemand klopfte an die Tür.

»Moment!«, rief ich.

»Beeilung!«, gab eine Männerstimme zurück.

Ich schaute mich um. Neben der Badewanne standen zwei Farbdosen; auf dem Deckel der einen lagen ein Metermaß und ein Bleistift. Ich nahm den Bleistift, riss ein Stück Tapete ab, das noch an der Wand unter dem Fenster klebte und begann, den Verlauf des Risses abzuzeichnen. Ich zeichnete ihn äußerst sorgfältig ab. Akribisch. Das Klopfen kam wieder: Jetzt waren es schon zwei.

»Wir platzen hier draußen!«, rief eine Frauenstimme.

»Ja: Beeilung!«, wiederholte die Männerstimme von vorher.

Ich ignorierte sie und zeichnete weiter den Riss ab. Ich musste zweimal von vorne anfangen – das erste Mal, weil ich den Maßstab zu groß gewählt hatte und der Riss nicht ganz draufpasste, dann noch einmal, als ich bemerkte, dass die Rückseite der Tapete weicher war als die hubbelige Seite, auf der ich gezeichnet hatte, und deswegen eine präzisere Übertragung erlaubte. Ich zeichnete den Riss ab, peinlich genau, und vermerkte in Klammern Aspekte wie Struktur und Farbe. Als ich ihn fertig abgezeichnet hatte, blieb ich noch einen Moment stehen, damit sich die ganze Vision einnisten konnte: Badezimmer, Wohnung, Treppenhaus, Hof, Dächer und Katzen. Es war notwendig, dass sie sich tief in mir einnistete, damit ich sie behielt. Ich schloss für ein paar Sekunden die Augen, um festzustellen, ob ich auch alles vor meinem geistigen Auge sehen konnte, im Dunkeln. Ich konnte. Als ich damit zufrieden war, machte ich die Augen wieder auf und verließ das Badezimmer.

»Ich platze!«, wiederholte die Frau. Es war eine von den beiden, die vorher in der Küche gewesen waren. Sie drängelte sich an mir vorbei ins Badezimmer.

»Hast du 'ne Geburt gehabt da drinnen?«, fragte der Mann, der mich aufgefordert hatte, mich zu beeilen.

»Wie bitte?«, sagte ich.

»'ne Geburt. Hat's deswegen so lange gedauert?«

»Nein«, sagte ich. Ich nahm meine Jacke und verließ die Party mit meinem Stück Tapete in der Hand.

Ich ging Richtung Brixton-Zentrum, zu der riesigen Kreuzung, die im gesamten Bereich zwischen Rathaus und Ritzy Kino gelb schraffiert ist. Es muss gegen Mitternacht gewesen sein. In Brixton brummte das Leben. Rote und gelbe Sportwagen standen in der Coldharbour Lane im Stau, schwarze Typen trugen Baseballkappen mit Werbung für Taxiunternehmen, jüngere schwarze Typen in dicken Daunenjacken dealten mit Cannabis und Crack, junge schwarze Frauen mit geglättetem Kraushaar und dicken runden Hüften, in Stretchklamotten gezwängt, schrien in ihre Handys, junge weiße Frauen standen vorm Dogstar Schlange, Kaugummi und Zigarette gleichzeitig im Mund. Das alles – Leute, Lichter, Farben, Lärm – tauchte an der Peripherie meiner Wahrnehmung auf und verschwand wieder. Ich ging langsam, den Tapetenstreifen in der Hand, und dachte an das Badezimmer, an die Wohnung – an die Welt, die eben in meiner Erinnerung aufgetaucht war.

Ich würde sie nachbauen: sie wieder aufbauen und darin leben. Ich würde von dem Riss ausgehen, den ich gerade abgezeichnet hatte. Der Putz um den Riss war grau-rosa, geriffelt und schrundig, so wie er draufgeschmiert worden war. Darüber, etwas links davon (vom Riss aus gesehen rechts), war ein blauer Farbfleck gewesen und noch etwa fünfzig Zentimeter weiter links ein gelber. Ich hatte das zwar notiert, konnte mich aber auch so ganz genau daran erinnern: links darüber blau, dann etwa fünfzig Zentimeter und gelb. Ich würde den Riss vielleicht in meiner eigenen Wohnung nachbilden können – Putz draufschmieren und dann die Farben dazu; aber mein Badezimmer hatte nicht die richtige Form. Es musste die gleiche Form haben und die gleiche Größe wie das, an das mich Davids erinnert hatte, mit der gleichen Badewanne, aber einem anderen, älteren Wasserhahn, dem gleichen, etwas größeren Fenster. Und es musste im fünften, sechsten oder siebten Stock sein. Ich musste eine neue Wohnung kaufen, eine weit oben.

Und dann die Nachbarn. Es war rappelvoll um mich herum gewesen – unter mir, neben mir, über mir. Das war ein entscheidender Teil des Ganzen. Die alte Frau, die eine Etage tiefer Leber briet, der Pianist zwei Stockwerke unter ihr, der seine Fugen und Sonaten übte – ich musste dafür sorgen, dass auch sie da waren. Auch die Portiersfrau und all die anderen, anonymeren Nachbarn: Ich musste ein ganzes Gebäude kaufen und es mit Leuten füllen, die sich genau nach meinen Anweisungen verhielten.

Und dann der Blick über den Hof! Die Katzen, die schwarzen Katzen auf den roten Dächern des Gebäudes auf der Hofseite gegenüber. Es waren ziegelgedeckte Dächer, die auf eine bestimmte Weise aufstiegen und abfielen. Wenn man in meiner Wohnung im fünften oder sechsten oder siebten Stock des Gebäudes, das ich kaufen würde, von den Bad- und Küchenfenstern aus keine Dächer sehen würde, die genau so aussahen, würde ich das Gebäude dahinter ebenfalls kaufen und die Dächer entsprechend umbauen lassen müssen. Das Gebäude müsste auch ziemlich hoch sein – das Gebäude hinter meinem, was bedeutete: Ich brauchte nicht nur eins, sondern zwei Gebäude in der richtigen Größe und aus der richtigen Zeit. Ich überlegte mir das alles, als ich die Coldharbour Lane entlangging. Ich durchdachte es mit äußerster Akribie und hatte immer noch den Streifen Tapete in der Hand.

Ich konnte das alles machen, klar konnte ich das. Das war kein Problem. Die Mittel hatte ich. Ich konnte nicht nur mein Gebäude kaufen und das Gebäude dahinter, sondern auch die Leute engagieren, einen ganzen Mitarbeiterstab. Ich brauchte die alte Dame. Meine Vorstellung von ihr wurde immer konkreter: Sie hatte weißes, drahtiges Haar und eine blaue Strickjacke. Sie briet jeden Tag Leber in einer Pfanne, was brutzelte und zischte und köstlich und braun und ölig roch. Sie beugte sich vor, um ihre Mülltüte auf dem abgenutzten Marmor- oder Marmorimitatfußboden des Treppenabsatzes abzustellen, eine Hand dabei ins Kreuz gestützt – und als ich vorbeikam, wandte sie sich zu mir und sagte etwas. Ich konnte mich noch nicht richtig daran erinnern, was sie sagte, aber das war in dieser Phase auch nicht so entscheidend.

Ich brauchte auch den Pianisten. Er war ungefähr 38. Er war groß und dünn und sehr blass und hatte eine Glatze mit wuscheligen schwarzen Haarbüscheln an den Seiten. Er war eine eher traurige Figur: ziemlich einsam, schien nicht viel Besuch zu haben – nur die Kinder, die er zum Geldverdienen unterrichtete. Nachts komponierte er, langsam und zögerlich. Am Tag übte er, hielt inne, wenn er Fehler machte, wiederholte die gleiche Passage wieder und wieder, verlangsamte an den Stellen, die er falsch gespielt hatte. Die Musik wehte herauf, genau wie der Lebergeruch der alten Dame. Am Spätnachmittag bekam man die talentfreie Plackerei seiner desinteressierten Schüler zu hören, die Tonleitern und triviale Melodien hämmerten. Manchmal stellte er am Vormittag fest, dass die Zeilen, die er in der Nacht komponiert hatte, nichts taugten: Dann hörte man einen disharmonischen Schlag auf die Tasten, ein Stuhl schrammte über den Boden, eine Tür knallte und Schritte verhallten auf der Treppe.

All das durchdachte ich gründlich. An der Peripherie meiner Wahrnehmung tauchte die Kreuzung bei der Telefonzelle auf, von der aus ich Marc Daubenay angerufen hatte, und verschwand wieder. Leute strömten aus einer blauen Bar mit geschwärzten Fenstern, vor Movement Cars grillten alte Jamaikaner Hähnchen, noch mehr junge Typen dealten mit Drogen. Dann kam der Reifenhändler mit dem Café, von dem aus die Männer mich dabei beobachtet hatten, wie ich auf der Stelle hin- und hergeruckt war, als ich losgehen wollte, um Catherine abzuholen; dann kam, vor der ehemaligen Sperrzone, die Straße, die parallel zu der senkrecht von meiner abzweigenden Straße verlief. Dann war ich zu Hause. Ich setzte mich auf das Bettsofa, das Catherine halb zurückgeklappt hatte, und dachte weiter über all das nach, den Tapetenstreifen in der Hand. Gelegentlich schaute ich auf das Muster, das ich darauf aufgezeichnet hatte. Die meiste Zeit aber saß ich einfach da, hielt die Tapete in der Hand und ließ die Welt, die in meiner Erinnerung aufgetaucht war, wachsen.

Und wachsen, das tat sie. Der Hof nahm allmählich deutlichere Gestalt an – der Hof zwischen meinem Gebäude und dem mit den geschwungenen Dächern und den schwarzen Katzen. Es gab da auch einen Garten, der aber ziemlich verwildert war. Ich suchte ihn in Gedanken ab, von links nach rechts und wieder zurück.

»Da steht ein Motorrad!«, sagte ich laut.

So war es: An einer Stelle im Hof, direkt vor dem Hintereingang des Gebäudes, wo kein Gras wuchs, stand ein Motorrad. Das Motorrad war aufgebockt und ein paar Bolzen waren unten abgeschraubt, weil – natürlich! Das war ein weiterer Nachbar, der daran werkelte. Jetzt erinnerte ich mich an diesen Mann: der Motorradfreak, der im ersten Stock wohnte. Er war zwischen zwanzig und dreißig – ziemlich gutaussehend, mittellanges braunes Haar. Er verbrachte seine Wochenenden damit, sich draußen im Hof um sein Motorrad zu kümmern: Teile abzumontieren, zu reinigen und wieder anzuschrauben. Manchmal ließ er den Motor ganze zwanzig Minuten am Stück laufen, was den Pianisten rasend machte: Man hörte dann wieder seinen Stuhl über den Boden schrammen und ihn aufgeregt in der Wohnung hin- und herlaufen. Das alles tauchte auf, während ich auf dem halb ausgezogenen Bettsofa saß.

Ich saß die ganze Nacht dort auf dem Bettsofa, in Erinnerungen versunken. Draußen begannen die Vögel zu singen; dann kam das Scheppern der Milchwagen; dann sickerte blaugraues Licht durch die Vorhänge. Ich erinnerte mich auch an ein unauffälliges Paar mittleren Alters, das über dem Motorradfreak wohnte, im zweiten Stock. Keine Kinder. Er ging jeden Tag zur Arbeit und sie blieb zu Hause oder ging einkaufen oder arbeitete ehrenamtlich bei Oxfam oder so was in der Art. Dann noch unbestimmtere Nachbarn, Leute, die man kaum wahrnimmt. Die Portiersfrau: Ich konnte mich deutlich an den Schrank erinnern, in dem sie ihre Besen und Eimer aufbewahrte, aber sie selbst wollte nicht auftauchen – ihr Gesicht, ihr Körper. Ich sah das schmiedeeiserne Geländer der großen Treppe vor mir: Es hatte einen irgendwie oxydierten Farbton und war überall grüngesprenkelt. Der Handlauf war aus schwarzem Holz und hatte kleine Metallstifte, kleine Spitzen – vielleicht als Dekoration, oder vielleicht, damit Kinder nicht das Geländer herunterrutschen konnten. Dann das Muster auf dem Fußboden: ein schwarzes Muster auf weißem Grund – sich wiederholend, verblasst. Ich konnte es nicht genau erkennen, aber ich hatte eine allgemeine Vorstellung davon, von seinem Verlauf. Ich ließ mich in Gedanken darüber strömen, darüber schweben – ließ mich darin einsinken, davon aufsaugen wie von einem gemusterten, abgegriffenen Schwamm. Ich schlief ein, schlief mich in das Gebäude hinein, in seine Oberflächen, in das Geräusch von brutzelnder, zischender Leber, von die Treppe heraufwehender Klaviermusik, von Vögeln und Milchwagen, in schwarze Katzen auf roten Dächern.

Der nächste Tag war ein Sonntag. Das ärgerte mich. Ich wollte einen Montag, einen Werktag. Ich brauchte Immobilienmakler, Arbeitsvermittlungen und wer weiß, was noch alles. Und außerdem: Was, wenn meine Vorstellung von dem ganzen Ort verblasst war, bis es Montag war? Wie lange würden die ganzen Details in meinem Gedächtnis bleiben? Ich beschloss, sie zu sichern, indem ich sie aufzeichnete. Ich sammelte sämtliches unbenutzte Papier ein, das in meiner Wohnung zu finden war, und fing an, Diagramme zu zeichnen, Pläne, Grundrisse von Zimmern und Stockwerken und Korridoren. Sobald ich eine Seite fertig hatte, pinnte ich sie an meine Wohnzimmerwand; manchmal fügte ich drei oder vier zu einem großen Block, zu einer durchgängigen Übersicht zusammen. Als mir das unbeschriebene Papier ausging, benutzte ich die Rückseite von Briefen, Rechnungen und Dokumenten – was immer mir in die Hände fiel.

Ich skizzierte die ganze erinnerte Wohnung, ausgehend von dem die Badezimmerwand hinunterlaufenden Riss. Die Wohnung war einfach, aber ziemlich geräumig. Sie hatte Holzböden, teilweise mit Teppichen. Es gab eine offene Küche, die ins Wohnzimmer überging. Das Küchenfenster ging in die gleiche Richtung wie das Badezimmerfenster: auf den Hof mit Garten und Motorrad. Der Kühlschrank war alt, ein Modell aus den sechziger Jahren. Darüber hingen Pflanzen – Grünlilien in Körben. Ich skizzierte das Treppenhaus, fügte Notizen und Pfeile hinzu, um die Spitzen des Geländers und seinen oxydierten Farbton zu markieren, den Eingang zur Wohnung der alten Frau, die Leber briet, die

Stelle, wo sie ihren Müll abstellte, damit die Portiersfrau ihn mitnahm. Ich skizzierte den Schrank der Portiersfrau, zeichnete den Besen ein, den Schrubber, den Staubsauger – wie sie zusammenstanden, in welche Richtung sie lehnten. Das Gesicht der Portiersfrau tauchte immer noch nicht auf, ebenso wenig wie die Worte, die die Leberdame zu mir sagte, wenn ich an ihr vorbeikam, aber ich ließ das für den Moment beiseite. Genau genommen waren mir ganze Bereiche des Gebäudes noch nicht wieder eingefallen: Teile vom Treppenhaus und der Eingangshalle, der ganze Flur im dritten Stock. Ich beließ das im Vagen, nicht ausgefüllt, und machte nur in Klammern eine Notiz neben die jeweiligen Leerstellen auf dem Papier.

Am späten Nachmittag bestellte ich eine Pizza. Während ich darauf wartete, dass sie geliefert wurde, fiel mir ein, dass Catherine an diesem Abend zurückkommen würde. Es war ihr letzter Abend, bevor sie nach Amerika zurückflog. Ich hängte meine riesigen, ausufernden Pläne von der Wohnzimmer- an die Schlafzimmerwand, Blatt für Blatt. Sie tauchte auf, als ich gerade das letzte Stück Pizza gegessen hatte. Sie sah müde aus, aber fröhlich, das Gesicht gerötet.

»Wie war's in Oxford?«, fragte ich von der Küche aus, als ich den Wasserkessel aufsetzte. Tee war zur Hauptwährung zwischen uns geworden, eine Art milchiger, dürftiger Ersatz für eine tatsächliche Beziehung.

»Oxford bringt's total!«, sagte sie. »Es ist einfach super! Es ist so … Wie die Kids, die Studenten, auf ihren Fahrrädern durch die Stadt düsen. Sie sind so niedlich. So bannspurcht davon, Studenten zu sein …«

»*Was* sind sie?«, fragte ich, als ich die Tassen ins Wohnzimmer brachte und abstellte.

»Beansprucht. Vom Herumradeln und sich Unterhalten. Ich dachte mir, es wäre irgendwie toll, wenn man sie schrumpfen lassen und in einen Behälter tun könnte, wie Termiten. Du kennst doch diese Bausätze für Termitenhöhlen?«

»Ja«, sagte ich. »Ja, kenne ich.« Ich musterte sie mit Interesse und Überraschung. Ich dachte, dass das, was sie da gerade gesagt hatte, lustig und intelligent war – das erste Interessante, was sie gesagt hatte, seit sie in London angekommen war.

»Man könnte sie sich zweimal am Tag anschauen und sagen: *Oh, sieh mal! Schau, der hier studiert. Der da fährt Fahrrad!* Und sie wissen noch nicht mal, dass man sie beobachtet. Es ist einfach so ...«

Sie hielt inne. Sie suchte wirklich krampfhaft nach dem richtigen Wort – und ich wollte es auch hören, wollte hören, was sie zu sagen hatte.

»Es ist einfach so ...«, wiederholte ich, langsam, um ihr das richtige Wort zu soufflieren.

»Niedlich!«, sagte sie wieder. »Einfach Student sein, machen, was Studenten machen.«

Ich dachte an die Zeit zurück, als ich Student gewesen war. Ich war mir immer bewusst gewesen, dass andere Leute in dieser beschissenen Provinzstadt, dass Leute, die keine Studenten waren, wussten, dass ich einer war und von mir erwarteten, auf eine bestimmte Art und Weise zu sein. Ich wusste nicht, wie genau – aber ich spürte es die ganzen drei Jahre, die ich dort verbrachte, und das verdarb es ihnen. Einmal war ich auf einer Demo, und Polizei und Passanten sahen uns mit einer Mischung aus Verwirrung und Verachtung zu, wie wir unsere Slogans brüllten – und ich brüllte sie mit Überzeugung im Takt mit den anderen Demonstranten, nur weil ich wusste, dass alle uns zuschauten und das erwarteten. Ich kann mich noch nicht mal daran erinnern, wogegen demonstriert wurde.

Das Wasser kochte. »Ich gieße den Tee auf«, sagte ich. Ich ging in die Küche. Ich goss gerade das Wasser in die Teekanne, als ich merkte, dass Catherine mir gefolgt war. Ihre Augen waren weit aufgerissen, sie war ganz ernst. Sie sah mich an und sagte:

»Sie waren einfach richtig glücklich. Ganz und gar unschuldig.«

Ich stellte den Kessel ab und sagte:

»Kann ich dich was fragen?« Ich schaute ihr direkt ins Gesicht.

»Ja«, sagte sie mit leiser Stimme.

»Was ist die intensivste, deutlichste Erinnerung, die du hast? Eine, die du sogar mit geschlossenen Augen sehen kannst – wirklich sehen, so deutlich wie eine Vision?«

Die Frage schien sie nicht im Geringsten zu überraschen. Sie lächelte friedlich, ihre Augen wurden noch größer, und sie antwortete:

»Als ich ein Kind war. In Park Ridge, wo ich aufgewachsen bin, bei Chicago. Es gab Schaukeln, solche Schaukeln über einer Betonfläche, mit Gras drumherum. Und ein erhöhtes Podest, ein Holzpodest, etwa einen Meter rechts neben den Schaukeln. Ich weiß nicht, wofür es gedacht war, dieses Podest. Kinder sprangen drauf und wieder runter. Ich machte das auch. Ich war ein Kind, natürlich. Aber ich kann die Schaukeln sehen. Wie ich dort spiele, schaukle …«

Sie verstummte. Sie musste nichts weiter sagen. Ich konnte sehen, dass sie die Schaukeln sah. Ihre Augen waren wirklich sehr weit aufgerissen und strahlten intensiv. Sie sah schön aus. In meiner Hose regte sich etwas. Catherine wusste Bescheid. Sie schob sich auf mich zu, öffnete sich, Wellen gingen aus von ihrem strahlenden Gesicht. Ich hätte sie auf der Stelle geküsst, hätte ich nicht ein Rascheln aus dem Schlafzimmer gehört. Durch das offene Fenster kam eine Abendbrise, die an meinen Blättern mit Diagrammen und Skizzen zerrte und versuchte, sie von der Wand zu reißen. Ich stieß mich von der Küchenzeile ab, schob Catherine beiseite und eilte in mein Zimmer, um das Fenster zu schließen.

Dort blieb ich die ganze Nacht, feilte an den Skizzen, ergänzte sie oder starrte sie einfach nur an. Als der Morgen kam, brachte ich Catherine und ihren großen, schmutzigen lila Rucksack zu Movement Cars und steckte sie in ein Taxi zum Flughafen. Dann ging ich nach Hause zurück, nahm das Telefonbuch und begann zu telefonieren.

5

Nazrul Ram Vyas' Familie gehörte einer hochstehenden Kaste an. In Indien gibt es ein Kastensystem, mit den Unberührbaren ganz unten und den Brahmanen ganz oben. Naz war Brahmane. Er wurde in Manchester geboren und wuchs dort auf, aber seine Eltern waren in den Sechzigern aus Kalkutta gekommen. Sein Vater war Buchhalter. Sein Onkel offenbar auch. Sein Großvater ebenfalls. Und dessen Vater auch, jedenfalls würde mich das nicht wundern. Generationen von Schreibern, Protokollanten, Sekretären, die Transaktionen und Ereignisse verzeichneten und Befehle und Anweisungen weitergaben, wodurch wiederum Transaktionen veranlasst wurden. Vermittler. Das machte Sinn: Naz vermittelte mir alles. Er veranlasste alles. Er war wie ein zusätzlicher Satz Gliedmaßen – acht Sätze Gliedmaßen, Tentakel, die sich in alle Richtungen ausbreiteten, Projekte koordinierten, Anweisungen erteilten, Befehle ausführten, vollstreckten. Mein Vollstrecker.

Bevor er auf der Bildfläche erschien, hatte ich endlose Schwierigkeiten. Ich spreche gar nicht von praktischen Dingen: Ohne Naz schaffte ich es nicht einmal, in ein Stadium zu kommen, in dem praktische Dinge ein Thema waren. Nein, ich meine die Kommunikation. Leuten meine Vision zu vermitteln, ihnen verständlich zu machen, was ich vorhatte. Kaum war Catherine weg, saß ich auch schon am Telefon, aber das führte zu überhaupt gar nichts. Ich sprach mit drei verschiedenen Immobilienmaklern. Die ersten beiden verstanden nicht, was ich meinte. Sie wollten mir Wohnungen zeigen – wirklich hübsche Wohnungen, in umgebauten Lagerhäusern an der Themse, mit offenen Grundrissen und Zwischengeschossen und Wendeltreppen und Balkonen und großen Türen und alten Kran-Armen und weiteren ausgefallenen Besonderheiten.

»Ich suche keine *ausgefallenen* Besonderheiten«, versuchte ich zu erklären. »Es geht um *bestimmte* Besonderheiten. Ich möchte ein bestimmtes Muster im Treppenhaus – ein schwarzes Muster auf weißem Marmor oder Marmorimitat. Und es muss dort einen Hof geben.«

»Wir können selbstverständlich versuchen, diesen Prioritäten Rechnung zu tragen«, sagte die eine.

»Das sind keine Prioritäten«, antwortete ich. »Das sind unabdingbare Voraussetzungen.«

»Wir haben da ein wunderbares Objekt in Wapping«, fuhr sie fort. »Eine Vier-Zimmer-Wohnung auf mehreren Ebenen. Gerade reingekommen. Ich bin sicher, Sie werden ...«

»Und ich suche auch nicht nur ein Objekt«, ließ ich sie wissen, »sondern alles. Es muss dort bestimmte Nachbarn geben, wie die alte Frau, die unter mir wohnt, und ein Pianist zwei Stockwerke tiefer, und ...«

»Sie sprechen von dem Objekt, in dem Sie jetzt wohnen?«, fragte sie.

Die dritte Maklerin, mit der ich sprach, verstand so halbwegs, worum es ging – zumindest soviel, dass sie sich einen Begriff vom Umfang meines Vorhabens machen konnte.

»Das können wir nicht leisten«, sagte sie. »Kein Makler kann das. Sie brauchen einen Bauträger.«

Also rief ich Bauträger an. Das sind die, die sich ganze Lagerhäuser an der Themse vornehmen, sie entkernen und dann in Wohneinheiten umwandeln, mit offenem Grundriss und Zwischengeschossen und Wendeltreppen und großen Türen und alten Kran-Armen, und dann Immobilienmakler damit beauftragen, sie an reiche Leute zu verhökern, die auf sowas stehen. Bauträger befassen sich normalerweise nicht mit einem einzelnen Privatkunden, einem Käufer. Sie arbeiten im großen Stil, kaufen ganze Gebäudekomplexe und nicht mehr genutzte Schul- oder Krankenhausklötze, hauen Wohneinheiten massenweise raus.

»Sie wollen uns ein Gebäude abkaufen?«, sagte der Mann in der Hauptverwaltung eines Bauträgers, als ich zu ihm durchgekommen war. »Mit wem arbeiten Sie denn zusammen?«

»Ich arbeite mit niemandem zusammen«, sagte ich. »Ich möchte, dass Sie für mich ein Gebäude umbauen, auf ganz bestimmte Weise.«

»Wir machen keine Vertragsarbeit für die Konkurrenz«, sagte er. Er hatte eine unangenehme Stimme – eine kalte, brutale Stimme. Ich sah sein Büro vor mir: Die Sperrholzregale mit Akten und Büchern voll manipulierter Zahlen, dann draußen im Hof die Bauarbeiter in ihren fleckigen Jeans, weiß von Sandsteinstaub und Zement, die über Politik oder Fußball diskutierten oder was auch immer es war, worüber sie diskutierten – alles, nur nicht über mein Projekt. Das war ihnen egal.

Ich rief Marc Daubenay an. Er war nicht im Büro, als ich anrief; die strenge Sekretärin sagte mir, dass er in einer halben Stunde zurück sein werde. Ich nutzte die Zeit und überlegte mir, was ich ihm eigentlich sagen wollte. Ich hatte das Gefühl, ihm würde ich die ganze Sache erklären können: Woher ich diese Idee hatte, warum ich wollte, was ich wollte. Er hatte mich die letzten fünf Monate begleitet. Er würde es verstehen.

Was er natürlich nicht tat. Als ich endlich mit ihm sprach, brachte ich es nur verstümmelt heraus, genau wie damals, als ich in Gedanken versucht hatte, es meinem Obdachlosen zu erklären. Ich fing an, ihm die Sache mit dem Riss in der Wand in David Simpsons Badezimmer darzulegen, mit meinem Déjà-vu-Erlebnis, und kam danach auf das Gefühl zu sprechen, das ich nicht loswurde, seit ich mich wieder zu bewegen gelernt hatte: das Gefühl, alle meine Handlungen seien Duplikate, unnatürlich, erworben. Dann erzählte ich vom Laufen, vom Karottenessen, vom Film mit De Niro. Das tiefe Schweigen an seinem Ende, wann immer ich eine Pause machte, sagte mir, dass er nichts verstand. Ich kam zum Kern der Sache und beschrieb die roten Dächer mit den schwarzen Katzen und die Frau, die Leber briet und den Pianisten und den Motorradfreak.

»Sie haben dort gewohnt?«, fragte mich Marc Daubenay.

»Ja«, sagte ich. »Nein. Ich meine, ich erinnere mich daran, aber ich kann die Erinnerung nicht einordnen.«

»Na ja, so haben wir ja argumentiert«, sagte Daubenay. »Dass Ihr Gedächtnis durch den Unfall aus dem Lot geraten ist.« Er hatte das in den Unterlagen zur Prozessvorbereitung betont: dass meine Erinnerungen verschwunden waren und nur nach und nach zurückkehrten – wie einzelne Folgen einer Seifenoper, auch wenn er diese Metapher nicht benutzt hatte.

»Ja«, sagte ich, »aber ich glaube nicht, dass das einfach nur eine Erinnerung war. Es war komplexer. Vielleicht waren es verschiedene Dinge, die da zusammenkamen: Erinnerungen, Vorstellungen, Filme, ich weiß es nicht. Aber darum geht es nicht. Worum es geht, ist, dass es in meiner Erinnerung aufgetaucht ist, und zwar glasklar. Wie in …«

Hier zögerte ich. Ich wollte das Wort »Vision« vermeiden, falls Marc Daubenay sich seinen Teil dachte.

»Hallo? Sind Sie noch dran?«

»Ja«, sagte ich. »Ich habe gesagt, dass es glasklar war.«

»Und jetzt wollen Sie diesen Ort finden?«, fragte er.

»Nicht finden«, sagte ich. »Machen.«

»Machen?«

»Bauen. Gebaut bekommen. Ich habe mit Immobilienmaklern telefoniert und mit Bauträgern. Niemand von denen versteht, worum es geht. Ich brauche jemanden, der das alles für mich organisiert. Sich um die Logistik kümmert.«

Erneut folgte ein langes, tiefes Schweigen an Daubenays Ende. Ich sah sein Büro vor mir: den großen Eichenschreibtisch mit dem davor geparkten Sessel, an den Wänden rundum die Wälzer mit alten Fällen, im Vorzimmer die strenge Sekretärin, die seine Tür bewachte. Ich umklammerte den Telefonhörer und legte die Stirn konzentriert in Falten, während ich an die Leitungen dachte, die mich mit ihm und Brixton mit Angel verbanden. Es schien zu funktionieren. Nach einer Weile sagte er:

»Ich denke, was Sie brauchen, ist Time Control.«

»Time Control?«, wiederholte ich. »Wie meinen Sie das?«

»Time Control UK. Das ist eine Firma, die Angelegenheiten für andere Leute regelt. Managt. Vermittler, gewissermaßen. Eine Reihe meiner Klienten haben ihre Dienste schon in Anspruch genommen und sich mehr als begeistert geäußert. Sie sind führend in ihrem Bereich. Sie *sind* dieser Bereich. Rufen Sie sie an.«

Seine Stimme klang genauso wie damals, als er mich aufgefordert hatte, Sekt zu trinken: freundlich, aber streng. Paternalistisch. Er gab mir die Telefonnummer von Time Control und wünschte mir Glück.

Time Control UK hatten ihren Sitz in Knightsbridge, nicht weit vom Harrods. Ihre Hauptbeschäftigung war, sich um Leute zu kümmern. Angelegenheiten für sie zu managen, wie Daubenay es ausgedrückt hatte. Die Kunden waren in erster Linie vielbeschäftigte Führungskräfte. Finanzchefs, Vorstände, solche Leute. Exzentrische Filmstars anscheinend auch. Time Control verwaltete die Terminkalender ihrer Kunden, plante und protokollierte Meetings und Verabredungen für sie, nahm Nachrichten entgegen und gab sie weiter, schrieb Pressemitteilungen, managte die PR. Time Control organisierte auch die eher privaten Angelegenheiten im Leben der Kunden: Essen ordern oder Lebensmittel einkaufen, Reinigungen mit dem Abholen und Wiederbringen von Kleidern beauftragen, Klempner organisieren; Anruf um 8:25, um sie geduscht und gefrühstückt in ein Taxi schieben zu lassen, das Time Control bestellt hatte, um sie zu dem von Time Control arrangierten 9:15-Termin zu bringen. Time Control organisierte Partys, verschickte Geburtstagsgrüße an Tanten und Neffen, besorgte Tickets für den zweiten Tag des vierten Tests eines internationalen Kricketspiels, wenn Time Control an diesem Nachmittag im Wissen um die Kricketbegeisterung dieses speziellen Kunden ein Zeitfenster eingebaut hatte. Die Datenbanken von Time Control mussten unglaublich sein: ihre ganze Architektur, ihre Datenfelder.

Ich rief am späten Nachmittag bei Time Control an, kaum hatte ich das Gespräch mit Daubenay beendet. Ein Mann meldete sich. Er klang entspannt, aber effizient. Ich konnte mir das Büro nicht so richtig vorstellen, aber ich sah solche blauen und roten tupperwareartigen Ablagefächer vor mir, wie man sie aus Kindergärten kennt. Ich stellte es mir als Großraumbüro vor, mit Glas- oder Pyrextrennwänden. Die Hintergrundgeräusche klangen eher flauschig als klappernd, was eher auf Teppiche als auf Holzdielen schließen ließ. Die Stimme überzeugte mich; Erklärungen schienen überflüssig. Ich sagte nur:

»Sie wurden mir von meinem Anwalt empfohlen, Marc Daubenay von Olanger und Daubenay.«

»Oh ja«, sagte der Mann sehr freundlich. Olanger und Daubenay waren eine renommierte Kanzlei.

»Ich habe ein großes Projekt im Kopf und brauche jemanden, der dabei vermittelt«, sagte ich.

»Wunderbar«, sagte der freundliche Mann. Er schien genau zu verstehen, was ich wollte, ohne überhaupt danach fragen zu müssen. »Ich verbinde Sie mit Nazrul Vyas, einem unserer Teilhaber, mit ihm können Sie alles Weitere besprechen. In Ordnung?«

»Wunderbar«, gab ich zurück. Es war das Wort ›vermitteln‹, das die Tür geöffnet hatte. Das die Sache wie am Schnürchen klappen ließ. Marc Daubenays Wort. Als ich darauf wartete, mit Vyas verbunden zu werden, war ich Daubenay zum ersten Mal dankbar – nicht dafür, dass er mir all das Geld verschafft hatte, sondern dass er mir dieses Wort, ›vermitteln‹, in den Mund gelegt hatte.

Vyas klang jung. Ungefähr mein Alter: Ende zwanzig, Anfang dreißig. Er hatte eine ziemlich hohe Stimme. Hoch und weich, eine Stimme, in der drei Schichten anklangen: Über einer Manchesterbasis lag ein südlicher, halb-vornehmer Akzent, und darüber, wie die Glasur eines Kuchens, asiatische Melodiösität. Als er seinen Namen nannte, danach meinen Namen und dann fragte, womit er mir helfen könne, klang er souverän, effizient. Ich konnte mir sein Büro nicht richtig vorstellen, aber seinen Schreibtisch sah ich deutlich vor mir: weiß und sehr aufgeräumt.

»Hallo«, sagte ich.

»Hallo«, sagte Nazrul Vyas.

Es folgte eine Pause, dann legte ich los.

»Ich habe ein großes Projekt im Kopf«, sagte ich, »und möchte Sie dafür gewinnen.« ›Gewinnen‹ war gut. Ich war mit mir zufrieden.

»Okay«, sagte Naz. »Welche Art von Projekt?«

»Ich möchte ein Gebäude kaufen, eine bestimmte Art von Gebäude, und es auf bestimmte Weise umbauen und einrichten. Ich habe präzise Vorstellungen, bis ins kleinste Detail. Ich möchte Leute engagieren, die darin wohnen und bestimmte Aufgaben ausführen sollen, nach meinen Vorgaben. Sie müssen exakt das machen, was ich sage, und genau dann, wenn ich es möchte. Ich werde höchstwahrscheinlich auch das gegenüberliegende Gebäude brauchen, und höchstwahrscheinlich muss es ebenfalls umgebaut werden. Auch dort werden bestimmte Aktionen stattfinden, genau wie und wann ich es verlange. Das Projekt muss in die Wege geleitet werden, ich brauche Personal und alles muss koordiniert werden, und ich möchte so bald wie möglich damit anfangen.«

»Hervorragend«, antwortete Naz sofort, ohne das geringste Zögern. Ich spürte etwas in meinem Brustkorb aufsteigen, ein Kribbeln. »Wir sollten uns treffen«, fuhr Naz fort. »Wann würde es Ihnen passen?«

»In einer Stunde?«, sagte ich.

»In einer Stunde ist in Ordnung«, antwortete Naz. »Soll ich zu Ihnen kommen oder möchten Sie hierher kommen?«

Ich dachte kurz darüber nach. Meine Skizzen waren bei mir zu Hause, sie hingen immer noch an der Schlafzimmerwand, aber ich wollte sie ihm nicht zeigen und ihm auch nichts über den Hintergrund mit der Party und dem Badezimmer und dem Riss erzählen; und die Sache mit den Karotten und den Kühlschranktüren schon gar nicht. So wie es jetzt war, lief alles sehr gut. Ich wollte, dass es so weiterging, neutral und klar. Ein Bild von sprudelndem, durchsichtigem Wasser, ausgedehnten, sauberen Oberflächen und viel Licht tauchte vor mir auf.

»In einem Restaurant«, sagte ich. »Ein modernes Restaurant mit großen Fenstern und viel Licht. Können Sie das arrangieren?«

Er rief innerhalb von fünf Minuten zurück, um mir zu sagen, dass er in einem Lokal namens Blueprint Café einen Tisch für uns reserviert hatte.

»Es ist das Restaurant des Design-Museums«, erklärte Naz. »An der Butlers Wharf, neben der Tower Bridge. Soll ich Ihnen ein Taxi schicken?«

»Nein«, sagte ich. »Bis in einer Stunde. Wie erkenne ich Sie?«

»Ich bin Asiate«, sagte Naz. »Und ich werde ein blaues Hemd tragen.«

Ich ging kurz in die Badewanne, zog mir etwas Frisches und halbwegs Elegantes an und wollte gerade aus der Wohnung gehen, als das Telefon klingelte. Ich hatte schon den Anrufbeantworter angestellt. Er sprang an und ich wartete an der Tür, um zu hören, wer es war.

Es war Greg. »Ho, Kumpel«, sagte seine Stimme. »Schade, dass du am Samstag so früh gegangen bist. Die Party wurde noch, äh, *toootaaal affengeil.*« Diese letzte Bemerkung machte er mit pseudo-kalifornischem Akzent und einer dämlichen Valley-Girl-Stimme. »Hast du Catherine schon gebumst? Vielleicht bumst du sie ja gerade jetzt in diesem Moment. Du pumpst sie voll und sie sagt *Oh ja! Gib mir Schulen und Krankenhäuser! Gib mir Holzhäuser!*«

Es ging noch eine ganze Weile so weiter. Ich stand da und hörte seiner Stimme zu, die durch den blechernen Lautsprecher des Anrufbeantworters kam und einen Orgasmus simulierte. Vor dem Unfall hätte mich das durchaus amüsiert. Jetzt nicht. Nicht, dass ich es beleidigend oder geschmacklos gefunden hätte; es berührte mich ganz einfach nicht. Ich stand da und schaute auf den Anrufbeantworter, aus dem Gregs Stimme kam. Endlich legte er auf und ich ging.

Gut, dass Naz mir gesagt hatte, was er anhaben würde: Im Blueprint Café saß noch ein junger Asiate. Ich hätte aber trotzdem gewusst, welcher von ihnen Naz war. Er sah genauso aus, wie ich ihn mir vorgestellt hatte, nur ein bisschen anders, was ich mir auch schon gedacht hatte. Er saß an einem Tisch beim Fenster und tippte etwas in einen Palmtop. Er hatte ein interessantes Gesicht. Im Wesentlichen war es aufrichtig und offen – aber seine Augen waren dunkel: dunkel, tief liegend und intensiv. Er stand auf, um mich zu begrüßen, wir gaben uns die Hand und setzten uns.

»Keine Probleme, herzufinden?«, fragte er.

»Nein, überhaupt nicht«, sagte ich. An den Wänden des Blueprint Café hingen Fotografien von bedeutenden britischen Designern. Das war gut, sehr gut. Eine Bedienung kam und Naz bestellte eine große Flasche Mineralwasser.

»Sollen wir etwas essen?«, fragte er mich.

Ich war nicht besonders hungrig. »Was meinen Sie?«, fragte ich zurück.

»Etwas Leichtes«, antwortete er.

Wir bestellten Kedgeree und zwei kleine Portionen Fischsuppe. Keinen Wein. Der Kellner ging Richtung Küche, die hinter einem großen runden Fenster zu sehen war. Der Raum war so konzipiert – nicht völlig offen, so dass die Gäste nicht jede Bewegung der Köche verfolgen konnten, aber doch offen genug, um immer wieder einen flüchtigen Blick zu erhaschen: blaue Flammen, die in Bratpfannen auflodern, Finger, die Kräuter auf Gerichte regnen lassen, solche Sachen.

»Bevor wir mit der Realisierung Ihres Projektes beginnen«, sagte Naz, »brauchen wir ein Gefühl für die Dimensionen. Wie groß stellen Sie sich Ihr Gebäude vor?«

»Groß«, sagte ich. »Sechs oder sieben Stockwerke. Waren Sie mal in Paris?«

»Ich war vor zwei Wochen dort«, sagte Naz.

»Also, so wie die Häuser dort«, sagte ich. »Große Mietshäuser, in denen sich eine Menge Wohnungen übereinanderstapeln. So ein Gebäude brauche ich. Meine Wohnung muss im vorletzten Stock sein.«

»Und das Gebäude gegenüber? Wenn ich mich recht erinnere, erwähnten Sie, dass Sie dieses Gebäude wahrscheinlich auch brauchen werden.«

»Das stimmt«, sagte ich. »Es sollte ungefähr genauso hoch sein. Vielleicht ein Stockwerk weniger. Wenn ich sage ›gegenüber‹, meine ich nach hinten raus. Über den Hof. Ich brauche das andere Gebäude nur für zwei Dinge: rote Ziegel auf den Dächern und schwarze Katzen, die darauf entlangspazieren.«

»Dächer im Plural?«, fragte er.

»Sie gehen hoch und runter«, sagte ich. »Steigen an und fallen ab. Auf eine bestimmte Weise. Wir müssen sie vielleicht umbauen. Wir werden sicherlich sehr vieles umbauen müssen im Gebäude und im Hof.«

»Ja, das haben Sie erwähnt«, sagte Naz. »Aber erzählen Sie mir etwas von den Leuten, mit denen Sie das Gebäude füllen möchten. Das erste Gebäude, meine ich. Werden die Leute dort auch wohnen?«

»Mhm, ja«, antwortete ich. »Sie können dort tatsächlich wohnen. Sie müssen sich aber daran gewöhnen, dass es für sie zwei verschiedene Zustandsformen gibt: *an* und *aus*.«

»Wie meinen Sie das?«, fragte Naz.

»Na ja, *an*, wenn sie die Aufgaben ausführen, die ich ihnen vorgebe. Die übrige Zeit können sie machen, was sie wollen. Wie Soldaten: In einem Moment marschieren sie, und danach rauchen sie eine Zigarette im Wachlokal, nehmen ein Bad und ziehen vielleicht Zivilkleidung an. Aber nach ein paar Stunden marschieren sie wieder.«

Der Kellner kam. Der Palmtop lag vor Naz auf dem Tisch. Es war ein Psion – eine der Firmen, deren Aktien Matthew Younger und ich gekauft hatten. Er lag dort aufgeklappt, aber Naz benutzte ihn nicht. Stattdessen gab er meine Anforderungen in sein Gehirn ein und übersetzte sie in Manöver, die auszuführen waren. Ich konnte es ihm ansehen: Hinter seinen Augen surrte es. Ich musste an einen Skarabäus denken, dann aus irgendeinem Grund an das Wort ›Stipel‹. Das Ding hinter Naz' Augen surrte eine Weile, dann fragte er:

»Welche Aufgaben sollen sie ausführen?«

»Eine Etage tiefer, direkt unter mir, wird es eine alte Frau geben«, sagte ich. »Ihre Hauptaufgabe ist es, Leber zu braten. Pausenlos. Ihre Küche muss auf den Hof gehen, auf den Hinterhof, auf den auch meine Küche und mein Bad gehen. Der Geruch von Leber muss nach oben steigen. Sie soll außerdem eine Mülltüte vor ihrer Tür abstellen, wenn ich die Treppe herunterkomme, und bestimmte Worte mit mir wechseln, die ich für sie ausarbeiten werde.«

»Verstanden«, sagte Naz. »Wer noch?«

»Es wird auch noch – was bedeutet das Wort ›Stipel‹?«

»Ich weiß es nicht«, sagte Naz. »Wir werden es herausfinden. Ich werde einen Kollegen bitten, es nachzuschlagen.«

Er nahm ein winziges Handy aus seiner Tasche, schaltete es ein und schrieb eine SMS. Das Handy piepste bei jedem Buchstaben, den er eintippte. Er legte es auf die Tischplatte und ließ es die Nachricht versenden. Ich sah wieder sein Büro vor mir: die blauen und roten Tupperware-Ablagefächer, die Glastrennwände, die Teppiche. In Gedanken zeichnete ich ein Dreieck zwischen unserem Tisch im Restaurant, dem Satelliten im Weltraum, der das Signal empfangen würde, und dem Büro von Time Control, wohin der Satellit es dann senden würde. Ich erinnerte mich daran, wie ich vom Wind durchgerüttelt worden war, die letzte vollständige Erinnerung von vor dem Unfall.

»Außerdem wird es«, fuhr ich fort, »im Stockwerk unter dieser alten Dame einen Pianisten geben.«

»Und wer wohnt noch auf ihrem Stock?«, fragte Naz.

»Niemand«, sagte ich. »Niemand spezielles, meine ich. Nur irgendwelche unbestimmten, anonymen Nachbarn.«

»Diese unbestimmten Nachbarn: Sie müssen nicht beim Marschieren dabei sein? *An*, meine ich? Sie können die ganze Zeit *aus* sein?«

»Nein«, sagte ich. »Alle ... Darsteller – nein, nicht Darsteller: Das ist nicht das richtige Wort ... die Teilnehmer, die ... Mitarbeiter ... müssen ... ich meine, wir brauchen eine vollkommene ..., der gesamte Ort muss ... in unseren Zuständigkeitsbereich fallen.«

»Aber fahren Sie fort«, sagte Naz. »Es tut mir leid, dass ich Sie unterbrochen habe.«

»Haben Sie das?«, fragte ich. Ich war jetzt etwas verwirrt; ich merkte, dass mir die Stimme versagte. Ich dachte an den letzten Begriff, den ich benutzt hatte, und wiederholte ihn, um wieder in Gang zu kommen. »Also, ja: Zuständigkeitsbereich. Im Stockwerk unter der Leberdame, oder vielleicht auch zwei Stockwerke darunter, muss es einen Pianisten geben. Er muss Ende dreißig, Anfang vierzig sein, oben kahl, mit Haarbüscheln an den Seiten. Groß und bleich. Am Tag übt er. Die Musik muss genauso heraufwehen wie der Bratgeruch von der Leberdame.

Wenn er übt, muss er manchmal Fehler machen. Wenn er Fehler macht, wiederholt er die Passage langsam, immer wieder, er verlangsamt genau bis zu der Stelle, wo er sich verspielt hat. So wie ein Landrover in holprigem Gelände abbremst – vor einer Reihe Schlaglöcher, zum Beispiel. Dann, am Nachmittag, unterrichtet er Kinder. Nachts komponiert er. Manchmal wird er wütend, weil ...«

Naz' Handy gab einen lauten Doppelpieps von sich. Ich unterbrach mich. Naz nahm das Handy und drückte die Enter-Taste.

»Nebenblatt (Botanik), von lateinisch *stipula*«, las er. »Stipulation: mündlicher Vertrag zwischen Gläubiger und Schuldner; Übereinkunft, Vereinbarung, von lateinisch *stipulatio*, Zusage, Handgelöbnis, Kontakt.«

»Interessant«, sagte ich. Ich nahm einen Schluck von meinem Mineralwasser und dachte wieder an den Skarabäus. »Wie dem auch sei«, fuhr ich dann fort und setzte das Glas ab, »dieser Typ wird manchmal wütend auf eine andere Person, die ich brauchen werde, diesen Motorradfreak, der draußen im Hof an seinem Motorrad bastelt. Es repariert und putzt, es auseinandernimmt und wieder zusammensetzt. Wenn er den Motor laufen lässt, wird der Pianist wütend.«

Naz verarbeitete diese Informationen eine Zeitlang. Seine Augen wurden leer, während das Ding hinter ihnen surrte, verarbeitete. Ich wartete, bis mir seine Augen anzeigten, dass ich fortfahren konnte.

»Dann gibt es die Portiersfrau«, sagte ich. »Ich habe ihr Gesicht noch nicht – aber ich habe ihren Schrank. Und ein paar andere Leute. Aber Sie haben eine Vorstellung davon bekommen.«

»Ja, das habe ich«, sagte Naz. »Aber wo werden Sie sein, wenn die anderen ihre Aufgaben erfüllen – wenn sie im *An*-Modus sind?«

»Ich werde im Haus herumgehen«, sagte ich, »wie ich es für angebracht halte. Wir werden uns zu bestimmten Zeiten jeweils auf unterschiedliche Abschnitte konzentrieren. Verschiedene Orte, verschiedene Momente. Manchmal werde ich an der Leberdame vorbeikommen wollen, wenn sie ihren Müll rausstellt. Manchmal werde ich draußen beim Motorrad sein wollen. Manchmal beides zusammen: Eine Szene kann angehalten werden, und ich werde die Treppe hoch- oder runterlaufen, um in der anderen zu sein. Oder in einer dritten. Es gibt unendlich viele Kombinationsmöglichkeiten.«

»Ja, die gibt es«, sagte Naz.

Die Fischsuppe kam. Wir schlürften sie. Dann das Reisgericht. Wir aßen es. Ich erklärte Naz noch einiges, und er verarbeitete es. Wenn mir seine Augen bedeuteten, zu warten, dann wartete ich; wenn das Surren hinter ihnen aufhörte, fuhr ich fort. Er fragte kein einziges Mal, warum ich das alles machen wollte: Er hörte nur zu, verarbeitete, berechnete, wie es auszuführen sei. Zu vollstrecken. Mein Vollstrecker.

Bevor wir das Blueprint Café verließen, legte Naz mir in groben Zügen dar, was er in Rechnung stellen würde. Ich sagte in Ordnung. Ich gab ihm meine Bankverbindung, und er sagte mir, dass ich ihn jederzeit erreichen könne: Er würde mein Projekt persönlich betreuen, Vollzeit. Am nächsten Morgen um zehn rief er an und teilte mir mit, wie er sich das weitere Vorgehen vorstellte: Wir sollten zuerst ein Gebäude finden, das dem, was ich im Kopf hatte, nahe kam – zumindest so weit, dass man es entsprechend umbauen konnte. Das war der erste Schritt. Währenddessen würde er Architekten, Innenausstatter und, natürlich, mögliche Darsteller kontaktieren.

»Darsteller ist nicht das richtige Wort«, sagte ich. »Mitarbeiter. Teilnehmer. Nach-Spieler.«

»*Nach*-Spieler?«, fragte er.

»Ja«, sagte ich. »Nachspieler.«

»Möchten Sie, dass ich die Suche nach der Immobilie in die Hand nehme?«, fragte er.

»Mhm, ja«, sagte ich.

Als wir auflegten, sah ich das Gebäude wieder ganz klar vor mir: zuerst von außen, dann den Eingangsbereich, den Schrank meiner gesichtslosen Portiersfrau, die Haupttreppe mit dem schwarz-weißen, sich wiederholenden Muster auf dem Fußboden, dem Handlauf aus geschwärztem Holz mit den Metallstiften. Dann wurde es von Naz' Büro überlagert: Das Plastikblau und -rot, die Fenster, seine Leute, die über die Teppiche liefen und sich aufmachten, nach meinem Gebäude zu suchen. Diese Leute trugen das Bild des Büros von Time Control in die Stadt hinaus, nicht das Bild meines Gebäudes. Dieses zweite Bild verblasste langsam vor meinem inneren Auge. Ich fühlte plötzlich eine Welle der Angst in meiner rechten Körperhälfte aufsteigen, vom Schienbein ausgehend bis zum rechten Ohr. Ich setzte mich, machte die Augen zu und konzentrierte mich ganz auf mein Gebäude. Ich konzentrierte mich mit geschlossenen Augen darauf, bis es zurückkam und das Bild des Büros in den Hintergrund drängte. Ich fühlte mich besser. Ich stand wieder auf.

Ich begriff, dass es nur eine einzige Person gab, die die Suche nach dem Objekt in die Hand nehmen konnte, und das war ich.

6

Als ich ungefähr zwölf war, hatte ich in der Schule Kunstunterricht. Es lag mir überhaupt nicht, aber es war Teil des Lehrplans: jede Woche eine Stunde und zwanzig Minuten – eine Doppelstunde. Einige Wochen lang stand Bildhauerei auf dem Programm. Wir bekamen solche großen Steinblöcke, dazu Hammer und Meißel, und mussten die Blöcke in etwas Erkennbares verwandeln – in eine menschliche Figur oder in ein Gebäude. Der Lehrer hatte eine wirkungsvolle Methode, uns verständlich zu machen, was wir taten. Die fertige Skulptur, erklärte er, sei schon da, hier vor unseren Augen – in dem Block, an dem wir gerade meißelten.

»Die Aufgabe ist nicht, eine Skulptur zu erschaffen«, sagte er; »ihr müsst nur alles andere entfernen, sie davon befreien. Von der überschüssigen Materie.«

Überschüssige Materie. Ich hatte das völlig vergessen, diesen Ausdruck, den ganzen Unterricht – schon vor dem Unfall, meine ich. Nach dem Unfall war dann alles weg. Als ob meine Erinnerungen Tauben wären und der Unfall ein lauter Knall, der sie alle verscheucht hat. Nach und nach kamen sie zurückgeflattert – aber als sie kamen, hatte sich ihre Hierarchie verändert, und manche, die vorher beschissene Plätze gehabt hatten, hatten jetzt bessere: Ich erinnerte mich deutlicher an sie; sie schienen wichtiger zu sein. Sport, zum Beispiel, bekam einen guten Platz. Vor dem Unfall hatte ich mich nie sonderlich für Sport interessiert. Aber als mein Gedächtnis zurückkam, stellte ich fest, dass ich mich ganz deutlich an jedes Schulbasketball- und Fußballspiel erinnern konnte, bei dem ich mitgespielt hatte. Ich konnte das Spielfeld oder den Platz genau vor mir sehen, und ich konnte sehen, wie wir, ich und die anderen Spieler, uns dort bewegt hatten. Vor allem Kricket. Ich konnte mich ganz genau daran erinnern, wie es war, an einem Sommerabend im Park Kricket zu spielen. Ich erinnerte mich an die Spiele, die ich im Fernsehen gesehen hatte: den schematischen Spielfeldüberblick, die eingeblendeten Diagramme, die zeigten, welche Vektoren abgedeckt wurden und welche nicht, die Wiederholungen in Zeitlupe. Andere Dinge dagegen waren weniger wichtig geworden. Meine Studienzeit beispielsweise hatte sich auf ein verblasstes Bild reduziert: Ein paar Saufgelage, desillusionierte Freundschaften und ein Haufen halbgelesener Bücher verschwammen zu einer großen Halde der Bedeutungslosigkeit.

Der Kunstlehrer flatterte an einen guten, deutlichen Erinnerungsplatz zurück. Ich erinnerte mich sogar an seinen Namen: Mr. Aldin. Als ich lernte, Karotten zu essen und zu laufen, hatte ich viel über das nachgedacht, was er über das Entfernen von überschüssiger Materie gesagt hatte. Die Bewegung, die ich machen wollte, war schon da, sagte ich mir: Ich musste nur alles, was nicht dazugehörte, eliminieren – die überschüssigen Extremitäten und Nerven und Muskeln, die ich nicht bewegen wollte, die Teile des Raums, durch die sich meine Hand oder mein Fuß nicht bewegen sollten. Mit meinem Physio sprach ich nicht darüber; ich sagte das nur zu mir selbst. Es half. Jetzt, als ich überlegte, wie ich mein Gebäude finden sollte, dachte ich wieder an Mr. Aldin. Das Gebäude, sagte ich mir, oder sagte er mir, oder, um genau zu sein, sagte mir mein Bild vom Kunstsaal in der Schule, mit einer Stimme, die über farbbekleckten Holztischen schwebte – das Gebäude war bereits da, irgendwo in London. Was ich zu tun hatte, war, es herauszulösen, es herauszumeißeln aus den Straßen und den umliegenden Gebäuden.

Wie das anstellen? Natürlich: Ich musste den Block sehen, die Steinplatte, London. Ich hatte ein abgegriffenes, eselsohriges Straßenverzeichnis, das mir aber keinerlei Vorstellung von der ganzen Stadt vermittelte. Ich brauchte einen richtigen Stadtplan, einen großen. Ich wollte schon losgehen und beim nächsten Zeitungsladen einen kaufen, als mir klar wurde, dass ich noch nicht groß genug dachte. Um das richtig anzugehen, brauchte ich Koordination, Unterstützung. Ich rief Naz an.

»Ich möchte einen Raum mieten.«

»Was für einen Raum?«, fragte er.

»Einen Arbeitsraum. Ein Büro.«

»Ok«, sagte Naz.

»Ich möchte die Suche von dort aus organisieren«, fuhr ich fort. »Mit Plänen an der Wand und so weiter. Eine Art militärische Stabsstelle.«

»Sie möchten die Suche selbst organisieren?«, fragte er. »Ich dachte, ich sollte …«

»Ich möchte das Kommando übernehmen, aber ich möchte, dass Sie mit mir zusammenarbeiten.«

Es gab eine Pause, dann sagte Naz:

»Gut. Also ein Büro.«

»Ja«, sagte ich.

»Irgendwelche weiteren Vorgaben?«

»Nein«, antwortete ich. »Einfach ein normales Büro mit ein paar Schreibtischen. Licht, Fenster. Ganz normal.«

Eine Stunde später hatte er ein Büro für mich besorgt, in Covent Garden. Es gab ein Fax, zwei Telefonleitungen, einen Laptop, Textmarker, weiße A1-Blätter, zwei riesige Stadtpläne von London, ein paar Stecknadeln, um einen der Pläne an die Wand zu pinnen und weitere Stecknadeln, um damit Stellen auf dem Plan zu markieren. Naz hatte verschiedenfarbige Stecknadeln gekauft und Faden, mit dem man die Stecknadeln verbinden und auf diese Weise die Stadt wie mit Käsedraht in Blocks und keilförmige Bereiche einteilen konnte.

Naz und ich entwickelten eine Methode: Mit Stecknadeln und Faden sperrten wir einen Bereich auf dem Stadtplan an der Wand ab, scannten dann diesen Bereich vom zweiten Plan in den Laptop ein, schnitten die angrenzenden Straßen mithilfe des Computerprogramms ab und versendeten das Resultat an die Handys von Naz' Leuten. Wir teilten sechs Hauptgebiete ab, von denen wir meinten, dass mein Gebäude dort am ehesten zu finden sein könnte: Belgravia, Notting Hill, South Kensington, Baron's Court, Paddington und King's Cross. Dort gab es überall viele hohe Mietshäuser – ganze Straßenzüge davon, da sie mit Ausnahme einiger Gebäude rund um die Bahnhöfe die Bombenangriffe des Zweiten Weltkriegs einigermaßen unbeschadet überstanden hatten.

Wir setzten unseren Plan in die Tat um. Naz teilte fünf seiner Leute dafür ein: Ihr Job war es, die Blocks und Keilstücke, die wir ihnen schickten, straßenweise abzulaufen. Wir arbeiteten systematisch, steckten einen Bereich nach dem anderen ab, scannten ihn ein und schickten ihn raus. Dann gingen Naz' Leute los und riefen im Büro an, sobald sie ein Gebäude entdeckten, von dem sie dachten, es sei meinem ähnlich. Sie liefen im jeweiligen Block eine Straße entlang, die nächste zurück, dann die nächste wieder in die andere Richtung und so weiter. Von Zeit zu Zeit klingelte eines unserer Telefone:

»Ich habe ein großes Wohnhaus mit blauer Fassade in der Nähe von Olympia gefunden«, sagte jemand vom Suchtrupp.

»Welche Straße?«, fragten wir.

»Ecke Longridge Road und Templeton Place.«

»Wie viele Stockwerke?«

»... *drei, vier, fünf* – sechs!«

»Longridge Road, Templeton Place«, wiederholten dann ich oder Naz für den jeweils anderen; der andere suchte die Kreuzung auf dem Plan an der Wand, steckte eine lila Stecknadel an die Stelle und gab dann die Einzelheiten – sechs Stockwerke, blaue Fassade und so weiter – in eine Tabelle ein, die Naz auf seinem Laptop vorbereitet hatte. Manchmal klingelten beide Telefone gleichzeitig. Manchmal klingelte einige Stunden lang keins von beiden.

Gegen fünf am ersten Tag steckten neun lila Stecknadeln im Stadtplan.

»Wir sollten sie uns ansehen«, sagte Naz. »Ich bestelle uns ein Taxi.«

»Morgen«, sagte ich.

Um fünf Uhr des nächsten Tages hatten wir fünfzehn Gebäude. Ich verschob die Ankunft des Taxis auf sechs, aber als es kam, sagte ich zu Naz:

»Ich möchte lieber bis morgen früh warten.«

»Wie Sie möchten«, sagte er. »Ich schicke Ihnen gegen neun ein Taxi zu Ihrer Wohnung.«

Am nächsten Morgen rief ich ihn um halb neun an.

»Ich möchte lieber auf eigene Faust gehen«, sagte ich.

»Dann treffe ich Sie dort.«

»Nein. Ich möchte lieber alleine gehen.«

»Wie werden Sie wissen, welche Häuser Sie sich anschauen wollen?«, fragte er.

»Ich erinnere mich an alle«, sagte ich.

»Tatsächlich?«, Naz klang ungläubig.

»Ja«, sagte ich.

»Das ist beeindruckend«, sagte er. »Rufen Sie mich an, wann immer Sie mich brauchen.«

Natürlich erinnerte ich mich nicht an jede Adresse. Aber im Laufe der vergangenen zwei Tage war mir eines immer klarer geworden: Diese Leute würden mein Gebäude nicht finden. Egal wie gut ich es ihnen beschrieb oder wie gründlich sie suchten, sie würden mein Gebäude aus einem einfachen Grund nicht finden können: Es wäre nicht mein Gebäude, es sei denn, ich fände es selbst. Schon am Mittag des zweiten Tages ihrer Suche war ich mir dessen sicher gewesen.

Warum hatte ich dann die Suche nicht abgeblasen, könnte man fragen. Weil mir der Prozess gefiel, das Vorgehen nach einem bestimmten Muster. Da vollzogen Leute die gleiche, sich wiederholende Handlung – ihr Handy konsultieren, eine Straße entlanglaufen, die nächste zurück und dann eine dritte wieder in die andere Richtung, vor Gebäuden stehenbleiben, um zu telefonieren – in sechs verschiedenen Stadtteilen. Sie gruben sich hinein in den Block der Stadt und lockerten ihn, sie begannen, überschüssige Materie wegzumeißeln: Das würde mein Gebäude aufscheuchen, so wie Treiber Fasane aus dem Gebüsch aufscheuchen, damit der adelige Herr sie schießen kann – sechs Treiber rücken in Formation vor, schlagen im gleichen Rhythmus, ahmen ihre Bewegungen gegenseitig nach. Als ich mich an diesem Tag auf den Weg machte, stellte ich mir vor, alles von oben zu betrachten, von hoch oben über der Stadt, mir von dort aus Naz' Leute herauszupicken, von denen jeder eine Art Kennzeichnung hatte, wie der Punkt auf Polizeiautos, damit sie von Polizeihubschraubern aus leichter geortet werden können. Ich stellte mir vor, dass ich hinunterschaute und sie alle sehen konnte – und mich ebenfalls, den siebten sich bewegenden Punkt, und meine Richtungswechsel und Wiederholungen ätzten das Grundmuster ein, dem die anderen sechs nacheiferten. Ich stellte mir vor, von noch weiter oben hinunterzuschauen, von den Rändern der Stratosphäre aus. Für einen Augenblick blieb ich auf der Straße stehen und spürte eine leichte Brise, die mein Gesicht umspielte. Ich drehte meine Handflächen nach oben und spürte, wie ein Kribbeln in meiner rechten Körperhälfte aufstieg. Es war gut.

Ich fing in Belgravia an. Ich ging eine Straße entlang, die nächste zurück und dann die dritte wieder in die andere Richtung, entsprechend der Anweisung, die Naz' Leute für ihr Vorgehen erhalten hatten – um ja keine auszulassen. Doch nach zwei Stunden, die ich auf diese Weise verbracht hatte, wurde mir klar, dass mein Gebäude nicht in Belgravia war. Die sauberen weißen Häuser dieses Viertels mit ihren erhöhten Veranden und weißen Säulen ließen mich völlig kalt, selbst wenn sie die Kriterien, die ich dem Suchtrupp gegeben hatte, eigentlich erfüllten. In King's Cross war es genauso. Und in Kensington auch. Paddington kam noch am nächsten: Einige Gebäude dort sahen aus wie meins. Sie *sahen aus* wie meins, aber sie waren nicht meins. Keine Ahnung, woher ich das wusste: Ich wusste es einfach.

Am späten Nachmittag rief ich Naz an.

»Wie war's?«, fragte er.

»Ach, ich bin nicht zu denen gegangen, die unsere Leute ausgewählt haben«, sagte ich. »Mir ist klar geworden, dass ich selbst danach suchen muss.«

»Ich verstehe«, sagte Naz. »Dann sage ich ihnen, dass sie die Suche abbrechen sollen.«

»Nein«, sagte ich. »Sagen Sie ihnen, dass sie weitermachen sollen. Wenn die ursprünglichen sechs Viertel abgegrast sind, werden wir die Suche noch ausdehnen.«

An Naz' Ende der Leitung war es einen Moment still. Ich stellte mir das Dahinter seiner Augen vor, das Surren. Nach einer Weile sagte er:

»Wenn es das ist, was Sie möchten, werde ich es veranlassen.«

»Gut«, sagte ich. So vorzugehen war wichtig, dieser Prozess war notwendig.

Ich fand mein Gebäude an diesem Tag nicht. Und auch nicht am folgenden. Als ich am Abend nach Hause kam, warteten zwei Nachrichten auf mich: eine von Greg und eine von Matthew Younger. Greg wollte, dass ich ihn zurückrufe. Matthew Younger sollte ich auch zurückrufen: Die Branchen, in die wir investiert hatten, waren im Laufe der letzten Woche um zehn Prozent im Wert gestiegen, was uns die großartige Möglichkeit des Top-Slicing und weiterer Diversifizierung eröffnete. Ich hörte die Nachrichten auf dem Sofa liegend ab. Die ganze Lauferei hatte mich erschöpft. Ich nahm ein Bad, machte mir ein Pflaster auf eine Blase am rechten Fuß und ging ins Bett.

Ich hatte einen lebhaften Traum. Ich träumte, dass sich Straßen und Gebäude an mir vorbeibewegten, wie die Pendler an dem Tag, als ich an der Victoria Station gestanden und um Kleingeld gebeten hatte. Die Straßen und Gebäude liefen auf Fließbändern an mir vorbei, auf solchen langen Fließbändern, mit denen an Flughäfen die Leute die Gänge entlangtransportiert werden. Mehrere dieser sich bewegenden Bänder waren miteinander verbunden – liefen aufeinander zu und teilten sich wieder, kreuzten sich, tauchten hinter- oder untereinander durch wie ein gigantisches Autobahnkreuz, beförderten Häuser, Gehsteige, Laternenpfähle, Ampeln und Brücken an mir vorbei und um mich herum.

Mein Gebäude war dabei, irgendwo in diesen komplexen Verflechtungen wurde es mitbefördert. Ich erhaschte einen Blick darauf, bevor es hinter ein anderes Gebäude glitt und weggetragen wurde, um später anderswo wieder aufzutauchen. Es zeigte sich mir, dann verschwand es wieder. Die Bänder waren wie die Finger eines Taschenspielers, der Karten mischt: Er mischte die Stadt, ließ vor mir meine Karte, mein Gebäude, kurz aufblitzen, um es dann wieder im Kartenspiel zu begraben. Die Herausforderung bestand darin, genau in dem Moment, indem es sich zeigte, »Stop!« zu rufen: Schaffte ich das, würde ich gewinnen. Das war der Deal.

»Stop!«, rief ich. Dann wieder: »Stop ... Stop!« Aber ich erwischte nie den richtigen Zeitpunkt – vielleicht eine Zehntel- oder auch nur eine Hundertstelsekunde zu spät, aber trotzdem zu spät. Ich schrie jedes Mal, wenn ich mein Gebäude sah – »Stop«, und das Bandsystem kam zum Stillstand – aber das dauerte ein paar Sekunden, und bis es ganz angehalten hatte, war mein Gebäude schon wieder weg.

Nach einer Weile machte ich die Augen zu, meine Traumaugen, und versuchte zu *spüren*, wann es auftauchen würde. Ich spürte den Rhythmus, in dem sich die Dinge bewegten, das Muster, dem sie folgten, und tauchte mit meiner ganzen Vorstellungskraft ein. Ich konnte spüren, wann sich mein Gebäude näherte. Ich wartete zweimal ab, dass es vorbeikam, und kurz bevor es zum dritten Mal vorbeikam, schrie ich:

»Stop!«

Schon als ich das rief, wusste ich, dass es dieses Mal funktionieren würde. Als die Bänder wieder anhielten, kam mein Gebäude direkt vor mir zum Stehen. Ich trat einen Schritt vor und ging hinein. Ich sah alles sogar noch deutlicher vor mir als an dem Abend von David Simpsons Party – ich konnte darin umhergehen, seine Details genießen: den Schrank der Portiersfrau und das Treppenhaus mit seinem abgenutzten Fußboden, das schwarz-weiße, sich wiederholende Muster darin, das oxydierte, schmiedeeiserne Geländer, den schwarzen Handlauf mit den Metallstiften. Ich sah die Tür des Pianisten und die der Dame, die Leber briet, die Stelle daneben, wo sie ihren Müll absetzte, wenn ich an ihr vorbeikam, meine eigene Wohnung über ihr, mit der offenen Küche und den Pflanzen, dem Bad mit einem Riss in der Wand und einem Fenster, das auf den Hof ging und von dem aus man ein Gebäude mit roten Dachziegeln und schwarzen Katzen sehen konnte. Ich konnte es ganz und gar in Besitz nehmen – nicht für lange, aber doch für eine Weile, bis die Szene wechselte und ich mich in einer Bücherei wiederfand, wo ich mit einer mürrischen Bedienung, die Jugoslawin war, über Reisepreise verhandelte.

Am Morgen, als ich aufwachte, begann ich zu verstehen, warum ich mein Gebäude in den vier Tagen, in denen ich daran gearbeitet hatte, nicht gefunden hatte: Ich war rational an die Sache herangegangen. Mit Logik. Ich musste das Ganze irrational anpacken. Unlogisch. Klar! Irgendwann in den letzten Jahren war ich wahrscheinlich schon einmal daran vorbeigekommen – was bedeutete, dass es irgendwo in meiner Erinnerung gespeichert war. Alles muss irgendeine Spur hinterlassen. Und selbst wenn ich noch nicht daran vorbeigekommen war, würde ich es nur zur Strecke zu bringen können, wenn ich still und leise vorging, heimlich: wenn ich mich also nicht in geraden Linien und block- und abschnittsweise bewegte, sondern es schlau anstellte, mich seitlich anpirschte.

Ich machte mir Frühstück und dachte darüber nach, wie ich meine Suche am besten irrational angehen könnte. Meine erste Idee war, den Stadtplan nach der I-Ging-Methode zu benutzen: Die Augen zu schließen, mich ein paar Mal um mich selbst zu drehen, eine Stecknadel blind hineinzupinnen und dann in dem Bereich auf die Suche zu gehen, wo sie gelandet war. Je mehr ich aber über diese Methode nachdachte, desto weniger schlau schien sie mir zu sein. Nach dem Zufallsprinzip, das hat ja nichts mit Schläue zu tun. Ich versuchte es mit meinem Straßenverzeichnis, nur um zu sehen, was passierte: Mitcham. Ich versuchte es ein zweites Mal: Walthamstow Marshes. Soviel zu den Weisheiten des Orients.

Farben waren meine nächste Idee: Farben zu folgen. Ich konnte mir vornehmen, zum Beispiel die Richtung einzuschlagen, die, sagen wir mal, gelbe Sachen vorgaben: ein Lieferwagen, eine Plakatwand, die Kleider von irgendjemandem. Ich konnte irgendwo beginnen, ganz egal, und die Straße entlanggehen, in die der gelbe Lieferwagen gefahren war, dann bei einem gelben Schaufenster warten, bis eine Frau in gelben Hosen vorbeikam und ihr folgen. Es war vollkommen beliebig – aber es könnte etwas auslösen, mir helfen, Dinge so zu sehen, wie ich sie sonst nicht sah, könnte vielleicht eine Schwachstelle in der Tarnung meines Gebäudes offenbaren.

Ausgehend von dieser Idee kam ich auf den Gedanken, mich ruckartig, sprunghaft zu bewegen. Damit meine ich nicht meine Art zu gehen: Ich meine, ich würde mit einer Straße beginnen und dann plötzlich umkehren, so wie damals, als ich nach Heathrow wollte, um Catherine abzuholen, und dann merkte, dass ich die Angaben zu ihrem Flug vergessen hatte. Oder ich könnte so tun, als würde ich eine bestimmte Richtung einschlagen, an einer Fußgängerampel darauf warten, die Straße zu überqueren – um dann, wenn das grüne Männchen erscheint, in eine andere Richtung abzudrehen wie ein Stürmer, der beim Elfmeter den Torhüter in die falsche Ecke schickt.

Ich überlegte auch, einem Zahlensystem zu folgen: bei null beginnen, dann die erste Straße rechts, die zweite links, die dritte rechts, die vierte links und so weiter. Natürlich könnte das System auch noch viel komplizierter sein: mit Bruchrechnung und Algebra und Differentialquotienten und wer weiß, was noch alles. Oder genauso, aber mithilfe des Alphabets. Die erste Straße, die mit *A* beginnt, entlanggehen, solange, bis ich eine mit *B*, mit *C* usw. finde. Oder ich könnte numerische Prinzipien auf einen alphabetischen Ablauf anwenden: bei einer Straße mit *A* beginnen, dann so lange dem Alphabet folgen, wie dieser Straßenname Buchstaben hat und dann die nächste Straße finden, deren Name mit dem dann folgenden Buchstaben beginnt. Oder ich könnte …

Mitten in diesen Überlegungen klingelte das Telefon. Es war Matthew Younger.

»Wie geht es Ihnen?«, fragte er.

»Gut«, sagte ich. »Ich bin auf der Suche nach einem Gebäude. Was ist *top-slicing*?«

»Ah!«, antwortete er. Seine Stimme dröhnte die Leitung entlang zu mir. »›Top-slicing‹ bedeutet, dass Sie, wenn Ihre Anteile an einer bestimmten Firma gestiegen sind, den Gewinn ›abschneiden‹, indem Sie Anteile verkaufen, bis der Wert wieder dem entspricht, den Ihre Anteile zum Zeitpunkt des Kaufs hatten.«

»Warum sollte man das tun?«, fragte ich.

»Um«, erklärte er, »dieses freigesetzte Geld in eine andere Firma zu investieren und so die Beteiligungen breiter zu streuen. Jetzt sind Ihre Technologie- und Telekommunikationsaktien, die wir ausgesucht haben, in wenig mehr als einer Woche insgesamt um erstaunliche zehn Prozent gestiegen. Obwohl ich weiß, wie sehr Sie diese beiden Branchen favorisieren, scheint mir doch, dass, wenn wir diese zehn Prozent Gewinn topslicen würden, wir in einen anderen Bereich investieren könnten, ohne damit Ihr Engagement für Technologie und Telekommunikation zu schmä ...«

»Nein«, sagte ich. »Lassen Sie sie, wo sie sind.«

Eine Weile war es still an seinem Ende. Ich stellte mir sein Büro vor: der polierte Mahagonitisch, die getäfelten Wände und die stuckverzierte Decke, die Porträts gebrechlicher, reicher Männer. Dann war er wieder da:

»Gut«, sagte er. »Prima. Ich wollte mich nur mit Ihnen in Verbindung setzen, na ja, mit einem Vorschlag – aber die Entscheidung liegt ganz und gar bei Ihnen.«

»Ja«, antwortete ich.

Ich legte auf und grübelte weiter über irrationale Methoden für meine Gebäudesuche nach. Bis zum Mittag waren mir so viele eingefallen, dass ich die Hälfte schon wieder vergessen hatte. Am frühen Nachmittag hatte ich eingesehen, dass sowieso keine funktionieren würde, aus dem einzigen Grund, weil, methodisch ausgeführt, die Irrationalität jeder dieser Methoden flöten gehen würde. Mir wurde langsam schwindelig und ich war frustriert. Ich entschied, dass es nur eine einzige Möglichkeit gab, nämlich gar keinen Plan zu haben – einfach durch die Gegend zu laufen und zu sehen, was passierte.

Ich verließ meine Wohnung, ging die senkrecht abgehende Straße an meinem verbeulten Fiesta vorbei, bog in die ehemalige Sperrzone ab, kam am Reifenhändler und dem Café vorbei, dann an der Telefonzelle, von der aus ich Marc Daubenay angerufen hatte. Ich ging ins Zentrum von Brixton, zu der gelb schraffierten Kreuzung zwischen Rathaus und Ritzy. Normalerweise musste ich hier rechts zur U-Bahn abbiegen, aber heute ging ich weiter in die Richtung von David Simpsons Straße. Ich weiß nicht, warum: Mir war einfach danach, sonst nichts. Und überhaupt, südlich des Flusses zu bleiben, das war doch schlau. Naz' Leute waren allesamt auf der Nordseite; alles, was südlich lag, war auf jeden Fall außerhalb des offiziellen Suchradius und damit ergiebigerer Jagdgrund. Wenn man weiß, dass man an einem bestimmten Ort gesucht wird, sucht man sich ein anderes Versteck.

Ich ging Richtung Plato Road, schwenkte dann aber, bevor ich sie erreicht hatte, in eine Parallelstraße ein. Gleich dorthin zurückzugehen hätte die Sache vielleicht abgekürzt, überlegte ich. Ich ging nach rechts, dann nach links, damit es sich ausglich. Ich schoss über eine Abzweigung nach rechts hinaus, kehrte aber um und nahm sie doch noch. Ich kam an ein paar Männern vorbei, die Kabel in die Erde verlegten, blieb stehen und schaute ihnen eine Weile zu. Sie waren gerade dabei, Kabel miteinander zu verbinden: blaue, rote und grüne; sie stellten die Verbindungen her. Ich beobachtete sie gebannt. Sie wussten, dass ich sie beobachtete, aber das störte mich nicht. Ich hatte achteinhalb Millionen Pfund und konnte tun, was ich wollte. Es schien sie auch nicht zu stören – vielleicht weil sie durch die Art, wie ich sie beobachtete, merkten, dass ich sie respektierte. Für mich waren sie Brahmanen: ganz oben. Mehr als Brahmanen: Götter, die die Welt verkabelten, das aber anschließend wieder verbargen – die Routen, die Verbindungen geheim hielten. Ich schaute ihnen Ewigkeiten zu und konnte dann nur mit Mühe weitergehen, musste mich wirklich auf jeden Muskel, jedes Gelenk konzentrieren.

Kurz darauf stieß ich auf einen Sportplatz. Er lag eingezwängt in einem Gewirr von Seitenstraßen und war mit grünem Maschendraht eingezäunt. Innerhalb des ersten Zauns umgrenzte ein weiterer einen wunderschönen grünen Asphaltplatz. Es war ein Mehrzweckplatz. Alle möglichen Markierungen durchschnitten und zerstückelten ihn: Halbkreise, Kreise, Vierecke, Bögen – in gelb, rot und weiß. Ich fand ihn wunderschön, aber jedem anderen wäre er wohl nur schäbig und heruntergekommen erschienen. Zwei kleinere, altersschwache Tore standen an den Enden des Platzes: zwei Fußballtore. Zwischen dem eingezäunten Spielfeld und dem grünen äußeren Zaun verlief eine rote Laufbahn. Die Bahnen, die ich im Koma gesehen hatte, waren wie diese hier gewesen: rot, mit weißen Linien, die die Spuren markierten. Ein paar Lautsprecher baumelten an Pfosten neben der Laufbahn; sie sahen aus, als würden sie nicht mehr benutzt und funktionierten wahrscheinlich auch nicht mehr. Ich stand an den grünen Zaun gelehnt, sah auf den Platz und dachte an die Kommentare, die ich in meinem Koma abgeben musste. Eine Weile stand ich dort in Gedanken versunken, dann drehte ich mich um – und sah mein Gebäude.

Es war mein Gebäude, ganz bestimmt. Das wusste ich sofort. Es war ein großes Mietshaus, sieben Stockwerke hoch. Es war ziemlich alt – vielleicht 1890er, 1900. Es war schmutzig-cremefarben. Gelblich-weiß. Ich war in einem merkwürdigen Winkel darauf zu gekommen, von der Seite, aber ich konnte sehen, dass es große weiße Fenster hatte und schwarze Fallrohre und Balkone mit Blumen. Diese Fenster, Rohre und Balkone wiederholten sich entlang der seitlichen Fassade, hoch und gebieterisch hinter einer Mauer, bis es um die Ecke ging und sie aus dem Blickfeld verschwanden. Oh, es war ganz eindeutig meins.

Das Gebäude war von einem Hof umgeben, einer Art Garten, aber ich war durch die Mauer davon getrennt. Vor mir befand sich ein Nebeneingang mit einer Eisentür. Ich probierte sie aus: Sie war verschlossen. Es war eine von diesen Türen mit einer kleinen elektronischen Tastatur und einer darüber montierten Überwachungskamera. Ich ging aus dem Blickfeld der Kamera und wartete, ob jemand durch die Tür kommen würde. Niemand kam. Nach einer Weile ging ich um den Sportplatz herum, unter einer Eisenbahnbrücke durch – und sah das Gebäude von vorn.

Oh ja: Es war mein Gebäude. Mein eigenes, das, an das ich mich erinnert hatte. Es war groß und alt und ragte sieben Stockwerke empor. Die Vorderseite war ebenfalls gelblich-weiß, mit Fenstern ohne Balkone. Der Haupteingang besaß eine gewisse verblasste Grandezza: Breite Stufen mit Schachbrettmuster führten von der Straße zu einer zweiflügeligen Eingangstür, über der als Relief der Name des Gebäudes eingemeißelt war: Madlyn Mansions.

Ich stand auf der Straße und betrachtete mein Gebäude. Ziemlich regelmäßig kamen Leute durch die Doppeltüren: normal aussehende Leute, alte und junge, zur Hälfte Weiße, zur Hälfte karibischer Herkunft. Bewohner. Nach einer Weile ging ich über die Schachbrettmusterstufen zur Tür und spähte hinein.

Das Gebäude hatte eine Eingangshalle. Natürlich. Fast auf Anhieb sah ich den Besenschrank meiner Portiersfrau – so, wie ich ihn in meinen Plänen skizziert hatte, mit Besen, Schrubber und Staubsauger, die darin aneinanderlehnten. Er befand sich etwa zwei Meter weiter rechts als er hätte sein sollen, aber es war die richtige Art von Schrank. Auf der anderen Seite der Eingangshalle war eine kleine Pförtnerloge: eine Kabine mit Schiebetür. Ich konnte einen Portier sehen, einen kleinen dunkelhäutigen Mann, der sich mit jemandem in der Kabine unterhielt. Beide standen mit dem Rücken zur Eingangstür – die sich jetzt ganz öffnete, als ein Mann mittleren Alters und karibischer Herkunft herauskam. Er hielt eine der Türen auf, als er mich dort stehen sah.

»Wollen Sie rein?«, fragte er.

Ich warf nochmals einen kurzen Blick auf den Portier: Er kehrte dem Eingang immer noch den Rücken zu.

»Ja«, sagte ich. »Danke.«

Ich nahm dem Mann karibischer Herkunft die Tür ab und betrat die Eingangshalle.

Die Straßengeräusche waren verschwunden, wurden abgelöst vom dumpfen Echo des hohen, geschlossenen Raums. Dieser abrupte Wechsel fühlte sich etwa so an wie im Flugzeug, wenn man plötzlich absackt, oder im Zug, wenn man in einen Tunnel fährt und es einem in den Ohren komisch wird. Schritte hallten irgendwo weit oben und man hörte das Gemurmel des Portiers und des Mannes, mit dem er sprach. Der Fußboden der Eingangshalle war rau – vielleicht Granit. Das stimmte zwar nicht ganz, aber ich würde es austauschen können. Ich schritt schnell und leichtfüßig darüber hin und behielt dabei den Portier im Auge. Er wirkte eher wie ein Pförtner als ein Portier, aber das würde ich auch ändern. Ich würde ihn ersetzen: Es musste eine Frau sein. Jetzt konnte ich ihren Körper vor mir sehen: mittleres Alter, rundlich. Ihr Gesicht war immer noch eine Leerstelle.

Am anderen Ende ging die Eingangshalle in ein großes, breites Treppenhaus über. Das war perfekt. Das Muster auf dem Boden stimmte auch nicht ganz – aber die Dimensionen waren perfekt. Das Geländer war zu neu, aber ich würde es im Nu rausreißen und ersetzen lassen. Ich schaute nach oben und sah es schwinden und wieder auftauchen, in jedem Stockwerk. Eine Weile blieb ich am Treppenaufgang stehen und folgte mit meinem Blick den Windungen des Geländers, dem Schwinden und Wiederauftauchen. Es war aufregend: Die Wohnung des Motorradfreaks war nur eine Etage entfernt, die des Pianisten nur zwei; zwei Stockwerke darüber wohnte die Leberdame. Wenn ich meinen Kopf zurücklegte und nach oben schaute, konnte ich sogar ein Stück von meinem eigenen Treppenabsatz sehen. Ich spürte, wie in meiner rechten Körperhälfte ein Kribbeln einsetzte.

Schließlich schaute ich wieder nach unten und bemerkte am Fuß der Treppe eine Tür. Über der Tür war das Wort *Garten* eingemeißelt, genau wie der Name des Gebäudes über der Eingangstür, nur etwas kleiner. Ich probierte auch diese Tür aus: Sie war offen, und ich gelangte in einen Hof. Ebenfalls perfekt: Er war groß, mit Bäumen und Büschen, an allen vier Seiten von Gebäuden umgeben, das heißt von ihren Rückseiten. Zu meiner Rechten standen mehrere Schuppen; ich würde sie abreißen lassen, um Platz zu schaffen für die Stelle, die der Motorradfreak brauchte. Als ich weiter in den Hof hinaustrat und mich umdrehte, um am Gebäude hochzuschauen, konnte ich das Fenster des Pianisten sehen; drei Stockwerke darüber die Fenster von meinem Bad und meiner Küche. Das Gebäude gegenüber meinem, am anderen Ende des Hofs, war ähnlich wie meins – gleich hoch, aber nicht identisch.

»Gut«, sagte ich leise zu mir selbst. »Sehr gut. Aber welche Farbe haben die Dächer?«

Diese Frage ließ sich nicht gleich beantworten: Von hier aus war der Winkel zum Dach des gegenüberliegenden Gebäudes zu spitz, als dass ich die Ziegel hätte sehen können oder ob es anstieg und abfiel. Ich konnte aber so etwas wie Hütten darüber ragen sehen, oder vielmehr die Spitzen davon. Das war auch gut, dachte ich mir: Wahrscheinlich hatten sie Türen, um aufs Dach zu kommen. Genau, was ich für die Katzen brauchte: Man konnte sie dort rauslassen, damit sie herumstreunen konnten.

Ich schaute ein letztes Mal über den Hof, atmete tief ein, ging durch die Tür zurück und die Treppe hinauf. Ein schwarz-weißes, sich wiederholendes Muster gab es nicht, wie bereits erwähnt; und auch kein schmiedeeisernes Geländer mit oxydiertem Farbton und geschwärztem Holzhandlauf, aber Größe und Bewegung des Geländers - sein Verlauf, seine Biegungen - waren perfekt. Im ersten Stock begannen die Wohnungen. Ihre Eingangstüren hatten die falsche Größe: zu klein. Noch etwas, das man ändern musste. Ich erkannte dennoch die meines Pianisten. Eine Weile blieb ich davor stehen und lauschte. Eine Art Knirschen kam von drinnen - ganz gedämpft, vielleicht von einer Wasserleitung.

Ich ging die Treppe hoch, vorbei an der Wohnung des langweiligen Paares, bis zu dem Absatz, wo die Leberdame wohnte. Ihre Tür hatte die falsche Größe, wie alle Türen, aber die Stelle, wo sie, wenn ich vorbeikam, ihre Mülltüte absetzte, damit die Portiersfrau sie mitnahm: die war genau richtig - natürlich abgesehen vom Muster. Ich lauschte auch an ihrer Tür und hörte einen Fernseher laufen. Ich ging um die Stelle herum, wo sie die Tüte abstellte, schaute sie mir aus verschiedenen Blickwinkeln an. Ich sah, wo ich die Treppe herunterkommen würde, wenn sich ihre Tür gerade öffnete. Als ich jetzt dort stand, sah ich sie noch detaillierter vor mir: ihr drahtiges Haar unter einem Kopftuch, ihre Haltung, wenn sie sich bückte, wie sich die Finger ihrer linken Hand gegen ihren unteren Rücken und die Hüfte stützten. Das Kribbeln setzte wieder ein.

Jetzt blieb mir nur noch, in mein Stockwerk zu gehen. Das tat ich - und stand vor meiner eigenen Wohnung. Ich lauschte an der Tür: kein Geräusch. Die Bewohner waren wahrscheinlich unterwegs oder bei der Arbeit. Ich versuchte, die Tür mit Röntgenblick zu durchleuchten – nicht um zu sehen, was dort tatsächlich war, sondern um hineinzuprojizieren, was dort sein würde: die offene Küche mit dem Sechziger-Jahre-Kühlschrank und den hängenden Pflanzen, die Holzböden; rechts das Bad mit dem Riss, dem rosa-grauen Putz drumherum, geriffelt und schrundig, die blauen und gelben Farbkleckse. Dann das Stück Wand ohne Spiegel, wo bei David Simpson der Spiegel gewesen war, die Badewanne, deren Wasserhahn größer und älter war, das Fenster, durch das der Duft gebratener Leber hereinwehte.

Ich stand dort und projizierte all das hinein. Das Kribbeln wurde sehr intensiv. Ich stand vollkommen regungslos: Ich wollte mich nicht bewegen, und ich bin mir nicht sicher, ob ich mich hätte bewegen können, wenn ich gewollt hätte. Das Kribbeln stieg von meinen Beinen hoch zu meinen Schultern und bis in den Hals. Ich stand dort sehr lange, spürte eine große Intensität und Gelassenheit, spürte das Kribbeln. Es fühlte sich sehr gut an.

Was mich schließlich herausriss, war das Knallen einer Tür ein paar Stockwerke tiefer. Ich hörte jemanden herauskommen und die Treppe hinuntergehen. Ich ging zum Ende des Treppenabsatzes; es gab noch einen Stock über meinem, mit zwei normalen Türen und einer kleineren mit einem Vorhängeschloss. Vielleicht waren dahinter auch Katzenzugangsschuppen, überlegte ich. Etwa zweieinhalb Meter neben meiner Tür war ein Fenster: Ich lehnte mich dagegen, die Stirn an der Fensterscheibe, und schaute über den Hof. Von hier aus konnte ich sehen, dass das gegenüberliegende Dach flach war, nicht gestaffelt. Es war auch nicht rot. Es gab insgesamt drei Katzenzugangsschuppen in Abständen von jeweils etwa dreieinhalb Metern. Ich stellte mir die Katzen vor, wie sie dort herumstreunten: Sie verteilten sich auf den Dächern, die ich zu gestaffelten hatte umbauen lassen, jeweils zwei oder drei – streunend, verträumt, schwarz auf rot.

Ich hatte gesehen, was ich sehen musste. Ich wandte mich vom Fenster ab und lief geradewegs in die Eingangshalle hinunter, ohne noch einmal anzuhalten. Ich durchquerte sie ebenfalls zügig und ging hinaus auf die Straße. Ich fand ein Telefon und rief Naz an.

»Erfolg gehabt?«, fragte er.
»Ich habe es gefunden, ja«, sagte ich.
»Ausgezeichnet«, antwortete er. »Wo?«
»In Brixton.«
»In Brixton?«
»Ja: Madlyn Mansions, Brixton. Es ist hinter einer Art Sportplatz. In der Nähe einer Eisenbahnbrücke.«
»Ich suche es auf dem Plan und rufe Sie zurück. Wo sind Sie jetzt?«
»Ich bin auf dem Weg nach Hause«, sagte ich. »Ich werde in zwanzig Minuten dort sein.«
Ich ging zurück zu meiner Wohnung. Auf meinem Anrufbeantworter war eine Nachricht, aber als ich sie abspielte, weil ich dachte, sie sei von Naz, stellte sich heraus, dass sie von Greg war. Ich legte mich auf das zurückgeklappte Bettsofa und wartete. Endlich rief Naz an.
»Das Gebäude ist in Privatbesitz«, sagte er, »und vermietet. Der Besitzer ist ein gewisser Aydin Huseyin. Er verwaltet es selbst, und noch zwei weitere Immobilien in London.«
»Gut«, sagte ich.
»Soll ich mich erkundigen, ob er daran interessiert ist, ein Angebot für die Immobilie zu erhalten?«, fragte Naz.
»Ja«, sagte ich. »Kaufen Sie es.«
Wir bekamen es für dreieinhalb Millionen. Offensichtlich ein Schnäppchen.

7

Wir engagierten einen Architekten. Wir engagierten einen Innenarchitekten. Wir engagierten einen Gartenarchitekten für den Hof. Wir engagierten Bauunternehmer, die Handwerker, Elektriker und Klempner beauftragten. Wir hatten Bauleiter und Fachbauleiter, Anlieferkoordinatoren und Koordinationskontrolleure. Wir stellten Schauspieler, Requisiteure, Kostüm- und Maskenbildner ein. Wir heuerten Sicherheitspersonal an. Wir feuerten den Innenarchitekten und engagierten einen anderen. Wir engagierten Leute, die als Verbindung zwischen Naz und den Bauunternehmern und Bauleitern und Kontrolleuren fungierten, und Leute, die Besorgungen für die Verbindungsleute machten, damit sie alles besser verbinden konnten.

Nun könnte man im Nachhinein sagen – wo man ja immer schlauer ist –, dass Naz wahrscheinlich ein effizienteres Verfahren hätte finden können, das Ganze zu organisieren. Er hätte einen Ort, einen bestimmten Punkt festlegen können, von dem aus man in logischer Abfolge vorgegangen wäre: chronologisch, in gerader Linie, Stück für Stück für Stück. Stattdessen wählte er ein System des Teilbaus – alles schoss gleichzeitig empor, aber zugleich klafften große Lücken dazwischen und es entstanden immer neue Koordinations- und Kompatibilitätsprobleme, die wiederum noch mehr Überwachung, noch mehr Koordination erforderten.

»Es gibt ein Problem mit den Fenstern im dritten Stock«, berichtete mir Naz einmal, einige Wochen, nachdem die Arbeiten begonnen hatten.

»Ich dachte, die Fenster wären alle fertig«, sagte ich.

»Ja«, sagte Naz, »aber jetzt müssen die Fenster in der Hauptwohnung im dritten Stock wieder raus, damit wir den Flügel reinbekommen.«

Ein anderes Mal mussten wir feststellen, dass wir den Hof zu früh fertiggestellt hatten: LKWs mussten noch durch, um den Schutt aus dem Gebäude abzufahren, und ruinierten das Werk des Gartenarchitekten.

»Warum haben wir das nicht bedacht?«, fragte ich Naz.

Naz lächelte zurück. Da kam mir der Verdacht, dass er sich bewusst für diese unsystematische Vorgehensweise entschieden hatte. Wenn wir von einem Meeting zum nächsten gefahren wurden – zum Beispiel von der Baustelle zu unserem Büro in Covent Garden, oder zum Büro unseres Architekten in Vauxhall, oder zur Werkstatt des Metallurgen, der unser Geländer anfertigte, oder von einer 60er-Jahre-Amerikana-Auktion bei Sotheby's, wo wir uns Kühlschränke angeschaut hatten, zurück zur Baustelle über das Rathaus von Lambeth (Schmiergelder – mehr sage ich dazu nicht), jedes Mal, wenn wir das Gebäude verließen oder wieder zurückkamen, sahen wir mit Schutt, Erde oder herausgerissenen Heizkörpern vollbeladene LKWs, die vom Gelände wegfuhren, während andere LKWs mit Gerüsten ankamen oder mit frischer Erde oder langen Holzleisten. Es kamen Kleintransporter voller Kabel, Cateringfahrzeuge, Firmenwagen von Experten in Bereichen, von denen ich nicht einmal geahnt hatte, dass sie existierten: Berater für Steinreliefs, Akustikfachleute, Nichteisenmetallschweißer – Londons führender Betrieb in dieser Kunst seit 1932, wie stolz auf der Seitenfläche des Lieferwagens dieser dritten Gruppe verkündet wurde.

»Und welchen Rang haben Sie in der Eisenmetall-Liga?«, fragte ich sie.

»Wir schweißen kein Eisenmetall«, war die Antwort.

»Und wie war Ihre Position vor 1932?«

»Das weiß ich nicht. Da müssen Sie den Chef fragen.«

Dann gab es noch die Kolosse: gigantische Kräne auf Rädern, Hebekräne mit Krangreifarmen, skelettartig und bedrohlich und riesig. Wir trugen mit unseren Kleidern Putz in einen Klavier-Verkaufsraum in Mayfair, um dann das kontrastierende Tönen und Klingen von vier verschiedenen Stutzflügeltypen, das uns weiter in den Ohren summte, in ein Gebrauchtmöbellager mitzunehmen. Wir empfingen Faxe auf dem Faxgerät im Auto und stopften sie in das Fach am Rücksitz, während der Fahrer mit uns zur nächsten Besprechung raste, vergaßen dann, dass wir sie erhalten hatten und ließen sie uns ein zweites Mal faxen, oder wir gingen nochmal in dasselbe Büro oder Lager – jedenfalls hatten wir ein ständiges Summen in den Ohren, eine Kakophonie aus piepsenden Modems und Bohrgeräuschen und Arpeggios und ständig klingelnden Telefonen. Das Gesumme, die Besprechungen, das Ankommen und Abfahren wurden zu einem Gemütszustand – ein Zustand, in den uns das Projekt versetzt hatte und der uns vorwärtstrieb, weiter und wieder zurück. Noch nie in meinem Leben hatte ich mich so motiviert gefühlt. Naz hatte das verstanden, so glaube ich heute, und kultivierte ein gewisses Maß an Chaos, um alle Beteiligten auf Zack zu halten, heiß, motiviert. Ein Genie, wie es im Buche steht.

Nicht, dass es ansonsten an Motivation gefehlt hätte: Die Leute, die wir engagiert hatten, bekamen enorme Summen bezahlt. Was fehlte, wenn überhaupt, war das Verständnis: ihnen zu vermitteln, was genau von ihnen verlangt wurde. Und ihnen gleichzeitig verständlich zu machen, wie wenig sie eigentlich verstehen mussten. Ich brauchte sie nicht an meiner Vision teilhaben lassen und wollte das auch nicht. Warum sollten sie? Es war meine Vision, und ich hatte das Geld. Sie mussten nur wissen, was sie zu tun hatten. Aber genau das war gar nicht so leicht – ihnen verständlich zu machen, was sie zu tun hatten. Sie alle waren in London führend auf ihrem Gebiet: die besten Klempner, Stuckateure, Kiefernholzfachbetriebe und so weiter. Sie wollten wirklich gute Arbeit leisten und konnten nur schwer begreifen, dass die üblichen Kriterien in diesem Fall nicht zutrafen.

Die bei weitem begriffsstutzigsten Leute waren die Schauspieler und die Innenausstatter. Volltrottel, die einen wie die anderen. Für das Vorsprechen der Schauspieler mieteten wir für einige Tage das Soho-Studio-Theater, nachdem wir eine Anzeige in der Fachpresse aufgegeben hatten:

Schauspieler gesucht zur ständigen Verfügbarkeit in Londoner Gebäude auf unbestimmte Zeit. Aufgabe beinhaltet wiederholtes Nachspielen bestimmter alltäglicher Ereignisse. Überdurchschnittliche Vergütung.
Kontakt: Nazrul Ram Vyas, Tel. usw. usw.

Als Naz und ich am ersten Tag dort eintrafen, erwartete uns im Foyer eine große Menschenmenge. Wir ließen uns vom Fahrer nicht direkt vor dem Theater, sondern um die Ecke absetzen, um keinen auffälligen Auftritt zu haben: Auf diese Weise, so dachten wir, könnten wir uns eine Weile inkognito umsehen und die Leute beurteilen.

»Den könnte man als Motorradfreak vorsprechen lassen«, raunte ich Naz zu.

»Den mit der Jacke?«, raunte er zurück.

»Nein, aber den könnte man auch vorsprechen lassen, jetzt, wo Sie es sagen. Und diese etwas schmuddelige Frau dahinten: die wäre vielleicht eine Portiersfrau.«

»Was ist mit den anderen?«, fragte Naz, immer noch gedämpft.

»Statisten brauchen wir auch noch: die ganzen anonymen, unbestimmten Nachbarn. Diese beiden Schwarzen da kommen mir irgendwie bekannt vor.«

»Welche?«

»Die beiden da«, sagte ich und zeigte auf sie – und in diesem Moment machte es klick und allen war klar, was los war. Ein dumpfes Schweigen legte sich über das Foyer; alle starrten uns an, wandten sich dann ab und taten so, als würden sie sich wieder unterhalten, aber in Wirklichkeit starrten sie uns immer noch an. Ein Typ kam auf uns zu, streckte seine Hand aus und sagte:

»Hallöchen! Ich bin James. Bin wirklich gespannt auf diese Veranstaltung hier. Wissen Sie, ich muss mein Studium an der RADA finanzieren, wo ich einen Platz bekommen habe. Ich habe einen Mono …«

»Was ist die RADA?«, sagte ich.

»Das ist die Royal Academy of Dramatic Arts. Ich habe vorgesprochen, und der Dozent hat der zuständigen Behörde mitgeteilt, dass ich begabt sei – seine Worte, nicht meine.« An dieser Stelle seines Geschwafels hob James seine Hand mit übertriebener Geste ans Kinn, und offenkundig praktizierte er diese Geste auf die gleiche Art wie die schwulen Clubgänger, die ich vor ein paar Wochen beobachtet hatte. »Aber«, fuhr er fort, »sie geben mir kein Stipendium. Deshalb kommt mir dieses ganze Unternehmen hier sehr gelegen. Ich denke, es wird mir helfen, meinen Horizont zu erweitern. Zu lernen. Ich heiße James.«

Er hielt seine Hand immer noch ausgestreckt. Ich drehte mich zu Naz.

»Können Sie die Hälfte der Leute hier wegschicken?«, sagte ich. »Machen Sie Vorsprechtermine mit denen, die ich ausgesucht habe – und wen immer Sie noch für passend halten. Ich gehe einen Kaffee trinken.«

Ich ging dorthin, wo ich die Clubgänger, Medienleute, Touristen und Obdachlosen beobachtet hatte, zu demselben Seattle-Erlebnis-Café wie in Heathrow: Es war beim Theater gerade um die Ecke. Ich bestellte einen Cappuccino.

»Heyy!«, sagte die Bedienung. Es war immer noch eine weibliche Bedienung, aber diesmal eine andere. »Small Cap, kommt sofort! Haben Sie eine ...«

»Äh, ja!«, sagte ich und holte sie heraus. »Selbstverständlich habe ich eine! Und sie ist gleich im Ziel.«

»Wie bitte?«, fragte sie.

»Acht Tassen abgestempelt«, sagte ich. »Schauen Sie.«

Sie schaute. »Sie haben Recht«, sagte sie beeindruckt. Sie stempelte die neunte Tasse, als sie mir meinen Kaffee reichte. »Noch eine und Sie bekommen ein Freigetränk Ihrer Wahl.«

»Und eine neue Karte!«, sagte ich.

»Natürlich. Eine neue Karte bekommen Sie dazu.«

Ich nahm meinen Cappuccino, setzte mich an den gleichen Fensterplatz wie das letzte Mal und schaute auf die Kreuzung von Frith Street und Old Compton Street. Es war ein Obdachloser da, aber nicht meiner. Der hier hatte keinen Hund – aber er hatte Freunde, die von ihrer Basis etwas weiter weg zu ihm kamen, genau wie es die Freunde meines Obdachlosen getan hatten; aber dann sah es auch wieder nicht so aus, als wären es dieselben Leute. Der Schlafsack, in den sich der neue Typ eingewickelt hatte, sah allerdings genauso aus wie der Schlafsack von meinem. Und sein Pullover auch.

Ich hatte nicht mehr an die Sache mit der Treuekarte gedacht. Jetzt, da ich daran erinnert worden war, war ich ganz aufgeregt. Ich war so nah dran! Ich stürzte meinen Cappuccino hinunter und ging dann mit der Karte zum Tresen zurück.

»Noch einen Cappuccino«, sagte ich zur Bedienung.

»Heyy!«, antwortete sie. »Small Cap, kommt sofort. Haben Sie eine…«

»Natürlich!«, sagte ich. »Ich war doch gerade erst da!«

»Ach ja!«, sagte sie. »Tut mir leid. Ich bin ein Idiot! Geben Sie mir…«

Sie stempelte die zehnte Tasse auf meiner Karte und sagte:

»So: Sie können ein Freigetränk wählen.«

»Cool«, sagte ich. »Ich nehme noch einen Cappuccino.«

»Außer Ihrem Cap, meine ich.«

»Ich weiß«, sagte ich. »Und ich möchte noch einen.«

Sie zuckte die Achseln, drehte sich um und machte mir noch einen. Sie zog eine neue Karte heraus, stempelte die erste Tasse und gab sie mir zusammen mit meinen beiden Kaffees.

»Zurück zum Anfang«, sagte ich. »Über null.«

»Wie bitte?«, fragte sie.

»Neue Karte: Gut«, sagte ich.

»Ja«, sagte sie. Sie wirkte etwas deprimiert.

Ich nahm meine beiden Kaffees mit an meinen Fensterplatz. Ich stellte sie nebeneinander und trank abwechselnd davon, so wie Catherine es mit ihren Getränken im Dogstar gemacht hatte; ich oszillierte zwischen Davor- und Danach-Tasse. Das war ein guter Tag, entschied ich. Ich trank die beiden Kaffees aus und ging zurück ins Soho-Studio-Theater.

Der Erste, den Naz und ich uns ansahen, war der zweite Mann, den ich als möglichen Motorradfreak ausgesucht hatte. Er schien ganz passend: Anfang bis Mitte zwanzig, braunes Haar, ziemlich gut aussehend. Er hatte eine Textpassage zum Vorspielen vorbereitet: irgendwas Modernes von Samuel Beckett.

»Das wollen wir nicht hören«, sagte ich. »Wir wollen uns nur ein bisschen unterhalten, Sie darüber informieren, was Sie machen sollen.«

»Okay«, sagte er. »Soll ich hier sitzen, oder stehen, oder …?«

»Egal«, sagte ich. »Was wir brauchen, ist Folgendes: Sie sollen ein Motorradfreak sein. Sie müssen Vollzeit zur Verfügung stehen – auf Rund-um-die-Uhr-Vollzeit-Basis –, und eine Wohnung im ersten Stock eines Mietshauses bewohnen. Sie werden viel Zeit draußen im Hof des Gebäudes verbringen, wo Sie an einem Motorrad basteln.«

»Basteln?«, fragte er.

»Reparieren«, sagte ich.

»Was mache ich, wenn es repariert ist?«

»Sie nehmen es wieder auseinander. Und schrauben es wieder zusammen.«

Er schwieg eine Weile, dachte darüber nach.

»Also soll ich überhaupt keine Rolle spielen?«, fragte er schließlich.

»Nein«, sagte ich. »Keine Rolle spielen: nur tun. Ausführen. Nachspielen.«

Er wurde nicht engagiert, wie sich herausstellte. Der übernächste potentielle Motorradfreak aber. Er war nicht im Foyer gewesen. Er hatte weniger Schauspielerfahrung als die anderen beiden – fast keine. Seine Bewegungen, sein Sprechen wirkten weniger falsch, weniger angeeignet. Außerdem hatte er ein Motorrad und kannte sich ein bisschen aus. Ich hatte ihn am Ende des ersten Tages entdeckt, genauso wie den Mann für das langweilige Ehepaar und zwei oder drei der unbestimmten anonymen Nachbarn. Das war aber auch schon alles: Sonst war niemand richtig geeignet gewesen. Zurück im Auto sagte ich zu Naz:

»Ich bin mir nicht so sicher, ob die Theaterwelt der richtige Ort ist, Nachspieler zu finden.«

»Meinen Sie nicht?«, sagte Naz.

Wir unterhielten uns darüber auf der Fahrt nach Aldgate – wir wollten dort einen Großhändler für seltene, altmodische Beleuchtungskörper aufsuchen. Bei unserer Ankunft war ich mir dann sicher, dass dem so war.

»Wo aber sonst?«, überlegte ich laut, als wir Aldgate Richtung Brixton verließen.

»Stadtteilzentren?«, äußerte Naz vorsichtig, während er die Quittungen der eben getätigten Bestellung ins Rücksitzfach stopfte. »Schwimmbäder? Schwarze Bretter in Supermärkten?«

»Ja«, sagte ich. »Das hört sich besser an.«

Wir sagten das für den nächsten Tag geplante Vorsprechen ab und Naz ließ Anzeigen an den neuen Stellen verteilen. Sie brachten uns eine weitaus größere Auswahl an Leuten. Die alte Frau, die später die Leberdame wurde, war bei ihrem Bridge-Abend darauf aufmerksam geworden, die Frau des langweiligen Paares beim Yogaunterricht. Den Pianisten angelten wir über eine Musiker-Fachzeitschrift – er machte gerade seinen Doktor in Musikwissenschaften. Er war genau der Richtige für diesen Part: schweigsam, schwermütig, er hatte sogar eine Glatze. Niedergeschlagen nickte er, als ich ihm erklärte, dass und wie er Fehler machen musste:

»Sie machen Fehler«, sagte ich zu ihm, »dann wiederholen Sie die Stelle, die Sie falsch gespielt haben, verlangsamen bis in die Passage, die Sie vermasselt haben. Sie spielen sie immer wieder und wieder – und wenn Sie dahintergekommen sind, wie es geht, ohne es zu vermasseln, wiederholen Sie sie noch ein paar Mal in normalem Tempo. Und dann machen Sie weiter – zumindest bis Sie den nächsten Fehler machen. Können Sie mir folgen?«

»Ich mache absichtlich Fehler?«, fragte er und schaute dabei zu Boden. Seine Stimme war ausdruckslos und monoton, völlig ohne Intonation.

»Ganz genau«, sagte ich. »Nachmittags haben Sie Schüler. Schulkinder. Ziemliches Anfängerzeug. Abends komponieren Sie. Es gibt noch das eine oder andere, aber das ist das Wesentliche.«

»Ich mache es«, sagte er und schaute dabei immer noch weg. »Kannch ein Foschham?«

»Was haben Sie gesagt?«, fragte ich ihn. Er hatte den letzten Teil in seinen Kragen genuschelt.

Er schaute kurz hoch. Er sah wirklich elend aus. Dann ging sein Blick wieder nach unten und er sagte, nur wenig deutlicher:

»Kann ich einen Vorschuss haben? Für die ersten zwei Wochen.«

Ich dachte kurz darüber nach und antwortete dann:

»Ja, können Sie. Naz wird sich darum kümmern. Oh – aber Sie werden sich die Haare an den Seiten wachsen lassen müssen. Ist das akzeptabel?«

Er machte einen halbherzigen Versuch, einen Blick auf die Haare an den Seiten seines kahlen Kopfes zu erhaschen, indem er seine Augen langsam von einem Augenwinkel zum anderen wandern ließ. Er gab es aber ziemlich schnell auf, schaute auf den Boden und nickte wieder niedergeschlagen. Er war perfekt. Er unterschrieb seinen Vertrag, Naz gab ihm etwas Geld und er ging.

Innenausstatter waren der andere Alptraum. Wir führten Vorgespräche mit einigen. Ich erklärte ganz genau, was ich wollte, bis ins kleinste Detail – und sie nahmen das als Stichwort, um die Ausstattung selbst zu entwerfen!

»Was ich von Ihnen bekomme, ist ein düsterer Retro-Stil«, erzählte mir einer von ihnen. »Und das ist unglaublich spannend. Voller Möglichkeiten. Ich finde, wir sollten überall Tapeten mit Velourseffekt haben – Chantal de Witt hat da eine fantastische Kollektion – und Linoleum in den Fluren. Das schwebt mir dabei vor.«

»Es interessiert mich nicht im Geringsten, was Ihnen vorschwebt«, sagte ich. »Sie sollen keinen Stil kreieren. Ich möchte, dass Sie exakt den Stil hinkriegen, den ich Ihnen diktiere.«

Dieser hier stürmte wutschnaubend davon. Zwei andere waren im Prinzip damit einverstanden, die Ausstattung so zu realisieren, wie ich sie wollte, streikten aber, als es an die Leerstellen ging. Es gab Leerstellen in meinen Plänen, wie bereits erwähnt – Abschnitte des Bodens oder des Flurs, die sich in meiner Erinnerung noch nicht herauskristallisiert hatten. Einige von ihnen waren mittlerweile aufgetaucht, aber andere nicht, so wenig wie das Gesicht der Portiersfrau, und ich hatte entschieden, dass diese Stellen tatsächlich Leerstellen bleiben sollten, mit zuzementierten und übertapezierten Eingängen, kahlen Wandabschnitten und so weiter. Neutrale Flächen. Unser Architekt fand das wunderbar, aber die Innenausstatter fanden es ganz scheußlich. Einer von ihnen war bereit dazu, also engagierten wir ihn; aber als er es dann tatsächlich ausführen sollte, rastete er aus.

»Es ist mir völlig schnuppe, wie viel Sie mir zahlen«, schrie er. »Wenn das rauskommt, ist meine Karriere ruiniert. Es ist einfach total *hässlich*!«

Wir mussten ihn feuern. Er verklagte uns. Marc Daubenay wurde eingeschaltet und kümmerte sich um ihn. Ich weiß nicht, wie es ausgegangen ist. Vielleicht ist der Fall bis heute noch nicht abgeschlossen, wer weiß.

Zu guter Letzt fanden wir einen Bühnenbildner. Es war Naz' Idee – eine hervorragende. Frank, so hieß er. Er hatte im Filmbereich gearbeitet, deswegen verstand er das Konzept der lückenhaften Gestaltung. Filmsets haben jede Menge Leerstellen – schließlich braucht man nur den Teil, den die Kamera erfasst, realistisch aussehen zu lassen; den Rest lässt man ungestrichen, ohne Details, leer. Frank brachte eine Ausstatterin mit, Annie. Sie wurde später unentbehrlich.

Matthew Younger kam einmal während der Vorbereitungsphase vorbei. Ich hatte ihn Aktien im Wert von vier Millionen Pfund verkaufen lassen, als ich das Gebäude kaufte. Es hatte alles in allem etwas über vier gekostet: dreieinhalb der Kaufpreis, dazu Eigentumsübertragungsgebühren, Grunderwerbssteuer und all das, plus das Schmiergeld von jeweils zwei Riesen, das wir einigen der langjährigen Mieter gezahlt hatten, damit sie auf ihre Rechte verzichteten und sofort auszogen. Nur zwei hatten abgelehnt, und beide hatten ihre Meinung innerhalb einer Woche geändert. Ich erkundigte mich nicht danach, was sie überzeugt hatte.

Was allerdings erstaunlich war: Einige Wochen später, als Matthew Younger mich auf der Baustelle besuchte, war der Wert meines Portfolios bereits fast wieder auf den gleichen Level gestiegen, den es vor dem Aktienverkauf gehabt hatte.

»Das ist wie Joghurt«, sagte ich, »oder wie ein Eidechsenschwanz, der nachwächst, wenn man ihn abreißt.«

»Spekulation!«, sagte er und grinste bis über beide Ohren. Seine Stimme dröhnte durch das Treppenhaus und ließ das lose Eisengeländer sirren, das gerade Stück für Stück herausgerissen wurde. Im Katalog hatte es noch richtig ausgesehen, im eingebauten Zustand aber nicht mehr, also wurde es wieder herausgerissen und ersetzt. »Die Technologie- und Telekommunikationsbereiche erleben jetzt gerade einen Boom«, fuhr er fort. »Sie erreichen stratosphärische Höhen. Das ist großartig, aber Sie müssen zugeben, dass Sie sich in wirklich enormem Maße exponieren.«

»Exponieren«, wiederholte ich. »Exponieren, das gefällt mir.« Ich drehte die Handflächen um und hob sie beide an – fast unmerklich, aber genug, um ein gedämpftes Kribbeln in der rechten Seite zu spüren.

»Ich habe Ihnen eine Grafik vorbereitet«, sagte Matthew Younger, wobei er ein großes Blatt aus seiner Mappe zog, »die die durchschnittliche Performance dieser Bereiche in ihrer Gesamtheit im Verlauf von acht Jahren zeigt. Wenn Sie sich ...«

Ich spürte eine andere Art von Kribbeln in meinen nach oben gedrehten Handflächen – keines, das von innen kam, sondern ein äußerliches, ein Gefühl, als fielen Mengen kleiner Teilchen darauf. Ich schaute nach oben: Granitkrümel regneten von der Treppe über uns.

»Lassen Sie uns nach draußen gehen«, sagte ich.

Ich führte Matthew Younger nach draußen in den Hof. An diesem Tag wurden Schaukeln aufgestellt. In meiner ursprünglichen Vision vom Hof hatte ich keine Schaukeln gesehen – sie waren später hinzugekommen, als ich weiter darüber nachgedacht hatte: ein betoniertes Feld mit Schaukeln und einem Holzpodest etwa einen Meter rechts daneben. Arbeiter hatten den Zement gegossen und waren nun dabei, die Pfosten für die Schaukeln einzusetzen, solange er noch feucht war. Matthew Younger hielt seine Übersicht gegen den Himmel.

»Sehen Sie«, sagte er. »In diesem ersten Vierjahreszeitraum deckt die Grafik ... genau hier, sehen Sie? – sie steigen ziemlich steil. Aber dann, hier, während der nächsten zwei Jahre, da fallen sie wieder – und zwar genauso steil, sie fallen sogar tiefer, als sie anfangs gewesen waren. Ab hier steigen sie wieder, und seit wir uns da eingekauft haben, ist ihr Aufwärtstrend phänomenal. Aber wenn sie sich entscheiden, wieder abzustürzen ...«

»Gibt es irgendeinen Grund, dass sie das tun sollten?«, fragte ich.

»Nein«, sagte er. »Alle Zeichen deuten darauf hin, dass sie weiter steigen. Aber man kann den Markt nie gänzlich voraussagen.«

»Ist das nicht Ihr Job?«, sagte ich.

»Doch, natürlich«, sagte er. »Weitestgehend. Aber es gibt in geringem Maße Zufälligkeiten – ein unberechenbares Element, das gelegentlich den Erwartungen zuwiderläuft, Sand ins Getriebe streut.«

»Ein Splitter«, sagte ich.

»Wie bitte?«, sagte er.

»Fahren Sie fort.«

»Oh. Richtig. Also: Vorsicht – und vor allem Diversifikation – kann dieses Element überwiegend neutralisieren. Was uns zurück zur Frage des Exponiertseins bringt. Wenn jetzt ...«

»Sch!«, sagte ich mit erhobener Hand. Ich betrachtete die gezackte Linie, die durch das Schaubild lief: wie sie vorsprang und sich schlängelte. Als sein Vortrag sich von den Zahlen entfernt und dem Zufälligkeitszeug zugewandt hatte, hatte er die linke Seite des Blattes losgelassen, so dass die Werte-Linie senkrecht verlief, wie mein Badezimmerriss. Ich folgte mit den Augen ihrem Auf und Ab, den Zacken und Richtungsänderungen.

Matthew Younger bemerkte, dass ich das Blatt anschaute und zog es wieder gerade.

»Nein!«, sagte ich.

»Wie bitte?«, sagte Matthew Younger.

»Es war besser, als Sie ... Kann ich die Grafik behalten?«

»Natürlich!«, dröhnte er zurück. »Ja, schauen Sie es sich mal in Ruhe an. Ich werde Ihnen ein paar Aktienprofile dalassen, die ich vorbereitet habe, für den Fall, dass Sie sich doch für Diversifi ...«

Sein Dröhnen wurde übertönt von Bohrgeräuschen, die aus einem offenen Fenster im zweiten Stock drangen. Matthew Younger gab mir die Grafik und noch einen Haufen Papiere, dann begleitete ich ihn hinaus.

»Können Sie das Wort ›Spekulation‹ nachschauen lassen?«, fragte ich Naz, als wir nachmittags zu einem Glaser gefahren wurden.

»Natürlich.« Er zog sein Handy heraus und tippte eine SMS.

Die Antwort kam nach zehn Minuten:

»Betrachtung«, las Naz, »das Beobachten von Himmel und Sternen usw.; das Denken, das über die reine Erfahrung hinaus durch Überlegung Erkenntnis zu gewinnen versucht; Kauf (bzw. Verkauf) von Gütern. Von latein. *speculari*: Ausschau halten, belauern und *specula*: Beobachtungsturm. Erste Erwähnung …«

»Beobachtungsturm«, sagte ich, »Himmel: Das gefällt mir. Man kann den Himmel von einem Beobachtungsturm aus besser sehen. Aber man ist dann exponiert.«

»Ja, ich denke, das wäre man«, antwortete Naz.

Auf der Rückfahrt vom Glaser zu meinem Gebäude machten wir einen Umweg an meiner Wohnung vorbei. Ich schlief zwar noch da, während ich darauf wartete, dass mein Gebäude fertig würde, hielt mich sonst aber kaum dort auf: Ich ging jeden Morgen sehr früh weg und kam abends spät zurück, schlief ein paar Stunden und machte mich dann wieder auf. An diesem Morgen hatte ich einen Fliesenkatalog zu Hause gelassen; ich bat den Fahrer, vorbeizufahren, damit ich ihn mitnehmen konnte.

Als wir ankamen, klingelte Greg gerade an der Haustür. Ich war schon ausgestiegen, als ich ihn sah – sonst hätte ich wohl den Fahrer noch einmal um den Block fahren und ein paar Minuten später zurückkommen lassen. Greg drehte sich um und sah mich: Ich saß in der Falle.

»Mein Gott!«, brüllte Greg. »Tolle Karre, Kumpel!«

Ich sagte nichts. Sicher, es war eine tolle Karre. Ziemlich lang, und mit Türen, die sich hinten in der Mitte öffnen. Besonders protzig war der Wagen aber nicht – und sowieso hatte ich ihn nur, weil man in meinem Fiesta keinen Arbeitstisch und kein Fax untergebracht hätte. Sobald alles in Gang gekommen war, würde ich ihn abschaffen und wieder meinen Fiesta benutzen.

Greg stand auf den Stufen, vielleicht einen Meter von mir entfernt.

»So«, sagte er. »Was gibt's Neues? Du hast mich seit sechs Wochen nicht angerufen.«

»Ich war …«, sagte ich, »äh … ich hatte zu tun.«

»Was zu tun?«, fragte Greg.

»Umzugsvorbereitungen.«

»Wohin?«, fragte er.

»Auf die andere Seite von Brixton«, sagte ich.

»Andere … Seite … von Brixton«, wiederholte er.

»Ja«, sagte ich.

Wir standen da und sahen uns an. Nach einer Weile sagte ich:

»Ich muss diesen Fliesenkatalog holen und dann zu einer Besprechung.«

Greg schaute an mir vorbei zum Auto, wo Naz saß.

»Klar«, sagte er. »Na dann …«

»Ich ruf dich an«, sagte ich, als ich an ihm vorbei zu meiner Wohnung ging. »Ende der Woche. Oder Anfang nächster.«

Ich rief ihn nicht an – nicht in dieser Woche und auch nicht in der nächsten. Mein Projekt war kein Hobby oder Nebenjob, es war ein Programm: ein Programm, dem ich mich mit Leib und Seele verschrieben hatte. Bei diesem Programm waren die einzigen Beziehungen, die es geben konnte, die zwischen mir und meinen Mitarbeitern. Ausschließlich. Mitarbeiter: nicht Freunde.

Bald danach zogen wir mit unserem Hauptbüro von Covent Garden nach Brixton. Unsere Aktivitäten hatten sich inzwischen weitgehend dorthin konzentriert. Wir mieteten den obersten Stock eines modernen blau-weißen Bürogebäudes ein paar Straßen entfernt, etwas abseits der Hauptstraße. Es wirkte auf altmodische Weise modern und wie eine Behörde – wie irgendein osteuropäisches Geheimdiensthauptquartier. Als wir es übernahmen, hingen vor den meisten Fenstern die Metalljalousien schief herunter; Metallgehäuse liefen außen an den Seiten entlang – Lüftungskanäle, Wäscheschächte oder wer weiß was. Auf dem Dach waren eine Menge Antennen. Naz richtete sich sein Hauptquartier ein und koordinierte alles von dort aus, während ich immer mehr Zeit in meinem Gebäude verbrachte und mit den Mitarbeitern, an die bestimmte Bereiche des Projekts delegiert worden waren, an den Details arbeitete.

Wie bereits erwähnt, wurde Annie im weiteren Verlauf des Projekts immer wichtiger. Wir widmeten uns gemeinsam den Feinheiten, suchten zum Beispiel die richtigen Besen und Schrubber für den Schrank der Portiersfrau. Oder wir besorgten Aschenbecher für die Halle und überlegten, wo sie hin sollten, um dann festzustellen, dass ihre Position mit dem Öffnen der Türen kollidierte, so dass wir sie wieder versetzten. Die Frage nach der Vereinbarkeit wurde zu unserem Hauptbetätigungsfeld. Das Klavier, zum Beispiel: Es war geliefert und aufgestellt worden, aber jetzt musste noch herausgefunden werden, welches das richtige Maß an Absorptionsvermögen für die Wände in der Wohnung war. Zu viel, und ich würde gar nichts hören; zu wenig, und es wäre nicht gedämpft genug – als es zum ersten Mal in meiner Erinnerung aufgetaucht war, war es etwas gedämpft gewesen. Für die Feinabstimmung solcher Sachen mussten sich alle aufeinander einstellen: Wenn der Pianist zu spielen begann, mussten die Bohrer aufhören zu bohren, die Hammer zu hämmern, die Sandstrahler zu sandstrahlen und so weiter.

»Wie ist das?«, fragte mich Annie, als wir in meiner Wohnung standen und auf die Musik hörten.

»Ganz gut«, sagte ich. »Aber ist sein Fenster momentan zu oder auf?«

»Ist sein Fenster zu oder auf?«, wiederholte Annie in ein Funkgerät.

»Zu«, war die Antwort.

»Zu«, wiederholte sie für mich.

»Sagen Sie ihnen, sie sollen es jetzt aufmachen«, sagte ich.

»Macht es jetzt auf«, wiederholte sie.

Und so weiter. Von solchen Episoden gab es einige. Funkgeräte spielten eine große Rolle. Handys waren für die Eins-zu-eins-Kommunikation gut gewesen, aber mittlerweile brauchten wir häufig erweiterte Verbindungen: einer-mit-mehreren, mehrere-mit-mehreren. Ich rief zum Beispiel Naz in seinem Hauptquartier an und Naz funkte zu dreien unserer Leute, während er mit mir sprach; dann funkte einer von ihnen Annie an und sie funkte zu Naz auf einem anderen Kanal, und er rief mich zurück; oder ich rief Annie an und sie funkte ihrem Assistenten, oder – ich denke, das Prinzip ist klar. In der Endphase hatte Annie vier Mitarbeiter zu ihrer direkten Unterstützung: Ihre Funkgeräte waren ausschließlich auf Annies Frequenz eingestellt.

Man konnte Naz' Büro von den oberen Stockwerken meines Gebäudes aus sehen – und natürlich vice versa. Wir hatten ein Fernrohr neben Naz' Hauptfenster installiert – ein starkes. Naz hatte Überwachungskameras benutzen wollen, aber ich sagte nein: Ich wollte nirgendwo Kameras. Ich ließ auch die eine über dem Seiteneingang beim Sportplatz abmontieren, dort, wo ich an dem Tag gestanden hatte, als ich das Gebäude entdeckt hatte. Die einzige Kamera, die ich vor Ort zuließ, war Annies Polaroid. Sie benutzte sie, um Positionen und Arrangements festzuhalten: Was war wo in Beziehung zu was. Das ging schneller als Skizzen oder Grafiken. Und es war genauer. Wenn etwas gerade richtig positioniert war, wir es aber wieder wegnehmen mussten, um etwas anderes durchzutragen, machte Annie ein Polaroid; und wenn es dann, was auch immer es war, wieder zum Einsatz kommen sollte, stellten wir uns an die Stelle, von wo aus sie das Polaroid gemacht hatte, hielten das Foto hoch und dirigierten die Leute, diesen oder jenen Gegenstand weiter nach rechts, nach links, nach hinten zu stellen und so weiter, bis es mit dem Foto übereinstimmte. Schlau und genau, das war sie. Ein nettes Mädchen.

Eines Nachmittags stand ich in Naz' Büro und starrte durch das Fernrohr. Ich schaute lange hindurch, beobachtete, wie sich Leute hinter den Fenstern meines Gebäudes bewegten. Dann richtete ich es weiter nach unten und sah die Laster und Lieferwagen, die kamen und abfuhren. Die meisten fuhren ab, nahmen Zeug mit fort. Es erstaunte mich, wie viel man hatte loswerden müssen im Laufe des Projekts: Erde, Schutt, Geländer, Heizkörper, Küchenherde – was auch immer. Für jede Ladung, die ankam, ob groß oder klein, musste eine andere Ladung fortgeschafft werden. Mindestens eine. Wenn es möglich wäre, alles, was in den Wochen des Umbaus herangeschafft worden war, zu erfassen und zu wiegen, und dann dasselbe mit dem zu machen, was weggekarrt worden war – ich bin ziemlich sicher, dass der zweite Posten mehr wiegen würde. Das gilt für den Anfang, als wir es mit Containerladungen voll Schutt zu tun hatten, ebenso wie für das Ende, als wir herumgingen und Papierstückchen per Hand aufsammelten, um absolut sicher sein zu können, dass bis auf das, was wirklich dort sein sollte, alles entfernt wurde.

»Überschüssige Materie«, sagte ich, während ich immer noch in das Fernrohr starrte.

»Was meinen Sie?«, fragte Naz.

»All dieses zusätzliche Zeugs, das weggeschafft werden muss«, sagte ich. »Es ist wie bei einer Artischocke – wenn man sie gegessen hat, ist mehr auf dem Teller als vorher.«

»Ich mag Artischocken«, sagte Naz.

»Ich auch«, sagte ich. »Jetzt gerade mag ich sie jedenfalls. Lassen Sie uns welche zum Abendessen essen.«

»Ja, lassen Sie uns das tun«, pflichtete mir Naz bei. Er telefonierte und beauftragte jemanden, uns Artischocken zu besorgen.

In den letzten beiden Wochen nahm das Ganze tatsächlich Form an. Im Treppenhaus und den Fluren war der Fußboden verlegt worden, der Hof war gärtnerisch gestaltet worden, ein erstes Mal und dann noch ein zweites Mal, die Wohnungen waren umgebaut oder ausgespart worden, genau wie meine Pläne es vorgegeben hatten. Jetzt mussten wir uns auf die allerkleinsten Details konzentrieren. Wir mussten zum Beispiel den Riss richtig hinbekommen: den Riss in meiner Badezimmerwand. Ich hatte immer noch das originale Tapetenstück, auf das ich ihn damals bei der Party abgezeichnet hatte – und natürlich die Grafiken, auf die ich ihn in den darauffolgenden vierundzwanzig Stunden übertragen hatte. Frank und ich und ein Stuckateur brachten ziemlich lange damit zu, die Farbe des Putzes drumherum richtig hinzubekommen.

»Das ist es noch nicht«, sagte ich zu Kevin, als er sie mischte. »Es sollte fleischiger sein.«

»Fleischig?«, fragte er.

»Fleischig: grau-braun rosig. Ein bisschen wie Fleisch.«

Zu guter Letzt bekam er es hin, nachdem er sicherlich einen Tag herumexperimentiert hatte.

»Nicht dass ich schon mal so'n Fleisch gesehen hätte«, grunzte er, als er den Putz auftrug.

Das war aber noch nicht das Ende vom Lied: Beim Trocknen dunkelte der Putz nach, bis er schließlich eine Art silber-braune Färbung hatte. Wir mussten alles wieder ablösen und neu mischen, so dass sich getrocknet die Farbe der letzten Mischung im feuchten Zustand ergab. Aber das war es immer noch nicht: Es war uns nicht klar gewesen, wie schwer es sein würde, den Putz so reißen zu lassen, wie wir es wollten.

»Ich mische Putz so, dass er *nicht* reißt«, schnaubte Kevin.

»Na, dann machen Sie falsch, was Sie normalerweise richtig machen«, sagte ich.

Er mischte ihn sehr viel trockener – aber dann entstehen Risse einigermaßen zufällig: Man kann nicht voraussehen, welchen Verlauf sie nehmen werden. Es brauchte einen weiteren Tag des Experimentierens: Versuche mit Salz und Rasierklingen und Hitze und allen möglichen Geräten, um ihn auf die richtige Weise reißen zu lassen. Kevin pfiff stundenlang dieselbe Melodie vor sich hin, während er daran arbeitete: von irgendeinem Popsong, der mir bekannt vorkam – er pfiff nicht das ganze Lied, sondern nur eine Passage, wieder und wieder.

»Was ist das?«, fragte ich ihn nach einigen Stunden Pfeifen und Riss Formen, Abkratzen und neu Formen.

»Was ist was?«

»Dieser Song.«

»*History Repeating*«, sagte er. »Von den Propellerheads.« Er zog die Augenbrauen zusammen und hob die Stimme, als er die Zeile, die er gepfiffen hatte, halb singend und halb sprechend wiederholte: »›All, just-a, little, bit-of, history re-peat-ing.‹ Sehen Sie?« Er trat zurück und fragte: »Wie ist das?«

»Das ist ganz schön«, sagte ich. »Ich hab's im Radio gehört.«

»Nein«, sagte Kevin. »Der Riss.«

»Oh! Ziemlich gut. Aber noch nicht kantig genug.«

Kevin seufzte und machte sich noch einmal daran. Etliche Stunden später gelang es einem in eine Mischung aus TCP-Flüssigantiseptikum und Lack getauchten Skalpell, den Riss so, wie wir ihn haben wollten, zu schneiden und zu formen.

»Zufrieden?«, fragte Kevin.

»Ja«, antwortete ich. »Aber jetzt fehlen noch die blauen und gelben Farbkleckse.«

»Nicht mein Job«, sagte Kevin. »Ich bin weg.«

Es war eigentlich kein Problem, für die Badewanne den richtigen Wasserhahn zu finden – das Problem war, ihn alt aussehen zu lassen. Dieses Problem hatten wir oft, wie man sich denken kann: Sachen alt aussehen zu lassen. Hausflur und Treppenhaus mussten mit Sandpapier bearbeitet und mit kleinen Mengen von in Fett gelöstem Teer eingerieben werden. Das Treppengeländer musste mit Trockeneis gestrahlt werden, damit es oxydierte. Und dann die Fenster: Alles sah so gestochen scharf aus, wenn man durchschaute. Der Hof und die Dächer sahen dadurch nicht richtig aus. Ich konnte zuerst weder herausfinden, woran das lag, noch formulieren, was falsch daran war: Ich sagte meinen Leuten nur immer wieder, dass der Hof nicht richtig aussah.

»Was ist denn daran nicht richtig?«, fragte der Gartenarchitekt.

»Nichts ist daran nicht richtig: Es geht darum, wie es durch diese Fenster aussieht. Zu gestochen scharf. Es ist anders als in meiner Erinnerung.«

»Erinnerung?«, fragte er.

»Wie auch immer«, sagte ich und schickte ihn weg. Annie kam und sah es sich an. Sie hatte sofort die Lösung:

»Es liegt an der Art des Glases«, sagte sie. »Nicht alt genug.«

Bingo. Neues Glas ist vollkommen ebenmäßig, es lässt, wenn man durchschaut, die Dinge nicht zusammenklumpen und auseinanderlaufen und sich wellen wie altes Glas. Wir ließen alle Scheiben wieder herausnehmen und durch ältere ersetzen.

Mein Wohnzimmer und die Küche waren gut geworden. Wir hatten Innenwände herausgerissen, um die offene Wohnküche in der richtigen Form realisieren zu können. Jetzt ging es weiter mit der Möblierung. Ich bekam auch die richtige Sorte von Pflanzen – zu guter Letzt. Diese Portugiesin! Furchterregend: ihre Stimme, ihre schiere Körperlichkeit. Sie walzte sich aus ihrem Lieferwagen und zerrte diese wunderschönen, üppigen, gesunden Farne und Grünlinien heraus, die sich aus weißen Keramiktöpfen zu ergießen schienen.

»Die taugen nichts«, sagte ich zu Annie. »Sie sind zu üppig, zu grün.«

»Wasis schlecht mit dene?«, donnerte die portugiesische Blumenfrau. »Mein Pflanz dsine gedsund! Mein Pflanz dsine gut!«

»Ich weiß, dass sie gut sind«, sagte ich. »Aber genau das ist das Problem. Ich brauche alte, lumpige in Körben.«

»Körbe dsinnid gut für die!«, sagte sie und gab mir mit dem Handrücken einen Klaps auf den Arm. »Brauchn Blads, Schdüdze. Ich weiß was gut für die!«

Hinter ihr, wenn man durchs Fenster und über den Hof schaute, waren auf den Dächern gegenüber Männer gerade emsig dabei, die Ziegel, mit denen wir die Dächer gedeckt hatten, auszutauschen. Sie waren zu blutrot gewesen, nicht orangig genug. Die portugiesische Blumenfrau nahm einen Farnwedel zwischen ihre Finger, hielt ihn mir vor die Nase und gab mir mit der anderen Hand wieder einen Klaps auf den Arm.

»Guck! Riech mal! Mein Pflanz dsine ganss gedsund!«

Ich entkam und ging zu Naz ins Büro, während Annie sie abwimmelte. Später, noch am gleichen Tag, nahmen wir bei einem Ramschladen ein paar halbtote Pflanzen mit.

Der Kühlschrank kam am nächsten Tag. Wir hatten ihn nicht auf der Amerikana-Auktion von Sotheby's ergattert, die ich bereits erwähnt habe, sondern Naz fand ihn im Internet. Er sah genau richtig aus – aber beim Öffnen klemmte die Tür jedes Mal ein bisschen, so wie, laut Greg, alle Kühlschranktüren, außer im Film.

»Das kotzt mich an!«, sagte ich. »Das kotzt mich wirklich an! Das hätte man sich denken können, die mit ihrer angeblichen Handwerkskunst« (sie hatten diesen Aspekt des Kühlschranks auf ihrer Website hochgespielt), »sie hätten einen produzieren können, bei dem die Tür nicht so klemmt. Ich meine, wozu macht man das Ganze eigentlich, wenn es dann doch klemmt?«

»Was meinen Sie?«, fragte Annie.

»Es … Ach, bloß …«, sagte ich. »Das sollte verdammt noch mal nicht passieren!«

Ich setzte mich hin. Das hatte mich völlig aus der Fassung gebracht.

»Keine Sorge«, sagte Annie. »Der braucht einfach ein neues Gummi.«

Jemand wurde losgeschickt, um ein neues Gummi zu besorgen. Während wir darauf warteten, testeten wir den Leberbratgeruch. Über dem Herd der Leberdame war ein Dunstabzug installiert worden, dessen Abluftrohr an der Gebäudeaußenseite in Richtung meiner Küchen- und Badfenster zeigte. Die Leber war an diesem Tag gekauft worden – Schweineleber; aber es stellte sich heraus, dass eine Pfanne voll nicht genug Bratenduft entfaltete. Ein weiterer Mitarbeiter wurde losgeschickt, um weitere Bratpfannen und noch mehr Leber zu besorgen. Sie brieten sie in vier Pfannen gleichzeitig. Annie und ich warteten in meiner Wohnung.

»Wie ist das?«, fragte sie.

»Großartig«, sagte ich. »Das Brutzeln und Zischen hat genau die richtige Lautstärke. Nur eine Sache ist nicht ganz …«

»Was?«, fragte sie.

»Der Geruch ist irgendwie merkwürdig.«

»Merkwürdig?«, wiederholte sie – dann, in ihr knackendes Funkgerät: »Moment. Merkwürdig?«

»Ja«, sagte ich. »Irgendwie merkwürdig. Ein bisschen wie Kordit.«

»Kordit? Ich habe noch nie Kordit gerochen. Aber wissen Sie, was es sein könnte? Die Pfannen sind neu.«

»Wieder Bingo«, sagte ich. »Daran muss es liegen.«

Die beiden letzten Tage waren ›Kehraus‹-Tage. Ich, Naz, Annie und Frank gingen durchs Gebäude und durchsuchten es nach Fehlern: Ungereimtheiten, Auslassungen. Wir fanden so viele, dass wir dachten, wir müssten die ganze Sache verschieben. Das sich wiederholende Schwarz-Weiß-Muster verlief im zweiten Stock über eine neutrale Stelle hinweg; am Schrank der Portiersfrau war versehentlich die Tür gestrichen worden – solche Sachen. Und auch kleinere Details: Die Teer-und-Fett-Schicht im Treppenhaus hatte jetzt, im Licht der altmodischen Lampen, zu viel Glanz; es war offensichtlich, dass der Kitt der neuen alten Fenster erst vor einigen Tagen aufgebracht worden war; und so weiter. Und hatte man eine Sache in Ordnung gebracht, stimmte dann oft etwas anderes nicht mehr. Alle Nachbarn waren mittlerweile eingewiesen worden und trainierten *in situ* die Bewegungen, die sie nachzuspielen hatten – aber dann störten sie mit ihren Proben unsere sorgfältig ausgeklügelten Arrangements. Missverständnisse. Eine von Annies Leuten missverstand sogar das Wort ›Kehraus‹.

»Was machen Sie da?«, fragte ich, als ich sah, wie sie tatsächlich die Treppe kehrte, nachdem wir Ewigkeiten damit zugebracht hatten, sie wohldosiert mit Bustickets und Zigarettenkippen zu spicken.

»Ich …«, sagte sie. »Ich dachte, Sie …«

»Annie!«, rief ich ins Treppenhaus.

Selbst als alles perfekt war, machten wir vier weitere Kehraus-Durchgänge. Wir sprangen zwischen den Details hin und her, um vielleicht unversehens einen Fehler zu entdecken. Wir gingen alles durch, von unten nach oben und wieder zurück, durch den Hof, die Fassade des gegenüberliegenden Gebäudes hinauf, zurück, und wieder die Treppe hoch, immer wieder.

»Nervös?«, fragte Naz am letzten Tag vor dem Termin, an dem die ganze Sache losgehen sollte.

»Ja«, sagte ich. Ich war sehr nervös. Ich hatte die ganze Woche schlecht geschlafen. Ich lag immer die halbe Nacht wach und spielte die Vorgänge und Aktionen, die wir, wenn es soweit war, wirklich ausführen würden, in meiner Vorstellung durch. Ich konnte sie so durchspielen, dass sie alle wunderbar funktionierten, oder so, dass alles in die Hose ging, eine erbärmliche Pleite wurde. Manchmal spielte ich erst das Pleite-Szenario durch und dann das gelungene, um das schlechte auszuradieren. Ein anderes Mal spielte ich das gelungene, und die Pleite kam dazwischen und führte zu einem panischen Schweißausbruch. Das ging jede Nacht so, eine ganze Woche lang: Ich lag hellwach im Bett, in Schweiß gebadet, und probte in meiner Vorstellung nervös Nachspiele von Ereignissen, die nicht stattgefunden hatten und die dennoch, genau wie die kleinen Geschichtsbruchstückchen in Kevins Popsong, kurz davor standen, wiederholt zu werden.

8

Endlich kam der Tag des ersten Nachspiels. Der 11. Juli.

Wir hatten den Beginn auf 14:00 Uhr festgesetzt. Ich verbrachte den Morgen in Naz' Büro und nahm dann ein letztes leichtes Mittagessen mit ihm ein. Die Stimmung war feierlich, das drückende Schweigen wurde nur durch gelegentliches Telefonklingeln oder das Knacken eines Funkgeräts unterbrochen, was dann einer von Naz' Mitarbeitern mit gedämpfter Stimme beantwortete.

»Was ist?«, fragte ich Naz jedes Mal.

»Nichts«, antwortete er ruhig. »Alles unter Kontrolle.«

Ich ging um halb zwei. Naz' Leute standen an der Tür, als ich hinausging – drei oder vier von ihnen auf jeder Seite, so dass sie eine Art Tunnel bildeten – und wünschten mir Glück, ihre Mienen ernst und besonnen. Naz kam mit mir im Aufzug nach unten, drehte sich, als das Auto anhielt, zu mir um und schüttelte mir die Hand. Er blieb zurück, um alle Aktivitäten von seinem Büro aus zu lenken. Seine dunklen Augen waren auf mich geheftet, als wir uns die Hände drückten, und tief drinnen in seinem Schädel surrte das Ding hinter seinen Augen.

Unser Fahrer fuhr mich vom Büro zum Gebäude. Es waren nur zwei Minuten zu Fuß, aber er brachte mich mit dem Auto hin, das wir während des ganzen Aufbaus benutzt hatten. Ich saß auf der Rückbank und sah die Straßen vorbeiziehen: die Eisenbahnbrücke, den Sportplatz mit dem grünen Maschendrahtzaun, den ramponierten Fußballtoren, den gelben, roten und weißen Spurmarkierungen, Vierecken, Bögen und Kreisen. Ich drehte den Kopf, um aus dem Rückfenster zu schauen und sah gerade noch das oberste Ende von Naz' Büro aus dem Blickfeld verschwinden. Dann drehte ich mich wieder nach vorn – und in diesem Augenblick schob sich mein Gebäude vor das Auto, türmte sich vor mir auf wie ein gemeißelter Monolith, das Steinrelief mit den Wörtern *Madlyn Mansion* noch immer über der Eingangstür.

Der Fahrer hielt direkt davor. Annie wartete auf dem Gehsteig. Sie öffnete die Wagentür und ich stieg aus.

»Alles bereit?«, fragte sie.

Ich wusste nicht, was ich antworten sollte. War alles bereit? Am Abend zuvor schien alles in Position gewesen zu sein. Annie war den ganzen Vormittag dort gewesen: Sie sollte besser als ich wissen, ob alles bereit war. Oder hatte sie gemeint, ob ich bereit sei? Ich wusste es nicht. Wie sollte man das beurteilen? Woran hätten wir es messen sollen? Eine leichte Welle des Schwindels durchlief mich, also ließ ich diese Gedanken sein. Ich antwortete Annie mit einem matten Lächeln und wir gingen die Steinstufen hinauf ins Gebäude.

Hier herrschte dieselbe schweigende, beklemmende Atmosphäre wie in Naz' Büro. Das geschäftige Treiben von Dutzenden Leuten, die ihren Aufgaben nachgingen – woran ich mich während der letzten Wochen und Monate so sehr gewöhnt hatte – hatte sich gelegt und war einer ernsten, gedämpften Torschluss-Konzentration gewichen. Die Portiersfrau-Nachspielerin stand in der Eingangshalle und eine der Kostümbildnerinnen nestelte an den Riemen ihrer Maske. Ihr Gesicht war mir nicht eingefallen – oder, um genau zu sein, es war mir eingefallen, aber nur als Leerstelle –, deswegen hatte ich entschieden, dass sie, um es auszublenden, eine Maske tragen sollte. Wir hatten eine Maske genommen, wie sie Eishockeytorwarte tragen: weiß, mit kleinen Atemlöchern. Ich blieb vor ihr stehen.

»Sie haben verstanden, was Sie zu tun haben?«, fragte ich sie.

Hinter ihrer Maske blieb es still, dann sagte sie:

»Ja. Einfach hier stehen.«

Ihre Stimme hinter dem Plastik klang unnatürlich: scheppernd und verzerrt, wie diese Blechspielzeuge, die Kuhgeräusche oder kurze Sätze von sich geben, wenn man sie schüttelt. Das gefiel mir.

»Genau. Sie stehen hier in der Eingangshalle«, wiederholte ich. Ich nickte ihr und der Kostümfrau zu und ging dann weiter Richtung Treppe.

In der Wohnung im dritten Stock war der deprimierte Pianist bereits beim Üben. Wir hatten für ihn etwas von Rachmaninow ausgesucht – fürs Erste zumindest. Er hatte mir Beispiele von verschiedenen Komponisten vorgespielt, und mir gefiel das hier von Rachmaninow am besten. Es hieß *Zweites* oder *Drittes Konzert* oder *Sonate in A-Dur* oder *b-Moll* oder *B-Dur* – irgendetwas in der Art. Was ich daran mochte, war, wie die Musik wogte: ihr Auf und Ab, ihre Schleifen. Außerdem war es offensichtlich sehr schwer zu spielen, und das war gut: Er machte wirklich Fehler. Als ich zur Treppe kam, hörte ich, wie er auf die ersten Schwierigkeiten stieß. Ich blieb stehen und packte Annie am Arm:

»Hören Sie!«, flüsterte ich.

Wir hörten zu. Der Pianist hielt inne, probierte es dann nochmal, wurde langsamer, als er an die Stelle kam, die ihn hatte stolpern lassen. Er wiederholte sie mehrmals, nahm dann sein Tempo wieder auf und ging zurück zum Beginn der Sequenz, spielte sie ganz gleichmäßig – dann nochmals, ein bisschen schneller, und nochmals, und nochmals, jedes Mal schneller, bis er fast wieder das richtige Tempo hatte. Schließlich beschleunigte er aus der Passage heraus und setzte die Sonate fort.

»Das ist genau richtig«, sagte ich zu Annie. »Genau richtig.«

Wir gingen weiter nach oben, vorbei an der Wohnung des Motorradfreaks. Er war nicht da, natürlich nicht: Er war draußen im Hof und bastelte an seinem Motorrad. Zumindest hoffte ich das: Er sollte dort sein. Dann vorbei an der Wohnung des langweiligen Paares. Im Stockwerk darüber, im vierten Stock, stießen wir auf Frank. Er stand auf dem Treppenabsatz mit einer Zeichnung in der Hand und überprüfte damit die Wände und den Fußboden – die Verteilung von ausgefüllten und leergelassenen Flächen. Als er mich sah, signalisierte er mir mit einem Nicken, dass er mit der Überprüfung zufrieden war, ließ die Hand sinken, die das Klemmbrett hielt und sagte:

»Alles in Ordnung. Viel Glück.«

Wir gingen weiter nach oben. Mitarbeiter von Frank und Annie verließen das Treppenhaus und zogen sich hinter Türen zurück, Funkgeräte in der Hand. Wir passierten die Tür der Leberdame: Ich hörte, wie mehrere Leute sich dahinter zu schaffen machten, hörte das Geräusch von weicher, ungebratener Leber, die auf ein Schneidebrett gelegt wird. Dann hatten wir meine Etage erreicht. Annie kam mit in meine Wohnung, um zu überprüfen, ob auch hier alles in Ordnung war. Das war es: Die Pflanzen waren ziemlich armselig, aber am Leben; die Holzdielen waren abgewetzt, aber warm, weder glänzend noch stumpf, sondern irgendwo dazwischen; der Teppich lag am richtigen Platz, leicht wellig. Annie und ich standen uns gegenüber.

»Alles Ihrs«, sagte sie und lächelte freundlich. »Rufen Sie Naz an, wenn Sie anfangen möchten.«

Ich nickte. Sie ging und schloss die Tür hinter sich.

Bevor ich Naz anrief, stand ich eine Weile allein in meinem Wohnzimmer. Die Anordnung der Sofas und des Couchtisches, des Küchenbereichs – die Pflanzen, der Tresen, der Kühlschrank: All das war korrekt. Unter mir konnte ich hören, wie im ganzen Gebäude Radios und Fernseher eingeschaltet wurden. Mindestens ein Staubsauger lief. Ich ging ins Bad und betrachtete den Riss in der Wand. Auch genau richtig: nicht nur der Riss, sondern der ganze Raum – Wasserhahn, Farben, Riss, alles: perfekt. Ich ging zurück ins Wohnzimmer, nahm das Telefon und rief Naz an.

»Bereit?«, fragte er.

»Ja«, sagte ich.

»Gut«, erwiderte er. »Ich gebe das Startzeichen für die Leber und die Katzen. Damit fangen wir an.«

»In Ordnung«, sagte ich und legte auf.

Ich ging zum Küchenfenster und sah hinaus. Auf den gestaffelten, rotgedeckten Dächern des gegenüberliegenden Gebäudes öffneten sich die Türen von zweien der kleinen Schuppen, und aus jeder wurden zwei Katzen hinausgeschoben. Drei von ihnen begannen langsam über die Dächer zu spazieren, jede in eine andere Richtung; die vierte setzte sich einfach hin und bewegte sich nicht – sie wurde allerdings, wenn ich meinen Kopf etwa einen Zentimeter nach links bewegte, durch das wellige Glas in die Länge gezogen und schien zu schlittern. Von unten kam ein Prasseln: Feuchte Leber landete in heißem Öl; dann noch ein Prasseln, ein drittes, ein viertes. Ein paar Sekunden lang klang es, als würde ein paar Straßen weiter ein Feuerwerk abgebrannt; dann wurde das Prasseln leiser, ging in ein gleichmäßiges Brutzeln über, unterbrochen von einem gelegentlichen Knall. Ich schlenderte zurück ins Bad und schaute von dort eine Weile den Katzen zu, während ich darauf wartete, dass mich der Leberduft erreichte.

Als er mich erreicht hatte, ging ich ins Wohnzimmer zurück und rief Naz an.

»Es stimmt nicht«, sagte ich.

»Was?«, fragte er.

»Dieser Geruch«, sagte ich. »Ich dachte, Annie hätte dafür gesorgt, dass die Pfannen gebraucht sind. Dass sie nicht mehr neu sind, meine ich.«

»Ich frage gleich bei ihr nach«, sagte er. »Bleiben Sie dran.«

Ich hörte, wie er Annie anfunkte und ihr gegenüber wiederholte, was ich ihm gesagt hatte. Ich hörte das Knacken ihrer Funkgeräte, von einem zum anderen und dann durch die Telefonleitung bis zu mir. Ich hörte, wie sie ihm sagte:

»Sie sind gebraucht. Wir haben das alles erledigt.«

»Sie sagt, sie seien gebraucht«, berichtete Naz. Dann gab es ein Knacken, und ich hörte Annies Stimme, die Naz fragte:

»Was stimmt nicht mit dem Geruch?«

»Was ist falsch daran?«, wiederholte Naz.

»Diese beißende Schärfe«, sagte ich. »Ein bisschen wie Kordit.«

»Ein bisschen wie Kordit«, hörte ich ihn zu ihr sagen.

»Das hat er schon mal gesagt«, hörte ich ihre Stimme. »Sag ihm, er soll ein paar Minuten warten. Es sollte sich geben, sobald es erst richtig am Braten ist.«

»Warten Sie ein paar Minuten«, sagte Naz. »Es sollte ...«

»Ja, ich habe es gehört«, sagte ich.

Ich legte wieder auf und ging in meinen Küchenbereich. Die Pflanzen raschelten in ihren Körben, als ich vorbeikam, genauso wie in meiner ersten Erinnerung. Ich ging zum Fenster. Die Katzen hatten sich weit verteilt, Schwarz auf Rot. Drei von ihnen konnte ich sehen: Die vierte musste sich hinter einen Schornstein geschlichen haben. Ich streifte die hüfthohe Kante der Küchenzeile, genauso, wie ich sie in meiner ersten Erinnerung an das ganze Gebäude gestreift hatte – indem ich mich halb zur Seite drehte und dann wieder zurück. Meine Bewegung war allerdings nicht geschickt genug, und mein Hemd blieb kurz an der Ecke hängen, als ich vorbeikam – nicht heftig, es riss nicht, blieb aber doch eine halbe Sekunde zu lang am Holz hängen, liebkoste es zu stark. Das war nicht richtig – es war nicht so, wie ich es in Erinnerung hatte: In meiner Erinnerung bin ich geschickt ausgewichen, das Hemd hatte das Holz nur leicht gestreift, fast unmerklich, wie der Umhang eines Stierkämpfers, der die Hörner des Stiers kitzelt. Ich versuchte es noch einmal: Diesmal berührte mein Hemd das Holz überhaupt nicht. Ich versuchte es ein drittes Mal: an der Zeile vorbeigehen, mich leicht wegdrehen und dann wieder zurück, dabei versuchen, dass das Hemd flüchtig das Holz streift, während ich mich drehe. Diesmal bekam ich den Teil mit dem Hemd richtig hin, aber nicht das Drehen. Es war schwierig, das ganze Manöver. Ich musste es üben.

Ich ging zum Kühlschrank und machte die Tür auf. Die Tür gab ohne Widerstand nach, öffnete sich mit einer geschmeidigen, gleichmäßigen Bewegung. Ich machte sie zu und dann wieder auf. Wieder ließ sie sich geschmeidig öffnen. Ich wiederholte es ein drittes Mal: wieder einwandfrei. Unten kam der Pianist gerade aus einer Korrekturschleife und beschleunigte, da er in neues Terrain aufbrach. Ich öffnete den Kühlschrank noch einmal ganz einwandfrei und schloss ihn dann zum letzten Mal: Ich war bereit, es konnte losgehen.

Wieder rief ich Naz an.

»Ich möchte jetzt meine Wohnung verlassen«, sagte ich. »Ich werde nach unten gehen, an der Leberdame vorbei.«

»In Ordnung«, sagte Naz. »Zählen Sie ab jetzt dreißig Sekunden und gehen Sie dann aus der Tür. Genau dreißig Sekunden.«

Er legte auf. Ich legte ebenfalls auf. Ich stand mitten im Wohnzimmer, zählte bis dreißig, hatte dabei meine Hände leicht angehoben, die Handflächen leicht nach oben gedreht. Dann verließ ich meine Wohnung.

Als ich über den Treppenabsatz schritt und dann die Treppe hinunter ging, fühlte ich mich wie ein Astronaut, der die ersten Schritte – die ersten Schritte der Menschheit – über die Oberfläche eines bislang unberührten Planeten macht. Ich war hier natürlich schon hundert Mal hinuntergegangen – aber es war anders gewesen, einfach ein Fußboden: Jetzt aber war er aufgeladen, bedeutungsschwanger. Die Gold- und Silbereinsprengsel im Granit, bedeckt von einem leichten Mantel aus in Teergel eingeschlossenen Staubkörnchen, schienen eine Art Anklage auszustrahlen, so unsichtbar wie natürliche Strahlung – und genauso stark. Die Nichteisenmetall-Geländer und die mattschwarzen Holzhandläufe darüber glühten mit einer dunklen, unirdischen Energie, die den verminderten Glanz des Bodens aufnahm und seine dunkle Intensität verstärkte. Ich nahm die erste Kehre und schaute im Vorbeigehen durchs Fenster: Licht aus dem Hof bog ab, als es auf mich zukam; ein langer, dünner Knick wanderte über die Fassade des gegenüberliegenden Gebäudes, schoss dann rasch davon, um an weiter entfernten, abgelegeneren Orten Falten zu werfen. Die roten Dachziegel gerieten außer Sicht, als ich weiter nach unten ging, in den Hintergrund gedrängt durch ihren eigenen Überhang, als der Winkel zwischen uns weiter wurde. Dann nahm ich die nächste Biegung und die ganze Fassade drehte sich von mir weg.

Ich ging weiter die Treppe hinunter. An mein Ohr drangen Geräusche – aber auch sie waren physikalischen Anomalien, Störungen und Verzerrungen ausgesetzt. Das Fließen der Klaviermusik; sie hakte, machte eine Wiederholungsschleife, verlangsamte erst und beschleunigte dann. Das beständige Knacken der Leber; es drängte sich zwischen die verwaisten, herrenlos treibenden Signale von Radios und Fernsehern. Der Staubsauger saugte weiter heulend Materie in sein Vakuum. Ich konnte hören, wie es unten im Hof beim Motorradfreak schepperte; er hämmerte auf einer Schraube herum, um sie zu lösen. Das Scheppern hallte vom gegenüberliegenden Gebäude wider und das Echo-Scheppern erreichte mich fast gleichzeitig wie das Scheppern, das direkt von den Schlägen kam – fast, aber nicht ganz. Mir fiel ein, dass ich irgendwann einmal einen Jungen gesehen hatte, der einen Fußball gegen eine Wand kickte, wobei die Entfernung zwischen ihm und der Wand die gleiche Verzögerung verursacht hatte, dieselbe Fast-Überschneidung. Ich konnte mich allerdings nicht erinnern, wo das gewesen war.

Ich ging weiter die Treppe hinunter. Als ich bis zur vierten Stufe vor dem Treppenabsatz des fünften Stocks gekommen war, hörte ich das Türschloss der Leberdame klappern und klicken. Dann öffnete sich ihre Tür und sie kam langsam heraus, eine kleine Mülltüte in der Hand. Sie trug eine hellblaue Strickjacke; ihr Haar wurde von einem Kopftuch zusammengehalten; ein paar weiße, drahtige Strähnen sprossen darunter hervor, standen von ihrer Stirn ab wie dünne gemeißelte Schlangen. Sie schlurfte durch die Tür; dann bückte sie sich, um ihre Tüte abzustellen, ihre linke Hand dabei ins Kreuz gestützt. Sie stellte die Tüte vorsichtig ab – verharrte kurz und wandte dann, immer noch gebückt, den Kopf, um zu mir hoch zu schauen.

Wir hatten Ewigkeiten an diesem Moment gearbeitet. Ich hatte ihr ganz genau gezeigt, wie sie sich bücken sollte: die Neigung der Schultern, wie ihre rechte Hand langsam die Luft durchschneidet, wenn sie die Tüte um ihre Beine herum und auf den Boden führt (ich sagte ihr, sie solle sich den Weg vorstellen, den der Arm eines alten Grammophons beschreibt, zuerst quer herüber und dann nach unten), die Art, wie ihre linke Hand auf dem unteren Rücken, über der Hüfte, ruht, der Mittelfinger gerade zum Boden zeigt. Wir hatten das alles haargenau festgelegt – aber auf die Worte, die sie zu mir sagte, waren wir nicht gekommen. Ich hatte mir das Hirn zermartert, aber die genauen Worte waren mir nicht eingefallen, genauso wenig wie das Gesicht der Portiersfrau. Statt es zu erzwingen – oder, noch schlechter, mir irgendeinen Satz auszudenken – hatte ich entschieden, dass sie sich einen Satz einfallen lassen sollte. Sie sollte keinen Satz vorbereiten, sondern warten, bis ich während des tatsächlichen Nachspiels auf der Treppe an ihr vorbeikommen würde – der Moment, in dem wir uns jetzt gerade befanden – und die Worte aussprechen, die ihr dann in den Sinn kamen. Das tat sie jetzt. Immer noch gebückt, ihr Gesicht zu mir gewandt, lockerte sie den Griff um die Tüte und sagte:

»Wird immer mühsamer, wieder hochzukommen.«

Ich erstarrte. *Wird immer mühsamer, wieder hochzukommen*, hatte sie gesagt. Ich dachte darüber nach, als ich ihr gegenüberstand. *Wird immer mühsamer, wieder hochzukommen.* Das gefiel mir. Es war sehr gut. Mit zunehmendem Alter fiel es ihr immer schwerer, sich nach dem Abstellen der Mülltüte wieder aufzurichten. Sie lächelte mir zu, immer noch leicht gebückt. Es war genau richtig: alles ganz genau, wie ich es mir vorgestellt hatte. Ich stand regungslos da, schaute sie an und sagte:

»Ja. Von Mal zu Mal.«

Die Worte waren mir einfach eingefallen. Ich sprach sie und ging dann weiter die Treppe hinunter. Für einige Sekunden fühlte ich mich schwerelos – oder zumindest anders gewichtet: gleichzeitig leicht und kompakt. Mein Körper schien reibungs- und mühelos durch die ihn umgebende Atmosphäre zu gleiten – anmutig, langsam, wie ein Tänzer im Wasser. Es fühlte sich sehr gut an. Als ich allerdings die dritte oder vierte Stufe dieses Treppenabschnitts erreicht hatte, schwand dieses Gefühl. Bei der sechsten oder siebten war es ganz weg. Ich hielt inne und drehte mich um. Der Kopf der Leberdame verschwand in der Wohnung und ihre Hand wollte gerade die Tür zuziehen.

»Moment!«, sagte ich.

Die Tür stoppte und die Leberdame streckte den Kopf wieder heraus. Sie wirkte ziemlich nervös. Aus dem Innern der Wohnung, hinter ihr, kam ein Geräusch.

»Das war ausgezeichnet«, sagte ich. »Ich möchte es wiederholen.«

Die Leberdame nickte.

»Ja, sehr gerne«, sagte sie.

»Ich werde oben an der ersten Treppe anfangen«, sagte ich.

Sie nickte wieder, schlurfte zu ihrer Mülltüte, nahm sie, schlurfte zurück in die Wohnung und schloss die Tür. Ich wollte gerade die Treppe wieder hochgehen – aber bevor ich die nächste Biegung erreichte, hörte ich, wie sich die Tür hinter mir wieder öffnete und eine schnellere, schwerere Person auf dem Treppenabsatz erschien.

»Einen Moment«, sagte eine Männerstimme.

Ich drehte mich um. Es war einer von Annies Leuten.

»Was gibt's?«, fragte ich.

»Wenn Sie oben an Ihrem Treppenabsatz beginnen, und nicht in Ihrer Wohnung«, sagte er, »wie soll sie wissen, wann sie die Tür öffnen soll?«

Ich überlegte. Das war eine berechtigte Frage. Annie erschien hinter dem Mann.

»Wo ist das Problem?«, fragte sie.

Ich sagte es ihr. Sie überlegte eine Weile und sagte dann:

»Wir brauchen jemanden, der Sie sehen kann und uns ein Zeichen gibt, wenn es Zeit ist, sie rauszuschicken. Aber eigentlich kann das keiner machen, ohne im Weg zu sein.«

»Die Katzenleute!«, sagte ich.

»Natürlich!«, sagte Annie.

Die Leute, die die Katzen auf das Dach des gegenüberliegenden Gebäudes gelassen hatten, konnten mich durch das Fenster des obersten Stockwerks sehen, wenn ich die Kehre der Treppe erreichte: Dort war ein Fenster.

»Sie müssen nach mir Ausschau halten und Sie anfunken, wenn ich auf der – mal sehen: Wann wurde die Tür geöffnet?« Ich ging zurück zu der Stufe, auf der ich war, als das Türschloss der Leberdame geklappert und geklickt hatte. »Dritten von oben bin«, sagte ich.

»Ich habe keine direkte Verbindung zu ihnen«, sagte Annie und hielt ihr Funkgerät hoch. »Wir müssen das über Naz machen.«

Sie funkte ihn an und die Kommunikationskette wurde in Gang gesetzt. Die Katzenleute beobachteten mich von ihrem Gebäude aus, wenn ich bei der Kehre am Fenster vorbeikam, und sobald ich die dritte

Stufe des nächsten Treppenabschnitts erreichte, gaben sie Anweisung, die Tür zu öffnen – über Naz, der in seinem Büro ein paar Straßen weiter als Verbindung zwischen den beiden Parteien fungierte. Es dauerte vielleicht zehn Minuten, um das einzurichten. Als alle Verbindungen standen, gingen alle außer mir in die Wohnung der Leberdame zurück, ihre Tür schloss sich und ich ging die Treppe wieder nach oben bis zum nächsten Absatz.

Dort stand ich eine Weile, wiegte mich ganz leicht vor und zurück, beide Füße fest im Boden verwurzelt. Ich spürte, wie sich der Druckpunkt von den Fersen zu den Zehen über die dazwischenliegende bogenförmige Sehne, die Fascia plantaris, und dann wieder zurück verlagerte, eine dreigliedrige Kette. Ich wiegte mich mehrere Male leicht nach hinten, dann leicht vor und ging dann wieder die Treppe nach unten.

Diesmal hielt ich vor dem Fenster an der ersten Kehre an. Ich lehnte mich sogar dagegen, lehnte meine Stirn an das Glas, so wie ich es auch an dem Tag, als ich das Gebäude fand, ein Stockwerk weiter oben gemacht hatte. Ich konnte die Späher im gegenüberliegenden Gebäude nicht sehen, die beiden Katzen-Männer – aber ich wusste, dass sie da waren. Wären sie Scharfschützen, Heckenschützen, sie hätten jetzt eine perfekte Gelegenheit. Ich ließ beide Arme ein klein wenig an der Fensterscheibe hinaufgleiten. In meiner rechten Hüfte begann das Kribbeln und sickerte die Wirbelsäule entlang nach oben. Ich schaute auf eine Baumkrone unter mir im Hof: Eine sanfte Brise bewegte die Blätter hin und her, ließ sie tanzen.

Ich zog meinen Kopf zurück und wollte weiter nach unten gehen – hielt aber inne, weil ich einen kleinen schwarzen Streifen bemerkte, der sich sehr schnell vor dem gegenüberliegenden Gebäude bewegte. Er war so schnell verschwunden, dass ich annahm, es sei ein weiterer optischer Effekt gewesen, eine Merkwürdigkeit des leicht gewellten Glases. Ich versuchte, den Effekt zu reproduzieren, indem ich nochmals meine Stirn an die Glasscheibe presste und wieder wegnahm, aber es gelang mir nicht, den schwarzen Streifen erneut auftauchen zu lassen. Ich versuchte es mehrmals, ohne Erfolg. Trotzdem hatte ich es mir nicht nur eingebildet: Da war ein Streifen Schwarz gewesen, war am gegenüberliegenden Gebäude entlanggesaust.

Schließlich gab ich auf und ging weiter nach unten. Als ich bei der dritten Stufe war, hörte ich ein Summen oder Kratzen von hinter der Tür der Leberdame. Es konnte ein Funkgerät gewesen sein oder die Mülltüte, die über den Boden schabte. Gleich danach bewegte sich die Klinke; dann ging die Tür auf und die Leberdame kam wieder herausgeschlurft, die Mülltüte in der Hand. Erneut bückte sie sich, um die Tüte abzusetzen, und hatte dabei wieder ihre linke Hand ins Kreuz gestützt; wieder schaute sie zu mir hoch und sprach ihren Satz:

»Wird immer mühsamer, wieder hochzukommen.«

Ich antwortete ihr wie zuvor. Wieder hatte ich ein Gefühl des Gleitens, von leichter Kompaktheit. Der Augenblick, in dem ich mich befand, schien sich auszudehnen und zu einem Teich zu werden – ein stiller, klarer Teich, der alles seiner ruhigen Zufriedenheit einverleibte. Wieder schwand dieses Gefühl, als ich den Bereich um ihre Tür verließ. Sobald ich die dritte Stufe des nächsten Treppenabschnitts erreicht hatte, drehte ich mich wie vorher um und sagte:

»Nochmal.«

Wir machten es noch einmal – aber dieses Mal funktionierte es nicht. Sie bugsierte die Mülltüte im waagrechten Bogen um ihre Beine herum, bückte sich und wollte sie gerade Richtung Fußboden senken, als sie ihr plötzlich aus der Hand glitt und mit einem lauten Klacken auf den Boden fiel. Sie bückte sich, um sie aufzuheben, aber ich hielt sie zurück.

»Lassen Sie nur«, sagte ich. »Es hat das … zerstört … ich meine: Es wird nicht mehr funktionieren. Wir müssen wieder von vorne anfangen. Und jemand muss den Fleck aufwischen.«

Ihre Tüte war an der rechten unteren Ecke ausgelaufen und hatte einen nassen, klebrig aussehenden Fleck auf dem Boden hinterlassen. Jemand kam heraus und wischte ihn auf.

»Jetzt sieht es zu sauber aus«, sagte ich, nachdem sie das erledigt hatten.

Annie kam nochmal heraus und sah es sich an.

»Wir werden es wieder abstreuen und schmirgeln müssen«, sagte sie.

»Wie lange wird das dauern?«, fragte ich.

»Eine gute Stunde, bis es wieder genauso aussieht wie vorher.«

»Eine Stunde?«, wiederholte ich. »Das ist zu ... Es muss ...«

Meine Stimme versandete. Es regte mich auf. Ich wollte jetzt sofort wieder eintauchen, auf der Stelle: in den Teich, in die Leichtigkeit, in das Gleiten. Aber ich konnte nichts daran ändern: Es würde nicht klappen, wenn der Fußboden nicht die richtige Beschaffenheit hatte. Ich riss mich zusammen und verkündete:

»Okay, erledigt das. Ich werde woanders weitermachen.«

Ich würde später zur Leberdame zurückkommen. Sie war schließlich nur ein Teil des Nachspiels: Ich hatte noch viel zu tun, hatte noch eine weite Strecke zurückzulegen.

Ich ging an der Tür des Pianisten vorbei. Der Klang seiner Musik wurde schärfer und deutlicher, als ich an seiner Tür vorbeikam, dann wieder sanft und schwebend, als ich das Stockwerk verließ. Auf dem Absatz darunter passierte ich die Wohnung des langweiligen Paares. Von hier stammte das Staubsaugergeräusch. Der Staubsauger wurde hin und her über einen Teppich geschoben, dem Geräusch nach zu urteilen. Das war wohl die Ehefrau-Nachspielerin. Ich ging weiter, durch einen neutralen Teil, dann hinunter und an der Wohnung des Motorradfreaks vorbei. Aus dem Hof war immer noch sein Geschepper zu hören, aber jetzt mit weniger Echo: Vielleicht waren hier unten die Bäume und die Schaukeln im Weg. Ich ging weiter bis in die Eingangshalle.

Hier begann die Empfindung zurückzukehren: dasselbe Gefühl von Sirren und Intensität. Meine Portiersfrau stand dort so, wie ich sie angewiesen hatte – sie trug ihre weiße Eishockeymaske und stand ganz regungslos in der Mitte der Halle. Hinter ihr, zu ihrer Linken – meiner Rechten – war ein Schrank; daneben ein weiterer Streifen weißer, neutraler Fläche. Als ich in einem Bogen um sie herumging, sie von allen Seiten betrachtete, schienen ihre stämmigen Arme und ihr gesichtsloses

Gesicht in einem fast giftigen Maße Bedeutung auszustrahlen. Ich legte meinen Kopf auf die eine Seite, dann auf die andere; ich kauerte mich auf den Boden und schaute sie von dort aus an. Wie sie da aus dem Granit aufragte, sah sie aus wie eine Statue in einem Hafen – oder wie eine Turmspitze, ein Reaktor, ein Fernmeldemast. Nach einer Weile fühlte ich mich, so nahe bei ihr, allzu exponiert – also öffnete ich die Tür zu ihrem Schrank und stieg hinein.

Da waren der Besen, der Schrubber mit dem Eimer und der Industriestaubsauger, alles genau so, wie es zuerst in meiner Erinnerung aufgetaucht war und ich es anschließend aufgezeichnet hatte. Und da war noch ein weiterer Gegenstand: eine merkwürdig geformte Maschine zur Reinigung von Granitböden. Ich hatte sie ursprünglich nicht im Kopf gehabt – aber als ich sie eines Morgens dort abgestellt gefunden hatte, kam es mir auch nicht verkehrt vor, also hatte ich sie behalten. Ich blieb lange im Schrank. Da drinnen fühlte es sich vertraut an, warm. Es war, als hätte ich mich zu einer der geheimsten Kammern meiner Vision durchgegraben, der Vision, die ich um mich herum hatte Wirklichkeit werden lassen. Es war ein guter Platz: die richtige Stelle, mit guten Blickachsen. Die Schranktür war einen Spalt offen: Ich schaute durch diesen Schlitz auf die in der Halle stehende Portiersfrau. Sie stand mit dem Rücken zu mir, die Riemen der Maske an ihrem Hinterkopf zusammengebunden. Ihre Schultern hoben und senkten sich im Rhythmus ihres Atems. Der Blick, den ich auf sie hatte, war der eines Mörders – versteckt, durch einen Spalt auf ihren Rücken schauend.

Nach einer Weile verließ ich den Schrank wieder, durchquerte den Streifen neutraler Fläche und kam zurück zum Fuß der Treppe. Ich wollte gerade in den Garten gehen, als ich hörte, wie die Haupttür aufging, die Tür, die nach draußen auf die Straße führte. Ich drehte mich um. Ein kleiner Junge war gerade hereingekommen: Es war einer der Schüler des Pianisten, der zur Klavierstunde kam. Er ging durch die Halle, auf die Portiersfrau zu – dann bemerkte er mich und zögerte. Er war vielleicht zehn oder elf. Auf dem Rücken trug er einen kleinen Schulranzen – eine von Annies Requisiten war das. Er hatte glattes, braunes

Haar und Sommersprossen. Wir standen uns gegenüber, er und ich, vollkommen regungslos – drei Menschen vollkommen regungslos hier in der Eingangshalle: ich, dieser kleine Junge und die Portiersfrau. Er wirkte verängstigt. Ich lächelte ihm zu und sagte:

»Mach nur weiter. Es ist alles in Ordnung.«

Daraufhin setzte sich der Junge wieder in Bewegung. Er ging an mir vorbei und die Treppe hinauf. Ich schaute auf seinen Ranzen, als er an mir vorbeikam, auf seine abgewetzten Lederschuhe. Ich schaute ihm nach, wie er nach oben ging, sich von mir entfernte, um die Biegungen, immer kleiner wurde. Im zweiten Stock verschwand er ganz aus meinem Blickfeld und seine Schritte stoppten. Ich hörte leise eine Türklingel, dann stoppte auch die Musik des Pianisten. Ich hörte, wie der Stuhl des Pianisten kratzend zurückgeschoben wurde, dann seine Schritte Richtung Tür. Ich wartete, bis der Junge auch wirklich drin war und ging dann in den Hof.

Eine Geräuschkulisse empfing mich: entfernte Autos und Busse, Züge und Flugzeuge, das allgemeine gedämpfte Großstadtdröhnen. Oben im dritten Stock fing das Kind mit Tonleitern an. Die Töne strömten aus dem Fenster, lösten sich aber, weil sie, anders als vorher beim Spiel des Pianisten, nicht im Treppenhaus eingeschlossen waren, in der Sommerluft auf. Aus der Lüftung der Leberdamenküche fast direkt über mir konnte ich Rauch entweichen sehen. Ich konnte die Fensterbank meines Badezimmerfensters sehen, aber nicht das Fenster selbst. Der Winkel war zu spitz. Ich schaute wieder nach unten. Der Motorradfreak befand sich etwa drei Meter rechts von mir. Er hatte aufgehört, gegen die Schraube zu schlagen und drehte jetzt an ihr, schraubte irgendetwas auf. Auf dem Boden unter dem Motor seines Motorrads hatte sich ein Ölfleck gebildet. Es sah ein bisschen aus wie ein Schatten, aber konsistenter. Ich stand eine Weile neben seinem Motorrad, schaute auf den Fleck und sagte dann:

»Lassen Sie den da, wenn Sie fertig sind.«

»Wen dalassen?«, fragte er und schaute zu mir hoch, leicht blinzelnd.

»Lassen Sie den Fleck da«, sagte ich.

»Wie, dalassen?«, fragte er.

»Er soll nicht verschmiert oder abgedeckt werden. Ich will ihn vielleicht später noch erfassen.«

»Ihn erfassen?«, fragte er.

»Was auch immer«, sagte ich. »Achten Sie darauf, dass er nicht beseitigt wird. Verstanden?«

»Ja«, sagte er. »Okay.«

Ich verließ ihn und ging zu den Schaukeln. Es ging ihn nichts an, was ich mit ›erfassen‹ meinte, ich brauchte das nicht zu erklären. Was es bedeutete, bestimmte ich ganz allein: Ich bezahlte ihn dafür, zu tun, was ich sagte. Scheißkerl. Ich wollte den Fleck allerdings erfassen: seine Form, seine Farbe. Das war wichtig, und es sollte nicht verloren gehen. Ich wollte schon zurück in meine Wohnung und ein Stück Papier holen, auf das ich den Fleck übertragen konnte, entschied dann aber, das später zu machen, wenn der Motorradfreak nicht da war. Wenn es allerdings regnen würde … Ich setzte mich auf eine der Schaukeln und schaute zum Himmel. Es sah nicht nach Regen aus: Der Himmel mit der seltsam wogenden Wolke war blau. Nach einer Weile ließ ich mich von der Schaukel gleiten, stieß sie an, so dass sie weiter hin- und herschaukelte, und legte mich darunter auf den Rücken, sah ihr zu, wie sie über meinem Kopf gegen den Himmel hin und her schwang. Die wogenden Wolken bewegten sich langsam und die Schaukel bewegte sich schnell. Das Blau war unbewegt – aber die Kondensstreifen zweier Flugzeuge hoch oben zerteilten es in verschiedene Segmente, genau wie Naz und ich es mit unseren Stecknadeln und Fäden mit der Stadt gemacht hatten. Ich lag auf dem Rücken und ließ meine Arme leicht über das Gras gleiten, breitete sie aus, drehte die Handflächen nach oben, bis das Kribbelgefühl wieder in meinem Körper aufstieg. Ich lag dort sehr lange, es kribbelte, und ich schaute in den Himmel …

Später an diesem Abend lag ich genüsslich in der Badewanne und starrte auf den Riss. Der letzte Schüler des Pianisten war fort und er hatte mit dem Komponieren angefangen, spielte eine Phrase, hielt dann sehr lange inne, bis er sie, eine neue Halbphrase am Ende angehängt, wiederholte. Unten brutzelte und zischte die Leber. Ich konnte sie riechen. Es roch immer noch nicht ganz richtig – hatte immer noch etwas von dieser beißenden Schärfe, wie Kordit. Ich brachte das Naz gegenüber wieder zur Sprache, als wir uns nach meinem Bad unterhielten.

»Wir werden versuchen, das hinzukriegen«, sagte er zu mir. »Aber abgesehen davon, wie, fanden Sie, ist es gelaufen?«

»Es lief… na ja, es lief…«, begann ich. Ich wusste nicht, was ich ihm sagen sollte.

»War es ein Erfolg, in Ihren Augen?«, fragte er.

War es ein Erfolg gewesen? Schwierige Frage. Einige Dinge hatten funktioniert, andere nicht. Mein Hemd war an der Küchenzeile hängengeblieben, aber dafür hatte sich der Kühlschrank einwandfrei öffnen lassen. Der Leberdame war dieser fantastische Satz eingefallen, aber dann hatte sie ihre Mülltüte fallen lassen, als sie ihre Bewegungen zum dritten Mal nachspielte. Und dann natürlich das Problem mit dem Geruch. Aber – war es ein Erfolg gewesen? Ein Erfolg in was? Hatte ich erwartet, dass meine Bewegungen auf Anhieb makellos und perfekt sein würden? Natürlich nicht. Hatte ich erwartet, dass sich der Umweg über das Verstehen, den ich seit dem letzten Jahr – mein ganzes Leben lang – immer nehmen musste, egal, was ich machen wollte, auf Anhieb hätte umgehen lassen: dass er sich einfach abtrennen ließe, wie ein überflüssiger Nerv, ein isolierter toter Flussarm, der einfach verdunstete? Nein: Es war Arbeit – sehr viel Arbeit. Aber meine Bewegungen waren heute anders gewesen. Hatten sich anders angefühlt. Mein Gemütszustand auch, mein ganzes Bewusstsein. Anders, besser. Es war…

»Es war ein Anfang«, sagte ich zu Naz.

»Ein Anfang?«, wiederholte er.

»Ja«, sagte ich. »Ein sehr guter Anfang.«

In dieser Nacht träumte ich, dass alle meine Mitarbeiter – Naz, Annie, Frank, die Leberdame und der Pianist und der Motorradfreak und die Portiersfrau und die Klavierschüler und auch Naz', Annies und Franks Leute, die Koordinatoren, die hinter den Türen lauerten, die Späher im gegenüberliegenden Gebäude und deren Assistenten – ich träumte, dass wir alle miteinander verbunden waren: physisch, Arm in Arm, und uns gegenseitig auf den Schultern standen, wie eine Truppe Zirkusakrobaten. So waren wir miteinander verbunden und formten dabei ein Flugzeug. Ein primitives Flugzeug, von ganz früher: ein Doppeldecker, so einer, wie ihn vielleicht ein Flieger aus der Anfangszeit des Fliegens für einen Transatlantikrekordflug benutzt hätte.

In dieser Formation hoben wir ab und flogen über mein Gebäude und über die umliegenden Straßen. Wir konnten hinunterschauen im Flug, konnten den Hof mit seinen Bäumen und Schaukeln sehen, mit dem Ölfleck unter dem Motor des Motorrads. Wir konnten sogar uns selbst dort unten sehen, im Hof, unsere nachgespielten Doubles: der Motorradfreak, der hämmerte und schraubte; ich selbst, wie ich unter der Schaukel lag. Wir konnten die Katzen über die roten Dächer schleichen sehen. Wenn wir eine Kurve nach Norden flogen und eine Weile dahinglitten, konnten wir Naz' Gebäude sehen, mit seiner blau-weißen Außenfront und den Antennen auf dem Dach. Durch die obersten Fenster konnten wir Doubles von Naz' Büromitarbeitern sehen, die die Ereignisse in meinem Gebäude koordinierten. Wir konnten auch die Geschehnisse selbst sehen, durch Wände, die durchsichtig geworden waren: die Leberdame, die gerade ihre Tüte abstellt und mit mir spricht, als ich vorbeigehe, den Pianisten, der Rachmaninow übt, die Portiersfrau, den Schüler – alle miteinander.

Wir flogen eine weitere Kurve und sahen den Sportplatz mit seinen weißen und roten und gelben Markierungen. Leichtathleten liefen dort ihre Runden, genauso, wie es in meinem Koma gewesen war. Ich kommentierte wieder. Erfreulicherweise lief alles glatt, bis ich neben den Torpfosten diese alten schmierigen Rolltreppenteile bemerkte – dieselben, die ich auch bei der Green-Park-Station hatte liegen sehen. Kaum hatte ich sie entdeckt, geriet alles aus dem Lot: das Geschehen in meinem Gebäude, Naz' Leute, die Leichtathleten und der Kommentar – einfach alles. Leichtathleten stolperten, stießen zusammen; mein Redefluss geriet ins Stocken und versiegte ganz; die Mülltüte der Leberdame ging kaputt; verfaulte, verschimmelte Brocken ungegessener

Leber verteilten sich über den ganzen Hof; die Schaukelketten rissen; schwarze Katzen kreischten und jagten ihre Schwänze. Und dann unser Flugzeug – das Flugzeug, das wir durch die Verbindung unserer Körper geformt hatten: Der Motor fiel aus, im Sturzflug ging es nach unten, zur Erde, deren Oberfläche sich wellte wie altes Blech …

Kurz vor dem Aufprall wachte ich auf, kaltschweißig, mit dem unangenehmen Geruch von geronnenem Fett in der Nase.

9

Fett entpuppte sich als ziemliches Problem. Im Laufe der nächsten Tage und Wochen briet sich die Leberdame durch einen kleinen Berg von Schweineleber. Sie hatte immer drei oder vier Bratpfannen gleichzeitig im Einsatz. Mag sein, dass sie es nicht selbst machte: Vielleicht waren es die Assistenten, Annies Leute, die die Leber schwenkten, sie Scheibe um Scheibe hineingleiten und brutzeln ließen, wendeten und wieder herausnahmen. Wer auch immer tatsächlich die Leber briet, die schiere Menge verdampften Fetts, das aus den Bratpfannen aufstieg, hing im ganzen Gebäude. Es verstopfte den Dunstabzug, dessen Abluftrohr in Richtung meines Badezimmerfensters zeigte. Es erwies sich als schwierig, diesen äußeren Teil zu reinigen: Man kam von innen nicht dran. Wir mussten Fensterputzer engagieren, wie man sie an Wolkenkratzern baumeln sieht; sie mussten neben dem Rohr hängen und das Fett ausschaben. Es war ziemlich nervenaufreibend, ihnen dabei zuzusehen. Ich hatte den Hof darunter räumen lassen, für alle Fälle. Mit Dingen, die vom Himmel fallen, kannte ich mich aus.

Diese Männer fielen nicht – die Katzen schon. Das war's, was ich am Tag des ersten Nachspiels gesehen hatte, als ich meine Wange gegen das Fenster gepresst und dann wieder weggenommen hatte, an der Kehre zwischen meinem Stockwerk und dem der Leberdame: der schwarze Streifen, den ich für einen optischen Effekt gehalten hatte. Es war keiner: Es war eine der schwarzen Katzen gewesen, die vom Dach fiel. Am Ende des zweiten Nachspiel-Tages waren drei abgestürzt. Sie starben alle. Zunächst waren nur vier besorgt worden; eine reichte aber nicht aus, den Effekt zu erzielen, den ich haben wollte.

»Was wollen Sie machen?«, fragte Naz.

»Mehr beschaffen«, sagte ich.

»Wie viele mehr?«

»Bei einer Verlustrate von dreien alle zwei Tage – eine ganze Menge, würde ich sagen. Ständiger Nachschub. Es müssen einfach immer wieder neue nach oben.«

»Macht Ihnen das gar nichts aus?«, fragte Naz zwei Tage später, als wir beide in meiner Küche standen und in den Hof hinunterschauten, wo einer seiner Männer gerade eine zerschmetterte Katze in einen Müllsack gleiten ließ.

»Nein«, sagte ich. »Wir können nicht erwarten, dass alles von Anfang an perfekt funktioniert. Es ist ein Lernprozess.«

Ein ernsteres Problem war der Pianist. Das ging mir allerdings an die Nieren, und zwar ganz gewaltig: Ich ertappte ihn eines Tages auf frischer Tat, wie er mich ungeniert hinterging. An einem Nachmittag konzentrierte ich mich auf die unteren Bereiche des Treppenhauses: Ich studierte den Lichteinfall durch die großen Fenster auf den gemusterten Fußboden. Wie bereits erwähnt, wiederholte sich das Muster regelmäßig. Schien das Sonnenlicht direkt darauf, was es im zweiten Stock täglich drei Stunden und vierzehn Minuten lang tat, dann füllte es die weißen Fluchten zwischen den geraden schwarzen Linien des Musters wie Wasser, das in Zeitlupe ein Labyrinth überflutet. Ich hatte das bereits in den oberen Stockwerken beobachtet, aber jetzt arbeitete ich in den unteren Stockwerken. Mir fiel auf, dass das Licht hier unten irgendwie tiefer wirkte – dichter, weniger flüchtig. Weiter oben enthielt es mehr Staubteilchen: Sie wurden von der warmen Luft im Treppenhaus nach oben getragen; wenn sie die obersten Stockwerke erreichten, hingen sie herum wie kleine Sterne in gewaltigen Galaxien, bewegten sich kaum noch, und dadurch wirkte die Luft leichter.

Aber egal, ich lag also auf dem Boden und beobachtete dieses Phänomen – ich spekulierte, könnte man sagen –, während im Hintergrund die Wiederholungsschleifen der Klaviermusik zu hören waren. Da sah ich den Pianisten die Treppe hoch auf mich zukommen.

Das war natürlich schon rein physisch nicht möglich: Ich hörte, wie er, genau in diesem Moment, zwei Stockwerke über mir Rachmaninow übte. Aber unmöglich oder nicht, hier war er, kam die Treppe hoch auf mich zu. Kaum erblickte er mich, blieb er ruckartig stehen, wollte sich umdrehen – aber es war zu spät: Er wusste, das Spiel war aus. Er verharrte regungslos. Seine Augen huschten halbherzig über das Labyrinth am Boden, als suchten sie einen Ausweg aus der Zwickmühle, in die er geraten war, obwohl sie gleichzeitig wussten, dass sie keinen finden würden; die kahle Krone seines Kopfes wurde sogar noch blasser als sonst. Er murmelte:

»Hallo.«

»Was machen Sie…«, begann ich, aber ich konnte den Satz nicht beenden. Eine Welle des Schwindels überflutete mich. Die Klaviermusik strömte immer noch aus seiner Wohnung in das sonnenbeschienene Treppenhaus.

»Ich hatte ein Vorspiel«, murmelte er.

»Aber wer…«, fragte ich.

»Eine Aufnahme«, sagte er, während seine Augen immer noch über den Boden huschten.

»Aber es sind doch Fehler drin!«, sagte ich. »Und Wiederholungen, und…«

»Eine Aufnahme von mir. Ich habe es selbst aufgenommen, extra dafür. Es ist in etwa dasselbe, oder nicht?«

Jetzt war es an mir, blass zu werden. Es gab im Gebäude keine Spiegel, aber ich bin sicher, wenn es einen gegeben und ich hineingeschaut hätte, hätte ich mich vollkommen bleich gesehen: kreidebleich vor Wut und Schwindel.

»Nein!«, brüllte ich. »Nein, das ist es nicht. Es ist ganz und gar nicht dasselbe.«

»Warum nicht?«, fragte er. Seine Stimme war noch immer ausdruckslos und monoton, zitterte aber ein bisschen.

»Weil… es ganz und gar nicht dasselbe ist. Es ist einfach nicht dasselbe, weil… es ist überhaupt nicht dasselbe.« Ich brüllte so laut ich konnte, und trotzdem war meine Stimme gebrochen und schwach. Ich konnte kaum atmen. Ich hatte auf der Seite gelegen, als er die Treppe hoch auf mich zugekommen war, und mich nur halb aufgerichtet –

eine halbliegende Haltung, wie diese sterbenden römischen Kaiser auf Gemälden. Jetzt versuchte ich aufzustehen, schaffte es aber nicht. Panik stieg in mir hoch. Ich versuchte, förmlich zu sein. Ich zwang einen tiefen Atemzug in meine Lungen und sagte:

»Ich werde diese Angelegenheit Naz übergeben. Sie können jetzt gehen. Ich möchte allein sein.«

Er drehte sich um und verschwand. Ich ging sofort in meine Wohnung. Kaum war ich oben, übergab ich mich. Ich taumelte ins Bad und klammerte mich ans Waschbecken und blieb, nachdem ich alles ausgekotzt hatte, eine sehr sehr lange Zeit so. Als ich dazu in der Lage war, schaute ich hoch zum Riss; das gab mir wieder Orientierung, dämpfte das Schwindelgefühl. Das Gebäude war auf meiner Seite, auch wenn es dieser schlechte Mensch nicht war. Als ich mich wieder gut genug fühlte, um mich zu bewegen, ging ich ins Wohnzimmer, setzte mich aufs Sofa und rief Naz an.

»Das ist völlig inakzeptabel!«, sagte ich, nachdem ich ihm erklärt hatte, was gerade passiert war. »Vollkommen ganz und gar!«

»Soll ich ihn feuern?«, fragte Naz.

»Ja«, sagte ich. »Nein! Nein, feuern Sie ihn nicht. Er ist perfekt – wie er aussieht, meine ich. Und wie er spielt. Sogar wie er spricht: diese ausdruckslose Monotonie. Nein, machen Sie ihm die Hölle heiß! Aber ordentlich! Tun Sie ihm weh! Im metaphorischen Sinne, meine ich, glaube ich. Er muss kapieren, dass das, was er sich geleistet hat, nicht läuft. Machen Sie ihm das klar!«

»Ich werde sofort mit ihm sprechen«, sagte Naz.

»Wo sind Sie jetzt?«, fragte ich.

»Ich bin in meinem Büro«, sagte er. »Ich komme rüber. Soll ich Ihnen etwas mitbringen?«

»Etwas Wasser«, sagte ich. »Mineralwasser.«

Ich legte auf – und rief ihn gleich noch einmal an.

»Wenn Sie mit ihm sprechen, finden Sie heraus, wie oft er diese Show abgezogen hat«, sagte ich.

Naz erschien nach einer halben Stunde mit dem Wasser. Offensichtlich tat es dem Pianisten leid: Es war ihm nicht klar gewesen, wie wesentlich es war, dass er tatsächlich die ganze Zeit spielte. Er hatte die Kassette davor nur zweimal benutzt, als er etwas anderes erledigen musste, und …

»Etwas anderes?«, unterbrach ich. »Ich bezahle ihn nicht dafür, andere Sachen zu machen! Dreimal, aha!«

»Er war einverstanden, es nicht nochmal zu machen«, sagte Naz.

»Er war einverstanden, ja? Das ist nett von ihm. Sollen wir ihm eine Gehaltserhöhung geben?«

Naz lächelte. »Soll ich bei ihm eine Überwachungskamera installieren?«, fragte er.

»Nein«, sagte ich. »Keine Kameras. Sie müssen einen anderen Weg finden, um sicherzugehen, dass er es richtig macht.«

Das Ding hinter Naz' Augen surrte eine Weile, dann nickte er.

Es war nicht übertrieben, von diesem Typen zu erwarten, dass er spielte, wenn man ihn dafür bezahlte – ihm noch dazu enorme Summen zahlte. Und die Arbeitszeiten waren auch nicht so schlecht: Ich stellte das Gebäude etwa sechs bis acht Stunden am Tag auf *an* – meistens für jeweils etwa zwei Stunden. Manchmal auch für fünf Stunden am Stück. Einmal ging es die ganze Nacht durch und den halben Tag. Aber das war mein Recht: Es stand in den Verträgen, die alle Nachspieler und alle Assistenten unterschrieben hatten – es stand dort gut lesbar für sie, nicht etwa im Kleingedruckten.

Ich bewegte mich durch das Gebäude und den Hof, wie es mir passte, genau wie ich es Naz bei unserem ersten Treffen gesagt hatte. Ich wanderte darin herum, wie ich lustig war. An manchen Tagen war mir danach, Daten zu sammeln: zu skizzieren, zu messen, zu übertragen. Dann zeichnete ich zum Beispiel den Ölfleck unter dem Motorrad ab – seine längliche Form, den leicht wellenförmigen Verlauf am Rand –, nahm die Zeichnung mit in Naz' Büro, ließ sie mehrmals fotokopieren und hängte die Kopien in einer Reihe an meiner Wohnzimmerwand auf. Ich ordnete sie so an, dass die Formation des Flecks um 360 Grad rotierte. Auf diese Weise erfasste ich viele Stellen: Ecken, die Winkel zwischen bestimmten Wänden, Teile des Geländers. Manchmal zeichnete ich sie nicht ab, sondern presste stattdessen ein Stück Papier darauf und rubbelte, so dass die Oberfläche ein Mal hinterließ, einen Fleck. Oder ich stoppte die Zeit, die das Sonnenlicht brauchte, um am Nachmittag ein Stockwerk zu überfluten und sich dann wieder zurückzuziehen, oder wie lange die Schaukeln brauchten, um, wenn sie mit einer bestimmten Kraft angestoßen wurden, wieder zu völligem Stillstand zu kommen.

Ein andermal verlor ich jedwedes Gefühl für Maße, Entfernungen, Zeit und lag einfach nur da und beobachtete, wie Staub schwebte oder Schaukeln schaukelten oder Katzen faulenzten. An manchen Tagen verließ ich meine Wohnung gar nicht: Stattdessen saß ich in meinem Wohnzimmer oder lag in der Badewanne und starrte auf den Riss. Ich ließ dabei das Gebäude auf *an*: Der Pianist musste spielen – wirklich spielen – und der Motorradfreak hämmern und scheppern; die Portiersfrau musste mit ihrer Eishockeymaske in der Eingangshalle stehen, die Leberdame Leber braten – aber ich ging nicht herum, besuchte sie nicht. Es genügte mir, dass ich wusste, dass sie da waren, in Aktion. Ich lag dann stundenlang in meiner Badewanne, halb schwebend, während der Riss in der Wand hervortrat und mäanderte, schemenhaft hinter wabernden Dampfschwaden.

Ich arbeitete hart an bestimmten Aktionen, bestimmten Gesten. Die Küchenzeile zu streifen, zum Beispiel. Ich war nicht damit zufrieden, wie es am ersten Tag gewesen war. Ich war nicht richtig daran vorbeigekommen, mein Hemd war zu lange an der Ecke hängengeblieben. Das Hemd sollte das Holz streifen – es flüchtig berühren, nicht mehr. Alles hing davon ab, wie meine halbe Drehung gelang, so dass ich seitwärts vorbeikam. Ein ziemlich schwieriges Manöver: Ich wiederholte es immer wieder – mit halbem Tempo, viertel, fast ganz ohne Tempo, um herauszufinden, wie sich welcher Muskel bewegen, wie sich welches Gelenk drehen musste. Wieder dachte ich an Stierkampf, dann an Kricket: wie der Schlagmann, wenn er sich entscheidet, den Ball nicht zu spielen, genau in dessen Bahn tritt und ihn Millimeter neben seiner Brust an seiner nach innen gewölbten Flanke vorbeipfeifen, ihn sogar die losen Falten seines Hemds berühren lässt, wenn er vorbeischießt. Ich stellte das Gebäude einen ganzen Tag lang auf *aus*, während ich dieses Manöver übte: darauf zugehen, halbe Drehung auf den Zehenspitzen, leichte Berührung mit dem Hemd – ein leichtes Streifen nur, so wie ein Luftkissenboot das Wasser streift –, dann, beim Herunterkommen, wieder zurückdrehen. Am nächsten Tag versuchte ich es in echt, mit dem Gebäude auf *an*. Nach den beiden Tagen hatte ich drei verschiedene blaue Flecken an der Seite – aber es lohnte sich wegen des fließenden, gleitenden Gefühls, das sich einstellte, wenn es funktionierte: ein Gefühl des Eintauchens, der Zufriedenheit. Ein paar Mal gelang es.

Genauso hart arbeitete ich an meiner Begegnung mit der Leberdame. Nicht, dass am ersten Tag irgendetwas falsch gewesen wäre, abgesehen von der fallengelassenen Tüte: Es war mir einfach danach, es immer und immer wieder zu wiederholen. Hunderte von Malen. Niemand hat mitgezählt – ich jedenfalls nicht. Ich zerlegte die Sequenz in ihre Bestandteile – den sich verändernden Winkel ihres Kopftuchs und die Neigung ihres gebückten Rückens, wenn ich gerade die nächste Stufe erreichte, die Drehung ihres Nackens, wenn sie den Kopf wandte, um mich anzusehen – und verlor mich darin. An einem Tag verbrachten wir den ganzen Vormittag damit, den Moment immer wieder zu wiederholen, in dem sie mit dem letzten Wort ihres Satzes, mit dem sie mich ansprach, dem *hochzukommen*, den Blickkontakt aufgab, sich wegdrehte und zuerst ihre Schultern, dann schließlich ihren ganzen Körper zurück in ihre Wohnung dirigierte. An einem Nachmittag konzentrierten wir uns auf den Augenblick, in dem sich ihre Mülltüte auf den Granitboden lümmelte und dabei ihre Form veränderte, da ihr Inhalt, der nun nicht mehr an ihrem Arm in der Luft hing, von selbst eine Ruheposition einnahm. Ich dividierte die Bestandteile der ganzen Sequenz auseinander und genoss jeden einzelnen, dann setzte ich sie wieder zusammen und genoss das Ganze – dann nahm ich sie wieder auseinander.

Eines Tages, als ich in meiner Küche stand und in den Hof hinunterschaute, hatte ich eine Idee. Ich rief Naz an, um ihm Folgendes zu sagen:

»Ich hätte gerne«, sagte ich, »ein Modell des Gebäudes.«

»Ein Modell?«

»Ja, ein Modell: ein maßstabsgetreues Modell. Roger soll es machen.« Roger war unser Architekt. »Sie wissen schon, wie in der Eingangshalle eines öffentlichen Gebäudes, das noch im Bau ist; man hat dort diese kleinen Modelle, die zeigen, wie alles aussehen wird, wenn es fertiggestellt ist …«

»Ach ja, ich verstehe«, sagte Naz. »Ich setze mich mit ihm in Verbindung.«

Anderthalb Tage später lieferte mir Roger das Modell. Es war fantastisch. Es war etwa einen Meter hoch und 1,20 breit. Es zeigte den Hof und das gegenüberliegende Gebäude und sogar den Sportplatz. Es gab auch kleine Figuren: den Motorradfreak neben seinem Motorrad, den Pianisten mit der Glatze, die Leberdame mit ihrem Kopftuch und den schlangenartigen Haarsträhnen, die Portiersfrau mit ihren stämmigen Armen und der weißen Maske. Er hatte sogar einen winzigen Schrubber und einen Staubsauger für den Schrank gemacht. Man konnte das alles sehen, weil einige der Wände und Böden aus durchsichtigem Plastik waren. Bei den nicht durchsichtigen hatte er die Details ausgeführt: Lichtschalter und Türgriffe, das sich wiederholende Muster auf dem Fußboden. Die neutralen Abschnitte waren weiß. Teile von Wand und Dach ließen sich abnehmen, so dass man hineinfassen konnte. Sobald Roger meine Wohnung verlassen hatte, rief ich Naz an.

»Geben Sie ihm eine ordentliche Zulage«, sagte ich.

»Wie viel?«, fragte Naz.

»Ach, Sie wissen schon: ordentlich«, sagte ich. »Und, Naz?«

»Ja?«

»Ich hätte gern, dass Sie … Mal sehen …«

Die Figuren waren beweglich. Ich nahm, während ich sprach, die der Leberdame, ließ sie die Treppe hinunter und hinaus in den Hof hüpfen.

»Ich möchte, dass Sie veranlassen, dass die Leberdame die Treppe runtergeht und den Motorradfreak besucht.«

»Jetzt?«, fragte er.

»Jetzt«, sagte ich, »ja.«

Zwei Minuten später stand ich an meinem Fenster und beobachtete sie – die echte Leberdame –, wie sie in den Hof geschlurft kam. Ich zog Rogers Modell zum Fenster, so dass ich beides gleichzeitig sehen konnte, das Modell und den Hof. Ich nahm die Motorradfreakfigur und setzte sie auf eine der Schaukeln.

»Jetzt«, sagte ich zu Naz, »möchte ich, dass sich der Motorradfreak auf die Schaukel setzt, auf die, die näher bei ihm ist.«

Keine halbe Minute später sah ich den echten Motorradfreak zum Eingang des Gebäudes schauen. Er sprach mit jemandem; ich konnte aber nicht hören, was gesagt wurde, weil der Pianist seinen Rachmaninow spielte – aber es war auch nicht nötig. Der Motorradfreak sah hoch zu meinem Fenster, stand dann auf, ging zur Schaukel und setzte sich darauf.

»Er sollte besser darauf knien«, teilte ich Naz mit.

»Knien?«

»Ja: eher knien als sitzen. Er soll genau so knien, wie er neben seinem Motorrad kniet.«

Die Figur war in dieser Position gegossen. Ihre Glieder waren unbeweglich. Ein paar Sekunden später hatte der echte Motorradfreak seine Position auf der Schaukel verändert und hatte jetzt ein Knie auf dem Sitz.

»Und jetzt ...«, sagte ich. »Der Pianist! Er kann aufstehen und zuschauen.«

Ich ließ die Pianistenfigur genau das machen: zum Fenster gehen und hinausspähen. Sekunden später brach die Klaviermusik unter mir ab; dann das Geräusch eines Stuhls, der zurückgeschoben wird, dann

Schritte – dann erschien der echte Glatzkopf an seinem Fenster. Ich hob das Modell hoch und stützte es auf der Fensterbank ab, so dass ich den Kopf im Modell und den echten Kopf gleichzeitig herausschauen sehen konnte. Die Entfernung zwischen ihnen ließ sie gleich groß erscheinen.

Bevor ich sie alle zurück auf ihre Posten schickte, musste der Motorradfreak der Schaukel noch einen kräftigen Stoß versetzen. Als er das tat, machte ich dasselbe mit der Modellschaukel. Ich sah beiden beim Schaukeln zu. Während die echte Schaukel einmal schaukelte, schaukelte die Modellschaukel ungefähr zweieinhalb Mal. Sie kam auch früher als die echte zum Stillstand. Ich blieb sehr lange am Fenster und beobachtete die nachlassenden Bewegungen der echten Schaukel. Ich dachte an irgendwelche aufziehbaren Spieldosen, Fisher Price, wie sich die Musik verlangsamt, je mehr sich der Mechanismus abspult, bis ganz zum Ende, bis kein Ton mehr herauszukommen scheint – aber wenn man sie nur ein ganz klein wenig anschubst, gibt sie doch noch ein letztes halbes Klingeln von sich, und noch ein halbes Halbklingeln, und dann immer noch ein letztes bisschen, jedes Mal weniger, und das stundenlang – oder wochenlang –, nachdem sie erstmals zum Stillstand gekommen war.

Am nächsten Tag stellte ich mein Modell im Wohnzimmer auf den Fußboden. Wieder bewegte ich die Figuren darin hin und her und gab Naz dabei telefonisch Anweisungen – diesmal allerdings ohne aufzustehen und zuzuschauen. Zu wissen, dass es passierte, genügte mir. Ich ließ die Portiersfrau die Mülltüte der Leberdame abholen, den Motorradfreak zwei Stunden lang in der Eingangshalle knien, den Pianisten ebenfalls zwei Stunden vor dem Fenster auf dem geschlossenen Deckel seines Klaviers sitzen – und während sie das alles wirklich machten, saß ich die ganze Zeit in meinem Wohnzimmer auf dem Fußboden und rührte mich nicht vom Fleck. Am nächsten Tag lag ich neben dem Modell und schaute im gleichen Winkel darauf wie die Sonne. Mein Blick brach durch das obere Treppenhausfenster und flutete das gemusterte Labyrinth des Bodens, wurde dann langsam – sehr sehr langsam, fast unmerklich – glasig, unscharf, verdunkelte sich und zog sich zurück, verschwand vier Stunden und sieben Minuten, nachdem er erstmals eingedrungen war, aus dem letzten Winkel des Stockwerks. Das machte ich bei jedem Stockwerk, bei dem ich vorher die Zeit gemessen hatte: von vier Stunden und sieben Minuten im obersten bis zu drei Stunden und vierzehn Minuten im zweiten.

Ich verließ das Gebäude – den gesamten Nachspielbereich, ich meine: das Gebäude und den Hof und die Straßen zwischen ihm und Naz' Büro, mit der Brücke und dem Sportplatz – während des folgenden Monats nur zweimal. Das erste Mal, um Einkaufen zu gehen. Ich hatte das sonst alles für mich erledigen lassen, aber eines Tages verspürte ich den Drang, die Außenwelt wieder einmal selbst zu inspizieren. Viel gibt's davon nicht zu berichten. Das zweite Mal verließ ich den Nachspielbereich, weil mein alter, verbeulter Fiesta, der beim Sportplatz geparkt war, einen Platten hatte. Ich hatte ihn monatelang nicht gefahren und hatte es auch demnächst nicht vor – aber als ich den platten Reifen sah, fiel mir der Reifenhändler in der Nähe meiner alten Wohnung ein: der, bei dem ich an dem Tag, als der Vergleich zustande gekommen war, eine Pause eingelegt hatte, unentschlossen, ob ich zurück nach Hause oder weiter zum Flughafen sollte.

Kaum hatte ich mich daran erinnert, sah ich den Reifenhändler ganz deutlich vor mir: die Fenster zur Straße hin, den Gehsteig, auf dem das Schild stand, das Café daneben. Ich erinnerte mich, dass eine grellbunte Baked-Beans-Dose auf dem Dach des Cafés neben einem Stapel Reifen stand. An der Straße waren weitere Reifen aufgereiht, aufrecht in einem Regal. Als mir diese Details wieder einfielen, bekam dieser Ort – der mir, als ich in der Nähe gewohnt hatte, so banal vorgekommen war, dass ich ihn kaum bemerkt hatte – plötzlich die Aura von etwas Interessantem. Neugierig geworden beschloss ich, ihm einen Besuch abzustatten. Ich lieh mir Werkzeug vom Motorradfreak, tauschte den Platten gegen den Ersatzreifen und fuhr dorthin, wo ich früher gewohnt hatte, um ihn reparieren zu lassen.

Seit ich zuletzt dort gewesen war, schien sich nichts verändert zu haben. Noch immer waren Reifen draußen in einem Regal aufgereiht und weitere Reifen auf dem Dach gestapelt, neben dem riesigen Modell der Baked-Beans-Dose, das für das Café nebenan warb. Die Reifen waren normale Reifen, echte, wirkten aber neben der gigantischen Dose wie Miniaturen, wie Spielzeug. Weitere Reifen lehnten in Stapeln an der Ladenvorderseite, wie bei Go-Kart-Bahnen. Dahinter offerierten gemalte Werbetafeln Sonderangebote für neue und gebrauchte Reifen oder für kostenlose Montage. Draußen auf dem Gehsteig stand aufrecht eine kleine rechteckige Apparatur: eine hüfthohe Tafel, aufgespießt auf einer Stange und auf einem schweren Sockel montiert. Wind ließ die Tafel um die Stange rotieren, so dass den Passanten in schnellem Wechsel zwei Botschaften entgegenblitzten. Beide Botschaften lauteten REIFEN.

Ein paar Meter weiter schwankte eine etwas raffiniertere Reklame über den Gehsteig: ein Kind in einem Michelinmann-Anzug. Durch den Anzug hatte er einen fetten weißen Reifen-Bauchgurt, der wabbelte, wenn er sich bewegte. Er war vielleicht zehn oder elf. Ich konnte erkennen, dass es ein Junge war, weil er den dazugehörigen Michelinmann-Kopf nicht trug. Den hatten zwei ältere Jungs: Die beiden standen neben dem Eingang des Reifenhändlers und kickten sich den Kopf zu wie einen Fußball. Als ich anhielt, hörten sie damit auf und kamen zum Auto geschlendert. Sie schauten sich sehr ernsthaft meine Reifen an und reckten dabei ihre Hälse in übertriebener Weise – zweifellos imitierten sie ihre Eltern, oder wer auch immer es war, dem dieser Laden gehörte.

Ich stieg aus. »Sie haben eine Beule«, sagte der älteste Junge. Er musste um die fünfzehn sein.

»Das weiß ich«, erwiderte ich. »Deswegen bin ich nicht hier. Ich bin hier, weil ich einen Platten habe.«

Der etwas Jüngere, der mit dem Ältesten den Kopf gekickt hatte, war um das Auto herumgegangen, um die Reifen auf der Beifahrerseite zu prüfen.

»Er ist im Kofferraum«, sagte ich.

Ich ging zum Kofferraum und öffnete ihn. Die beiden Jungen spähten hinein wie es Gangster in Filmen machen – wenn sie einen Kofferraum öffnen, in dem sie eine Leiche oder ein Waffenversteck haben. Die Jungs dachten an dasselbe, als ich den Kofferraum für sie öffnete, das konnte man sehen. Sie spähten hinein; dann griff der Älteste nach dem Reifen und hob ihn heraus. Der Jüngere versuchte, ihm zu helfen, aber der Ältere schob seine Hand weg. Der Jüngste, der im Michelinmann-Anzug, kam angewatschelt und wollte sich auch beteiligen, aber der Mittlere drängte ihn zur Seite.

»Du sollst draußen an der Straße stehen!«, wies er ihn mit lauter Stimme zurecht.

»Du hast mir gar nichts zu sagen!«, schrie der Jüngste zurück.

»Haltet das Maul, alle beide!«, sagte der Älteste.

Der Mittlere schaute zu Boden. Die Kränkung ließ ihn rot anlaufen. Der Jüngste stolzierte triumphierend in seinem Anzug neben ihm herum. Der älteste Junge trug den Reifen in den Laden. Ich folgte ihm. Der mittlere Junge schlenderte hinter mir her, blieb aber in der Tür stehen, um dem Jüngsten den Weg zu versperren. Sonst war niemand im Laden.

»Wo sind denn die echten Leute?«, fragte ich.

»Ich bin echt«, sagte der älteste Junge. Er wirkte beleidigt.

»Ich meine … die … die Besitzer«, sagte ich.

»Mittagspause«, antwortete er.

»Im Café nebenan«, fügte der Mittlere hinzu.

»Na ja, ich kann wiederkommen, wenn …«, setzte ich an – brach aber ab, denn der älteste Junge hatte meinen Reifen in eine Wanne mit Wasser getaucht und drehte ihn langsam darin. Er schien zu wissen, was er tat. Er starrte in das trübe Wasser, konzentriert und angespannt. Ich starrte auch hinein, völlig gebannt davon, wie er das untere Ende des Reifens ins Wasser getaucht hatte und ihn jetzt langsam drehte. Nach ein paar Sekunden hielt der Junge den Reifen an und zeigte auf eine Stelle:

»Hier ist Ihr Loch«, sagte er.

Ich folgte seinem Finger mit den Augen. Luftblasen stiegen aus einem silbrigen Schlitz an der Oberfläche des Gummis auf. Es war wie Mineralwasser, nur schmutzig.

»Wird man das reparieren können?«, fragte ich. »Wenn sie zurückkommen, meine ich.«

»Ich kann das reparieren«, sagte der Junge.

Er hob den Reifen aus dem Wasser und trug ihn zu einer Art Drehbank. Im Verhältnis zu ihm war der Reifen ziemlich groß: Er musste ihn halb mit dem Knie abstützen. Schwarzer Schmutz vom Reifen rieb sich an seine Kleider, die bereits überall schmutzig waren. Er setzte sich an die Drehbank und trat mit seinem Fuß auf ein Pedal, wodurch sich eine Reihe von Klammern um den Reifen schlossen. Dann trat er auf ein anderes Pedal und die Luft entwich mit einem Knall. Er begann, Klebstoff aus einer Dose aufzutragen. Seine Hand bewegte sich schnell, tunkte und schmierte, fuhr mit dem Pinsel mal in die eine, dann in die andere Richtung. Sein übertriebenes Gehabe von vorher, als er zum Auto geschlendert kam, war dahin und wurde jetzt von seiner ernsthaften Konzentration, seinen handwerklichen Fähigkeiten in den Hintergrund gedrängt. Der mittlere Junge beobachtete ihn aus einigen Metern Entfernung. Auch der Jüngste schaute zu. Voller Bewunderung – fast sehnsüchtig – beobachteten sie, wie er den Pinsel führte.

Er trat auf ein Pedal; die Drehbank vollführte zwischen seinen Händen eine Vierteldrehung und er bepinselte eine angrenzende Stelle mit Klebstoff. Er trat auf ein anderes Pedal und der Reifen drehte sich zurück, so dass er die Stelle auf der anderen Seite des Lochs bepinseln konnte. Als er alles, was er bepinseln wollte, bepinselt hatte, tauchte er seine Hand wieder in die Wanne, schöpfte etwas Wasser und tupfte es auf den Reifen, während wir drei, ehrfürchtig wie eine Gemeinde bei der Taufe, regungslos dastanden und ihn an seinem Taufbecken beobachteten.

Mühelos hob sich die Hand des Jungen und legte einen Hebearm an der Seite der Drehbank um. Die Drehbank zischte, als die Klammern meinen Reifen freigaben und zurückglitten. Mit derselben Hand griff er nach oben, um einen blauen Schlauch neben seiner Schulter zu erwischen. Der Schlauch hing dort gerade außerhalb seines Blickfelds, aber die Hand brauchte keine Hilfe: Sie wusste genau, wo er sich befand. Die Finger stießen den Schlauch in meinen Reifen und der Daumen drückte auf einen Verschluss; Luft strömte hinein. Eine Minute später war der Reifen geflickt und aufgepumpt und rollte über den Asphalt zu meinem Auto. Der Junge brachte ihn zum Kofferraum zurück und hob ihn hinein.

»Sollte man ihn nicht wieder dranmachen?«, fragte ich. »Damit fahren, meine ich?«

»Nein. Nehmen Sie ihn als Ersatz«, sagte er. »Sie sollten immer mal abwechseln.«

»Abwechseln, ja«, sagte ich. »Okay.«

Er hätte mir alles sagen können und ich hätte »Okay« gesagt. Ich stand dort und schaute ihn noch eine Weile an. Wir alle taten das. Zwischen den anderen beiden Jungen schien es jetzt einen Waffenstillstand zu geben. Nach einer Weile fragte ich:

»Soll ich dann bei dir bezahlen, oder …«

»Ja. Bei mir«, sagte er. »Zehn Pfund.«

Ich gab ihm zehn Pfund. Mir fiel ein, dass mein Scheibenwischwasserbehälter leer war und ich bat ihn, ihn aufzufüllen. Er sah den mittleren Jungen kurz an und hob leicht das Kinn; der mittlere Junge rannte in den Laden und kam mit einem Liter blauer Flüssigkeit zurück, die er und der Jüngste in den Scheibenwischwasserbehälter schütteten, wobei sie jetzt einträchtig zusammenarbeiteten; der Jüngste hielt den Deckel, während der Mittlere eingoss, reichte den Deckel dann dem Mittleren, der ihn zuschraubte, während er, der Jüngste, die leere Flasche zu einem Mülleimer brachte. Sie schlossen die Motorhaube für mich und ich stieg wieder ein.

Bevor ich losfuhr, betätigte ich die Scheibenwischanlage, um sicherzugehen, dass sie funktionierte. Flüssigkeit hätte auf die Scheibe spritzen sollen, aber nichts geschah. Ich drückte noch einmal. Immer noch nichts. Ich stieg aus, öffnete die Motorhaube erneut und untersuchte den Behälter. Er war leer.

»Es ist alles weg!«, sagte ich.

Die Jungen spähten hinein. Der Älteste kniete sich hin und schaute unter das Auto.

»Da ist kein Fleck«, sagte er. »Es ist nichts ausgelaufen. Es sollte da sein.« Er wendete sich zum mittleren Jungen und sagte: »Hol noch eine Flasche.«

Eine weitere Flasche wurde gebracht und in den Behälter geschüttet. Wieder stieg ich ins Auto und betätigte die Scheibenwischanlage. Wieder passierte nichts – und wieder war der Behälter, als wir nachschauten, leer.

»Zwei Liter!«, sagte ich. »Wo ist das alles hin?«

Es war verdampft, verdunstet. Und, man glaubt es kaum: Es war wunderbar. Warum? Das weiß ich nicht. Es war einfach so. Es war, als hätte ich gerade einem Wunder beigewohnt: Materie – diese zwei Liter Flüssigkeit – war zu Nicht-Materie geworden – keine überschüssige Materie, kein Chaos, kein Müll, sondern reine, körperlose Bläue. Transsubstantiiert. Ich schaute in den Himmel: Er war blau und endlos. Ich schaute wieder auf den Jungen. Sein Overall und sein Gesicht waren schmutzverschmiert. Er hatte diesen Schmutz auf sich genommen, damit das Wunder geschehen konnte; gegeißelt, gekreuzigt, vollgeschmiert mit Stigmata wie ein christlicher Märtyrer. Ich fühlte mich beschwingt – beschwingt und inspiriert.

»Wenn bloß…«, begann ich, hielt dann aber inne.

»Was?«, fragte er.

»Wenn alles bloß…«

Ich verstummte wieder. Ich wusste, was ich meinte. Ich stand da und schaute auf sein schmutziges Gesicht und sagte:

»Vielen Dank.«

Dann stieg ich ein und drehte den Zündschlüssel im Schloss. Der Motor sprang an – und im selben Moment schoss ein Sturzbach blauer Flüssigkeit aus dem Armaturenbrett und ergoss sich über alles. Es sprudelte aus dem Radio, dem Heizungsregler, dem Warnblinkschalter und dem Tacho und dem Kilometerzähler. Es ergoss sich über mich: über mein Hemd, meine Beine, meine Leisten.

10

Ich hätte auf der Stelle aus dem Auto springen sollen, aber ich blieb einfach sitzen, ließ die blaue Flüssigkeit über mich strömen. Sie strömte erst, dann rann sie, tropfte, tröpfelte. Ich saß teilnahmslos da, während sie auslief. Es dauerte lange: Selbst als es sich ganz ausgetropft zu haben schien, kam nach ein paar Sekunden immer noch ein halber Tropfen hinterher, und dann noch ein halber Halbtropfen einige Sekunden später.

Langsam, zögernd kamen die Jungen zum Auto zurück und spähten hinein. Der Jüngste schnappte nach Luft, als er meine von der klebrigen Flüssigkeit durchweichten Hosen sah. Die anderen zwei sagten nichts: Sie starrten einfach. Ich starrte auch: Wir alle starrten auf das Armaturenbrett und auf meine Beine. Wir verharrten lange Zeit so, reglos. Dann fuhr ich zu meinem Gebäude zurück.

Dort angekommen, zog ich meine nassen Sachen aus und nahm ein Bad. Ich lag in der Badewanne, schaute auf den Riss und dachte über das nach, was passiert war. Es war etwas sehr Trauriges - doch nicht im gewöhnlichen Sinne traurig; es hatte eine andere Dimension, die Dimension wirklich großer Ereignisse, ganzer Jahrhunderte, oder des Todes einer Berühmtheit: sehr, sehr traurig. Ein Wunder schien sich ereignet zu haben, das Wunder einer Transsubstantiation - ein Verstoß gegen physikalische Gesetze, gegen die Gesetze, die bewirken, dass Schaukeln zu schaukeln aufhören, Kühlschranktüren zuschnappen und große Gegenstände vom Himmel fallen, wenn sie ihren Halt verlieren. Dieses Wunder, dieser Triumph über die Materie, schien sich tatsächlich ereignet zu haben - und stellte sich dann als das genaue Gegenteil heraus, als vollkommener Fehlschlag, als spektakuläres Scheitern: Seine wässrigen Trümmer stürzten auf die Erde nieder und verwandelten eine triumphale Premiere in ein Katastrophenszenario, ein Desaster. Ja, es war ungeheuer traurig.

Ich lag in der Badewanne und ließ das Ereignis erneut vor meinem inneren Auge ablaufen, kratzte an seinen Oberflächen. Da waren das grellbunte Dosenmodell und die aufgestapelten Reifen, die rotierende Tafel, der wabbelnde Reifenanzug des Jüngsten, die Drehbank mit den Klammern und Pedalen und der blaue, mit Luft gefüllte Schlauch. Ich erinnerte mich, wie der Junge den Reifen vom Kofferraum zur Werkstatt getragen hatte, wie Schmutz vom Reifen sein Hemd verschmierte; dann, wie seine Hände schnell über den Reifen strichen, Klebstoff darauf verteilten, ihn wieder aufpumpten. Ich lag so lange in Erinnerungen versunken da, dass das Wasser kalt wurde und meine Haut schrumpelig. Nach einer Ewigkeit stieg ich aus der Badewanne und rief Naz an.

»Ich möchte Sie bitten, bei einem weiteren Projekt, das ich plane, zu vermitteln«, sagte ich.

»Natürlich«, sagte Naz. »Erzählen Sie mir davon.«

»Ich möchte, dass ein bestimmter Ort«, sagte ich, »exakt nachgebaut wird.«

»Ein kleiner Teil des Gebäudes?«, fragte er.

»Nein«, sagte ich. »Ein anderer Ort. Eine Reifenwerkstatt.«

»Das sollte kein Problem sein«, sagte Naz. »Wenn Sie mir sagen, wo das ist, rufe ich Roger sofort an und lasse ihn ein weiteres Modell für Sie zusammenbasteln.«

»Was ich brauche, ist kein Modell«, sagte ich zu Naz. »Es geht um eine Reproduktion in Originalgröße. Ich möchte, dass Roger diesen Reifenladen exakt nachbaut, bis ins kleinste Detail. Außerdem brauche ich Nachspieler, die ein bestimmtes Ereignis durchspielen, das ich noch genauer erläutern werde. Ich brauche als Nachspieler drei Kinder: im Alter von fünfzehn, dreizehn und elf. Und einen Mann in meinem Alter. Vier Leute insgesamt, plus Assistenten. Sie müssen dieses Ereignis ununterbrochen spielen, rund um die Uhr.«

An Naz' Ende war es eine Weile still. Ich stellte mir sein Büro in dem blau-weißen Gebäude vor, die Anordnung der Schreibtische, das Fernrohr am Fenster. Dann sagte er:

»Wie soll das gehen?«

Das war eine gute Frage, aber ich hatte eine Antwort:

»Wir brauchen mehrere Teams«, erklärte ich, »die sich ablösen, in Schichten.«

»In Schichten?«, sagte er.

»Ja«, antwortete ich. »Sie wechseln sich ab.«

Es gab wieder eine Pause an Naz' Ende. Ich konzentrierte mich weiter auf sein Büro und umklammerte den Hörer. Schließlich antwortete er:

»In Ordnung.«

Seine Leute fanden eine Lagerhalle draußen in Heathrow, am Rande des Flughafengeländes – einen der vielen alten Hangars für Privatflugzeuge, vermietet von der Firma, die das ganze Gelände verwaltete. Er war groß genug, um den Reifenladen komplett und in Originalgröße nachzubauen – mit dem Dach, den Reifen und dem knallbunten Modell der Baked-Beans-Dose – und auch noch die Straße davor, wo sich der Junge im Michelinmann-Anzug neben der rotierenden Tafel, die REIFEN REIFEN verkündete, hin- und hergewiegt hatte und wo natürlich auch die klebrige Flüssigkeit in meinem Armaturenbrett explodiert war und sich über mich ergossen hatte.

Sie bezahlten den echten Reifenleuten, den Männern, die im Café gewesen waren, als sich die Szene abgespielt hatte, einen halben Riesen – einen Klacks – dafür, dass Roger, Frank und Annie in der Werkstatt alles bis ins kleinste Detail erfassen durften: die Anordnung der Regale, die Produkte, die sich dort befanden, deren Position, Alter und Zustand, die Maße des knallbunten Baked-Beans-Dosen-Modells, die Drehbank mit ihren Pedalen und Klammern, den blauen, luftgefüllten Schlauch und so weiter. Natürlich mussten die Gerätschaften alle funktionieren. Der Besitzer des echten Reifenladens, ein rundlicher Mann um die Vierzig, kam zu uns nach Heathrow und brachte uns bei, wie man die ganzen Werkzeuge benutzte. Er trainierte ein Team von zehn fünfzehnjährigen Jungen, bis sie wussten, wie man Reifen ins Wasser taucht und nach seidigen Luftblasen absucht, wie man das Rad mithilfe der Füße einspannt und dreht, während man Klebstoff darauf verteilt, wie man mit der Hand nach hinten fasst, um den Luftschlauch zu erwischen und ihn zum Ventil zu dirigieren, ohne überhaupt noch hinschauen zu müssen. Das dauerte eine Weile.

Um alles, was Positionen und Bewegungen betraf, kümmerte ich mich wie bisher selbst. Ich zeigte dem Michelinmann-Jungen-Nachspieler, wo er stehen und hin und her schwanken sollte, und den anderen beiden, wie sie sich den Kopf zukicken sollten. Ich ließ sie es mit einem Minimum an Bewegung tun; sie sollten den Kopf mechanisch hin und her treten, wie Zombies oder Roboter. Der Fahrer, die Person, die meine Rolle nachspielte, musste langsam aussteigen. Wie die Portiersfrau trug er eine weiße Eishockeytorwart-Maske, um meine Persönlichkeit nicht mit seiner zu überdecken – oder, genauer, um überhaupt keine Persönlichkeit einzuführen. Ich wollte die Bewegungen und die Worte einfach ganz ausdruckslos und neutral haben – ich wollte, dass die Nachspieler die Bewegungen ausführten, ohne sie zu spielen, sie sollten die Worte ohne Emotionen sprechen, gleichgültig, so monoton wie mein Pianist. Der älteste Junge musste den Reifen aus dem Kofferraum holen, zur Drehbank tragen und reparieren; der Mittlere musste versuchen, ihm beim Anheben zu helfen, und der Älteste musste seine Hand wegschieben; der Jüngste musste dazukommen und sich an der Tür herumdrücken. Ich zeigte ihnen, wo sie hintreten, was sie hochheben, wie sie kicken und stehen sollten. Meistens mussten sie nur stehen, vollkommen statisch.

Nach zehn Tagen waren wir soweit. Ich hatte eine erhöhte Aussichtsplattform bauen lassen, ähnlich wie eine Opernloge, denn es hatte mir gefallen, in meinem Gebäude den Aktionen von oben zuzuschauen, und hier wollte ich eine ähnliche Möglichkeit haben. Ich hatte bereits mitgeteilt, dass ich eventuell auch innerhalb des Nachspielbereichs herumwandern würde und dass die Nachspieler sich dadurch nicht aus dem Konzept bringen lassen sollten. Ich entschied mich aber dafür, zunächst von der Plattform aus zuzuschauen. Irgendwann am Nachmittag des zehnten Tages nach dem ursprünglichen Ereignis signalisierte mir Naz von unten, dass alles bereit war; ich nickte ihm zu und es ging los.

Vor dem REIFEN-REIFEN-Schild wurde ein starker Ventilator angeschaltet, damit es sich drehte. Sekunden später fuhr der blaue Fiesta langsam über den Boden des Lagerhauses, vorbei an dem Michelinmann-Jungen, und hielt dort, wo die älteren Jungen sich den Kopf zukickten. Der Fahrer, der eine weiße Eishockeymaske trug, stieg aus. Langsam und monoton psalmodierte der älteste Junge die Worte:

»*Sie-haben-eine-Beule.*«

Nach einer Pause antwortete der Fahrer:

»*Das-weiß-ich-deswegen-bin-ich-nicht-hier.*«

Sie machten wieder eine Pause. Das war gut, sehr gut. Sie vermieden jeglichen Blickkontakt, genau wie ich es ihnen gesagt hatte. Ich spürte etwas, eine Empfindung, eine Mischung aus dem Gefühl des Gleitens während des ersten Gebäudenachspiels, als meine Leberdame mich auf der Treppe angesprochen hatte, und dem Kribbeln, das bei verschiedenen anderen Gelegenheiten in meiner rechten Körperhälfte hochgestiegen war. Dieses gemischte Gefühl wurde noch stärker, als wir die Stelle erreichten, an der der Junge die Worte psalmodierte:

»*Ich-bin-echt.*«

Als die klebrige blaue Flüssigkeit explodierte, wollte ich eigentlich mein Podest verlassen, zum Auto gehen und von dort aus zuschauen, schaffte es aber nicht, war wie festgenagelt. Ich konnte sehen, wie der Nachspieler mich, vollgespritzt im Fahrersitz sitzend, spielte: die Beine gespreizt, die Arme angehoben neben dem Lenkrad, der Körper kraftlos, während die zwei Liter sich über ihn ergossen. Das gemischte Gefühl wurde stärker, und ich war immer noch wie festgenagelt auf der Plattform. Im zweiten Durchgang schaffte ich es dann, hinunterzugehen, da die Empfindung nachgelassen hatte. Diesmal stand ich neben dem Auto und schaute zu, wie die Flüssigkeit herausschoss. Frank und Annie hatten ein ganzes Miniaturabwassersystem im Auto installiert, das die blaue Flüssigkeit in einen Beutel pumpte, der so präpariert war, dass er zerriss, wenn der Motor zum zweiten Mal angelassen wurde. Es sprudelte noch nicht ganz korrekt heraus, aber das war kompliziert. Zwei weitere Durchläufe waren nötig, um an diesem Teil zu feilen.

Es gab noch andere kleinere Störungen: Die Luft im blauen Schlauch hatte nicht den richtigen Druck; der Ersatzreifen war nicht schmutzig genug, um auf dem Overall des Jungen genügend Flecken zu hinterlassen – wirklich eher Nebensächliches. Im Großen und Ganzen lief es gut – sehr gut sogar.

Das erste Team machte sechs Durchläufe. Jeder Durchlauf dauerte zwanzig Minuten, vielleicht eine Minute mehr oder weniger, dazu etwa sechs Minuten Umbau. Die Umbaupause störte mich nicht: In gewisser Weise mochte ich diese Pause, diesen Schwebezustand, wenn die Sequenz zurückgestellt wurde, auf null, um dann von vorne zu beginnen. Das erste Team machte drei Stunden, dann übernahm das zweite Team. Ich sah auch hiervon sechs Durchläufe, dann noch zwei vom dritten Team. In den frühen Morgenstunden wollte ich nach Hause gehen.

»Soll ich ihnen sagen, dass sie aufhören können?«, fragte mich Naz, als ich meine Jacke anzog.

»Nein«, sagte ich. »Auf keinen Fall. Sie sollen weitermachen. Wenn sie drei Stunden gemacht haben, sollen sie vom nächsten Team abgelöst werden. Ständiger Wechsel.«

»Wie lange?«, fragte er.

»Auf unbestimmte Zeit«, sagte ich. »Rund um die Uhr. Und, Naz?«

»Ja?«

»Wenn Sie gehen, soll jemand, dem Sie vertrauen, hierbleiben und die Aufsicht führen, dass keiner uns den Pianisten macht.«

»Aber die Aufsicht kann nicht bis in alle Ewigkeit auf dem Posten sein«, sagte Naz.

Da war etwas dran. Ich überlegte einen Moment und sagte dann:

»Dann bestimmen Sie eben mehrere Leute und lassen sie auch in Schichten arbeiten, genau wie die Nachspieler. Sie sollen sich genauso abwechseln.«

In den nächsten zwei Wochen kam ich fünfmal zurück und schaute zu, wie die Explosion der blauen Flüssigkeit und die ihr vorausgehenden Ereignisse nachgespielt wurden. Bei manchen Sitzungen betrachtete ich alles ganz analytisch und konzentrierte mich auf verschiedene Dinge gleichzeitig. Die Sequenzen waren so kurz, dass das möglich war. Drei Minuten lang beobachtete ich vor allem, was passierte, nachdem der älteste Junge die Hand des Mittleren zur Seite geschoben hatte – wie der Mittlere sich wegdrehte, um sich mit dem Jüngsten zu streiten. Oder ich verfolgte den Weg, den das Auto nahm. Seine Reifen hinterließen Spuren auf dem Boden der Lagerhalle; als die Sequenz wiederholt wurde, fuhr es auf seinen eigenen Spuren zurück – manchmal etwas links oder rechts davon, manchmal mehr oder weniger exakt auf einer früheren Spur. Bei meinem dritten Besuch hatte ich eine Idee:

»Ich möchte, dass die Route des Autos geändert wird«, sagte ich zu dem Fahrer-Nachspieler.

»Wie meinen Sie das?«, fragte er. Er sah sehr müde aus.

»Anstatt dass Sie hier herum rückwärts rausfahren, wenn Sie am Ende der Sequenz Ihre Position wieder einnehmen«, sagte ich, »möchte ich, dass Sie weiterfahren, wenden und hier entlang rausfahren, und dann andersherum wenden, um wieder zurückzukommen.«

»Ich fahre also eine Acht?«, fragte er.

»Genau«, sagte ich.

Die Änderung wurde eingebaut. Die Reifenprofile prägten in den nächsten Stunden und Tagen eine Acht in den Boden – ein dicker schwarzer Streifen, zu dem sich die Block- und Balkenmuster vermischt hatten, mit über den Rand hinausschießenden Spitzen und Zacken, Protokolle der wildesten Routen. Rechts daneben hatte ein großer, klebriger Fleck, verursacht durch das andauernde Heraussprudeln von Hunderten von Litern blauer Flüssigkeit, den Boden verfärbt. Ich zeichnete kleine Abschnitte von Streifen und Fleck in allen Einzelheiten; ich presste Papier direkt darauf, um Abdrücke anzufertigen, die ich dann in meiner Wohnung an die Wand hängte. Wenn ich lange genug darauf starrte, nahmen sie Formen an: Vögel, Gebäude oder die miteinander verzahnten Bereiche von Raumstationen – und meine ganze Stimmung glitt dann vom Analytischen ins Träumerische. Ein solcher Stimmungswechsel geschah auch während des Nachspiels. Eine Minute lang konzentrierte ich mich ganz auf einen Aspekt der Sequenz, und in der nächsten ließ ich mich von den Bewegungen hypnotisieren wie ein Kaninchen von der Schlange: wie der Fiesta langsam durch die ausgefahrene Acht rollt, wie der Reifen vom Knie des Jungen gestützt in die Werkstatt schwebt, wie seine Hand die Hand des anderen Jungen wegschiebt, wie die Klammern zurückgleiten, wie das Blau sprudelt – monoton, hypnotisch, in endloser Wiederholung.

Die Geräusche der Episode wurden in solchen Momenten zu einem einlullenden Schlaflied. Die Stimmen der Nachspieler hallten von der Wellblechdecke wider; tieffliegende Flugzeuge zogen über uns hinweg, verkündeten pfeifend und ächzend ihre Ankunft oder ihren Abflug von oder nach wer weiß wo. Die explodierende Flüssigkeit machte ein brausendes, dann tröpfelndes Geräusch. Der Ventilator summte, schon bevor der Durchlauf begann, und er summte noch, wenn er vorbei war. Andere Geräusche tauchten an den Rändern der Szene auf, kamen unter ihrer Oberfläche hervor – Geräusche, verborgen in einer Enklave, in der sich das Schaben des Fußes des mittleren Jungen mit dem Rascheln des Michelinmann-Anzugs des Jüngsten verband oder das Sprudeln der Flüssigkeit mit der Vibration des Daches. Bisweilen schienen diese Geräusche Stimmen zu werden, Worte und Sätze zu sprechen, deren Sinn sich mir nie ganz erschließen wollte.

Ich verbrachte viel Zeit dort mit Zuschauen. Ich verbrachte auch viel Zeit damit, in meinem Wohnzimmer zu sitzen und auf die Skizzen und Abdrücke zu starren, oder in der Badewanne zu liegen und über das Nachspiel nachzudenken, mit dem Wissen, dass es weiterging, immerfort, als Endlosschleife. Manchmal konzentrierte ich mich wirklich auf jeden einzelnen Moment, jedes Manöver; aber manchmal dachte ich auch an etwas ganz anderes. Für einige Tage kehrte ich zum Studium meines Gebäudes zurück, ließ es zwei zehnstündige Intervalle hindurch auf *an*, mit lediglich zwei Stunden Pause dazwischen. Dann fuhr ich wieder hinaus nach Heathrow und schaute fünfzehn Mal der Reifen-Sequenz zu.

An eben diesem Tag verlangte ich eine weitere Änderung. Ich bestellte Frank und Annie in die Lagerhalle und fragte sie:

»Kann man es irgendwie hinbekommen, dass die blaue Flüssigkeit nicht heraussprudelt?«

»Na klar«, sagte Frank. »Wir lassen sie einfach nicht sprudeln. Wir deaktivieren den Auslöser.«

»Ja, aber dann bleibt die Flüssigkeit im Behälter, oder?«, sagte ich.

Er nickte. Ich sagte:

»Das hilft uns nicht weiter. Ich möchte, dass sie aus dem Behälter verschwindet und nicht wieder auftaucht. Einfach verschwindet.«

Annie und Frank sahen einander an. Dann sagte Annie betreten:

»Aber das ist unmöglich.«

»Ich weiß«, sagte ich, »aber das ist die ... ich meine, kann es nicht irgendwie doch gehen?«

Sie schwiegen, dann erwiderte Frank:

»Eigentlich nicht, nein.«

»Ich will, dass es nach oben geht«, sagte ich, »selbst wenn das mühsamer ist – kompliziert, meine ich. Nach oben verschwindet. Himmel wird.«

Sie dachten beide eine Weile darüber nach. Dann sagte Frank:

»Wir könnten die Flüssigkeit nach oben wandern lassen. In einem Schlauch, zum Beispiel. Wir könnten einen Schlauch vom Behälter zur Decke legen. Wir könnten ihn sogar durch die Decke leiten und alles nach oben sprühen, als feinen Nebel. Aber das ist ...«

»Das gefällt mir«, sagte ich. »Probieren Sie das. Probieren Sie auch noch ein paar andere Sachen in dieser Richtung. Mal schauen, was Ihnen einfällt.«

Als ich an diesem Tag nach Brixton zurückfuhr, entschied ich, einen Umweg zu machen und beim echten Reifenhändler vorbeizufahren. Ich war allein unterwegs, in meinem Fiesta. Als ich fast die Eisenbahnbrücke in der Nähe der Werkstatt erreicht hatte, sah ich, dass der Verkehr vor mir aufgehalten wurde. Einige Autos wendeten und fuhren in die Richtung zurück, aus der ich gerade kam. Mir wurde klar warum, als ich etwa zehn Meter vor der Ampel bei der Brücke war: Auf der anderen Seite war eine Polizeiabsperrung mit schwarz-gelbem Band. Es war dieselbe Art von Band, die sie auch zum Begrenzen der Sperrzone zwei Monate vor dem Unfall benutzt hatten – bloß dass es damals etwa 100 Meter weiter weg gewesen war, jenseits des Reifenhändlers. Diese neue Zone begann in der Nähe der Telefonzelle, von der aus ich Marc Daubenay angerufen hatte, und verlief entlang der Coldharbour Lane; sie war verlassen, abgesehen von Polizisten, die dort standen oder herumliefen.

Ich fuhr bis an das Band heran, ignorierte das Zeichen des Verkehrspolizisten zum Wenden, lenkte meinen Fiesta an den Straßenrand, stieg aus und ging zu ihm.

»Was ist passiert?«, fragte ich.

»Ein Zwischenfall«, antwortete er. »Wenn Sie jetzt bitte wenden und zur nächsten Kreuzung zurückfahren ...«

»Was für eine Art von Zwischenfall?«, fragte ich.

»Schießerei«, sagte er. »Bitte gehen Sie zu ihrem Auto zurück und ...«

»Wer wurde erschossen?«, fragte ich.

»Ein Mann«, sagte er. »Wir geben Schaulustigen keine Informationen. Wenn Sie jetzt bitte Ihr Auto wenden und zur nächsten Kreuzung weiterfahren ...«

Das kleine Funkgerät an seiner Schulter knackte und eine Stimme sagte etwas, was ich nicht mitbekam. Ich spähte an ihm vorbei. In der Mitte der Straße standen zwei Polizeimotorräder, außerdem mehrere Autos: drei normale Polizeiautos, ein weißer Mannschaftswagen, eins von diesen speziellen roten Autos und ein Zivilfahrzeug, blau-metallic, mit einem Magnetlicht auf dem Dach. Zwei Männer in weißer Montur liefen mitten auf der Straße herum.

»Sie müssen umkehren«, sagte der Verkehrspolizist zu mir. »Sie können Ihr Auto nicht dort stehen lassen. Sie müssen einen Umweg machen über Camberwell oder Brixton-Zentrum.«

»Umweg«, sagte ich. »Ja, natürlich.«

Ich erhaschte noch einen Blick über seine Schulter, stieg wieder ins Auto und fuhr weg. Als ich in meine Wohnung kam, hörte ich Naz' Stimme auf dem Anrufbeantworter. Ich nahm das Telefon ab.

»Ich bin's«, sagte ich. »Der echte. Ich bin eben reingekommen.«

»Ich wollte gerade eine Nachricht hinterlassen wegen der Idee von Frank und Annie. Sie haben sich etwas ausgedacht für die Flüssigkeit. Sie wollten doch …«

»Hören Sie«, sagte ich. »Ich möchte etwas herausfinden.«

»Oh ja?«, sagte Naz.

»Es gab einen Zwischenfall in der Coldharbour Lane«, erklärte ich. »Eine Schießerei. Ich möchte wissen, was da passiert ist.«

»Ich werde sehen, was sich machen lässt«, sagte Naz.

Eine Stunde später rief er zurück. Tatsächlich war jemand erschossen worden. Die Details waren vage, aber es schien etwas mit Drogen zu tun zu haben. Es war vor Movement Cars passiert. Ein Schwarzer um die Dreißig. Er war mit dem Fahrrad unterwegs gewesen, und zwei andere Schwarze in einem Auto hatten angehalten und auf ihn geschossen. Er war sofort tot. Ob ich mehr wissen wolle?

»Wissen Sie denn mehr?«, fragte ich Naz.

»Noch nicht«, sagte er. »Aber ich kann Sie auf dem Laufenden halten, wenn neue Informationen reinkommen. Möchten Sie das?«

Ich stellte mir vor, wie der Schwarze neben seinem Fahrrad stirbt, vor der Telefonzelle, von der aus ich Daubenay am Tag, als der Vergleich durchkam, angerufen hatte. Ich stellte mir die anderen beiden Männer vor, wie sie ihn aus ihrem Auto heraus erschießen. Waren sie im Auto geblieben? Ich wusste es nicht. Ich erinnerte mich, wie ein Mann einen Cola-Automaten in das Taxibüro gerollt hatte, während das Display die Sekunden zählte. MOVEMENT CARS. FLUGHÄFEN BAHNHÖFE L ICHT UMZÜGE.

»Hallo?«, unterbrach mich Naz' Stimme.

»Ja«, sagte ich. »Halten Sie mich auf dem Laufenden. Und, Naz?«

»Ja?«

»Ich möchte, dass Sie mir den Ort beschaffen, sobald die Polizei damit fertig ist.«

»Ihn beschaffen?«, wiederholte er.

»Ihn mieten. Die Erlaubnis erhalten, ihn nutzen zu dürfen.«

»Wofür?«, fragte Naz.

»Ein Nachspiel«, sagte ich.

11

Die Kriminaltechnik ist nichts Geringeres als eine Kunstform. Nein, ich würde sogar noch weiter gehen: Sie steht höher, ist verfeinerter als irgendeine Kunstform. Warum? Weil sie echt ist. Man nehme nur einen Aspekt – etwa die Diagramme: Mit ihren Linien, Pfeilen und schraffierten Balken sehen sie aus wie abstrakte Gemälde, wie Avantgardemalerei des vorigen Jahrhunderts – tanzende Formen und Verläufe, grazil und kunstvoll wie die Muster von Schmetterlingsflügeln. Dabei sind sie ganz und gar nicht abstrakt: Sie protokollieren Gräueltaten. Jede Linie, jede Zahl, jeder Winkel – schon die Tinte vibriert vor nahezu unerträglicher Gewalt, schreit dunkel aus dem Schweigen des weißen Papiers: Hier ist etwas geschehen, ist jemand gestorben.

»Es ist genau wie beim Kricket«, sagte ich eines Tages zu Naz.

»Inwiefern?«, fragte er.

»Jedes Mal, wenn der Ball vorbeigesaust ist«, sagte ich, »und die weißen Linien dort, wo er aufgetroffen ist, noch sirren, und der Aufprall eine Spur hinterlassen hat, und …«

»Ich kann nicht folgen«, sagte er.

»Es … ach, es ist einfach so«, sagte ich. »Jeder Ball ist wie ein Verbrechen, ein Mord. Und dann tun sie es wieder, und wieder und wieder, und der Kommentator muss kommentieren, sonst wird auch er sterben.«

»Er wird sterben?«, fragte Naz. »Wieso?«

»Er … ach, was soll's«, sagte ich. »Ich muss hier raus.«

Wir saßen im Taxi und fuhren gerade an King's Cross vorbei. Naz war auf dem Weg zu einem Treffen mit jemandem, der einen Polizisten bei der Gerichtsmedizin kannte. Ich wollte zur British Library, um etwas über kriminaltechnische Methoden zu lesen. Das machte ich seit Tagen, während ich darauf wartete, dass Naz die Voraussetzungen für das Schießereinachspiel schaffte. Ich glaube, sonst wäre ich verrückt geworden, so stark war mein Drang, es nachzuspielen. Wir konnten es nicht richtig nachspielen, bevor wir nicht den Bericht in die Finger bekamen – den Bericht der Kriminaltechniker der Polizei, die mit dem Fall befasst waren. Naz durchforstete alle Kontakte in seiner Datenbank, um an diesen Bericht zu kommen, und ich stillte währenddessen meinen Hunger danach, indem ich jedes Buch über Kriminaltechnik verschlang, das ich finden konnte.

Ich las Lehrbücher für Studenten, allgemeine, für den Normalbürger gedachte Einführungen, wissenschaftliche Expertenbeiträge von Fachkonferenzen auf höchster Ebene. Ich las das Handbuch, das jeder professionelle Ermittler im Land auswendig kennen muss, und lernte es ebenfalls auswendig. Es war in Abschnitte eingeteilt, die mit Ziffern überschrieben waren, dann mit Großbuchstaben, dann mit römischen Zahlen, dann mit Kleinbuchstaben, die immer weiter vom linken Rand aus eingerückt waren. Jede Einrückung korrespondierte mit einem Schritt oder Halbschritt in der Aktionskette, der man bei einer kriminaltechnischen Untersuchung zu folgen hat. Der ganze Prozess ist extrem formalistisch: Man legt nicht einfach los und macht irgendetwas – man macht es langsam, teilt seine Bewegungen in Phasen ein, die wiederum in Abschnitte und Unterabschnitte eingeteilt sind, von denen jeder einzelne strikten Regeln gehorcht. Man trägt dabei sogar spezielle Anzüge, so wie Japaner Kimonos tragen, wenn sie eine Teezeremonie abhalten.

Muster sind wichtig. In dem Bereich, wo das Verbrechen stattgefunden hat, bewegt man sich nach einem bestimmten Muster, das der Chefermittler vorher festgelegt hat. Das könnte zum Beispiel sein, dass er bestimmt, dass man sich in geraden Bahnen vorwärtsbewegt, wie Wettschwimmer. Oder er rastert den Bereich auf und teilt jedem Ermittler eine Zone zu. Oder er ordnet eine spiralförmige Durchsuchung an. Wenn ich der Chefermittler wäre, würde ich mich für die Form einer Acht entscheiden und würde jeden meiner Leute im jeweiligen Bereich in einer sich endlos wiederholenden Kreisbahn herumkriechen lassen, würde sie die immer gleichen Beweise, die immer gleichen Abdrücke, Zeichen und Spuren wieder und wieder entdecken, sie jedes Mal wieder von neuem protokollieren lassen.

Muster kommen in kriminaltechnischen Untersuchungen andauernd vor. Die Ermittler müssen Abdrücke von Turnschuhen, Fingern oder Reifen suchen und identifizieren. Bei Reifen gibt es zum Beispiel Rippenmuster, mit paarig gezackten Linien; oder aggressive Rippenmuster – so wie die gerippten, aber mit Spitzen, die von den gezackten Linien abgehen; dann gibt es welche mit Querbalken – sechseckige Blöcke mit umgekehrten V's darin (die Reifen von meinem Fiesta hatten Querbalken); pfeilförmige – ein Ziegelmuster wie die Kanten zweier aneinanderstoßender Wände; Blockmuster – genauso wie das pfeilförmige, aber eher kubistisch – und krummlinige, mit einem verformten Gitternetz aus umeinandergewundenen Kurven. Turnschuhe hinterlassen Hunderte verschiedener Arten von Mustern. Fingerabdrücke sind am kompliziertesten: Die Variationen der Wirbel und Deltakonfigurationen sind unendlich – keine gleicht der anderen.

Und all diese Muster müssen protokolliert werden. Erfasst, wie ich den Fleck unter dem Motorrad an jenem Tag erfasst hatte. Fingerabdrücke erfasst man, indem man Puder darüberstäubt, leicht bläst, um das Puder zu entfernen, das nicht an den winzigen feuchten Erhöhungen hängengeblieben ist, die die Berührung des Fingers hinterlassen hat, dann Klebeband daraufpresst und es wieder abnimmt: Das Muster bleibt daran haften. Schuh- und Reifenabdrücke erfasst man, indem man Gips in die Form gießt, die die Gummivorsprünge in die Erde oder den Schlamm geprägt haben, ihn festwerden lässt und dann herausnimmt: Ein durch eine Aktion entstandener Hohlraum wird in feste Materie verwandelt. Stammen die Abdrücke von nassen Schuhen oder von Reifen auf Beton, muss man sie abzeichnen. Man muss fortgesetzt Skizzen machen, ganz selbstverständlich, muss die Abmessungen von Möbeln festhalten, von Türen, Fenstern usw., und die Entfernungen von Objekten und Körpern zu Ein- und Ausgängen, genau wie ich es gemacht hatte – als ich mich zum ersten Mal an mein Gebäude erinnert hatte, und dann wieder, nachdem die Nachspiele angefangen hatten.

Außerdem muss man ständig fotografieren, so wie Annie es getan hat, als wir mein Gebäude einrichteten. Man muss vier Arten von Fotos machen: Nahaufnahmen von einzelnen Beweisstücken, Halbnahe, um die jeweilige Position miteinander in Beziehung stehender Objekte festzuhalten, Panoramaaufnahmen mit einem Orientierungspunkt darin, um den Tatort zu lokalisieren, und schließlich Aufnahmen aus verschiedenen Blickwinkeln – allerdings scheinen mir die dritte und vierte Variante mehr oder weniger gleich zu sein. Wenn ich mich für Fotos interessieren würde, was ich nicht tue, würde ich auch Luftaufnahmen machen wollen: zunächst von einem Kran, dann von einem kreisenden Luftschiff aus – von so weit oben, dass der Betrachter zwischen den größeren Mustern am Tatort weitere Bilder und Formen ausmachen kann, von denen irgendwelche absonderlichen Archäologen irgendwann behaupten werden, sie seien dort angelegt worden, um den Raumschiffen einer Herrenrasse von Aliens den Weg zur Erde zu weisen.

Jeden Tag rief ich, sobald ich aus der Bibliothek rausgeworfen worden war, Naz an, um zu erfahren, welche Fortschritte er machte. Er hatte sich an diesen Menschen von der Polizei gehängt und ihn mit einer Menge Geld geschmiert, damit er uns eine Kopie des kriminaltechnischen Berichts von dieser einen Schießerei besorgte.

»Wie steht es denn nun damit?«, fragte ich ihn nach einer Woche.

»Wird für Ende nächster Woche erwartet«, sagte Naz.

»Ende nächster Woche! Das ist ja noch eine Ewigkeit. Kann unser Mann uns nicht einen inoffiziellen Vorbericht besorgen?«

»Das ist ein inoffizieller Vorbericht«, sagte Naz. »Er ist noch nicht geschrieben.«

»Wofür zum Teufel bezahle ich eigentlich Steuern?«, fragte ich.

»Oh«, sagte Naz. »Matthew Younger wollte Sie sprechen.«

»Zum Teufel mit ihm«, sagte ich und legte auf.

Am nächsten Tag ging ich wieder in die Bibliothek. Ich hatte alles gelesen, was es über Ermittlungen am Tatort zu lesen gab, also beschäftigte ich mich jetzt mit Waffen. Ich wälzte den Bericht eines gewissen Dr. M. Jauhari, M.Sc., Ph.D., F.A.F.Sc. und Direktor des Zentralen Forschungsinstituts für Rechtsmedizin, Kalkutta. Das war er zumindest 1971, als der Bericht veröffentlicht wurde. Dr. Jauhari erklärt darin, dass eine Schusswaffe wie eine Wärmekraftmaschine funktioniert und die chemische Energie, die im Schießpulver gespeichert ist, in die kinetische Energie der Kugel umwandelt. Anhand von Illustrationen vergleicht er die Funktionsweise einer Schusswaffe mit der Funktionsweise eines Verbrennungsmotors. In Letzterem wird ein Benzin-Luft-Gemisch im Zylinder durch den Kolben verdichtet; dann zündet die Zündkerze die Benzinfüllung und das Gas dehnt sich aus; der Druck, der durch die Ausdehnung des Gases entsteht, führt wiederum zu dem Druck, der den Kolben antreibt. So funktioniert ein Verbrennungsmotor, 1971 jedenfalls funktionierte er so. Eine Schusswaffe, erklärt Dr. Jauhari, funktioniert ähnlich: Die Zündpatrone, das Schießpulver, die Kammer und die Kugel entsprechen der Zündkerze, dem Benzin, dem Zylinder und dem Kolben – nur: Statt zu ihrem Ausgangspunkt zurückzukehren und wieder abgefeuert zu werden, setzt die Kugel ihren Weg fort – hinaus in die Luft. Ein Motor ist wie ein einzelner Schuss, der sich unendlich selbst wiederholt.

Dr. Jauhari war gründlich. Bevor er die verschiedenen Waffentypen beschrieb, skizzierte er ihre Funktionsweise:

Eine Schusswaffe, schrieb er, *stellt ein Instrument dar, vermittels dessen ein Geschoss aus beträchtlicher Entfernung mit beträchtlicher Geschwindigkeit geschleudert werden kann. Ihr Potential, einem menschlichen Wesen, selbst aus großer Distanz abgefeuert, eine tödliche Verletzung zuzufügen, macht sie zur idealen Waffe zu Tötungszwecken. Mitunter findet man sie auch bei Selbsttötungen oder Schießunfällen beteiligt.*

Wenn sie Kriege oder Polizeiserien im Fernsehen sehen, denken die Leute normalerweise nicht über derart grundlegende Fakten nach. Die Leute halten zu vieles für selbstverständlich. Wann immer eine Waffe abgefeuert wird, kommt die ganze Geschichte der Technik ins Spiel. Und auch der Politik: Krieg, Attentat, Revolution, Terror. Waffen sind nicht bloß Requisiten und Hilfsmittel der Geschichte: Sie sind selbst Geschichte, sie lassen verschiedene Zukunftsmöglichkeiten in ihrer Kammer rotieren, schleudern die Gegenwart aus ihrem Rohr, lassen die leeren Hülsen der Vergangenheit beiseite fallen.

Ein anderer Aspekt der Waffe: ihre Schönheit. Als ich die Fotos, Schautafeln und Illustrationen durchblätterte, mit denen Dr. Jauhari die Evolution der Waffen im Wandel der Zeiten und die Unterschiede zwischen Pistolen, Gewehren, Maschinengewehren und Maschinenpistolen darstellte, wurde mir allmählich klar, was für ein schönes Objekt eine Waffe – jede Waffe – ist. Manche sind natürlich schöner als andere, abhängig von der Glätte ihrer Politur, der Krümmung des Griffs, der Dicke des Hahns und einem Dutzend anderer Faktoren. Aber allein dass sie Waffen sind, macht sie wunderschön. Dass Dinge, die so klein sind, so schön aussehen und sich so angenehm anfassen, dass derart passive Dinge eine solche Kraft besitzen können, ist atemberaubend. Dann die Art und Weise, wie sie da am Körper hängen, liebevoll gewiegt wie Babys, und schlafen – bis zu dem Moment, in dem sie sich entladen und die Schönheit auf eine andere Ebene heben. Keine Schönheit ohne Gewalt, ohne Tod.

Unser Maulwurf kam endlich durch. Eines Abends brachte Naz mir den Bericht in meine Wohnung.

»Wenn wir bei der Stadtverwaltung wegen der Nutzungserlaubnis für den Bereich anfragen«, sagte er, als er ihn mir übergab, »müssen wir entscheiden, welche Art von Lizenz wir beantragen wollen. Wir könnten ...«

»Später«, sagte ich, nahm den Bericht und machte die Tür zu.

Er befand sich in einem versiegelten, nicht beschrifteten Umschlag. Als ich ihn öffnete, spürte ich dieses Kribbeln, das sich vom unteren Ende meiner Wirbelsäule aus ausbreitete. Die Seiten waren einzeln, der Text saß schief; er war in Eile kopiert worden. Er war in einer klaren Sprache geschrieben, was mich überraschte. Ich hatte erwartet, dass er nur aus Polizeiterminologie bestehen würde – Leute, die »vorrücken« statt sich zu bewegen, »Täter« statt Menschen und ein »mutmaßlich« vor jedem Substantiv und jeder Aktion. Tatsächlich war er nüchtern und direkt:

Die Mörder, hieß es, *parkten ihr Auto vor dem Lokal Green Man, stiegen aus und eröffneten das Feuer mit Uzi-Maschinenpistolen. Das Opfer stieg auf sein Fahrrad und versuchte wegzufahren, bog aber zu scharf in die Belinda Road ein und stürzte auf die Fahrbahn, als sich das Vorderrad unter ihm verdrehte.*

Ich stellte mir vor, wie sich das Vorderrad verdrehte und er fiel. Er musste da bereits gewusst haben, dass alles aus war. Er kam wieder hoch, sagte der Bericht, und machte noch zwei oder drei Schritte die Belinda Road entlang, während die Mörder weiter auf ihn schossen. Dann ging er das letzte Mal zu Boden. Als der Krankenwagen kam, war er bereits tot.

Es gab seitenweise detaillierte Zeichnungen. Sie skizzierten die Einzelheiten des Areals, wo die Schießerei stattgefunden hatte: die Telefonzelle, die Straße, Bordstein, Poller, sogar eine Pfütze, in die einiges Blut des Opfers geflossen war. Sie zeigten seine jeweilige Position, zuerst, als er in der Telefonzelle stand, dann als er versuchte zu fliehen, dann als er fiel, hochkam, wieder fiel. Sie zeigten die Positionen der Mörder, als sie ihr Auto parkten, auf ihn zugingen und dabei schossen. Die drei Männer waren als Umrisse gezeichnet und hatten Nummern innerhalb der Umrisse, wie in Kindermalbüchern. Pfeile zeigten Bewegung und Richtung an.

Je länger ich auf diese Bilder schaute, desto intensiver wurde das Kribbeln in meinem Oberkörper. Es war in mein Gehirn gewandert, ungefähr so, wie wenn man beim Chinesen zu viel Glutamat isst. Mein ganzer Kopf kribbelte. Die Zeichnungen schienen mehr und mehr Bedeutung zu bekommen. Sie wurden zu Karten, um vergrabene Schätze zu finden, dann zu Anleitungen, um Möbel zusammenzubauen, dann zu militärischen Planskizzen, dann zum Konzept für einen beschwerlichen, sich verzweigenden winterlangen Vormarsch durch Gebirge und Ebenen. Ich driftete ab in diese Ebenen, über die Berge hinweg, trieb neben den Generälen und Fußsoldaten und Köchen und Elefanten dahin. Als ich wieder von den Zeichnungen aufschaute, war Naz da. Er stand mit einem anderen Mann vor meinem Sofa.

»Wann sind Sie hereingekommen?«, fragte ich ihn. »Wer ist das?«

»Dieser Mann ist ein Arzt«, sagte Naz. »Ich war die letzten anderthalb Stunden hier.«

Ich versuchte ihn zu fragen, was er damit meinte, aber es dauerte lange, bis sich die Worte bildeten. Der andere Mann öffnete eine Tasche und nahm einen Stift oder eine Taschenlampe heraus.

»Sie haben hier einfach gesessen«, sagte Naz. »Sie waren vollkommen geistesabwesend. Sie haben mich nicht bemerkt oder gehört. Ich habe mit meiner Hand vor Ihrem Gesicht herumgewedelt und Sie haben nicht mal Ihre Augen bewegt.«

»Wie lange ist das her?«, fragte der Arzt.

»Mir geht es gut«, sagte ich.

»Während der ganzen letzten anderthalb Stunden«, sagte Naz zu ihm. »Bis jetzt, bis Sie hereinkamen.«

»Hat er kürzlich irgendeine Art von Trauma erlebt?«, fragte der Arzt. Er machte seinen Taschenlampenstift an. »Wie heißt er?«

»Mir geht es gut«, sagte ich. »Schicken Sie diesen Mann weg.«

»Halten Sie Ihren Kopf still«, sagte der Arzt.

»Nein«, sagte ich. »Schicken Sie diesen Mann weg, Naz, jetzt. Verlassen Sie meine Räumlichkeiten oder ich lasse Sie verhaften.«

»Ich kann Ihnen nicht helfen, wenn Sie mich nicht helfen lassen«, sagte er.

Ich schaute an seinem Ohr vorbei und glaubte, eine weitere Katze vom Dach fallen zu sehen. Ich sagte zu diesem Mann:

»Ich verlange, dass Sie augenblicklich meine Räumlichkeiten verlassen.«

Er stand eine Weile regungslos da. Naz ebenfalls. Wir drei verharrten einige Momente lang unbeweglich – und währenddessen machte es mir nichts aus, dass der Arzt da war. Ich hätte sogar zugelassen, dass er dablieb, wenn er sich nur zu benehmen gewusst und sich nicht bewegt hätte. Schließlich aber wandte er sich zu Naz und deutete mit den Augen Richtung Tür, ließ seinen Taschenlampenstift zurück in die Tasche gleiten und ging. Naz begleitete ihn nach draußen. Als ich ins Bad ging, um mir das Gesicht zu waschen, hörte ich die beiden Männer murmeln. Ich wusch mich mit kaltem Wasser und trocknete es nicht gleich ab, sondern ließ es tropfen, während ich auf den Riss in der Wand starrte. Ich betrachtete den Riss, als ich den Arzt die Treppe hinuntergehen hörte.

Als ich ins Wohnzimmer zurückkam, war Naz dort und die Wohnungstür war zu. Naz sagte:

»Ich glaube, es wäre gut, wenn Sie …«

»Wie weit sind Sie gekommen?«, fragte ich.

Er hatte die Nachspieler, das Auto und das Fahrrad und nachgebaute Maschinenpistolen. Er hatte mich angerufen, um mir all das mitzuteilen, aber ich hatte nicht abgenommen.

»Wann haben Sie angerufen?«

»Vor ein paar Stunden. Haben Sie das Telefon nicht gehört?«

»Nein«, sagte ich. »Das hier nicht.«

Ich hatte allerdings eine vage Erinnerung an ein Klingeln – aber von dem Telefon, das der Schwarze mit dem Fahrrad benutzt hatte, in der Telefonzelle vor Movement Cars. Seine letzten Worte mussten ihm noch im Ohr geklungen haben, als er die Telefonzelle verließ, und auch der Person, mit der er gesprochen hatte; ihr Gespräch hatte ja gerade erst angefangen zu verwesen. Dann muss er seine Mörder gesehen haben. Kannte er sie? Wenn ja, wusste er vielleicht trotzdem noch nicht, dass sie gekommen waren, um ihn zu töten – bis sie ihre Waffen herausholten. Wann hatte er realisiert, dass es Waffen waren? Vielleicht hatte er sie zuerst für Schirme gehalten oder für Lenkradschlösser oder für Stangen. Dann, als es ihm klar wurde, als sein Gehirn das alles zusammengesetzt und sich einen Fluchtplan ausgedacht und dann wieder geändert hatte, stellte er fest, dass die Physik es nicht zulassen würde, seinen Plan auszuführen: Sie stellte ihm ein Bein. Wieder Materie: Die Welt wurde zu einer Kühlschranktür, zu einem kaputten Feuerzeug, zu zwei Litern blauem Klebzeug. Das war, als er zum ersten Mal getroffen wurde: als er sich überschlug. Die erste Ladung Kugeln traf ihn in den Leib, nicht in den Kopf, sagte der Bericht. Sie ließ ihn noch nicht mal das Bewusstsein verlieren. Er hat wohl gewusst, dass er getroffen war, aber fühlte es nicht wirklich, genauso wenig wie die Schrammen, die er abbekam, als er auf dem Boden auftraf, nachdem er über den Lenker gestürzt war – er hat wohl nur ungefähr verstanden, dass irgendetwas geschehen war, dass sich irgendetwas verändert hatte, dass alles anders war, jetzt.

»... und eine weitere Genehmigung von der dortigen Polizei«, sagte Naz gerade, »was kein großes Problem sein sollte, jetzt, da die Verwaltung grünes Licht gegeben hat; allerdings muss ziemlich rasch festgelegt werden, welchen Status die Veranstaltung hat.«

»Was?«, fragte ich ihn. »Wovon sprechen Sie?«

Naz schaute mich seltsam an und begann dann von vorn:

»Die Verwaltung von Lambeth ist bereit, uns die Genehmigung für die Durchführung des Nachspiels zu geben, aber es herrscht Verwirrung darüber, welche Art von Genehmigung sie uns geben müssen«, sagte er. »Es ist weder eine Demonstration noch ein Straßenfest. Die Aktivität, der es am nächsten kommt, sind Filmaufnahmen.«

»Nein«, sagte ich. »Keine Kameras. Keine Aufnahmen. Sie wissen das.«

»Ja«, sagte Naz, »aber wir sollten es als Filmaufnahmen anmelden. Wir müssen es so definieren, dass es einer bereits bekannten Art von Veranstaltung entspricht, damit sie uns die Genehmigung erteilen können. Filmaufnahmen sind der einfachste Weg. Wir beantragen, den Bereich für eine Filmaufnahme nutzen zu dürfen, aber haben dann eben keine Kameras.«

»Von mir aus«, sagte ich. »Solange wir nicht tatsächlich filmen. Wann können wir's dann machen?«

»Nächste Woche«, sagte Naz.

»Nein, das ist viel zu spät!«, sagte ich.

»Da gibt's nicht viel dran zu ...«

»Es muss früher passieren!«, sagte ich. »Warum können wir es nicht morgen machen?«

»Es kann Tage dauern, bis die Genehmigung amtlich bescheinigt ist«, erklärte er, »selbst mit der Art von Schmiergeld, die wir zahlen.«

»Dann zahlen Sie eben mehr!«, sagte ich. »Es wird nicht bleiben, wenn wir eine ganze Woche warten.«

»Was wird nicht bleiben?«, fragte er.

Ich schaute an seinem Kopf vorbei. Auf dem roten Dach auf der anderen Hofseite konnte ich drei Katzen sehen, was bedeutete, dass die Leute dort die eine ersetzt hatten, die ich hatte fallen sehen. Ich schaute wieder zu Naz.

»Übermorgen spätestens!«, sagte ich. »Allerspätestens!«

Bis zum folgenden Tag bekam er alles hin. Er erhielt die Genehmigung von der Verwaltung und die Genehmigung von der Polizei, organisierte das Nachspielerteam und das Assistententeam, das Catering und Laufburschen und wer weiß was noch alles. Während ich wartete, kam mir in den Sinn, dass alle großen Vorhaben von Logistik abhängen. Nicht von Genie oder Inspiration oder Vorstellungskraft, Geschick oder Gerissenheit, sondern von Logistik. Pyramiden bauen oder die Landung eines Raumschiffs auf dem Jupiter oder die Invasion ganzer Kontinente oder Kirchengewölbe mit göttlichen Szenen ausmalen: Logistik. Ich kam zu der Überzeugung, dass in der Kastenordnung die Leute, die sich mit Logistik beschäftigen, sogar noch höher stehen als die, die Verbindungen herstellen. Ich beschloss, Matthew Younger in die Logistikindustrie investieren zu lassen, falls es so etwas gab.

Während ich wartete, ließ ich Roger auch ein Modell des Areals bauen, in dem die Schießerei stattgefunden hatte: Telefonzelle, Gehsteig, Poller, Straße, Läden und Kneipen. Im Modell gab es kleine Autos, die man bewegen konnte, und ein winziges rotes Fahrrad. Es gab auch kleine menschliche Figuren: die beiden Killer mit ihren Maschinenpistolen, das Opfer. Roger lieferte es mir am Abend vor dem Nachspiel. Ich nahm sein Modell meines Gebäudes vom Couchtisch im Wohnzimmer und stellte das neue Modell dorthin. Ich blieb die ganze Nacht auf und schaute es mir an. Ich platzierte die Figuren entsprechend der Zeichnungen im Polizeibericht. Ich ließ die beiden Killer ihr Auto parken, aussteigen und vorwärtsgehen. Ich ließ den toten Mann aus der Telefonzelle kommen, auf sein Fahrrad steigen, fallen, ein paar Schritte vorwärtsstolpern und zusammenbrechen. Ich schaute mir alle Phasen der Sequenz aus den verschiedensten Blickwinkeln an.

Warum war ich so besessen vom Tod dieses Mannes, den ich gar nicht kannte? Das fragte ich mich immer wieder. Natürlich gab es Gemeinsamkeiten. Er war von etwas getroffen worden, war verletzt worden, niedergeworfen, hatte das Bewusstsein verloren: wie ich. Wir waren beide in eine Zone geraten, wo totale Finsternis, Schweigen, Leere herrschte, ohne Erinnerung, ohne Vorahnung, eine Zone, in die keinerlei Stimuli von außen drangen. Er war dort geblieben, war aufs Ganze gegangen, während ich wieder zurückgesaugt worden war, von unbestimmten Sportplätzen, L-förmigen Krankenhausstationen und Gesprächen über Vergleiche – aber für kurze Zeit hatten wir beide an der gleichen Stelle gestanden: hatten dort gestanden, gelegen, geschwebt, was auch immer. Unbeirrt. Wir hatten auch in einem direkteren Sinne an der gleichen Stelle gestanden: in der Telefonzelle, von der aus ich Marc Daubenay angerufen hatte, am Tag, als der Vergleich durchkam, dieser Kabine, aus deren Miniaturduplikat ich das kleine Modell, das ihn darstellte, wieder und wieder heraustreten ließ. Unsere Wege hatten sich in dem Moment getrennt, da wir sie verließen: Ich war herausgekommen – zweimal, war dann ein drittes Mal an ihr vorbei- und weiter zum Flughafen gegangen, während er herauskam und starb; aber eine kurze Zeit lang hatten wir beide dort gestanden, den Hörer in der Hand gehalten und auf die Worte FLUGHÄFEN BAHNHÖFE L ICHT geschaut.

Meine Faszination jedoch auf diese gemeinsame Erfahrung zu reduzieren, wäre nur die halbe Wahrheit. Tatsächlich war dieser Mann für mich zum Symbol der Vollkommenheit geworden. Es war vielleicht ungeschickt gewesen, vom Fahrrad zu fallen, aber indem er auf dem Asphalt neben den Pollern gestorben war, hatte er das getan, wonach ich suchte: war eins geworden mit seiner Umgebung, war darin versunken, hatte sich in ihr verströmt, bis es keinen Abstand mehr gab zwischen ihm und der Umgebung – und er war auch eins geworden mit seinen Bewegungen, war so sehr eins mit ihnen geworden, dass sie ihm nicht mehr bewusst waren. Er hatte aufgehört, getrennt zu sein, entfernt, unvollkommen. Er hatte den Umweg ausgelassen. Beides, Bewusstsein und Aktion, hatten sich aufgelöst in reinem Stillstand. Die Stelle, an der dies geschehen war, war der Nullpunkt der Vollkommenheit – aller Vollkommenheit: die, die er erreicht hatte, die, die ich erreichen will, die, die jeder erreichen will, ohne sich allerdings des Wollens bewusst zu sein, und jedenfalls ohne im Besitz von achteinhalb Millionen Pfund zu sein, die einem helfen könnten, sie zu erreichen, falls man sich dessen bewusst wäre. Es war heiliger, geweihter Boden – und jeder, der ihn in Besitz nahm, so wie er ihn besessen hatte, würde ebenfalls geweiht sein. Und deswegen musste ich seinen Tod nachspielen: natürlich für mich, aber auch für die ganze Welt. Keiner, der das versteht, könnte mir vorwerfen, ich sei nicht großzügig.

In den stillsten Stunden der Nacht, so gegen drei oder vier Uhr, dachte ich darüber nach, wohin die Seele des Schwarzen verschwand, als sie seinen Körper verließ. Seine Gedanken, Eindrücke, Erinnerungen, was auch immer: das Hintergrundgeräusch, das wir alle in unseren Köpfen haben und das verhindert, dass wir vergessen, dass wir lebendig sind. Irgendwohin musste sie: Sie konnte nicht einfach verdunsten – sie musste sich auf irgendeine Oberfläche ergießen, rinnen, tröpfeln, musste sie irgendwie beschmutzen. Alles muss irgendeine Spur hinterlassen. Ich strich über die dünnen Pappoberflächen von Rogers Modell. Sie waren so weiß, so leer. Ich beschloss, eine Spur auf ihnen zu hinterlassen und ging in die Küche, um etwas zu suchen, womit ich die weiße Pappe beschmutzen konnte.

Im Schrank über der Küchenzeile, an der ich das Ausweichen trainiert hatte, fand ich Essig, Worcestersoße und blauen Pfefferminzextrakt. Ich nahm ein leeres Blatt Papier und experimentierte mit allen dreien. Worcestersoße machte die weitaus besten Flecken. Ich fand eine halbausgetrunkene Flasche Wein und probierte auch das aus. Die Konsistenz war dünner, aber die Farbe war großartig. Es sah aus wie Blut.

»Blut!«, sagte ich laut zu meiner leeren Wohnung. »Ich hätte von Anfang an Blut nehmen sollen.«

Ich nahm ein kleines Messer aus einer Schublade, stach mir mit der Spitze in den Finger und drückte das Fleisch und die Haut zusammen, bis sich ein Kügelchen Blut bildete. Ich hielt meinen Finger hoch, um das Kügelchen nicht zu verlieren, ging zurück ins Wohnzimmer und presste es auf die Pappe, hinterließ meinen Abdruck in Blut mitten auf der Straße. Dann lehnte ich mich zurück und betrachtete es bis zum Morgengrauen.

Es war ein gigantischer Abdruck, er überspannte die Gehwege zu beiden Seiten, seine Umrisslinie wirbelte um Poller, Autos und Ladenfronten, lief um die Telefonzelle herum zurück, versammelte die Killer und ihr Opfer in einem einzigen großen, wellenförmigen Schwung. Sie waren natürlich zu klein, um das zu realisieren oder überhaupt wissen zu können, dass er vorhanden war. Nein: Lesbar war er nur von oben, ein Landeplatz für erhabenere, erleuchtete Wesen.

12

Die wirklichen Oberflächen waren, als ich sie später an diesem Tag sah, fantastisch. Waren die Diagramme wie abstrakte Gemälde gewesen, so war die Straße wie ein prachtvoller alter Meister – einer dieser Niederländer mit dicken, welligen Schichten von Ölfarbe. Der Asphalt war alt, rissig, aufgeplatzt. Und erst die Markierungen! Sie waren verblasst und abgenutzt, waren durch den Lauf der Zeit und die Sonneneinstrahlung zu einem nur noch schwachen Echo der Anweisungen geworden, die sie einst so forsch verkündet hatten. Die Straße war gewölbt, wie die meisten Straßen. Es hatte vor kurzem geregnet; in der Mitte war die Straße schon wieder getrocknet, aber darüber verliefen nasse Reifenspuren. Am Rand war sie immer noch nass. An ihrem Saum, dort, wo sie auf den Bordstein trifft, waren Wasser und Schmutz kunstvoll zu matschigen, pockennarbigen Erhöhungen vermischt. An manchen Stellen verliefen sich diese in Pfützen, in deren Zentren große Matschwolken schwebten und deren Einfassungen erst rostfarben wurden, dann klar, so als ob der Künstler sie zum Pinselsäubern benutzt hätte.

Kaugummi, Zigarettenkippen und Flaschenverschlüsse waren willkürlich über das Gebiet verteilt und sanken ein in seine äußere Membran, wurden eins mit Asphalt, Stein, Dreck, Wasser, Matsch. Wenn man zehn Quadratzentimeter davon hätte ausschneiden sollen, wie man es bei Erdkunde-Exkursionen mit einer Wiese macht – zehn mal zehn Zentimeter, und noch zehn Zentimeter in die Tiefe –, dann hätte man so viel zu analysieren, so viele Schichten, schlicht so viel *Materie*, dass sich die Untersuchung immer weiter verzweigen würde, ins Unendliche, bis man schließlich verzweifelt die Hände über dem Kopf zusammenschlagen und der Instanz, welcher auch immer man zu berichten hätte, verkünden müsste: *Es gibt hier zu viel, zu viel zu verarbeiten, schlicht und einfach viel zu viel.*

Ich erreichte die für das Nachspiel vorgesehene Zone aus südlicher Richtung. Polizeiabsperrband war über die Straße gespannt, wo die

Shakespeare Road auf die Coldharbour Lane trifft, unter einer Brücke, die die Straße senkrecht zu der Brücke überquert, an der ich am Tag der tatsächlichen Schießerei angehalten worden war. Ein Polizist war dort postiert, um den Verkehr umzuleiten. Ich zeigte ihm den Passierschein, den mir Naz vor einer Stunde per Fahrradkurier geschickt hatte; er ließ mich durch. Naz kam herüber, um mich zu begrüßen, aber ich blieb bei dem Polizisten stehen und fragte ihn:

»Waren Sie hier bei der Schießerei?«

»Nein«, sagte er.

»Ich meine, nicht *hier* hier, aber vielleicht auf der anderen Seite der Sperrzone?«

»Ich war an dem Tag nicht da«, sagte er.

Ich starrte ihn noch ein paar Sekunden durchdringend an und ging dann mit Naz weiter.

»Gut geschlafen?«, fragte Naz.

Ich hatte überhaupt nicht geschlafen. Meine Müdigkeit ließ die scheckigen Muster aus nassen und trockenen Stellen auf dem Straßenbelag noch stärker hervorstechen. Die Luft war klar, aber nicht klar-blau: Die Sonne schien hinter einer dünnen Schicht weißer Wolken. Ihr Licht warf Schatten, wurde reflektiert: von den Pollern und der Telefonzelle und den Oberflächen der Pfützen.

»Was soll's«, sagte ich. »Wie viel Zeit haben wir?«

»Bis sechs Uhr heute Abend«, sagte er.

»Lassen Sie es verlängern«, sagte ich.

»Sie geben uns nicht mehr Zeit«, sagte er.

»Dann zahlen Sie«, sagte ich. »Bieten Sie das Doppelte von dem, was wir bis jetzt bezahlt haben, und wenn Sie ablehnen, verdoppeln Sie nochmal. Gehört uns der ganze Bereich innerhalb des Absperrbands?«

»Ja«, sagte Naz.

Der abgesperrte Bereich verlief zwischen der Brücke und der Ampel, an der ich am ersten Tag angehalten worden war – aber davon war nur etwa ein Drittel tatsächliche Nachspielzone. Die beiden übrigen Drittel wurden von Equipment und Hintergrundpersonal beansprucht: Autos und Kisten, Tische, ein großer Transporter, an dessen rückwärtigen Türen zwei Frauen Kaffee ausgaben. Die Fahrzeuge waren alle ungewöhnlich geparkt: nicht seitlich am Bordstein, sondern planlos über die Straße verteilt, gegen alle Regeln.

»Normalerweise sieht man sowas, wenn es einen Unfall gab«, sagte ich zu Naz.

»Bitte?«, sagte er.

»Oder ein Volksfest«, sagte ich. »Wenn es auf einer Wiese ist.«

Er schaute mich eine Weile prüfend an. Dann hellte sich seine Miene auf und er sagte:

»Oh ja, ich verstehe. Ich mag Volksfeste.«

»Ich auch«, sagte ich.

Wir lächelten uns zu, dann ließ ich meinen Blick über unser Areal schweifen. Einer von Franks Leuten, den ich vom Gebäude her kannte, hob Maschinenpistolen-Repliken aus einer Kiste und trug sie zusammen mit einem anderen Mann zu dem Transporter, an dem die beiden Frauen Kaffee ausschenkten. Ein weiterer Mann stieg gerade aus einem mattroten BMW, den er bei der Ampel mitten auf der Straße geparkt hatte. Ein anderer, ziemlich kleiner Mann, den ich noch nie gesehen hatte, stand dicht hinter ihm und beobachtete das Treiben. Ich schaute wieder auf den Boden. Er bestand nicht nur aus Schichten und Rissen, sondern hatte auch Anschlüsse in die Tiefe: Verstreut gab es Löcher und Abflussöffnungen, die beim Bau der Straße strategisch angelegt worden waren. Dort war ein kleiner Deckel in den Asphalt eingelassen, auf dem »Wasser« stand, und ein anderer, fast identischer, auf dem es »London Transport« hieß. Auf einem größeren, runderen, der auf einem Hydranten saß, standen zwei Zeichenfolgen, *EM124* und *B125*; auf einem anderen war nur ein *C*. All diese Öffnungen zu Röhren und Leitungen, Abflüssen und Einspeisstellen; Verbindungen – Rückkoppelungen nach wer weiß wohin. Ich begriff, dass eine Menge Arbeit vor uns lag.

»Wo sind die Nachspieler?«, fragte ich.

»Da drüben«, sagte Naz.

Er deutete auf den Transporter. Zwei Schwarze standen dort herum und tranken Kaffee. Es waren die, auf die ich Naz damals im Soho-Theater aufmerksam gemacht hatte. Ein dritter, den ich noch nie gesehen hatte, fuhr mit einem roten Rennrad kleine Kreise und versuchte, mit den Füßen dabei nicht den Boden zu berühren.

»Ist das das Opfer?«, fragte ich.

»Ja«, antwortete Naz.

»Er kann gehen«, sagte ich. »Ich werde seinen Part übernehmen. Schicken Sie die beiden anderen zu mir. Und, Naz?«

»Ja?«

»Die ganzen Leute, die das hier organisiert haben, sollen eine Zulage bekommen.«

»Welche meinen Sie?«, fragte er.

»Die Leute, die mit Ihnen zusammengearbeitet haben, um das alles zu koordinieren. Nicht die, die jetzt hier tatsächlich was machen, sondern die, die dafür sorgen, dass sich für die anderen alles zusammenfügt. Verstehen Sie?«

»Ja«, sagte Naz. »Aber Sie bezahlen sie schon sehr großzügig.«

»Dann bezahlen Sie sie eben noch großzügiger«, sagte ich.

Während ich das sagte, drückte ich meinen Daumen gegen meinen Finger, genau an der Stelle, wo ich vor ein paar Stunden das Messer hineingestochen hatte. Geld war wie Blut, dachte ich. Ich hatte mich gerade mal gepikst; ich hatte noch viel mehr davon.

Naz ging zu den drei Schwarzen beim Transporter. Ich sah, wie er den Mann, der die Kreise mit dem Fahrrad gedreht hatte, beiseite nahm und mit ihm redete. Der Mann stieg ab, sagte noch etwas zu Naz, ging dann zurück zum Transporter, griff hinein, holte eine Tasche heraus und ging weg, Richtung Absperrband. Die anderen beiden schlenderten zu mir herüber. Ich wies sie ein.

»Was ihr machen sollt, ist Folgendes«, sagte ich, »ihr fahrt mit diesem BMW von dort hinten, bei der Ampel, genau bis hierher, bis zum Green Man.«

»Ihr Mann hat uns das schon erklärt«, sagte der eine. Er hatte einen Londoner Akzent und ein freundliches Gesicht mit Dauerlächeln.

»Ja«, sagte ich zu ihm, »aber ihr müsst genau hier parken, verstanden? Genau hier. Die Motorhaube, das vordere Ende, die Nase, muss genau hier sein, nicht weiter vorne als das Ende des zweiten Fensters vom Green Man. Ihr parkt hier, dann steigt ihr aus, nehmt die Waffen mit, geht über die Straße und schießt auf mich.«

»Auf Sie?«, fragte mich derselbe Mann.

»Ja«, sagte ich. »Ich werde die Rolle des Opfers nachspielen. Ihr müsst ziemlich langsam über die Straße gehen, wie zufällig, und dabei auf mich schießen. Aber ihr dürft nicht schießen bis – hier, kommt mit.«

Ich ging mit ihnen zur Telefonzelle.

»Hier gehe ich los«, fuhr ich fort. »Wenn ihr parkt, werde ich die Telefonzelle gerade verlassen haben. Oder sie gerade verlassen. Ich steige aufs Fahrrad und fahre los, in diese Richtung, nach da hinten. Das ist der Moment, wo ihr anfangt zu schießen: wenn ich hier vorbeikomme, wo Movement Cars anfängt.«

»Wo sollen wir stehen?«, fragte wieder der Mann.

»Da«, sagte ich. Ich ging mit ihnen über die Straße zu einer Stelle genau in der Mitte, wo sich die Risse in ein zellartiges Muster aus sich wiederholenden Sechsecken verästelten. »Geht vom Auto bis hierher. Aber nicht weiter als bis hier. Ihr könnt weiter schießen, aber geht nicht weiter, wenn ihr diese Stelle erreicht habt. Ich werde versuchen, in diese Straße dort abzubiegen, in die Belinda Road, und der Lenker wird sich unter mir verdrehen, und ich stürze, komme dann wieder hoch, und ihr schießt wieder und ich falle wieder hin. Ihr steht hier, während ich das mache. Bleibt eine Weile hier stehen, dann geht zurück zum Auto. Ja, so macht ihr das. Macht es genau so.«

Jetzt sprach der andere Mann. Anders als sein Freund hatte er einen starken karibischen Akzent:

»Sie sind der Boss«, sagte er.

Ich gab Naz ein Zeichen, der gerade noch telefoniert hatte. Er kam zu uns.

»Sind Sie startklar?«, fragte er.

»Ja«, sagte ich. »Gibt's was Neues wegen der Zeit?«

»Ich arbeite dran«, sagte er.

Er rief Frank und Annie herüber. Sie hatten Franks Mitarbeiter im Schlepptau, außerdem den, den ich vor ein paar Minuten gesehen hatte, wie er mit den Maschinenpistolen herumhantierte. Sie trugen jeder eine Pistole.

»Sid«, stellte Frank vor. »Er ist unser Mann für Spezialeffekte. Ich habe schon bei mehreren Filmen mit ihm zusammengearbeitet. Er wird unseren Freunden hier zeigen, wie die Pistolen funktionieren. Wenn Sie möchten, können Sie schon auf Ihre Position gehen.«

»Okay«, sagte ich – blieb aber stehen, um zuzuschauen, wie dieser Sid die Funktionsweise der Waffen erklärte.

»Im Grunde«, sagte Sid, »sind sie wie echte 10-Millimeter-Uzis, nur ohne Patronenlager. Die knallen ganz ordentlich. Ihr habt zwei Magazine«, fuhr er fort und zeigte dabei auf zwei Metallklötze, die Franks Kollege in der Hand hatte, »die hier unten angeklemmt werden. Probiert es aus.«

Er reichte den beiden Schwarzen die Pistolen. Franks Kollege gab ihnen die Magazine. Sie stellten sich ungeschickt an. Keiner der beiden schaffte es, das Magazin richtig einrasten zu lassen. Sid zeigte ihnen, wie sie den Kolben der Uzi knapp unterhalb der Rippen gegen ihren Bauch pressen, das Magazin mit der linken Hand von unten hochführen und nach dem Schlitz und der Arretierung tasten sollten. Sie versuchten es ein paarmal und nickten zufrieden, als sie es richtig hinbekamen. Ich beneidete sie. Ich überlegte, es selbst auszuprobieren, aber ich wollte mich nicht zu sehr gehen lassen. Außerdem nahmen die Dinge bereits ihren Lauf. Der Kaffee-Transporter wurde umgeparkt und der Bereich, in dem das Nachspiel stattfinden sollte, freigemacht. Die beiden Schwarzen wurden zum BMW begleitet und bekamen den Autoschlüssel. Das Fahrrad wurde zu mir gebracht. Ich nahm es, schob es zur Telefonzelle, lehnte es ans Geländer daneben, öffnete die Tür der Telefonzelle und trat ein.

Die Straßengeräusche verstummten und ich war wieder in einem Kokon – derselbe Kokon, in dem ich mich befunden hatte, als ich an dem Tag, als der Vergleich durchgekommen war, die Telefonkabel aus der Wand gerissen hatte. In der Kabine gab es eine kleine Ablage. Vielleicht hatte der Schwarze, dessen letzte Minuten ich nachspielte, sein Adressbuch auf diese Ablage gelegt, als er seinen letzten Anruf machte. War das Adressbuch schäbig, dick und vollgestopft gewesen? Gelb? Ich stellte es mir gelb vor, zerfleddert, aber nicht dick. Dann wieder war es blau und dünn, wie die Vokabelhefte, die man in der Schule bekommt.

Auf dem Fenster über der Ablage klebte, als schablonenhafte Silhouette, die Figur eines Kuriers, der in ein Horn blies. Dahinter war die vergitterte Fassade von Movement Cars zu sehen, mit den auf die Fensterscheibe gemalten Worten FLUGHÄFEN BAHNHÖFE L ICHT UMZÜGE NAH UND FERN. Die Buchstaben waren weiß mit blauen Umrisslinien, die sich bei jedem Buchstaben nach rechts ausdehnten, als würden sie Schatten werfen. Was bedeutete *Licht*? Ich nahm den Hörer ab. Ich rief niemanden an und steckte auch kein Geld in den Schlitz: Ich stand einfach nur da, mit dem Hörer in der Hand. Mein aus der Wand gerissener Telefonanschluss hatte damals auf dem Boden gelegen und ekelhaft ausgesehen, wie etwas, das aus etwas anderem herausgekommen war.

In der Telefonzelle war es still. Kein Verkehr rauschte vorbei. Die Fahrzeuge meiner Leute, über die Straße verteilt, bildeten eine Schutzwand zwischen der Nachspielzone und der Außenwelt. Vor und zwischen den Fahrzeugen standen regungslos die Leute – alles meine, eine Menge Leute – und schauten in meine Richtung, zur Telefonzelle. Dann hörte ich den BMW starten: das Geräusch einer Zündkerze, die eine Ladung komprimierten Benzins zündet und sich ausdehnenden Gases, das einen Kolben abschießt, wieder und wieder und wieder – langsam zuerst, dann schneller, dann nach einigen Sekunden so schnell, dass sich die einzelnen Schüsse in ihrer unendlichen Selbstrepetition zu einem Brummen vermischten, ohne Ursprung, ohne Ende. Es hatte begonnen.

Aus dem Augenwinkel sah ich den BMW auf der anderen Straßenseite an der Telefonzelle vorbeifahren, und sah ihn dann erneut, als Spiegelung im Metall der Telefonzellenwand. Ich hängte den Hörer wieder auf die Gabel und öffnete die Tür der Telefonzelle. Ich trat hinaus, drehte mein Fahrrad herum und schwang mein rechtes Bein über die Stange. Die beiden Männer hatten das Auto an der Stelle geparkt, die ich ihnen gezeigt hatte, und stiegen gerade aus. Sie hatten genau richtig geparkt, exakt dort, wo ich es ihnen gesagt hatte. Es war sehr gut. In meiner Wirbelsäule fing es wieder an zu kribbeln.

Ich stieß mich mit dem Fuß vom Gehsteig ab und ließ das Fahrrad vorwärts rollen, der Lenker eierte. Als das Vorderrad einen auf dem Boden liegenden Plastikbecher passierte, sah ich hoch und nach links zu den beiden Männern. Sie hatten ihre Maschinenpistolen hervorgeholt und zielten auf mich. Der Mann mit dem karibischen Akzent eröffnete das Feuer. Seine Pistole machte einen höllischen Krach. Der andere Mann eröffnete ebenfalls das Feuer, keine halbe Sekunde nach dem ersten. Der Lärm der beiden Pistolen zusammen war ziemlich ohrenbetäubend. Der freundliche Mann mit dem Londoner Akzent zog beim Schießen eine Grimasse. Das Gesicht des anderen Mannes war ausdruckslos, gleichgültig, das Gesicht eines Mörders.

Das Kribbeln wurde intensiver, als ich mein Hinterteil vom Fahrradsattel hob und wie wild in die Pedale zu treten begann, vorbei an den vergitterten Fenstern von Movement Cars und über den abgeflachten Bordstein in die Belinda Road. Die beiden Männer kamen über die Coldharbour Lane weiter auf mich zu und feuerten ununterbrochen. Genau vor der Pinselsäuberungspfütze an der Ecke der Belinda Road drehte ich das Rad scharf nach rechts und wurde über den Lenker geschleudert. Als ich fiel, stürzte mir ein Chaos von Bildern entgegen: eine Ecke der namenlosen schwarzen Bar, ein Streifen Gold, ein Stückchen Himmel, ein Laternenpfahl, Asphalt und die bunten Muster, die auf der Oberfläche der Pfütze schwammen. Als ich nicht mehr fiel, sondern still dalag, nahmen die Muster die Form griechischer oder russischer Buchstaben an. Ich schaute von der Pfütze weg zu den Männern:

Sie hatten zu schießen aufgehört und standen regungslos, genau dort, wo sie stehen sollten, bei den Sechseck-Zellmustern auf der Straße. Alles war gut.

Die Männer warteten darauf, dass ich wieder auf die Füße kam. Ich stemmte mich mit den Händen hoch und bemerkte, dass sie gefühllos waren. Das war gut – sehr, sehr gut. Ich stand auf und spürte, wie mir das Kribbeln in den Kopf schoss. Die beiden Männer feuerten wieder. Ich drehte mich weg, fiel auf die Knie und ließ dann meinen Oberkörper zurück auf den Boden sinken, bis mein Gesicht auf dem Asphalt lag. Ich blieb einige Sekunden so, ganz regungslos. Dann rollte ich mich auf den Rücken und stand wieder auf. Die beiden Männer gingen zurück und wollten ins Auto steigen.

»Moment!«, schrie ich ihnen nach.

Sie hielten inne.

»Moment!«, schrie ich noch einmal. »Ihr sollt nicht wegfahren. Ihr sollt noch nicht mal zum Auto zurückgehen. Wenn ihr zum letzten Mal auf mich geschossen habt, dreht ihr mir einfach den Rücken zu und bleibt stehen.«

»Was sollen wir machen, wenn wir stehen geblieben sind?«, fragte der Mann mit dem Londoner Akzent.

»Nichts«, sagte ich zu ihm. »Einfach stehen bleiben, mit dem Rücken zu mir. Die Szene ist damit zu Ende, aber bleibt noch eine Weile in dieser Position. Okay?«

Er nickte. Ich schaute zu seinem Freund. Der nickte ebenfalls, langsam.

»Gut«, sagte ich. »Lasst es uns nochmal machen.«

Wir nahmen unsere Positionen wieder ein. Zurück in der Telefonzelle, schaute ich aus dem Fenster. Bei der Ampel, neben dem kleinen Mann, den ich bereits erwähnt habe, wendete gerade der BMW. Etwas über die Hälfte der Mannschaft hatte dieses Ende der Zone gewählt, um zuzuschauen; etwa acht oder noch mehr waren an dem Ende versammelt, von wo ich gekommen war, unter der Brücke. Das Glas der Telefonzelle war klar, nicht wellig wie die Fenster in meinem Gebäude.

Trotzdem schaute ich instinktiv hinüber zum Dach des Gebäudes auf der anderen Straßenseite, suchte es nach Katzen ab, bemerkte dann meinen Fehler und drehte mich zur anderen Seite.

Jetzt, wo ich es genauer betrachtete, sah ich, dass das Gitter vor der Fassade von Movement Cars aus vier Gitterfeldern bestand, die jeweils aus drei Abschnitten kreuz- und quer verlaufender Metallreihen gebildet wurden. Es sah aus wie Millimeterpapier, mit großen viereckigen Flächen, in denen sich kleinere befanden, die jedes Zeichen oder Objekt, das hinter ihnen war, einrahmten, positionierten und in Beziehung setzten – ein perfektes kriminaltechnisches Raster. Die meisten Vierecke des Gitters waren leer. Hinter dem links unten aber, das dem Gehsteig an der Ecke der Belinda Road am nächsten war, steckten zwei Blumensträuße. Sie hingen falsch herum und waren in Plastik eingewickelt. Zwei Gittersäulen darüber befanden sich die aufgemalten Worte: MOVEMENT CARS FLUGHÄFEN BAHNHÖFE L ICHT UMZÜGE NAH UND FERN. Sie liefen über die Gesamtfläche der drei größeren Vierecke dieser Säule; das N und das T von MOVEMENT befanden sich hinter der nächsten Säule, rechts davon. Es sollte LEICHTE UMZÜGE heißen – die beiden E's fehlten: Das wusste ich bereits, hatte aber vergessen, dass ich es wusste.

Der mattrote BMW kam wieder an der Telefonzelle vorbei. Wieder sah ich ihn zweimal: einmal im Augenwinkel und einmal als Spiegelung im Metall der Telefonzellenwand – nur wirkte er diesmal flacher und länglicher. Als der Fahrer den Motor ausmachte, konnte ich etwa eine halbe Sekunde lang die einzelnen Schüsse der Kolben ausmachen, die sich verlangsamten und abstarben. Ich öffnete die Tür der Telefonzelle, trat hinaus und stieg auf mein Fahrrad. Wieder setzte das Kribbeln ein, sobald ich an dem weißen Plastikbecher vorbeikam. Wieder nahmen die beiden Männer ihre Pistolen raus und ich trat wie wild in die Pedale. An der Stelle, wo der Gehsteig zur Straße hin abfiel, spürte ich diesmal den Höhenverlust, ungefähr so wie beim Sinkflug in einem Flugzeug. Dasselbe Bilderchaos stürzte auf mich ein, als ich über den Lenker geschleudert wurde: ein Teil der namenlosen schwarzen Bar, ein

Streifen Gold, ein Stückchen Himmel, ein Laternenpfahl, Asphalt und die Pfütze, auf deren Oberfläche griechische oder römische Buchstaben schwammen. Ich kam hoch, ließ sie ein zweites Mal auf mich schießen, ging wieder zu Boden und blieb mit dem Gesicht auf dem Asphalt liegen. Ich schaute auf das Fahrgestell eines geparkten Transporters, auf die gemusterte Kennzeichnung auf einer der Radkappen.

Ich blieb länger dort liegen als das letzte Mal. Hinter mir waren keine Geräusche, keine Schritte zu hören: Die beiden Killer hatten daran gedacht, was ich ihnen gesagt hatte und standen ganz still da. Ich lag sehr lange dort auf dem Asphalt, spürte das Kribbeln, betrachtete die Radkappe.

Dann stand ich auf und wir wiederholten die Szene, noch einmal, dann noch einmal, und noch einmal.

Als wir die Schießerei zum fünften Mal durchspielten, war ich zufrieden damit, wie wir alles hinbekommen hatten: die Bewegungsabläufe, die Positionen. Jetzt konnten wir an dem arbeiten, was unter ihrer Oberfläche lag – an ihrem Inneren, den innersten Details.

»Wir machen es jetzt mit halber Geschwindigkeit«, sagte ich.

Der Schwarze mit dem Londoner Akzent runzelte die Stirn.

»Sie meinen, wir sollen langsamer fahren?«, fragte er.

»Fahren, laufen, alles«, sagte ich.

Einer von Naz' Leuten kam mit einem Klemmbrett in der Hand auf uns zu. Ich winkte ab und fuhr fort:

»Alles. Dasselbe wie eben, aber mit halber Geschwindigkeit.«

»Wie bei einer Wiederholung im Fernsehen?«, fragte er.

»Na ja«, sagte ich, »so ungefähr. Nur dass ihr eure Bewegungen nicht in Zeitlupe macht. Macht sie normal, aber mit der Hälfte des normalen Tempos. Oder in normalem Tempo, aber nehmt euch doppelt so viel Zeit dafür.«

Sie standen beide für ein paar Sekunden da und versuchten zu begreifen, was ich gesagt hatte. Dann nickte der größere Mann, der mit dem karibischen Akzent. Ich sah, wie sich seine Lippen zu einem Lächeln verzogen.

»Sie sind der Boss«, sagte er wieder.

Wir nahmen unsere Positionen ein. In der Telefonzelle untersuchte ich diesmal alle Oberflächen, die sie zu bieten hatte. Mein Mann, das Opfer, mochte all das ebenfalls wahrgenommen haben – aber dann hatte sein Gehirn das meiste davon wieder gestrichen, als banal und bedeutungslos verworfen. Ein Fehler: Wenn er seiner Umgebung mehr Aufmerksamkeit gewidmet hätte, hätte ihn vielleicht irgendeine Assoziation vor dem, was sich da zusammenbraute, gewarnt, hätte ihm vielleicht sogar das Leben gerettet. Er musste irgendeinen Fehler gemacht haben; vielleicht hatte er jemanden verärgert, hatte gegen irgendeinen Unterweltkodex verstoßen. Wenn er also die Metallwand der Telefonzelle näher betrachtet und die Tatsache begriffen hätte, dass der mattrote BMW langsam vorbeifuhr, zu langsam vielleicht, und das in Verbindung gebracht hätte mit dem letzten Mal, da er dieses Auto oder eine Reflexion davon gesehen hatte, wer damals dabei gewesen war … wer weiß? Die schablonenhafte Figur am Fenster, der Bote, wusste, dass etwas in der Luft lag und versuchte, es mithilfe seines Horns zu verkünden – eine Warnung hinauszuposaunen; seine freie Hand, diejenige, die nicht das Instrument hielt, war erschrocken in die Höhe gereckt. Und dann die Stille, wie die Stille, die im Wald herrscht, wenn ein Raubtier auf Beute aus ist und sich alle anderen Kreaturen verstecken, außer seiner Beute, die zu beschäftigt ist mit ihren eigenen Angelegenheiten, mit dem Erschnüffeln von Wurzeln oder mit Grasfressen oder mit Tagträumen, zu beschäftigt, um die doch so offenkundigen Zeichen zu lesen …

Ich stand da, den Hörer in der Hand. Der digitale Displaystreifen sagte *Münzen einwerfen*. Draußen, hinter dem Gitter, versprachen die Fenster von Movement Cars weit offene Räume, die sich in noch weitere Fernen öffneten – FLUGHÄFEN, BAHNHÖFE und UMZÜGE, L ICHT. Eine leere grüne Bierflasche stand direkt unter den in Plastik eingewickelten, kopfüber hängenden Blumen; sie schien sich als Vase darzubieten, wenn es den Blumen bloß möglich gewesen wäre, ihre Position im Gitter zu verlassen, herunterzukommen und sich wieder richtig herum zu drehen. Der Gehsteig schien, als ich ihn diesmal betrat, sogar noch üppiger gemustert als zuvor. Die fleckigen Gehwegplatten verliefen an der Telefonzelle und an Movement Cars vorbei bis etwa einen Meter vor der Belinda Road, gingen dann in ein kurzes Stück rotes Stakkatopflaster über, bevor sie, wo der Gehsteig zur Straße hin abfällt, zu gegossenem Zement verschmolzen. Wie eine Flickendecke, eine handgenähte, gemusterte Flickendecke, ausgebreitet für diesen Mann, damit er darauf seine letzten Schritte machen, darauf sterben konnte: ein gestepptes Totenbett. Mir schien, als müsste die Welt, oder der Zufall, oder vielleicht der Tod selbst, falls man von so etwas sprechen kann, diesen Mann irgendwie geliebt haben, da ihm ein so reich strukturiertes Gewebe bereitet wurde, um ihn aufzunehmen und einzuhüllen.

Die Killer hatten geparkt und verließen gerade ihr Auto. Hinter ihnen erhob sich das Fenster vom Green Man, ungerührt. Als mein Mann, der tote Mann, die zwei Männer mit ihren Waffen auf sich zukommen sah, wurde aus der ersten Befürchtung, dass Böses in der Luft lag – was sich letztendlich aus der Anordnung der Körper und Objekte, aus der Grimasse auf dem Gesicht des einen Mannes und dem kalten, neutralen Ausdruck auf dem des anderen ergeben hatte – die Gewissheit, dass sie gekommen waren, um ihn zu töten: In diesem Augenblick, in diesem Bruchteil eines Augenblicks, musste er seine Umgebung nach einem Ausweg abgesucht haben, nach einem Versteck. Er musste sich den Raum hinter den Fenstern vorgestellt haben, einen Raum, den er schon einmal gesehen hatte: das Innere des Pubs, die Barhocker und den Billardtisch, die Toiletten dahinter, mit Fenstern zum Hof. In Gedanken musste er diesen Raum gebeten haben, ihn aufzunehmen, ihm Schutz zu gewähren – und dann aber gesagt bekommen haben: *Nein, du wirst ihn nicht erreichen, ohne erschossen zu werden; es ist einfach nicht möglich.* In Gedanken musste er dieselbe Frage den Fenstern von Movement Cars gestellt und zur Antwort bekommen haben: *Nein, da ist ein Gitter, und selbst wenn dort keins wäre, könntest du nicht durch das Glas.* In Gedanken hatte er vielleicht sogar auf die in die Straßendecke eingelassenen Öffnungen geschaut: den Kanaldeckel und die Verbindung zum Londoner Untergrund und die mit den Buchstabenserien und sogar die mit nur dem *C* – und zur Antwort bekommen: *Nein, du kannst hier nicht rein; du musst dir einen anderen Fluchtweg suchen.*

Die beiden Männer hatten wieder ihre Pistolen hervorgeholt und nahmen sie gerade hoch, um auf mich zu zielen. Ich schwang mein rechtes Bein über den Sattel des Fahrrads, schaute zu ihnen und suchte die Umgebung ab. Es gab nur einen Ausweg: den Streifen Gehsteig auf der anderen Seite der Belinda Road. Er führte an der namenlosen schwarzen Bar vorbei zur Brücke und dann fort von hier, die Coldharbour Lane entlang. Von der Straße durch eine Reihe Poller getrennt, wirkte er wie eine Schleuse, eine Rampe, eine Rinne – etwas, das sich zu einem anderen Ort hin öffnet, einem Ort, an dem es keine Männer gab, die mit Waffen auf mich zielten. Darum hatte mein Mann diese Richtung gewählt. Als er das leicht abfallende Stück in die Belinda Road erreicht hatte, das Stück, das an der Pfütze vorbeiführte, in die bald sein Blut strömen würde, war ihm klar geworden, dass er es niemals schaffen würde, hierherum wegzukommen. Deswegen änderte er die Richtung. Diesmal fiel ich gelassen über den Lenker, ruhig, nahm mir Zeit, die mittlerweile vertraut gewordenen Momentaufnahmen der Landschaft, die sich mir darboten, willkommen zu heißen.

Der Himmel war vollkommen undurchdringlich geworden bei dieser Runde, die Wolken liefen zu einem ungebündelten weißen Kontinuum zusammen. Die Außenwand der schwarzen Bar war verziert mit Reliefs und schmalen Gesimsbändern und langen, aufgemalten Goldstreifen. Das Gitter vor dem Fenster von Movement Cars, das sich in der Pfütze spiegelte, wirkte von diesem Blickwinkel aus wie die vergitterte Decke einer Autoscooterbahn. Die Buchstaben waren dahinter. Sie waren überhaupt nicht griechisch oder russisch: Es waren das F und das G von FLUGHÄFEN, durch die Wasseroberfläche auf den Kopf gestellt. Links von der Pfütze lagen zwei Flaschenverschlüsse auf dem Boden. Ich lag dort und schaute sie an. Mein Mann musste sie auch gesehen haben. Es waren Kronkorken. Er musste sie angeschaut und an die Männer gedacht haben, die dieses Bier getrunken hatten; er musste sich gefragt haben, warum nicht er es sein konnte, der jetzt, in diesem Augenblick, dieses Bier trinkt, dieses Bier, irgendwo an einem anderen Ort, vielleicht an einem Tisch mit Freunden, oder zuhause, mit seiner Familie, statt hier zu liegen und umgebracht zu werden. Dahinter lag eine Plastiktüte. Auf der Seite der Tüte war der Aufdruck *NIMM DIR DEINS!* Bevor ich zum letzten Mal hochkam, murmelte ich etwas, raunte es der Pfütze zu, dem weißen Himmel, der schwarzen Bar und dem pockennarbigen, übersäten Straßenbelag um mich herum:

»Ja, ich hab mir meins genommen.«

Meine zwei Mörder nahmen sich Zeit, mich umzubringen. Das verlangsamte Tempo, mit dem sie ihre Waffen hochnahmen und abfeuerten, der Mangel an Bedeutung oder Interesse, den das zu implizieren schien, und dass ich nicht den geringsten Fluchtversuch unternahm, obwohl ich jede Menge Zeit dazu gehabt hätte – all das ließ unsere Aktionen passiv erscheinen. Wir führten sie nicht aus: Sie wurden ausgeführt. Die Pistolen wurden abgefeuert, ich wurde getroffen, wurde auf die Straße zurückgeworfen. Der Asphalt war neutral – weder warm noch kalt. Als ich wieder dort lag, schaute ich zur Telefonzelle. Ich sah sie jetzt in der Waagrechten; der schablonenhafte Bote lag auf der Seite, seine Arme ausgebreitet, eine kriminaltechnische Umrisslinie, genau das, was ich in etwa einer Stunde sein würde. Ich drehte meinen Kopf zur anderen Seite. Alles kippte. Poller standen schräg von mir weg, ragten auf wie Säulen von Tempeln oder der Akropolis. Die Außenwand der Schwarzen Bar verlief diagonal über die Straße, die goldenen Streifen wurden zu Punkten und Spritzern. Die Notausgänge waren geschlossen; auf zwei blau-weißen Schildern hieß es *Notausgang freihalten* – zweimal, wiederholte sich. Ließ ich meinen Kopf ein wenig zurückrollen, verbarg ein Poller diese Worte, bis auf *Notausgang*. War es das, was mein Mann gesehen hatte, kurz bevor das Leben aus ihm herauströpfelte, zur Pfütze hin? *Notausgang*?

Über dem Wort *Notausgang* Wolken, weiß und unbeschädigt. Nirgendwo eine Bewegung. Ich lag da, ohne etwas zu tun, starrte vor mich hin. Ich lag dort so lange, dass ich nicht einmal mehr starrte – ich lag einfach da, mit offenen Augen, ohne dass etwas passierte. Die Schatten wurden länger, tiefer; der Himmel wurde langsam dunkler, verschanzte sich. Es gab nirgendwo Geräusche, überhaupt keine Geräusche – nur das geballte Schweigen dutzender Menschen, die warteten, wie ich, unendlich geduldig.

Ich verließ diesen Ort nicht. Zumindest nicht aus eigener Kraft. Ich erinnere mich undeutlich daran, hochgehoben und über irgendeine Art Bett gehalten, liebevoll und vorsichtig behandelt worden zu sein, aber dem kann ich nicht wirklich trauen. Mit einer gewissen Berechtigung kann ich lediglich sagen, dass ich mich einige Zeit später in meinem Wohnzimmer wiederfand, und dass derselbe Arzt, oder vielleicht auch ein anderer, mit seiner kleinen Taschenlampe in meine Augen leuchtete.

13

Die drei folgenden Tage verbrachte ich mehr oder weniger in Trance. Es war wie im Wachkoma: lange Phasen, in denen ich reglos dalag und keinerlei Reize um mich herum registrierte – Geräusche, Licht, was auch immer –, aber doch vollkommen bei Bewusstsein war: Meine Augen waren weit geöffnet und ich schien in irgendetwas versunken zu sein. In einem solchen Zustand verharrte ich jeweils mehrere Stunden lang.

Ich wusste von diesen Trancezuständen, weil Naz und Dr. Trevellian sie mir beschrieben. Trevellian hieß der Arzt mit dem Lederkoffer und der kleinen Taschenlampe – zumindest einer von ihnen. Vielleicht waren sie alle, all diese Ärzte, in meiner Vorstellung zu einem geworden. Jedenfalls hielt sich Dr. Trevellian, der eine kleine Taschenlampe und verschiedene andere Accessoires in einem abgewetzten Lederköfferchen hatte, oft in meiner Wohnung auf und beobachtete mich. Ich konnte nicht viel dagegen tun: Ich war zu schwach, ihn rauszuschmeißen und so anfällig dafür, wieder in meine Trance abzugleiten, dass ich noch nicht mal in der Lage war, Anweisungen richtig zu erteilen. Das Komische daran ist allerdings, dass mir seine Gegenwart nichts ausmachte. Er verhielt sich sehr ruhig. Er lief nicht nervös herum, schritt nicht auf und ab, bewegte sogar kaum die Arme, wenn er mich untersuchte. Er stand ruhig da und beobachtete mich aus einem knappen Meter Entfernung, passiv wie eine Statue – oder aus der Nähe, über mir, wie gefroren, in seiner rechten Hand die Taschenlampe mit ihrem gelben Lichtstrahl. Er sprach mit Naz über mich, beschrieb meinen Zustand:

»Er zeigt«, hörte ich ihn erklären, »autonome Traumasymptome: Maskengesicht, reduzierter Lidschlag, Zahnradphänomen, gekrümmte Haltung, Mydriasis ...«

»Mydriasis?«, fragte Naz.

»Pupillenerweiterung. Das alles weist auf Katecholaminmangel im zentralen Nervensystem hin. Dabei hohe Opioid-Konzentration.«

»Opioide?«, wiederholte Naz. »Er hat ganz bestimmt keine Drogen genommen. Das wüsste ich.«

»Ich behaupte nicht, dass er Drogen genommen hat«, antwortete Trevellian. »Aber eine Trauma-Reaktion ist häufig durch endogene Opioide vermittelt. Das heißt, der Körper erzeugt seine eigenen, äußerst starken Schmerzmittel. Das Problem dabei ist, dass sie ziemlich angenehm sein können – und zwar so angenehm, dass das System nach mehr verlangt. Je stärker das Trauma, desto stärker die Dosis, und demzufolge auch das Verlangen, neue Auslöser zu finden. Im Labor werden einigermaßen intelligente Tiere immer wieder zur Quelle ihres Traumas zurückkehren, zu dem Schalter, der den Stromschlag auslöst, oder was immer es ist, obwohl sie wissen, dass sie wieder einen Schlag bekommen. Sie machen es, um das tolle Gefühl wiederzuerleben: den Kick, die Gelassenheit ...«

»Sie meinen, er macht dasselbe?«, fragte Naz.

»Es ist nicht auf ihn geschossen worden, oder?«, hörte ich Trevellian entgegnen. »Im wirklichen Leben, meine ich?«

»Ich glaube nicht«, antwortete Naz.

Ich saß da, ohne zu sprechen oder mich zu bewegen und hörte zu, wie sie über mich diskutierten. Mir gefiel es, dass über mich diskutiert wurde: nicht, weil es mich interessant oder wichtig erscheinen ließ, sondern weil es mich passiv machte. Eine Weile hörte ich ihnen zu; dann glitt ich in die nächste Trance und ihre Unterhaltung verklang.

So ging es drei Tage lang, wie bereits erwähnt – obwohl es mir nicht wie drei Tage vorkam. Es kam mir überhaupt nicht wie irgendeine Zeitspanne vor. Jedes Mal, wenn ich die Schwelle zu einer Trance überschritt, wurde die Zeit irrelevant, schien auszusetzen; jeder Augenblick weitete sich zu einem großen warmen gelben Teich, in dem ich einfach nur liegen konnte, passiv, endlos. Was weiter drinnen geschah, im Zentrum der Trance, kann ich nicht sagen. Ich weiß, dass ich es durchlebt habe, aber ich habe keine Erinnerung daran: keine Spuren, nichts.

Am vierten Tag, als ich kräftig genug war, mich durch meine Wohnung zu bewegen, ließ ich mir Zeitungen bringen. Zwei berichteten von einer weiteren Schießerei. Sie hatte in Brixton an dem Tag stattgefunden, an dem wir unser Nachspiel machten, keinen Kilometer entfernt. Zwei Männer, die zu Fuß unterwegs waren, hatten einen anderen in einem Auto erschossen. Sie waren, als er im Verkehr wartete, zu seinem Auto gelaufen, hatten ihre Waffen gezogen und durch die Scheiben geschossen. Er war sofort tot, sein Kopf einfach weggepustet, über Sitze und Armaturenbrett verteilt. Es gab offensichtlich eine Verbindung zur ersten Schießerei: Rache, ein Gegenangriff, etwas in der Art.

Ich rief Naz an:

»Haben Sie von der zweiten Schießerei gehört?«, fragte ich ihn.

»Ja«, sagte er. »Seltsam, oder?«

»Ich möchte, dass Sie das Prozedere von letzter Woche wiederholen und auch von dieser Schießerei ein Nachspiel vorbereiten.«

»Ich dachte mir, dass Sie das wollen würden«, sagte Naz. »Ich kümmere mich darum.«

Ich ging zu dem Laden an der Ecke, um weitere Zeitungen zu kaufen. Es war Nachmittag. Die Abendzeitung, die auf der Theke aufgestapelt war, hatte folgende Schlagzeile:

Brixton: Dritter Mann erschossen. Revierkämpfe eskalieren.

Ich war verwirrt. Soweit ich wusste, waren nur zwei Männer erschossen worden: mein Typ auf seinem roten Fahrrad und dieser andere Mann in seinem Auto. Vielleicht waren zwei Männer in dem Auto gewesen und beide waren erschossen worden. Aber warum hieß es »dritter Mann«? »Zweiter und dritter Mann« hätte dann sicherlich mehr Sinn gemacht. Außerdem war es die Zeitung von heute. Ich spürte den Anflug eines Kribbelns und kaufte sie.

Schnell war alles klar: Es stellte sich heraus, dass noch eine weitere Schießerei stattgefunden hatte, in der Nähe von Brixton Hill. Diesmal hatten die Killer ein Motorrad benutzt. Das Opfer war auf dem Rückweg zu seiner Wohnung gewesen, sie waren auf ihn zugefahren und hatten, ohne ihre Helme abzunehmen oder abzusteigen, auf ihn geschossen und waren dann davongebraust. Das gefiel mir: ein Motorrad, seine Slalombewegungen, wenn es an Autos und Pollern vorbei auf den Gehsteig einschert, wo der Mann vor seiner Haustür an den Schlüsseln fummelt. Und dann, wie er sein eigenes Gesicht fischaugenartig in den Visieren der Killer reflektiert sieht, wie ein Spiegelkabinett. Die Attacke war die Rache für die Rache gewesen, ein weiterer Gegenangriff. *Revierkämpfe*. Mir fielen Rasenstücke in Gartencentern ein, zu Quadraten aufgestapelt, dann die Felder eines Schachbretts, dann ein kriminaltechnisches Raster. Ich ging zu meiner Wohnung zurück und rief Naz nochmal an:

»Wussten Sie, dass es noch eine gab?«, sagte ich.

»Ja, ich weiß«, sagte Naz. »Wir haben gerade darüber gesprochen. Sie haben mich gebeten, das Nachspiel davon vorzubereiten.«

»Nein«, sagte ich. »Das weiß ich – es gab noch eine andere.«

Schweigen auf Naz' Seite.

»Hallo?«, sagte ich.

»Ja«, sagte Naz. »Gut, sollen wir ...«

»Auf jeden Fall«, sagte ich zu ihm. »Wir werden auch die nachspielen. Und, Naz?«

»Ja?«

»Könnten Sie Roger beauftragen ...«

»Natürlich«, sagte Naz. »Ich hatte bereits daran gedacht. Er liefert mir das Zweite heute Abend. Ich werde ihn beauftragen, auch von der Dritten ein Modell zu bauen.«

Eine Stunde später schaltete ich mein Gebäude auf *an*. Bevor wir anfingen, versammelte ich alle zu einer Besprechung in der Eingangshalle. Alle Nachspieler waren da – außerdem Frank und Annie mit ihren Leuten und die Assistenten dieser Leute mit ihren Funkgeräten und Klemmbrettern. Ich stellte mich auf die zweite Treppenstufe und teilte ihnen Folgendes mit:

»Ich möchte alles verlangsamen«, sagte ich. »Alles langsamer – sehr viel langsamer. So langsam wie es nur geht. Eigentlich sollt ihr euch fast gar nicht bewegen. Das bedeutet aber nicht, dass die Sachen nicht gemacht werden sollen, die Aktionen nicht ausgeführt werden sollen. Ich möchte, dass sie ausgeführt werden, aber alles so langsam, dass jeder Augenblick … dass jeder Augenblick … so als könnte er sich ausdehnen – ist das verständlich? – und dass er … wenn jeder Augenblick … – ach, das spielt keine Rolle; das muss man gar nicht wissen. Der Punkt ist, dass alle Aktionen sehr langsam gemacht werden sollen, aber sie sollen gemacht werden. Ist das klar?«

Die Leute schauten sich gegenseitig an, dann mich und nickten vage.

»Sie, zum Beispiel«, fuhr ich fort und deutete auf meinen Pianisten, »Sie müssen jede Note, jeden Akkord so lange wie nur möglich halten. Sie haben dafür ein Pedal, oder?«

Die Glatze meines Pianisten wurde blass; er löste seine Augen vom Boden und schaute auf meine Füße.

»Ein Pedal?« wiederholte er niedergeschlagen.

»Ja, ein Pedal«, sagte ich. »Sie haben doch zwei: eins, das die Töne dämpft, und ein anderes, das sie verlängert, oder nicht?«

Er dachte eine Weile darüber nach; sein Kopf wurde sogar noch bleicher, als er traurig nickte.

»Gut«, sagte ich. »Sie fangen mit normalem Tempo an – nein, fangen Sie mit halbem Tempo an, und wenn Sie verlangsamen, wenn Sie am allerlangsamsten sind, dann halten Sie den Akkord so lange Sie können. Schlagen Sie die Tasten nochmal an, wenn nötig. Verstanden?«

Mein Pianist schaute auf den Boden und nickte wieder. Dann schlurfte er Richtung Treppe davon.

»Moment!«, sagte ich.

Er hielt inne und starrte weiter auf den Boden. Ich betrachtete noch einige Sekunden seine Glatze und sagte dann:

»Okay, Sie können gehen.«

Ich wandte mich an die Portiersfrau.

»Nun Sie«, sagte ich zu ihr, »Sie sind bereits statisch. Ich meine, Sie stehen einfach nur in der Eingangshalle und machen nichts. Was gut ist. Aber jetzt möchte ich, dass Sie noch langsamer nichts machen.«

Sie sah verwirrt aus, meine Portiersfrau. Sie hatte ihre Maske abgenommen und hielt sie in der Hand, aber ihr Gesicht war selbst ein bisschen maskenhaft – wie diese Theatermasken der Antike: sorgenvoll, verhärmt, voller Furcht, eine Art Furcht auf niedrigem Level.

»Was ich meine«, sagte ich, »ist, dass Sie langsamer denken sollen. Und Sie sollen nicht nur langsamer denken, sondern sich auch langsamer auf alles in Ihrer Umgebung beziehen. Also, wenn Sie zum Beispiel Ihre Augen hinter der Maske bewegen, dann bewegen Sie sie langsam und denken sich dabei: *Jetzt sehe ich dieses Stück Wand da, und dann noch dieses Stück, und jetzt, ganz langsam, Zentimeter für Zentimeter, das Stück daneben, und jetzt ein Stück von der Tür, aber ich weiß nicht, ob es die Tür ist, denn ich hatte noch keine Zeit, das herauszufinden* – und denken Sie all das auch ganz langsam. Verstehen Sie jetzt, was ich meine?«

Die Furcht auf ihrem Gesicht schien sich noch etwas zu steigern, als sie nickte.

»Das ist wichtig«, sagte ich. »Ich werde mitbekommen, ob Sie es richtig machen. Machen Sie es gut, und ich werde dafür sorgen, dass Sie eine Zulage bekommen. Ich werde Ihnen allen eine Zulage geben, wenn Sie es gut machen.«

Ich beendete die Besprechung und schickte die Leute auf ihre Positionen. Ich ging nach oben in meine Wohnung und betrachtete, während ich wartete, den Riss im Badezimmer. Das alles hatte ich eine ganze Weile nicht mehr gemacht. Ein Geruch hing in der Luft: der Geruch von geronnenem Fett. Ich streckte den Kopf aus dem Fenster und schaute zum Lüftungsrohr der Leberdame. Es war wieder verstopft. Das Fett, das die Lamellen der Lüftung verkrustete, wurde schwarz. Neue Schwaden drängten bereits nach oben, begleitet vom Geräusch der Leber, die zu brutzeln angefangen hatte. Innerhalb weniger Sekunden hatte mich der Geruch der frischen Leber erreicht. Er hatte immer noch diese ätzende Schärfe, wie Kordit. Wir hatten das wieder und wieder loszuwerden versucht – ohne Erfolg; abgesehen davon roch außer mir niemand Kordit. Aber ich schon, ohne jeden Zweifel: Kordit.

Im Wohnzimmer klingelte das Telefon. Es war Naz, der mir sagte, dass alles bereit sei.

»Richtig verlangsamt, ja?«, fragte ich ihn.

»Richtig verlangsamt, ganz wie gewünscht«, antwortete er.

Ich verließ meine Wohnung und ging den ersten Treppenabschnitt hinunter. Ich begann sehr langsam; aber nach ein paar Stufen langweilte mich das, so dass ich in normalem Tempo weiterging. Ich war nicht an meine Regeln gebunden – alle anderen schon, aber ich nicht.

Der Pianist spielte mit halbem Tempo, so wie ich es ihm gesagt hatte, machte seinen ersten Fehler und wiederholte die Passage, dann wieder, dann wieder, jedes Mal noch etwas langsamer. An der ersten Biegung neben dem Fenster blieb ich stehen und sah hinaus. Erst hielt ich meine Augen in Höhe einer gewellten Stelle der Fensterscheibe, dann bewegte ich den Kopf einige Millimeter nach unten, so dass die Welle eine Katze umschloss, die gerade über das gegenüberliegende Hausdach schlich. Ich ließ den Kopf ganz langsam zur Seite wandern, so dass die Katze im Zentrum dieser Welle blieb, als wäre die Welle das Visier einer Waffe und die Katze ein Ziel. Ich fand heraus, dass ich durch kleine ruckartige Kopfbewegungen die Katze dahin zurückkehren lassen konnte, wo sie eine Sekunde zuvor gewesen war. Das machte ich eine Zeitlang: Je weiter sich die Katze vorwärts bewegte, desto weiter ließ ich sie zu ihrer vorherigen Position zurückspringen, indem ich den Kopf immer wieder ein winziges Stück zur Seite und zurückbewegte. Schließlich geriet sie außer Sicht und ich ging weiter.

Meine Leberdame kam aus ihrer Wohnung. Ich ging langsamer, sobald sich ihre und meine Augen trafen. Ich schaute sie an und atmete langsam ein und aus. Sie bewegte sich mit halber Geschwindigkeit, setzte die Mülltüte auf dem Boden ab, lockerte ihren Griff um die Tüte und wandte den Kopf, um mich anzusehen. Ich wurde noch langsamer und sie ebenfalls, so langsam, dass sie nahezu statisch war – gebückt, ihre rechte Hand etwa 15 Zentimeter über der Mülltüte. Sie sagte nichts. Ich auch nicht. Die Töne des Pianisten waren zu einem Akkord verschmolzen, den er hielt, genau wie ich es verlangt hatte. Ich starrte sie an und spürte, wie sich die Grenzen meines Gesichtsfelds weiteten. Die Wände um ihre Tür, der Mosaikboden, der von seinem Sockel ausstrahlte, die Decke – all das schien sich auszudehnen und zugleich aufzuleuchten. Ich fühlte, wie ich dort hineinzudriften begann, in diese Oberflächen – und wie ich wieder in die Nähe einer Trance driftete.

Wir bewegten uns beide mittlerweile so langsam, dass wir uns genau genommen gar nicht bewegten. Wir blieben sehr lange so; dann, ich sah ihr immer noch unverwandt in die Augen, bewegte ich ganz langsam, ganz sachte meinen rechten Fuß rückwärts, eine Stufe nach oben. Meine Leberdame bewegte ihre rechte Hand langsam wieder zur Mülltüte hin. Immer noch so langsam, dass es kaum wahrnehmbar war, wechselte ich wieder die Richtung und setzte meinen rechten Fuß nach unten. Sie nahm ihre rechte Hand wieder von der Mülltüte weg, im gleichen Tempo. Ich wiederholte die Sequenz und verknüpfte dieses Fragment der Episode, in der wir verweilten, mit dem Moment direkt vor ihrem Beginn; sie machte mit. Das wiederholten wir mehrere Male – dann verharrten wir vollkommen regungslos, beide in der Schwebe, mitten in unserer jeweiligen Bewegung.

So blieben wir eine sehr lange Zeit und sahen uns dabei an. Die Akkorde des Pianisten dehnten sich aus, elastisch, wie wenn man ein Gummiband dehnt und es sich öffnet, sein Fleisch zeigt, seine Risse, seine Poren. Die Akkorde dehnten sich und wurden weicher, üppiger, weiter; dann sprangen sie zurück und setzten wieder ein, als er die Tasten erneut anschlug. Ich und meine Leberdame standen da. Wir standen und standen – und dann war ich wieder in meiner Badewanne und betrachtete heißen Dampf, der um den Riss waberte. Dann wurde ich hochgehoben, gehalten, hingelegt. Dann nichts mehr.

Am nächsten Tag beobachtete ich das Sonnenlicht, das durch die Fenster im Treppenhaus auf den gemusterten Boden fiel. Ich lag auf dem schmalen Absatz, bei der Biegung zwischen dem zweiten und dritten Stock, und starrte vor mich hin. Das Sonnenlicht füllte die weißen Schneisen zwischen den geraden schwarzen Linien des Musters wie Wasser, das in Zeitlupe ein Labyrinth überflutet, genauso wie vor einigen Wochen, als ich es zum ersten Mal beobachtet hatte – aber dieses Mal wirkte das Licht irgendwie höher, schärfer, intensiver. Es schien auch schneller zu fluten, nicht langsamer.

Diesmal fiel ich nicht in Trance – ganz im Gegenteil. Ich richtete mich auf und überlegte, warum es schneller zu gehen schien, obwohl ich doch alles im Gebäude verlangsamt hatte. Ich beschloss, die Zeit zu stoppen – und wollte mir gerade Annies Uhr ausleihen, als ich einsah, dass ich bis morgen würde warten müssen, bis das Sonnenlicht erneut diesen Bereich überfluten und dann wieder verlassen würde. Für heute entließ ich das Gebäude, ging mich ausruhen und stand am nächsten Tag zur gleichen Zeit an dieser Stelle, um sie mit Annies Uhr – die über eine Stoppuhr verfügte, mit der man die Zeit bis auf Zehntel- und Hundertstelsekunden genau messen konnte – zu überwachen.

Als ich es damals gestoppt hatte, hatte der ganze Vorgang drei Stunden und vierzehn Minuten gedauert. Daran erinnerte ich mich. Heute startete ich die Stoppuhr, als der erste Streifen Licht eintraf, beobachtete dann, wie dieser Streifen verstohlen über den Treppenabsatz sickerte wie die Vorhut einer Armee, die ersten Späher und Scharfschützen. In ihrem Kielwasser kam der kräftigere, breitere Block, die Hauptsäule des Lichts, und besetzte den Boden, machte kein Geheimnis aus seiner Anwesenheit, bedeckte die gesamte Ebene mit seiner strahlenden Helligkeit, seinen Trompeten, Flaggen und Geschützen. Ich lag dort und beobachtete und nahm die Zeit; ich ließ die Stoppuhr bis zu dem Moment durchlaufen – einige Minuten, nachdem die Hauptsäule schließlich abgetreten war –, da die Nachhut des Sonnenlichts, die spätesten Nachzügler, einen letzten Blick über das verlassene Lager warfen und, eingeschüchtert von der Truppenkonzentration der Dunkelheit, davonhuschten.

Als ich das beim letzten Mal gestoppt hatte, hatte es drei Stunden und vierzehn Minuten gedauert. Dieses Mal spielte sich alles in weniger als drei Stunden ab. In zwei Stunden, 43 Minuten und 27,45 Sekunden, um genau zu sein. Das gefiel mir nicht. Irgendetwas war schief gegangen. Ich rief Frank und Annie.

»Das Sonnenlicht macht es nicht richtig«, sagte ich.

Zuerst antwortete keiner von beiden. Dann fragte Annie:

»Was meinen Sie damit, macht es nicht richtig?«

»Ich meine«, sagte ich, »dass es sich zu schnell über den Boden bewegt. Ich habe die Zeit gestoppt, die die Sonnenstrahlen durch diese Fenster auf den Boden fallen – von ihrem ersten Auftreffen bis zu dem Moment, wenn sie wieder verschwinden. Ich habe die Zeit gestoppt, als wir mit diesen Nachspielen angefangen haben, und heute habe ich sie wieder gestoppt, und ich kann ohne jeden Zweifel sagen, dass es jetzt schneller geht als damals.«

Sie schwiegen erneut, dann wagte Annie mit leiser, nervöser Stimme eine Antwort:

»Es ist später im Jahr.«

»Was ist später im Jahr?«, fragte ich.

»Es ist später als beim ersten Mal, als Sie die Zeit gestoppt haben«, erklärte Annie. »Später im Jahr, die Sommersonnwende ist schon länger her. Die Sonne steht jetzt in einem anderen Winkel als vorher.«

Ich dachte eine Weile darüber nach, bis ich es verstand.

»Richtig«, sagte ich. »Natürlich. Ich meine … natürlich. Ich meine, das war mir klar, aber ich hatte nicht … Ich hatte nicht, ich meine … Vielen Dank. Sie können jetzt gehen, beide.«

Frank und Annie schlichen wieder auf ihre Posten. Ich blieb im trüben Licht des Treppenhauses zurück und schaute nach oben. Ich dachte an die Sonne oben im Weltraum, ein kleiner Stern, im Vergleich zu anderen Sternen nicht größer als diese winzigen Staubkörnchen, die ich vor einigen Wochen, als uns die wirkliche Sonne näher war, oben im Treppenhaus hatte schweben sehen. Mir fiel ein, dass die Staubkörnchen jetzt wohl dort waren, direkt über mir im Nichts hingen, in der neutralen, weder warmen noch kalten Luft schwebten, und dass sie, wenn die Sonne ganz verschwunden sein würde, herabfallen könnten.

Die Modelle kamen am nächsten Tag. Rogers Modelle der zweiten und dritten Schießerei. Sie waren wunderschön, sogar noch detaillierter als das erste. In einem Schuhgeschäft unmittelbar neben der Stelle, wo der Mann in seinem Auto erschossen worden war, standen winzige Schuhe im Schaufenster, und Bäume säumten die Straße, wo der dritte Mann zu Boden gegangen war. Die kriminaltechnischen Berichte kamen später am selben Tag, und ich las sie sehr genau. Naz hatte alles für das erste neue Nachspiel vorbereitet, das von der zweiten Schießerei, und es auf den übernächsten Tag angesetzt. Ich ruhte mich viel aus, um stark zu sein, und war seit fast einer Woche in keine Trance mehr abgedriftet – aber als wir es beim Nachspiel dann auf halbe Geschwindigkeit verlangsamten, wurde ich wieder schwach und vollkommen leer und musste nach Hause getragen werden.

Es folgte ein Tag mit immer wieder auftretenden Trancezuständen. Naz hatte das dritte Nachspiel für den Tag nach dem zweiten geplant, musste es aber um zwei Tage verschieben, bis ich wieder genügend bei Kräften war. Während des Nachspiels passierte wieder dasselbe: Ich dämmerte weg. Wieder weitete sich der Raum um mich herum, und auch der Augenblick: wieder das Schweben, Aussetzen, das Passivwerden, unendlich, und als ich dann tiefer hineinglitt, verloren sich das Motorrad, die Bäume, der Gehsteig, ich driftete immer tiefer hinein, zum Kern, von dem keine Spuren bleiben.

Zwei oder drei weitere Tage in Trance folgten. Ich tauchte auf, wie ein Taucher an die Oberfläche kommt, um Luft zu holen, seine Lungen gerade so weit zu füllen, dass er wieder abtauchen kann, wieder hinab in Richtung Tiefseehöhlen und wogendes Seegras und sonderbare Fische oder was immer es ist, das ihn so sehr fasziniert. Manchmal wurde ich herausgeholt, herausgerissen und geradewegs ins Tageslicht gezerrt, wo ich mich bei Trevellian wiederfand, der mich mit seiner Taschenlampe ausleuchtete; ihr Strahl fiel über die gemusterten Oberflächen meines Bewusstseins, aber es gelang ihm nur flüchtig, es zu besetzen, bevor es sich zurückzog und die innere Dunkelheit erneut aufmarschierte.

Seltsame Dinge wurden zutage gefördert, Erinnerungsfetzen, die umhergeschwebt sein mussten wie der Knochensplitter in meinem Knie. Ich hörte Sanitäter über ihre Erfahrungen mit der Behandlung von Leuten sprechen, die von verschiedenen herabfallenden Objekten getroffen worden waren, und über die unterschiedlichen Überlebenschancen in den jeweiligen Fällen.

»Gerüstteile, das ist nicht so schlimm«, sagte einer von ihnen. »Mauerwerk dagegen ...«

»Mauerwerk ist tödlich«, pflichtete ihm ein Kollege bei. »Aber meiner Meinung nach sind Hubschrauber das Schlimmste. Ich bin mal zu einem Crash gekommen. Die Leute am Boden riskieren nicht nur, zerschmettert zu werden; du musst auch die Rotorblätter bedenken. Zerschneiden dich in zwei Hälften wie nichts. Und die Explosion ...«

»Oh ja, die Explosion«, wiederholte der erste. Eine Weile konnte ich ihre Stimmen deutlich hören, dann wurden sie schwächer.

Ein weiteres Erinnerungsbruchstück, das aufgewühlt wurde, hatte mit Erde zu tun, die auf meinen Ärmel geraten war. Anscheinend stammte sie von Pflanzen, von solchen wie die saftig grünen, die die Portugiesin geliefert hatte – bloß dass von ihren Pflanzen keine Erde auf meinen Ärmel gekommen war. Die Erde, an die ich mich in meiner Trance erinnerte, hatte sich in all ihrer lästigen Zusammenhanglosigkeit über mich ergossen, Hunderte von Klümpchen waren herumgekullert und hatten Flecken hinterlassen und waren überhaupt am falschen Ort gewesen. Dieses Bild ging über in ein Bild von dem komischen Kauz aus dem Dogstar, der mit wütendem Blick neben meinem Tisch stand und wieder und wieder fragte: *Wohin führt das alles?* Greg war dabei und erklärte dem Mann:

»Er möchte bloß authentisch sein. Das ist der Grund.«

Der komische Kauz wiederholte seinen Text, und obwohl es dieselben Worte waren, kam es irgendwie als *Wird immer mühsamer, wieder hochzukommen* heraus. Dann ein Schwall von blauem Klebzeug, dann kamen die beiden Sanitäter zurück, durchforsteten Wrackteile.

»Historie«, sagte einer. »Tödlich, die ganzen Trümmer. Schau hier: Propeller, Kopf.«

»Treibgut«, sagte der andere. »Strandgut. All diese Bruchstücke, die sich wiederholen. *Bit-of, history re-peat-ing.* Über das wirkliche Ereignis darf er nicht mal reden.«

Ihre Stimmen und das Bild der Wrackteile verblassten und ich fand mich bei vollem Bewusstsein wieder. Ich starrte auf das Modell, das Roger von der ersten Schießerei gemacht hatte. Das Modell war vom Couchtisch auf den Boden versetzt worden, wo, wie sich herausstellte, auch ich lag – so dass sich das Modell und mein Kopf auf einer Ebene befanden, nur dass seine Senkrechte meine Waagrechte war und umgekehrt. Direkt vor meinen Augen befand sich das Stück Straße, auf dem die beiden Männer gestanden hatten, als sie das Feuer eröffneten, die Stelle, wo die Risse sich in ein zellartiges Muster aus sich wiederholenden Sechsecken verästelten. Rogers Modell hatte dieses Muster nicht nachgebildet, aber ich erinnerte mich ganz deutlich daran. Mit dem Bild der Sechsecke wurde auch die Erinnerung an eben jenen Augenblick immer deutlicher, als die beiden Schwarzen und ich dort ganz kurz vor Beginn des Nachspiels gestanden hatten: als ich sie zu der Stelle geführt und sie angewiesen hatte, von dort aus zu schießen. Ich hatte ihnen gesagt, dass sie dort stehenbleiben sollten, dass sie zwar weiter schießen, aber nicht weiter vorgehen sollten. Der eine mit dem starken karibischen Akzent, der größere, hatte zu mir gesagt *Sie sind der Boss*, und dann hatte ich Naz gefragt, ob er uns mehr Zeit verschafft habe. Jetzt, da ich neben Rogers Modell auf dem Boden lag und mich an diesen Augenblick des Einweisens erinnerte, bekam dieser Augenblick eine tiefe Bedeutung.

Ich setzte mich auf, griff zum Telefon und rief Naz an.

»Sind Sie wieder unter uns?«, fragte er.

»Ich möchte, dass Sie ein weiteres Nachspiel organisieren«, sagte ich.

»Ich wusste nicht, dass es noch eine Schießerei gegeben hat«, sagte er.

»Ich möchte eins«, erklärte ich, »von dem Augenblick, bevor wir mit dem Nachspiel der ersten Schießerei begonnen haben, als wir auf der Straße standen, ich und die beiden, und ich ihnen erklärt habe, wo sie stehen sollen. Diesen Augenblick möchte ich nachspielen.«

Es gab eine Pause, während das Ding hinter Naz' Augen surrte. Dann sagte er:

»Ausgezeichnet. Am gleichen Ort?«

»Vielleicht«, erwiderte ich. »Lassen Sie mich darüber nachdenken.«

»Gut«, sagte Naz. »Ich werde die beiden Nachspieler kontaktieren, und wir werden den …«

»Nein!«, sagte ich. »Nicht dieselben. Wir brauchen andere Leute, um ihre Rollen nachzuspielen.«

»Sie haben Recht«, sagte Naz. »Vollkommen Recht. Das hätte ich selber sehen müssen. Ich werde mich sofort darum kümmern.«

Eine Stunde später rief er wieder an:

»Ich habe zwei Leute gefunden. Und Leute, die die Assistenten spielen. Die sollte man ja auch nachspielen lassen.«

»Meine Güte!«, sagte ich. »Sie haben Recht. Ich brauche neue Nachspieler, die das Herumstehen im Hintergrund nachspielen. Das können auch nicht dieselben Leute machen.«

»Es geht noch weiter«, sagte Naz. »Ich habe unsere Leute angewiesen, ihnen nicht zu sagen, warum sie diese Sequenz, die sie nachspielen werden, spielen sollen. Dadurch wird es komplexer, interessanter.«

»Ja, auch damit haben Sie Recht«, sagte ich. »Das wird es in der Tat.«

Als ich auflegte, wurde mir klar, dass Naz sich veränderte. Er hatte sich immer schon sehr engagiert für meine Projekte eingesetzt, von Anfang an, seit jenem ersten Tag, an dem ich ihn im Blueprint Café getroffen hatte – aber damals war sein Einsatz ausschließlich beruflicher Natur gewesen. Jetzt allerdings vermischte sich die ihm eigene logistische Begabung mit etwas anderem: einer Art maßvollem Eifer, einer stillen Leidenschaft. Er verteidigte meine Arbeit mit unausgesprochener, doch unerschütterlicher Heftigkeit. Eines Nachmittags, oder Morgens, oder vielleicht war es am Abend, als ich an der Schwelle zu einer Trance schwebte, hörte ich einen Streit zwischen ihm und Dr. Trevellian.

»Die Nachspiele müssen aufhören«, sagte Trevellian mit sehr leiser Stimme.

»Kommt nicht in Frage«, antwortete Naz ebenso leise.

»Aber sie verschlechtern ganz offensichtlich seinen Zustand!«, beharrte Trevellian mit erhobener Stimme.

»Es kommt trotzdem nicht in Frage«, hörte ich Naz sagen. Seine Stimme war immer noch gleichmäßig, ruhig. »Im Übrigen gehört das nicht zu Ihren Aufgaben.«

»Ihn zu behandeln gehört nicht zu meinen Aufgaben?« Trevellians Stimme war jetzt ein Knurren.

»Ihm vorzuschreiben, was er zu tun oder zu lassen hat, gehört nicht dazu«, sagte Naz so ruhig wie eh und je. »Das ist seine eigene Entscheidung. Sie sind, genau wie ich, engagiert worden, um dafür Sorge zu tragen, dass er seine Projekte weiterhin verwirklichen kann.«

»Wenn er tot ist, wird er dazu nicht mehr in der Lage sein«, knurrte Trevellian wieder.

»Besteht denn die Gefahr?«, fragte Naz.

Trevellian sagte nichts, aber nach einigen Sekunden hörte ich, wie er schnaubte und ein Instrument in seinen Koffer schleuderte.

»Wir erwarten Sie morgen«, sagte Naz, »um die gleiche Zeit.«

Trotz des Zustands, in dem ich mich befand, erkannte ich jetzt, dass Naz mit vollem Einsatz mitspielte. Er war an dem ganzen Spiel genauso beteiligt wie ich – aber aus völlig anderen Gründen. Noch klarer wurde mir das in einem lichten Moment zwei Tage später. Naz saß mit mir im Wohnzimmer und wir gingen die Planung für das Nachspiel des Moments während des Schießerei-Nachspiels durch, des Moments, in dem ich den beiden Männern erklärt hatte, wo sie stehen sollten. Er feilte an den Details – wer was wann tun sollte, die unterschiedlichen Mengen an Information, die die verschiedenen Teilnehmer jeweils benötigten, wo die echten Assistenten stehen sollten, während ihre ursprünglichen Positionen von den Nachspiel-Assistenten eingenommen wurden und so weiter. Er hatte die ganzen Notizen und Listen und Diagramme vor sich auf dem Couchtisch ausgebreitet – aber in den letzten fünf Minuten hatte er sie überhaupt nicht angesehen. Er hatte einfach nur vor sich hin gestarrt. Sein Blick war unbestimmt, er wirkte wie berauscht; einen Moment lang dachte ich, dass *er* dabei war, in eine Trance abzudriften.

»Naz?«, erkundigte ich mich.

Er gab zunächst keine Antwort. Seine Augen waren glasig geworden, während das Ding dahinter mit Verarbeiten beschäftigt war. Ich hatte das schon öfter bei ihm gesehen; aber jetzt schien der Verarbeitungsprozess einen Gang hochzuschalten – mehrere Gänge; er lief auf Hochtouren, wurde fast unerträglich intensiv. Es war erstaunlich, dass sein Kopf vor lauter Überdrehtheit nicht explodierte. Ich konnte das Surren geradezu *hören*: das Surren seiner Berechnungen, und das all seiner Ahnen, Generationen von Beamten und Schreibern und Versicherungsmathematikern mit ihren Schreibmaschinen und Hauptbüchern und Rechenmaschinen, die alle in seinem Schädel zusammenkamen und gigantische Systeme bildeten, die danach hungerten, immer umfangreichere Befehle auszuführen. Schließlich ließ das Surren nach, in seine Augen kam wieder Leben und er wandte sich mir zu und sagte:

»Vielen Dank.«

»Vielen Dank?«, wiederholte ich. »Wofür?«

»Für die …«, fing er an, brach dann aber ab. »Einfach für die …« Er hielt erneut inne.

»Für was?«, fragte ich.

»Ich hatte noch nie so viele Informationen zu bewältigen«, antwortete er schließlich.

Seine Augen strahlten jetzt. Ja, Naz *war* ein Eiferer – aber sein Eifer war nicht religiöser, sondern bürokratischer Natur. Und er *war* berauscht: infiziert, vorwärtsgetrieben in eine Art Ekstase, und zwar einzig und allein durch die Möglichkeiten der Informationsverarbeitung, die ihm meine Projekte eröffneten, jedes noch komplexer, noch extremer als das vorige. Mein Vollstrecker.

Eines Tages tauchte ich aus einer Trance auf und fand mich auf dem Sofa liegend wieder. Im gleichen Augenblick, da ich mir bewusst wurde, wo ich war, merkte ich, dass noch jemand im Raum war. Ich schaute hoch und dachte, Dr. Trevellian zu sehen. Dr. Trevellian war ein kleiner Mann, wie bereits erwähnt, mit Schnurrbart und einem abgewetzten Lederköfferchen, das er immer bei sich hatte. Dieser kleine Mann stand in meinem Wohnzimmer, aber diesmal ohne Koffer, und auch ohne Schnurrbart. Er war klein, aber es war weder Dr. Trevellian noch sonst jemand, den ich kannte – obwohl ich dachte, dass er mir vage bekannt vorkam. Er hatte ein Notizbuch in der Hand, die erste Seite war aufgeschlagen. Er schaute in sein Notizbuch, dann zu mir, dann wieder in sein Notizbuch. So stand er eine Weile da; dann sagte er endlich etwas.

»So«, sagte er. »Das ist also der Mann, der das Sterben lokaler Gangster, die ein gewaltsames Ende gefunden haben, re-inszeniert.«

Jetzt konnte ich ihn einordnen: Er war beim Nachspiel der ersten Schießerei dabei gewesen – der Mann, den ich hinter dem wartenden BMW gesehen hatte, als ich dort ankam. Er sah halb-offiziell aus: ziemlich elegant, aber etwas aus der Fasson. Irgendwie halbseiden. Er hatte ein graphitfarbenes Jackett an und sein Haar hatte graue Strähnen. Er musste etwas über vierzig sein.

»Sind Sie von der Polizei?«, fragte ich.

»Nein«, sagte er. Er warf wieder einen Blick in sein Notizbuch und fuhr dann fort: »Das ist auch der Mann, der ein Gebäude eingerichtet hat, in dem gewisse alltägliche und, oberflächlich betrachtet, bedeutungslose Momente wiederholt und verlängert werden, bis sie eine fast heilige Anmutung erlangen.«

Seine Stimme hatte einen leicht schottischen Einschlag. Sie war ziemlich trocken. Er sprach in einem Ton, den vielleicht ein Verteidiger wählen würde, wenn er sich an die Geschworenen wendet, oder ein ernster Geschichtsprofessor, der zu seinen Studenten spricht. Ich lag da und hörte ihm zu.

»Ihm passierte darüber hinaus ein höchst banaler Zwischenfall – etwas wurde vergossen, und zwar, als er eine Reifenwerkstatt aufsuchte – was während der letzten drei Wochen wieder und wieder gespielt wurde wie eine hängengebliebene Schallplatte. Residual.«

»Das habe ich ganz vergessen«, sagte ich.

»Ganz vergessen, sagt er?« Seine Stimme hob sich ein wenig, als er diese rhetorische Frage stellte, und senkte sich wieder, als er weitersprach. »Nicht weniger als einhundertundzwanzig Schauspieler wurden eingesetzt. Fünfhundertundelf Requisiten – Reifen, Schilder, Dosen, Werkzeuge, alle funktionstüchtig – wurden gesammelt und verwendet. Und das nur für die Reifenhändler-Szene. Die Anzahl der Leute, die in der einen oder anderen Funktion im Laufe der fünf Nachspiele engagiert worden sind, muss fast bei Tausend liegen.« Er hielt wieder inne und ließ die Zahl sich setzen, um dann fortzufahren: »All diese Aktionen, in die so viel Energie investiert wurde, so viele Arbeitsstunden, so viel Geld – all das, im Ganzen betrachtet, stellt uns vor die Frage: zu welchem Zweck?«

Er hielt inne und sah mich scharf an.

»Hält er sich vielleicht«, fing er plötzlich wieder an, »für eine Art Künstler?«

Er musterte mich immer noch eindringlich, als könne er mich dadurch zu einer Antwort bewegen.

»Wer, ich?«, sagte ich.

Spöttisch suchten seine Augen das leere Zimmer ab, dann ließ er sie wieder auf mir ruhen.

»Nein«, sagte ich. »Ich war nie besonders gut in Kunst. In der Schule.«

»In der Schule war er nicht besonders gut in Kunst«, wiederholte er, schlug dann aber eine andere Richtung ein: »Könnte es in diesem Fall vielleicht sein, dass er diese Handlungen als eine Art Voodoo betrachtet? Als Magie? Als schamanische Inszenierungen?«

»Was bedeutet schamanisch?«, fragte ich.

In diesem Moment kam Naz herein. Er schien diesen Mann zu kennen: Er nickte ihm zu und tippte etwas in sein Handy.

»Wer ist das?«, fragte ich ihn.

»Ein Mitglied des Gemeinderats«, sagte Naz. »Er hat uns bei den Schießereien auf dem Laufenden gehalten und den Maulwurf bei der Polizei besorgt. Keine Sorge: Auf ihn ist Verlass.«

Ich machte mir keine Sorgen. Ich fühlte mich ganz wohl, so wie ich dort lag, passiv, und über mich reden hörte. Die Klaviermusik strömte von unten herauf.

»Er hört Schostakowitsch«, sagte der kleine Gemeinderat.

»Das ist Rachmaninow«, stellte Naz richtig.

»Ah, Rachmaninow. Und es riecht nach, nach einer Art... ist das Kordit?«

»Ja!«, versuchte ich ihm zuzurufen, aber meine Stimme war sehr schwach. »Ja: endlich! Es *ist* Kordit. Ich wusste es!«

Naz' Telefon piepste. Er las vom Display ab:

»Durch einen Priester-Arzt der ural-altaischen Völker in Sibirien oder ihn betreffend. Vom tungusischen *šaman.*«

»Kordit! Habe ich das nicht gesagt, von Anfang an...«, begann ich, glitt dann aber wieder in eine Trance.

Am Nachmittag des nächsten Tages, oder vielleicht des übernächsten, sah ich diesen Gemeinderat wieder. Ich fühlte mich viel stärker und hatte mich aus dem Gebäude herausgewagt, um beim Sportplatz etwas frische Luft zu schnappen. Ich lehnte am grünen Maschendrahtzaun und schaute einem Fußballteam beim Training zu. Sie mussten schießen üben: Ihr Trainer platzierte einen Ball nach dem anderen zwischen die sich kreuzenden Linien und Kreise auf dem grünen Asphalt und sie nahmen einer nach dem anderen Anlauf und schossen die Bälle ins Tor, oder versuchten es zumindest. Einige Bälle flogen vorbei, prallten vom Zaun ab und kamen dem nächsten Schützen in die Quere. Der Trainer brüllte seine Spieler an, um sie anzuspornen:

»Stellt's euch genau vor!«, sagte er zu ihnen. »Zwingt ihn mit eurem Willen ins Tor. Nehmt euch Zeit. Dehnt jede einzelne Sekunde.«

Das war ein guter Rat. Man konnte sehen, dass die, die ins Tor trafen, ihre Bewegungen in Abschnitte aufbrachen und sich ganz genau auf jeden einzelnen konzentrierten. Nicht, dass sie mehr Zeit gebraucht hätten als die, die das Tor verfehlten – vielmehr gelang es ihnen, die gleiche Zeitmenge auszudehnen. Genau das machen alle guten Sportler: Sie füllen Zeit mit Raum. Genau das machen auch Sprinter, wenn sie 100 Meter in weniger als zehn Sekunden laufen: Sie dehnen jede Sekunde, jeden Bruchteil einer Sekunde aus, als wäre jeder Augenblick ein Zylinder, der sie umgibt und dessen Ränder sie nach außen schieben, so dass er immer ein Stückchen mehr von der Bahn aufnimmt, ein Stückchen mehr, das sie laufen, bevor sie den Saum der Sekunde erreichen. Ein Boxer, der sich duckt, antäuscht, sich dreht und ausholt, bevor der Gegner seine Bewegung überhaupt wahrnimmt, oder ein Schlagmann, der in aller Ruhe das Abweichen und Aufprallen des sausenden Balls studieren und entschlüsseln und ihn dann spielen kann: Auch sie füllen die Zeit mit Raum. Genauso wie Männer, die Kugeln abfangen können: Es ist ganz einfach, wenn man nur genug Spielraum hat. Als ich jetzt diesen Fußballspielern beim Schießen zusah, überkam mich eine ungeheure Welle der Traurigkeit wegen der drei Männer, die umgebracht worden waren, und eine noch größere Trauer darüber, dass es mir bei meinen Nachspielen nicht gelungen war, den Augenblick ihres Todes mit so viel Raum zu füllen, dass es sie zurückgeholt hätte, dass sie ins Leben hätten zurückkehren können. Ein Ding der Unmöglichkeit, ich weiß, aber trotzdem fühlte ich mich verantwortlich und war ungeheuer traurig.

Der Trainer hatte eine neue Regel eingeführt: Hatte ein Spieler vorbeigeschossen, musste er auf der Bahn, die den Fußballplatz säumte, Runden laufen. Zwei oder drei von ihnen joggten lustlos an den kaputten Lautsprechern vorbei.

»In seinem Koma«, sagte eine Stimme neben mir, »musste er kommentieren.«

Da war der kleine Gemeinderat wieder. Er stand neben mir am Zaun und griff mit seinen Fingern in die diamantförmigen grünen Löcher. Er musste dort schon eine Weile gestanden haben, ohne dass ich ihn bemerkt hatte.

»Ja«, sagte ich. »Das stimmt.« Ich konnte mich nicht erinnern, dass ich ihm dieses Detail erzählt hätte, die Sache mit meinen Sportträumen im Koma, als ich in den Wochen nach dem Unfall bewusstlos dagelegen hatte. »Da war diese Vorgabe«, sagte ich, »der ich entsprechen musste, sonst wäre ich gestorben.«

»Und seitdem fühlt er sich unecht. Nicht-authentisch.«

»Ja«, antwortete ich. Ich wusste auch nicht mehr, dass ich ihm das erzählt hatte, aber ich musste es wohl erzählt und dann, als ich wieder in eine Trance abgedriftet war, vergessen haben, dass ich es ihm erzählt hatte.

»Wann hat er sich also in letzter Zeit am ehesten als echt empfunden?«, fragte der kleine Gemeinderat. »Wann hat er sich am wenigsten nicht-authentisch gefühlt?«

Das war eine sehr gute Frage. Ich war in den vergangenen Monaten so beschäftigt gewesen, so getrieben, war von Projekt zu Projekt gehetzt, von den Gebäude-Nachspielen zur Reifenwerkstatt und dann zu den Schießereien, dass ich gar nicht dazu gekommen war, innezuhalten und Bilanz zu ziehen, sie zu vergleichen und gegenüberzustellen und über die Frage nachzudenken: *Welches hat am besten funktioniert?* Sie hatten alle dasselbe Ziel gehabt, ein einziges Ziel: mir zu erlauben, mich als fließend zu empfinden, als natürlich, mit Aktionen und Dingen verschmelzen zu können, bis mich nichts mehr von ihnen trennte – und mich auch nichts mehr vom Erleben trennte: ohne erst verstehen, erst lernen zu müssen, um dann aus zweiter Hand nachzuahmen, keine Selbstbeobachtung, nichts dergleichen: ohne Umweg. Ich hatte diese extreme Dauer wieder und wieder angestrebt, um wirklich sein zu können. Und bisher hatte ich noch kein einziges Mal innegehalten und mich gefragt, ob es funktioniert hatte. Naz hatte mich nach dem ersten Gebäude-Nachspiel etwas Ähnliches gefragt – und die Frage war mir merkwürdig vorgekommen. Die Echtheit, auf die ich aus war, war nicht etwas, das man einfach »machen« konnte und dann »erreicht« hatte: Sie war eine Verfassung, ein Zustand – einer, zu dem ich wieder und wieder zurückkommen musste. Opioide, hatte Trevellian gesagt: endogene Opioide. Ein Drogenabhängiger hält nicht inne, um sich zu fragen: *Hat es funktioniert?* Er will einfach immer mehr – höhere Dosen, immer häufiger: mehr.

Und trotzdem war es, so wie sie gestellt worden war, eine gute Frage. Hier, bei diesem eingezäunten Sportplatz, vom kleinen Gemeinderat. Jetzt, da ich mich nach tagelanger Trance herausgewagt hatte, fühlte ich mich klar, frisch, erfrischt. Das Scheppern der Bälle, die das Torgitter trafen, war durchdringend; seine Frage schärfte mein Bewusstsein, verwandelte mich in einen Sportler, ließ mich die Zeit verlangsamen, sie ausdehnen, ihre Ränder nach außen verschieben und mich in ihr bewegen. Ich dachte an die vergangenen Monate zurück, und darüber hinaus: an die Zeit in Paris, an das Gefühl, das ich mit Catherine gehabt hatte, das Gefühl, dass uns etwas geglückt war. Ich dachte an die Gelassenheit, die sich einstellte, das Gefühl des Schwebens, wenn ich an meiner Leberdame vorbeiging, während sie ihre Mülltüte rausstellte; an meine Euphorie, als es so schien, als habe sich das blaue Klebzeug entmaterialisiert und sei zu Himmel geworden; das intensive und überwältigende Kribbeln, das aufgeblitzt war, als ich mich ganz öffnete und passiv wurde, während ich auf dem Asphalt neben der Telefonzelle lag, und das mich tagelang begleitet hatte; ich ließ all das in Gedanken durchlaufen, bis zu diesem Vormittag. Und doch war die Antwort auf die einfache Frage *Wann hatte ich mich am wenigsten unecht gefühlt?* in keinem dieser Momente zu finden.

Allmählich dämmerte mir, dass es bei einer anderen Gelegenheit gewesen war: in einem Moment, der sich nicht während eines organisierten Nachspiels ereignet hatte, sondern per Zufall – ohne Assistenten, Funkgeräte, Architekten, Maulwürfe bei der Polizei und kriminaltechnische Berichte, ohne Klaviermusikspiralen und Genehmigungen und abgesperrte Zonen. Ich war allein gewesen: allein und doch von Leuten umgeben. Sie waren an mir vorbeigeströmt, auf dem Vorplatz der Victoria Station. Pendler. Ich war auf dem Weg zu Matthew Younger gewesen: Ich kam aus der U-Bahn, als die Rushhour gerade eingesetzt hatte, und Pendler – Männer und Frauen in Businesskleidung – eilten an mir vorbei. Ich stand regungslos, schaute in die andere Richtung und spürte sie vorbeieilen, vorbeiströmen. Ich drehte meine Handflächen nach oben und spürte, wie das Kribbeln anfing – und merkte, dass ich dastand wie ein Bettler, der die Hände aufhält und Passanten um Kleingeld bittet. Das Kribbeln nahm zu; nach einer Weile entschloss ich mich, *tatsächlich* um Kleingeld zu bitten. Ich fing an zu murmeln:

»Kleingeld ... ein bisschen Kleingeld ... bisschen Kleingeld ...«

So hatte ich dagestanden, vor mich hingestarrt und *ein bisschen Kleingeld* gemurmelt, einige Minuten lang. Niemand hatte mir etwas gegeben; ich hatte auch keins gewollt oder gebraucht: Gerade hatte ich achteinhalb Millionen Pfund bekommen. Aber in diesem Moment an diesem speziellen Ort zu sein, in dieser speziellen Beziehung zu den anderen, zur Welt, hatte bei mir eine solche Gelassenheit bewirkt, eine solche Intensität, dass ich mich fast als wirklich empfunden hatte. Jetzt, als ich neben dem kleinen Gemeinderat stand, erinnerte ich mich daran, dass ich mich genauso gefühlt hatte: fast wirklich. Ich drehte mich zu ihm und sagte:

»Das war, als ich vor der Victoria Station stand, auf dem Weg zum Büro meines Börsenmaklers, und Passanten um Kleingeld bat.«

Der kleine Gemeinderat lächelte – die Art von Lächeln, die andeutete, dass er bereits gewusst hatte, wie meine Antwort ausfallen würde, noch bevor ich sie gegeben hatte.

»Um Geld bitten, das er ganz gewiss nicht benötigte«, sagte er. »Das ließ ihn sich am ehesten als echt empfinden.«

»Um Geld bitten, ja«, sagte ich, »aber auch das Gefühl von …«

»Von was?«, fragte er.

»Auf der anderen Seite von etwas zu sein. Einem Schleier, einem Wandschirm, dem Gesetz – ich weiß es nicht …«

Meine Stimme verlor sich. Der kleine Gemeinderat schaute mich eine Weile an und sagte dann:

»Um Geld bitten, das Gefühl, auf die andere Seite gelangt zu sein, sagt er. Daraus ergibt sich die Frage: Was wird er als nächstes tun?«

Was würde ich als nächstes tun? Noch eine gute Frage. Es sollte so etwas sein wie die Szene damals vor der Victoria Station. Vielleicht konnte ich einfach genau das nachspielen: den Vorplatz mieten und meine Leute die vorbeiströmenden Pendler sein lassen, während ich mit ausgestreckten Händen dastehen, sie ansehen und um Geld bitten würde. Ich stellte mir das vor, aber es regte meine Fantasie nicht wirklich an. Es nachzuspielen würde nicht ausreichen: Es würde etwas fehlen, etwas Wesentliches.

Ich schloss die Augen, und sofort tauchte ein Bild auf: von einer Waffe, dann von mehreren Waffen – einer ganzen Waffenparade, ausgebreitet wie in Dr. Jauharis Schaubildern, mit ihrer seidig glänzenden Politur, dem gebogenen Griff und dem dicken Hahn. Das Bild weitete sich: Ich war mit meiner Mannschaft zusammen, in einer Formation genau wie in meinem Traum, einer Phalanx in Flugzeugform. Wir befanden uns auf einer abgegrenzten Fläche, in einer Halle, die in verschiedene Bereiche aufgeteilt war, durch Trennwände abgegrenzt, die wir durchdrangen, um auf die andere Seite zu gelangen. Wir standen als Phalanx und baten um Geld, standen auf der anderen Seite von etwas, hatten Waffen in der Hand – und die ganze Szene war intensiv, wunderschön und wirklich.

Auf dem Asphaltplatz schleuderte mich ein Fußball, der gegen ein Torgitter prallte, zurück in die Gegenwart. Ich drehte mich zum kleinen Gemeinderat und sagte:

»Was ich als nächstes nachspielen möchte, ist ein Banküberfall.«

14

Eine Woche später kamen Naz und ich zurück ins Blueprint Café. Wir waren dort mit einen Mann namens Edward Samuels verabredet. Zu seinen Glanzzeiten war Samuels einer der erfolgreichsten und unverfrorensten bewaffneten Räuber des Vereinigten Königreichs gewesen. Er hatte nicht nur zahllose Banken ausgeraubt, sondern auch Kunstwerke, Kleidung, Tabak und Fernseher gestohlen: ganze Schiffsladungen von allem. Er hatte immer in Großmengen geraubt. Er hatte LKWs entführt und Lagerhallen geplündert. Er war ein Meister im Verschwindenlassen riesiger Dinge, was ihm in der Unterwelt den Namen Elefanten-Dieb eingebracht hatte – ein Spitzname, den Leute, die ihn gut kannten, anscheinend zu Elefant verkürzen durften.

Samuels' kriminelle Karriere war nicht ganz reibungslos verlaufen. Er war zweimal im Gefängnis gewesen – das zweite Mal für elf Jahre, von denen er sieben abgesessen hatte. Im Gefängnis hatte er den mittleren und höheren Schulabschluss gemacht und dann angefangen, Kriminalpsychologie zu studieren. Er hatte eine Autobiografie geschrieben, *Elefant*, und es war ihm gelungen, sie kurz nach seiner Entlassung aus dem Gefängnis zu veröffentlichen. So war Naz auf ihn gekommen und hatte unser Treffen arrangiert: Er hatte das Buch gelesen und sich mit seinem Agenten in Verbindung gesetzt.

Naz erzählte mir die ganze Samuels-Geschichte im Taxi zum Restaurant. Dabei stellte ich mir Samuels vor. Ich stellte ihn mir groß und ziemlich athletisch vor. Das stimmte mehr oder weniger. Ich entdeckte ihn gleich, als wir eintraten. Er war etwa Mitte fünfzig, kräftig gebaut und hatte glattes weißes Haar, hohe Wangenknochen und war ziemlich gutaussehend. Er hatte ein Exemplar seines Buchs dabei – oder jedenfalls schien es so: Ein Buch, von dem ich annahm, dass es das von ihm sei, lag vor ihm auf dem Tisch, aber als ich mich setzte und einen Blick darauf warf, stellte sich heraus, dass es etwas anderes war: *Psychopathologie des Verbrechens.*

»Sie studieren immer noch?«, fragte ich ihn.

»Bin auf halbem Weg zu meinem Magister«, sagte Samuels. Er hatte eine heisere Arbeiterklassen-Stimme, aber mit einer Art Mittelklasse-Selbstsicherheit darin. »Ich will's jetzt wissen. Man wird verrückt im Gefängnis, wenn man sein Herz nicht an irgendwas hängt. Gewichtheben ist okay für Mörder und Psychos, aber wenn man nur ein bisschen Grips im Kopf hat, will man die Zeit nutzen, um sich zu bilden.«

»Warum Kriminalpsychologie?«, fragte ich.

»Im Gefängnis gab es Psychologen, die Studien mit uns gemacht haben«, sagte Samuels und nahm sich eine Gebäckstange. »Da habe ich einen von ihnen gefragt, ob er mir ein paar Bücher ausleiht. Zuerst gab er mir eins für Patienten: wie man mit Wut umgeht, wie man mit diesem und jenem zurechtkommt. Nach einer Woche fragte ich ihn nach denen, die er selber las. Bücher für Psychologen.«

»Lehrbücher?«, fragte ich.

»Genau«, sagte er. »Die zu lesen, war, als hätte ich plötzlich den Schlüssel zu meiner eigenen Vergangenheit bekommen. Sie zu verstehen. Wenn man eine Sache nicht wiederholen will, muss man sie verstehen.«

Ich dachte angestrengt über das nach, was Samuels gerade gesagt hatte, und antwortete ihm dann:

»Aber ich will Sachen wiederholen.«

»Darüber hat mich Nazrul informiert«, antwortete Samuels. »Er sagt …«

»Und ich will sie nicht verstehen. Das ist der …«

Meine Stimme verebbte. Die Bedienung kam. Naz und ich bestellten Fischsuppe, Kedgeree und Mineralwasser; Samuels bestellte Hirschbratwürstchen und Rotwein.

»Sind wir von Ihnen hier schon mal bedient worden?«, fragte ich den Kellner.

»Möglicherweise«, sagte er. »Das nächste Mal werde ich mich an Sie erinnern.«

Als er gegangen war, sagte ich zu Naz:

»Lassen Sie sich seine Adresse geben. Vielleicht brauche ich ihn später mal für irgendetwas.«

»Unbedingt«, sagte Naz. Er wusste genau, was ich meinte.

Ich wendete mich wieder Samuels zu.

»So«, sagte ich. »Naz hat Sie schon darüber informiert, worum es uns geht?«

»Das hat er getan, ja«, sagte Samuels. »Sie wollen mir eine enorme Summe zahlen, damit ich Sie berate, wie man einen Bankraub nachstellt.«

»Nachspielt«, sagte ich, »ja. Meinen Sie, dass Sie uns helfen können?«

»Das kann ich ganz bestimmt«, antwortete er. »Ich war erst kürzlich Berater bei einem Kriminalfilm. Aber was Sie machen, ist kein Film, oder?«

»Nein«, sagte ich. »Überhaupt nicht. Es wird keine Kameras geben: Es gibt nur die Nachspieler, die es machen.«

»Das Prinzip ist aber dasselbe, oder?«, sagte Samuels. »Sie wollen eine Inszenierung machen ...«

»Nachspielen«, korrigierte ich.

»Nachspielen«, fuhr er fort. »Einen Banküberfall nachspielen.«

»Ja«, sagte ich, »das ist richtig. Aber bis ins allerletzte Detail, bis in Details, um die man sich beim Film gar nicht kümmern würde. Beim Film macht man alles für die Kamera: nur die Vorderseite, gerade so, damit es nach außen hin richtig aussieht. Bei mir muss es richtig *sein*. Ganz und gar richtig, im Innern.«

»Für das Publikum?«, fragte er.

»Nein«, sagte ich. »Für mich.«

Samuels lehnte sich in seinem Stuhl zurück und runzelte die Stirn. Er schwieg einige Sekunden; dann fragte er:

»Wo?«

»In einer Lagerhalle in Heathrow«, sagte ich. »Wir werden die Bank dort eins zu eins nachbauen. Ein Duplikat davon anfertigen.«

Der Kellner kam mit unseren Getränken. Ich beobachtete ihn, wie er sie abstellte. Eines Tages würde ich wirklich einmal etwas, das mit ihm zu tun hatte, nachspielen lassen, irgendwann, wenn ich dazu kam. Er ging wieder weg. Ich lehnte mich in meinem Stuhl zurück, breitete die Arme weit aus und sagte zu Samuels:

»Also!«

»Also …«, wiederholte er, in Erwartung, dass noch mehr folgte.

»Also: Erzählen Sie mir von Banküberfällen.«

»Oh!«, sagte er. »Ja, also – wo soll ich anfangen?« Er nahm eine weitere Gebäckstange, legte sie vor sich auf den Tisch und sagte: »Ich denke, dass ich Ihnen für Ihre Zwecke etwas über Choreografie erzählen sollte.«

»Choreografie?«, sagte ich. »Wie beim Ballett?«

»Mehr oder weniger, ja«, antwortete Samuels. »Wer steht wo, wer macht was, wann und wie sich alle bewegen: Das ist alles sehr sorgfältig aufeinander abgestimmt.«

»Choreografie«, sagte ich. »Das ist gut, sehr gut.«

»Ja, das ist es«, sagte Naz. »Das ist sehr gut.«

»Und«, fuhr Samuels fort, wobei er erst auf die rechte, dann auf die linke Seite der Gebäckstange deutete, »das gilt nicht nur für die Bankräuber. Sondern auch für die Bank.«

»Wie das?«, fragte ich. »Sie wissen doch nicht, dass es einen Überfall geben wird.«

»Aha!«, sagte Samuels. »Falsch. Sie wissen nicht, *wann* es passieren wird. Aber wo es eine Bank gibt, da wird es auch einen Überfall geben – davon kann man mit ziemlicher Sicherheit ausgehen. Alle Bankangestellten werden gründlichst darauf vorbereitet. Ihr Verhalten ist ganz genau vorgegeben. Die sieben Regeln hängen sogar in jeder Filiale, wo sie jeder Angestellte sehen kann.«

»Sieben?«, fragte ich.

»Eins: Ruhe bewahren und die Täter nicht provozieren. Zwei: Alarm auslösen, sobald das gefahrlos möglich ist. Drei: Nur den verlangten

Betrag herausgeben; immer zusammen mit dem Registriergeld. Vier: Nicht ans Telefon …«

»Was ist Registriergeld?«, fragte ich.

»Das ist ein Geldbündel, das sie immer an der Seite haben, um es Bankräubern mitzugeben«, sagte Samuels. »Die Geldscheine sind normalerweise markiert, und manchmal ist eine Farbpatrone dabei, die nach etwa einer Stunde explodiert. Egal: vier: Nicht ans Telefon gehen – außer natürlich, sie verlangen es. Fünf: Ein eventuell vorgezeigtes Schriftstück (eine Aufforderung, Drohung) nicht anfassen; nichts berühren, was sie berührt haben. Sechs: Die Räuber beobachten – Stimme, Größe, Gesicht, falls sie keine Masken tragen. Sieben: Sich merken, in welche Richtung sie geflüchtet sind.«

Er nahm einen Schluck Wein, bevor er weitersprach:

»Also, aus der Sicht der Bankräuber sind die ersten drei Punkte wichtig. Die Angestellten sind darauf gedrillt, sich auf bestimmte Art und Weise zu verhalten, die Räuber wissen das, und die Angestellten wissen, dass sie das wissen, und die Räuber wissen, dass sie wissen, dass sie es wissen. Deswegen folgt ein Überfall idealerweise einem strikten Aktions-Reaktions-Schema: *A* macht *X*, *B* macht *Y* als Reaktion, *A* macht dann *Z* und die ganze Interaktion nimmt ihren Lauf.«

Er brach die Gebäckstange in zwei Hälften und ließ, während er erklärte, die eine Hälfte *A* darstellen und die andere *B*, die durch die Änderungen ihrer Positionen auf dem Tischtuch aufeinander reagierten. Naz und ich beobachteten sie, während wir zuhörten.

»Ich sage ›idealerweise‹«, fuhr Samuels fort, »weil dieses Schema für beide Seiten große Vorteile hat. Die Räuber bekommen ihr Geld und die Bankangestellten werden nicht umgebracht. Was alles verdirbt, ist, wenn ein Faktor, den niemand vorausgesehen hat und der im Schema nicht vorgesehen ist, dazwischenplatzt.« Er stellte den Salzstreuer zwischen die beiden Gebäckstangenhälften, um das zu veranschaulichen. »Ein Möchtegern-Held, der über einen der Räuber herfällt, eine hysterische Frau, die die Kommandos nicht befolgt, jemand, der versucht rauszurennen …«

»Wie mit der Karotte!«, sagte ich.

»Wie bitte?«, fragte Samuels und runzelte dabei wieder die Stirn.

»Es ist ... wie auch immer. Machen Sie weiter.«

Samuels zögerte, fuhr dann aber fort:

»Dieses vorgegebene Schema dient, wenn es funktioniert, was es zur großen Erleichterung für beide Seiten meistens tut, vor allem der Bank – aber erst von dem Augenblick an, da sie den Alarm auslösen. Ihr Ziel ist nicht, jemanden vom Ausrauben abzuhalten, sondern die Kette in Gang zu setzen, die dazu führt, dass man später, wenn man draußen ist, von der Polizei geschnappt wird. Man kann nicht verhindern, dass diese Kette in Gang gesetzt wird – und die Zeit vom Drücken des Alarmknopfs bis zum Eintreffen der Polizei ist eine Sache von Minuten: fünf, sieben, vielleicht sogar nur zwei. Das Ziel ist nicht, sie davon abzuhalten, sondern genügend Zeit herauszuschinden, um rein-, raus- und wieder wegzukommen, bevor sie das tun.«

»Wie macht man das?«, fragte ich.

»Durch Schock«, antwortete er. »Wieder Psychologie, nicht wahr? Man stürmt rein, feuert einen Warnschuss ab, richtet die Waffen auf sie – und die Angestellten haben zu viel Angst, den Alarm auszulösen oder auch nur irgendetwas zu tun!«

Der Ton seiner Stimme hatte sich verändert. Er hatte das Gebäckstangen-Requisit fallen lassen; seine Augen schienen Funken zu sprühen, als ob die Erinnerung daran, in eine Bank zu stürmen und mit Waffen herumzufuchteln, sie entfacht hätte. Er nahm noch einen Schluck Wein, wischte sich über die Lippen und fuhr fort:

»Sie sind wie Karnickel im Scheinwerferlicht: erstarrt. Man kommt rein und schiebt sie behutsam vom Schalter weg, lässt sie sich auf den Boden legen. Man nutzt den Schock, um eine ... eine Brücke zu bauen, eine ... einen Aufschub zu erreichen, so dass man agieren kann. Eine kleine Enklave, ein Defilé.«

Ich sah Naz an und zog die Augenbrauen hoch. Er nickte, nahm sein Handy und tippte etwas ein. Der Kellner brachte unser Essen. Die Hirschbratwürstchen, die Samuels bestellt hatte, stellte er versehentlich vor mich hin. Sie waren grau und schrumpelig wie der Rüssel eines Elefanten. Ich stellte mir vor, wie ich versuchte, einen Elefanten zu stehlen und ihn dann zu verhökern, ihn loszuwerden, einfach verschwinden zu lassen.

»Wohin führt das alles?«, murmelte ich.

»Wie bitte?«, fragte Samuels.

»Ich … nichts«, sagte ich. »Egal.«

Eine Weile aßen wir schweigend; dann fragte Samuels:

»Also: dieser Banküberfall, den Sie nachspielen wollen. Geht es um einen bestimmten? Einen, den ich gemacht habe?«

Ich ließ Messer und Gabel sinken und dachte eine Weile darüber nach. Die anderen beiden schauten mich an, während ich nachdachte. Schließlich sagte ich:

»Nein, kein bestimmter. Eine Mischung aus verschiedenen, wirklichen und fiktiven. Solchen, die geschehen könnten, die geschehen sind oder die vielleicht irgendwann einmal geschehen werden.«

In diesem Moment piepste Naz' Handy. Er schaute auf das Display und las vor:

»Im Militärjargon ein schmaler Weg, durch den Truppen nur in Reihe oder in schmaler Front marschieren können, insbesondere eine Gebirgsschlucht oder ein Pass. Das Vorüberziehen an jemandem, parademäßiger Vorbeimarsch. 1835. Vom französischen *défilé*. Im Englischen als Verb – *to defile* – auch: etwas beschmutzen; schänden; vom mittelenglischen *defoul*.«

»Sehr gut«, sagte ich. »Wirklich sehr gut.«

»Ja«, sagte Naz. »Das ist ein ausgezeichneter Ausdruck. In Reihe marschieren.«

»Ein Defilé in der Zeit«, sagte ich. »Eine Engstelle, eine Falte.«

»Auch das«, sagte Naz.

»Wie bitte?«, fragte Samuels.

Ich drehte mich zu ihm und sagte:

»Sie sind engagiert.«

In den nächsten Tagen schickten wir Leute durch die Stadt, um nach einer Bank zu suchen, die als Modell für unser Nachspiel dienen konnte. Sie wurden angewiesen, besonders auf Zugänge und Fluchtwege zu achten. Die Lage an Straßenecken galt als günstig. In Hauptstraßen ist normalerweise viel Verkehr, was Polizeiautos aufhält. Seitenstraßen sind eng genug, dass man sie blockieren kann, um die Verfolgung zu verhindern, und oft führen sie in das Straßengewirr von Wohnvierteln, was zahlreiche Möglichkeiten eröffnet. Eine Polizeiwache in unmittelbarer Nähe ist, das liegt auf der Hand, wenig wünschenswert. Für die Suche nach der Bank hatte ich doppelt so viele Leute losgeschickt wie für die Suche nach meinem Gebäude vor ein paar Monaten. Ihre Berichte wurden in Naz' Hauptquartier in dem blau-weißen Gebäude in der Nähe von meinem gesammelt; ihre Entdeckungen wurden auf Stadtplänen markiert und in Grafiken und Tabellen festgehalten, die ich selbstverständlich komplett ignorierte.

Natürlich fand ich die Bank selbst. Ich fand sie in Chiswick, nicht weit vom Fluss entfernt. Ich eröffnete dort ein Konto. Ich zahlte eine Viertelmillion Pfund ein und wurde umgehend zum Geschäftsführer gebeten. Ich fand immer neue Gründe – Geld einzahlen oder abheben, Scheckkarten abholen, Formulare abgeben usw. –, um eine Woche lang fast täglich dorthin zu gehen. Auch Samuels, Annie und Frank ließ ich dort Konten eröffnen und die Bank regelmäßig besuchen, damit sie sich selbst mit den Gegebenheiten vertraut machen konnten. Naz hatte jemanden beauftragt, herauszufinden, welches Architekturbüro den Umbau des Gebäudes geleitet hatte, um sich eine Kopie der Pläne zu besorgen, so dass wir beim Nachbau der Innenräume die tatsächlichen Maße und Dimensionen hatten. Die Bank hatte einen teilweise mit Teppich ausgelegten Steinfußboden: Ich bat Frank, sich nicht nur das Muster des Bodens einzuprägen, sondern auch alle Flecken und Risse, die Teppich und Boden hatten. Annie kaufte eine versteckte Kamera bei einem Spionagebedarfsladen in Mayfair und fotografierte die Wände – die Mitteilungen und Plakate und wo sie hingen, ihre kleinen Risse oder

Eselsohren – so dass sie, genau wie die Räume selbst, akkurat nachgebildet werden konnten.

Es dauerte zwei Wochen, das Duplikat der Bank in der Lagerhalle in Heathrow zu bauen. Ich hatte die Reifen- und Blaues-Klebzeug-Kaskaden-Endlosschleife eingestellt und den nachgebauten Laden und das Café abbauen lassen, kurz nachdem ich mich für das Nachspiel der Anweisungen an meine Killer entschieden hatte, was ich wiederum aufgab, als ich mich für das Banküberfall-Nachspiel entschieden hatte; aber wir behielten zwei der Fahrer, die meine Rolle im Blaues-Klebzeug-Reifen-Nachspiel übernommen hatten – einer sollte den Fahrer eines der Fahrzeuge nachspielen, mit dem wir, die Räuber-Nachspieler, zum Schauplatz kommen und später abhauen würden, der andere sollte den Geldtransporter fahren, für den das Geld gedacht war, das wir rauben würden.

Annie hatte die Straße vor der Bank fotografiert: den Bordstein, die Markierungen. Neben dem Gebäude gab es eine winzige Sackgasse, gerade breit genug, um einen Transporter zu parken. Dort würde der Geldtransporter hineinfahren; wir hatten den echten mehrmals dabei beobachtet. Über die gesamte Länge der winzigen Straße verlief eine gelbe Linie. Am Ende der Straße beschrieb die Linie eine Kurve mit derselben Krümmung wie die Laufbahnen in der Nähe meines Gebäudes. Ursprünglich war der Verlauf der Linie rechtwinklig gewesen – man konnte die alte, halbverwaschene erste Farbschicht noch erkennen, die die städtischen Straßenmaler weiter bis ans Ende des Straßenstummels gezogen hatten – aber dann hatten sie, oder vielleicht auch jemand anders, ein paar Jahre später ihre Meinung geändert und sie als Bogen aufgemalt. Jemand musste das entschieden haben: die Maler selbst, oder vielleicht auch der Straßenmarkierungsausschuss der Gemeinde Chiswick in nicht-öffentlicher Gemeinderatssitzung im Rathaus. Egal, Annie hatte es fotografiert und wir kopierten es detailgetreu: dieselbe Biegung, dieselbe halbverwaschene Schicht, die sich darunter ausdehnte.

Samuels verbrachte viel Zeit damit, die Bank von außen zu beobachten und die Ankunftszeiten des Geldtransporters festzuhalten. Sie variieren sie, erklärte er – aber wenn man lange genug beobachtet, kann man das Variationsmuster herausfinden und wie oft es sich wiederholt. Das tut es irgendwann immer, sagte er. Es war nur eine Frage der Geduld, man musste abwarten, bis das Muster dahinter sichtbar wurde.

»Ich schätze Geduld«, sagte ich. »Aber mir ist aufgefallen, dass Sie sich die Zeiten nicht aufschreiben.«

»Ich notiere das alles hier oben«, sagte er und tippte sich an die Stirn. »Ich wurde Elefant genannt, weil ich so ein gutes Gedächtnis habe.«

»Ich dachte, es wäre wegen ...«

»Das auch«, sagte er. »Steht alles in meinem Buch. Ich werde Ihnen ein Exemplar geben.«

Das machte er, aber ich habe es nicht gelesen. Ich war zu sehr damit beschäftigt, mir anzuschauen, wie sich alles zusammenfügte. Drei Wochen nach unserem ersten Treffen mit Samuels im Blueprint Café waren wir soweit, dass wir mit dem Training für das Nachspiel beginnen konnten. Diesmal war sehr viel Training nötig. Die Choreografie spielte eine große Rolle, genau wie Samuels gesagt hatte. Es gab Nachspieler für die Räuber, Nachspieler für die Angestellten, für den Geldtransport-Fahrer, für die Kunden in der Bank und auch für die Passanten draußen: insgesamt allein 34 Nachspieler. Das hier war das bei weitem ambitionierteste meiner Projekte. Hinsichtlich des Informationsmanagements auch das komplexeste: Die Wände von Naz' Büro waren übersät mit Organisationsplänen, Ablaufplänen und Mengen-Diagrammen, mit Listen und Verzeichnissen und Legenden für die Pläne und Diagramme und mit Verzeichnissen für die Listen. Wenn ich ihn nach den Proben abends besuchte, fand ich ihn damit beschäftigt, neue zu erstellen oder eine bereits vorhandene Liste mit Anmerkungen zu versehen, oder er saß einfach mittendrin an seinem Schreibtisch, schweigend, seine Augen glasig, während sein fieberhaftes Surren den ganzen Raum erfüllte.

Und so sah der geplante Ablauf aus: Der Geldtransporter fährt in die Stummelstraße neben der Bank, um neue Geldscheine anzuliefern – die sich nicht als Beute eignen, weil sie sich leicht zurückverfolgen lassen – und um Säcke mit alten Scheinen abzuholen, auf die wir es abgesehen haben. In diesem Transporter befinden sich vier Nachspieler. Zwei dieser Männer tragen das neue Geld in die Bank; ein dritter begleitet sie bis zur Tür, bleibt aber draußen stehen, und der vierte bleibt im Transporter. So machen es Sicherheitsleute, um eine durchgehende Sichtverbindung zu schaffen, vom Inneren der Bank über den Mann an der Tür bis zum Transporter – so wie Bussarde in langen Reihen dahinsegeln, zwischen sich Abstände von mehr als einem Kilometer, und wenn einer von ihnen Futter entdeckt und sich herabstürzt, schließen sich die an, die jeweils vor und hinter ihm in der Kette sind, und in kürzester Zeit weiß die ganze Kette Bescheid.

Sobald sie in der Bank sind, werden die Sicherheitsleute-Nachspieler Eins und Zwei am anderen Ende der Schalterhalle in einen mit Panzerglas gesicherten Bereich eingecheckt, und zwar durch eine Doppeltürenanlage, die von den Angestellten »Luftschleuse« genannt wird, weil die eine Tür erst geöffnet werden kann, wenn die andere geschlossen ist. Sobald sie sicher in diesem Bereich sind, übergeben sie die neuen Säcke dem Kassierer-Nachspieler, der eine Quittung für sie vorbereitet, während sie darauf warten, dass die Säcke mit den alten Scheinen, die im Tresorraum im Keller aufbewahrt werden, mit einem kleinen elektrischen Aufzug nach oben gebracht werden.

Diese ganze Transaktion ist vom Publikumsbereich der Bank aus nicht zu sehen. Es gibt allerdings eine Stelle genau vor dem Auskunftsschalter, von wo aus man Einblick hat. Ein Komplizen-Nachspieler steht in der Schlange vor dem Auskunftsschalter und verlässt die Bank, sobald er den Aufzug mit den alten Geldscheinen ankommen sieht. Von Samuels wurde das der »Show-out« genannt: Sein Auftauchen ist der Startschuss für die Bankräuber-Nachspieler.

Wir warten in zwei Autos, die auf verschiedenen Straßenseiten parken. Das erste fährt vor und hält vor der Einmündung der Stummelstraße, um den Geldtransporter zu blockieren. Gleichzeitig springen drei von uns aus diesem Auto und drei weitere aus dem anderen und rennen zur Bank. Bankräuber-Nachspieler Eins wirft Sicherheitsmann-Nachspieler Drei zu Boden und nimmt seinen Platz ein, lässt die Tür einen Spalt offen und setzt damit unsere eigene Bussard-Sichtverbindung in Gang. Bankräuber-Nachspieler Zwei, Drei und Vier stürmen in die Eingangshalle der Bank und formen eine Phalanx, Zwei feuert mit seiner Schrotflinte den Warnschuss Richtung Decke ab, bevor er die Waffe auf die Bankangestellten-Nachspieler richtet und sie anweist, von ihren Schaltern zurückzutreten, während Drei ebenfalls eine Waffe auf sie richtet. Bankräuber-Nachspieler Vier und Fünf gehen inzwischen weiter und zertrümmern mit Vorschlaghämmern die Luftschleusentür. Sobald sie sich innerhalb des mit Panzerglas gesicherten Raums befinden, stößt Drei zu ihnen und hilft, während Zwei seine Waffe auf die Angestellten- und Kunden-Nachspieler gerichtet hält, die Säcke aus der Bank zu tragen – drei große Säcke, einen für jeden, den sie mit beiden Händen vor dem Bauch halten –, während Vier an der Tür auf Eins trifft, um mit ihm hinter den anderen die Bank zu verlassen, und alle in den beiden Autos flüchten. Die ganze Überfall-Sequenz durfte nicht länger als 90 Sekunden dauern.

Wir spielten sie unzählige Male durch. In den ersten Durchläufen hatte jeder ein Schild auf dem Rücken: R1, R2 usw. für die Räuber, A1 usw. für die Angestellten, P-Nummern für die Passanten und Kunden. Wir sahen alle aus wie Marathonläufer, oder wie Teilnehmer eines Tanzturniers. Wir fügten manches hinzu und ließen anderes weg. Als Bankräuber Fünf zum Beispiel zum ersten Mal seinen Sack durch den Vorraum trug, stolperte er über eine Falte im Teppich und fiel hin. Alle lachten, aber ich sagte: »Mach das jedes Mal.«

»Was, hinfallen?«, sagte er.

»Nein, nur stolpern, nicht richtig hinfallen.«

Ich rechnete damit, dass er, wenn er absichtlich ein bisschen stolperte, nicht aus Versehen stolpern würde – wollte diesem Ereignis also sozusagen zuvorkommen. Nach einigen weiteren Durchläufen hatte sich die Falte geglättet. Ich ließ Frank ein Stückchen Holz unterschieben, so dass sich der Teppich wellte und Bankräuber Fünf jedes Mal ein bisschen stolpern konnte. Eine andere Sache, an der ich feilte, war der Abgang des Komplizen, der am Auskunftsschalter ansteht – der »Show-out«. Während der ersten Trainingstage hatte er einfach einen Schritt zur Seite gemacht, sich umgedreht und war weggegangen. Das wirkte unbeholfen. Es musste eine Möglichkeit geben, das irgendwie besser zu machen, aber ich wusste noch nicht wie. Nach einer Woche fiel es mir ein:

»Mach es wie ein Tight End«, sagte ich.

»Ein was?«, fragte mich der Nachspieler.

»Ein Tight-End-Spieler beim American Football«, sagte ich.

Nach dem Unfall hatte ich im Krankenhaus, wenn ich nachts nicht schlafen konnte, eine Menge American Football im Fernsehen gesehen. Es hatte hypnotisierende Wirkung gehabt: wie die endlos sich wiederholenden statischen Aufstellungen in bewegte Standardsituationen springen, die der Trainer von der Seitenauslinie signalisiert. Manchmal gibt es sogar zwei Leute, die Anweisungen geben, wobei die Signale des einen nur Fake sind, um die Codeknacker des anderen Teams zu verwirren.

»Ist das der, der den Ball wirft?«, fragte mich der Komplizen-Nachspieler.

»Nein«, sagte ich. »Das ist der Quarterback. Der Tight End steht in der Reihe, darf aber auch den Ball fangen. Deswegen wird er häufig mit den anderen aufgestellt und geht genauso in die Hocke; kurz bevor der Spielzug beginnt, schert er dann aber aus, noch vor der Ballübergabe, und rennt hinter den anderen Geduckten entlang, parallel zu ihnen. Ich möchte, dass du deinen Platz so verlässt. Natürlich nicht rennst – aber genauso ausscherst.«

»Okay«, sagte er.

Wir probierten es. Es sah wunderschön aus.

Es dauerte noch etwa zwei Wochen, dann bekamen wir die meisten Bewegungen richtig hin. Jetzt ließen wir die Bankräuber-Nachspieler

Fünf und Sechs die Luftschleusentüren tatsächlich einschlagen. Das war ein hartes Stück Arbeit. Als ich sah, wie sie die erste zertrümmerten, dann in den Raum zwischen den beiden Türen traten, die zweite zertrümmerten und dann weitergingen, musste ich an Forscher denken, die über Polareis laufen, oder an Bergsteiger – wie sie jede neue Position, egal wie wenig sie dabei vorankommen, zuerst sichern müssen, bevor sie die nächste in Angriff nehmen. Wir hatten auch echte Waffen. Naz hatte ein paar Schrotflinten aufgetrieben – solche, mit denen man Fasane schießt. Die Waffen mussten echt sein für den Warnschuss, den Bankräuber-Nachspieler Zwei abfeuert. Er feuerte Richtung Decke, und kleine Stückchen Putz fielen herunter. Als er das zum ersten Mal machte, musste ich an Matthew Younger denken, wie er mich damals während des Umbaus in meinem Gebäude besucht hatte und Putzkrümel auf ihn herabregneten. Es war schon seltsam: Als ich an diesem Abend nach Hause kam, fand ich eine Nachricht von ihm auf meinem Anrufbeantworter.

»Bitte setzen Sie sich mit mir in Verbindung«, sagte er. »Ihre Aktien schießen in die Höhe, aber der Grad an Exponiertheit ist jetzt fast unerträglich und ich habe Zweifel an der Stabilität dieses Sektors insgesamt. Sie können mich im Büro erreichen, oder außerhalb der Bürozeiten unter einer der folgenden Nummern …«

Als ich seiner Stimme zuhörte, dachte ich an das, was mein kleiner Gemeinderat gesagt hatte: dass ich Magie trieb, wie ein Schamane. Vielleicht hatte Matthew Younger genau in dem Moment angerufen und seine Nachricht hinterlassen, als der Putz herunterfiel. Das würde ich nie erfahren. Ich sah allerdings den kleinen Gemeinderat: Er tauchte am nächsten Tag in der nachgebauten Bank auf.

»Genau wie er beim Fußballplatz angekündigt hatte«, sagte er. »Ein Raubüberfall. Er wird das Ausrauben einer Bank simulieren.«

»Ja«, sagte ich. »Nachspielen.«

»Und nachspielen und nochmal nachspielen, kann man annehmen«, fuhr er fort. »Sein ultimatives Ziel dabei ist natürlich, zu – wie soll man das ausdrücken? Durch dieses merkwürdige, sinnlose Residual eine gewisse Authentizität zu erreichen – nein, *anzunehmen.*«

In diesem Moment musste ich auf meine Position – ich war Bankräuber-Nachspieler Drei –, aber nachdem wir die Prozedur nochmals geprobt hatten, suchte ich ihn, um ihn zu fragen, was er mit »Residual« gemeint hatte. Er hatte dieses Wort jetzt schon zum zweiten Mal verwendet. Aber ich konnte ihn nicht finden.

Die nächsten Durchläufe wollte ich auslassen. Ich ließ mich gegen einen der Ersatz-Nachspieler einwechseln, stellte mich an die Seite und schaute zu. Es lief alles sehr gut. Wie das leicht angewinkelte Bein von Bankräuber Eins die Tür offen hielt; die Bewegung der Waffe von Bankräuber Zwei, die einen Bogen durch das Foyer von der Haupttür aus beschrieb, während Bankräuber Drei das Gleiche machte, nur schneller und von der Mitte aus, leicht versetzt wie die Zeiger einer Uhr; die Drehung des Tight-End-Komplizen, der aus der Reihe ausscherte, seine Schultern dabei geneigt, die linke etwas tiefer als die rechte, und sich dann wieder aufrichtete; der Anblick der Angestellten, Kunden und Sicherheitsleute, die ausgestreckt auf dem Boden lagen, unbeweglich und unterwürfig – all diese Bewegungen und Positionen waren geladen mit einer Intensität, die weit über sie hinausstrahlte. Als ich dort stand und zuschaute, spürte ich erneut das Kribbeln, das sich vom unteren Ende meiner Wirbelsäule aus auszubreiten begann.

Samuels stellte sich neben mich und beobachtete, wie die Nachspieler ihre ineinandergreifenden Sequenzen durchspielten.

»Wir haben das auch gemacht«, sagte er nach einer Weile.

»Was gemacht?«, fragte ich.

»Trockenübungen. Simulationen. Vor jedem größeren Überfall. Wir haben es nicht nur auf dem Papier durchgespielt: Wir haben es geprobt, wie hier.«

Ich drehte mich zu ihm und sah ihn an.

»Sie meinen, Sie haben die Überfälle vorher nachgespielt?«, fragte ich ungläubig.

»Na ja, das sage ich ja gerade. Nicht nachgespielt: vor-gespielt, würde ich eher sagen. Aber ja, natürlich.«

Ich dachte sehr angestrengt darüber nach. Davon wurde mir schwindelig. Ich ging zu Naz und sagte ihm, dass ich nach Hause gehen wollte.

»Was?«, sagte er und starrte konzentriert in die Luft.

»Ich muss nach Hause«, wiederholte ich.

Er starrte noch einige Sekunden vor sich hin; dann drehte er sich schließlich zu mir um und sagte: »Ach, richtig. Ich lasse Sie nach Hause bringen.«

Eine Stunde später lag ich wieder in meiner Badewanne und schaute auf den Riss. Klaviermusik wehte von unten herauf. Der Dampf, der aus der Badewanne aufstieg, schien Bewegungsmuster des Banküberfalls nachzubilden: den Bogen, den die Waffen beschrieben, das Fast-Stolpern über die Teppichfalte. Ich dachte noch immer über das nach, was Samuels gesagt hatte. Ich versuchte, das alles auf der Wasseroberfläche zu entwerfen: Ein Schaumblasengebirge war die nachgebaute Bank in Heathrow und unser Training dort; ich schob ein weiteres auf die linke Seite, das war die Bank in Chiswick, die echte Bank, die uns als Modell gedient hatte; ich formte ein drittes Gebirge und schob es zur rechten Seite; das waren die Orte, an denen Samuels und sein Trupp die Abläufe trainiert hatten, bevor sie eine Bank überfielen – ihre Vor-Spiele. Ich lag da und schaute sehr, sehr lange auf die drei Schaumgebirge, verglich sie miteinander. Nach einer Weile bildete ich mit meinen Händen eine Schale um die Gebirge, die sich rechts und links von dem befanden, das ich zuerst gemacht hatte, schob sie zur Mitte und presste alle drei zusammen.

Als ich das tat, hatte ich eine Offenbarung. Die Offenbarung war wie ein Schock, mich durchfuhr es, als wäre das Wasser elektrisch geworden. Ich sprang aus der Badewanne, rannte nackt ins Wohnzimmer, schnappte mir den Telefonhörer und wählte Naz' Nummer.

»Ich bin wieder im Büro«, sagte er. »Ich schreibe mir gerade auf, wo sich die zweite Garnitur befindet. Die Leute und Gegenstände, die nicht direkt am Nachspiel beteiligt sind: Sachen wie der Beistelltisch und die Leiter. Falls Sie sich entschließen, die Vorbereitungen zu einem späteren Zeitpunkt nachzuspielen. Wir könnten …«

»Naz!«, sagte ich. »Hören Sie zu! Naz!«

»Was?«, fragte er.

»Ich hatte eine Idee«, sagte ich. Ich schluckte und schmeckte Seife. Ich war so aufgeregt, dass ich kaum sprechen konnte. »Ich möchte«, fuhr ich fort, »das Nachspiel des Banküberfalls in die echte Bank verlegen.«

Es gab eine Pause, dann sagte Naz:

»Das ist gut. Ja: sehr gut. Ich werde mich darum kümmern und alles mit der Bank arrangieren.«

»Arrangieren?«, sagte ich. »Was wollen Sie arrangieren?«

»Sie für uns bekommen«, sagte er. »Wir werden es natürlich an einem Sonntag machen müssen, oder an einem anderen Tag, an dem die Bank geschlossen ist.«

»Nein!«, sagte ich. »Sie sollen keine Erlaubnis einholen.«

»Ich verstehe nicht«, sagte er. »Ich dachte, Sie hätten gerade gesagt, Sie wollten es in der Bank machen. In der Bank, die das Modell für unsere Bank war, in Chiswick, oder?«

»Ja!«, sagte ich. »Aber sie sollen vorher nichts davon erfahren. Wir machen es einfach da, unser Nachspiel, einfach da in der Bank.«

»Aber was ist mit den Angestellten? Wir müssen die echten Angestellten durch Nachspieler ersetzen.«

»Nein, das werden wir nicht!«, sagte ich. »Unsere Angestellten-Nachspieler nehmen nicht teil, wir machen es mit den echten Angestellten.«

»Aber woher sollen sie wissen, dass es ein Nachspiel ist und kein echter Überfall?«

»Das werden sie nicht!«, sagte ich. »Aber das macht nichts: Sie sind darin geschult, genau das zu tun, was auch die Nachspieler trainiert haben. Die einen wie die anderen sollten die gleichen Bewegungen absolut gleich nachspielen. Naz? Sind Sie noch dran?«

Es gab eine sehr, sehr lange Pause. Als Naz endlich antwortete, sprach er sehr langsam, mit einer sehr tiefen Stimme.

»Das ist brillant«, sagte er. »Einfach brillant.«

15

Naz machte mit. Natürlich tat er das. Wenn man allerdings im Nachhinein darüber nachdenkt, kommt es einem doch seltsam vor, dass er nicht versucht hat, es mir auszureden oder unsere Zusammenarbeit zu beenden – einfach streiken, kündigen, fertig. Indem er meine Entscheidung mittrug, setzte er alles aufs Spiel: seinen Job, seine Zukunft, sogar seine Freiheit. Von Rechts wegen war das, was wir vorhatten, ein Bankraub. Daran gab es nichts zu deuteln. In den Augen der Angestellten, der Kunden, der Passanten und der Polizei wäre es keine Aufführung, keine Simulation, keine Re-Inszenierung: Es wäre ein bewaffneter Raubüberfall – schlicht und einfach, nichts anderes. Ein Bankraub.

Ja, wenn man es von außen betrachtet, heute, kommt es einem tatsächlich seltsam vor – aber wenn ich mich in die Zeit zurückversetze, als wir mittendrin steckten, erscheint es überhaupt nicht seltsam. Naz' logistisches Talent hatte bereits Feuer gefangen, hatte sich zu einer ans Wahnhafte grenzenden Obsession ausgewachsen, noch bevor er dieser Entscheidung zustimmte. Wenn ich in den frühen Morgenstunden aufwachte und von meinem Gebäude zu seinem hinüberschaute, konnte ich bei ihm noch ein schwaches Licht sehen und wusste, dass er dort arbeitete, allein, und über seinen Daten brütete wie ein gnostischer Mönch, der sich beim Schein einer Öllampe abmüht, die Bibel zu übertragen. Er sah schlecht aus, krank vor Schlafmangel. Seine Wangen waren blass, geradezu gelb. Er war, genau wie ich, süchtig geworden – wenn auch nach einer anderen Droge. Dieses letzte Projekt mit seiner vertrackten Komplexität, bei dem so extrem viel mehr auf dem Spiel stand, stellte ihm einen perfekteren, viel raffinierteren Kick in Aussicht als alle bisherigen. Nein: Bevor ich ihm die Anweisung erteilte, hatte ich nicht innegehalten, um mir die Chancen auszurechnen, ob er darauf eingeht oder sich verweigert; das war mir gar nicht in den Sinn gekommen – aber wenn ich es getan hätte, wenn ich in der Lage gewesen wäre, innezuhalten und Berechnungen anzustellen, dann hätte ich darüber nachgedacht und mir wäre klar geworden, dass er ohne jeden Zweifel mitmachen würde.

Und ich? Warum hatte ich mich entschlossen, das Raubüberfall-Nachspiel in die echte Bank zu verlegen? Aus dem gleichen Grund, aus dem ich alles getan hatte, was ich seit David Simpsons Party getan hatte: um echt zu sein – fließend, natürlich, ohne den Umweg, der uns vom Wesentlichen eines Ereignisses wegführt, der verhindert, dass man mit seinem Kern in Berührung kommt: ohne den Umweg, der aus uns allen zweitklassige Secondhand-Figuren macht. Und jetzt schien ich so nahe dran zu sein. Als ich die Nachspieler beobachtete, wie sie an diesem Tag ihre Bewegungsabläufe trainierten, die Bögen, die ihre Waffen beschrieben, die Drehung der Schultern, die Haltung der Kunden und Angestellten, wenn sie auf dem Bauch liegen mussten – als ich all dem zuschaute, spürte ich, wie das Kribbeln wieder in meiner Wirbelsäule aufstieg und hatte das Gefühl, mich diesem Kern anzunähern. Nachdem ich so viele Monate damit verbracht hatte, mich anzupirschen – genauso, wie ich mich an mein Gebäude angepirscht hatte –, mich gegen die Windrichtung angepirscht, mit meinem kleinen Arsenal aus Geschick und Geld, Gewalt und Passivität und Geduld eine Unzahl von Spuren und Mustern verfolgt, durch die Nachspiele meine Fertigkeiten verfeinert, mein Können perfektioniert hatte – nach all dem hatte ich Blut gerochen. Jetzt musste ich zum Todesstoß ansetzen.

Um das zu bewerkstelligen, bedurfte es allerdings eines Quantensprungs an Genialität, eines Sprungs auf eine andere Ebene, in der alle anderen Ebenen, auf denen ich bisher operiert hatte, enthalten und zugleich überwunden waren. Die Bemerkung, die Samuels so nebenbei über Trockenübungen gemacht hatte, hatte mir das Tor zu dieser anderen Ebene geöffnet; das Zusammenschieben der drei Badeschaumgebirge und die Offenbarung, die das ausgelöst hatte, hatten mich nach dort oben katapultiert. Ja: das Nachspiel aus seiner Sperrzone herauszuholen und wieder in die wirkliche Welt einzupassen, in eine echte Bank, deren Angestellte nicht wussten, dass es sich um ein Nachspiel handelte: Das würde meine Bewegungen und Gesten zum Nullpunkt zurückbringen, zur Stunde Null, zu dem Punkt, an dem Nachspiel und Ereignis eins werden würden. Es würde mir erlauben, zum Kern vorzudringen und darin zu leben, makellos zu sein, perfekt, echt.

Und so stimmten unsere Ziele überein, Naz' und meins. Er brauchte mich genauso, wie ich ihn brauchte. Und ich brauchte ihn allerdings, mehr als jemals zuvor. Damit das Nachspiel seinen Zweck erfüllte – damit das Defilé, von dem Samuels gesprochen hatte, gelang, damit wir in die Lage versetzt wurden, wie Sportler jede Sekunde auszudehnen, um uns die nötige Bewegungsfreiheit zu verschaffen –, war es notwendig, dass Planung und Koordination absolut perfekt waren. Wir hatten nur diese eine, unwiederholbare Chance; es durfte kein einziges falsches Timing geben, und sei es noch so minimal, es durfte keine aus der Hand rutschenden Mülltüten geben, keine auslaufenden Flüssigkeiten oder herabfallenden Katzen – und selbstverständlich keinen Eiertanz, keine Ersatzaufnahmen auf Band. Und dann war es nicht nur notwendig, jede Bewegung und jegliche Materie unter totaler Kontrolle zu haben – jede Oberfläche, jede Geste, jedes letzte Beinahe-Stolpern über eine Teppichfalte –, sondern auch die Informationen. Wir mussten Informationen *als* Materie behandeln: verhindern, dass sie sich verbreiteten, durchsickerten, tropften, tröpfelten, was auch immer: dass sie an den falschen Ort gelangten und Chaos verursachten. Das steckt nämlich dahinter, wenn Bankräuber, denen die Flucht nach einem Überfall sauber gelungen ist, doch noch zu Fall gebracht werden, hatte Samuels uns einmal gesagt: Irgendjemand redet mit jemandem, der es jemand anderem erzählt, der es seiner Freundin sagt, die es drei Freunden erzählt, und schon ist es allgemein bekannt und nur eine Frage der Zeit, wann die Polizei Wind davon bekommt.

»Wenn unser Überfall echt wäre«, erklärte mir Naz, als wir eines Abends allein in seinem Büro saßen, umgeben von seinen Ablaufplänen, »ein normaler, meine ich, dann wären acht Leute beteiligt: die fünf Bankräuber, die beiden Fahrer und der Show-out-Mann.«

»Der Tight-End-Komplize«, sagte ich.

»Richtig«, sagte Naz. »Aber in unserem Fall haben wir vierunddreißig primäre Nachspieler und sechs unmittelbar beteiligte Assistenten, die die ganze Zeit dabei sein müssen, obwohl sie nicht mehr erforderlich sein werden, wenn der Schauplatz zur echten Bank wechselt – ebenso wenig wie siebenundzwanzig der Nachspieler – obwohl ›nicht mehr erforderlich‹ irreführend ist, da es erforderlich ist, dass sie davon überzeugt sind, bis zur allerletzten Minute erforderlich zu sein. Also, bei vierunddreißig plus sechs, plus elf sekundären und (vorsichtig geschätzt) weiteren achtundzwanzig vom tertiären Hintergrundpersonal – Caterer, Handwerker, Taxifahrer, eigentlich jeder, der mehr als einmal in der Lagerhalle war – kann man sich ungefähr ausrechnen, dass die Wahrscheinlichkeit, dass Informationen durchsickern, wenn wir auch nur eine Handvoll von diesen Leuten in den nächsten Tagen ins Bild setzen, bei gut einhundert Prozent liegen dürfte.«

»Na ja, dann sagen Sie niemandem etwas davon«, sagte ich. »Keinem einzigen von ihnen.«

»*A*: das funktioniert nicht«, sagte Naz. »Die Fahrer müssen Fluchtwege in Erfahrung gebracht haben – und Ausweichrouten, falls die geplanten blockiert sind, und Ausweichrouten für die Ausweichrouten und so weiter. *B*: Das ist nur die Hälfte des Problems – nein, ein Drittel. Neben dem Durchsickern nach außen, sowohl vor als auch nach dem Ereignis, müssen auch Sicherheitsmaßnahmen gegen das Durchsickern nach innen getroffen werden – dass Nachspieler von Ihren geänderten Plänen erfahren. Und dann besteht auch noch die Gefahr des seitlichen Durchsickerns. Schauen Sie: Ich habe das hier eingezeichnet.«

Er zeigte auf ein Diagramm, in dem sich Pfeile um drei Kreise ballten. Ich musste wieder an die Schaumgebirge in der Badewanne denken, und wie ich sie auseinander- und dann wieder zusammengeschoben hatte.

»Mit seitlichem Durchsickern meine ich ein Leck zwischen verschiedenen Gruppen von Mitarbeitern: Nachspieler-Nachspieler, Nachspieler-Assistenten, Assistenten-Hintergrundpersonal und so weiter. Die Kombinationen sind mannigfaltig.«

»Was sollen wir also machen?«, fragte ich.

»Nun«, sagte er. »Ich habe alle Teilnehmer fünf NTK-Kategorien zugeordnet – nach dem Need-to-know- oder Geheimhaltungsprinzip. Innerhalb jeder Kategorie ist eine zweifache Entscheidung zu treffen: Was müssen sie wissen und wann müssen sie es wissen …«

So ging es endlos weiter. Meine Gedanken schweiften ab, ich verlor mich in den Kurven und Pfeilen der Diagramme, verfolgte in ihnen Bögen und Pirouetten, Zugänge und Fluchtwege, Defilés. Es war schon hell geworden, als Naz' Vortrag zu Ende war. Das Ergebnis schien zu sein, dass seine NTK-Struktur wie eine Pyramide aussah: ganz oben, in der ersten Kategorie, Naz und ich; darunter, in der zweiten, die beiden Fahrer-Nachspieler, in der nächsten die fünf anderen Bankräuber-Nachspieler, und so wurde es mit jeder Ebene breiter. Ebene Zwei musste vor den anderen Ebenen vom Wechsel des Schauplatzes unterrichtet werden. Ebene Drei konnte es in letzter Minute erfahren, und selbst dann würden sie noch nicht erfahren, dass die echten Bankangestellten nicht wussten, dass es ein Nachspiel war, ja, sie würden nicht einmal erfahren, dass es echte Bankangestellte waren. Wir würden einfach sagen, dass wir neue Leute als Nachspieler für die Angestellten, Passanten und Sicherheitsleute engagiert hätten, damit alles frischer und realistischer wirkte. Ebene Vier dagegen …

»Schön«, sagte ich. »Meinetwegen. Fahren wir zur Lagerhalle.«

Ich konnte es kaum erwarten, endlich wieder dort zu sein – bei den Bewegungen, den schwungvollen Bögen, den ausscherenden Schultern. Als wir dort ankamen, verkündete ich:

»Wir werden jetzt die ganze Sequenz etwas erweitern. Wir werden auch noch trainieren, in die Autos zu kommen und wegzufahren.«

»Ach ja?«, sagte Samuels.

»Ja«, sagte ich. »Alles ein bisschen ausweiten.«

Er choreografierte das im Laufe der nächsten beiden Tage: wer zu welchem Auto rannte, welches zuerst losfuhr, wie das eine beim Wenden kurz in der Mitte der Straße anhielt, um den Verkehr zu blockieren, so dass das andere direkt in eine Seitenstraße queren konnte. Wir markierten mit Farbe den Anfang dieser Straßen, verlängerten die sorgfältig übertragenen Markierungen, die wir bereits auf dem Boden der Lagerhalle aufgemalt hatten, über das große Eingangstor des Hangars hinaus auf den Asphalt des Flugplatzgeländes. Ich wollte, dass die Markierungen so exakt wie möglich gemacht wurden: die weißen Vorfahrt-gewähren-Balken, die gelben Linien. Es gab einen großen, dunklen Fleck auf dem Asphalt, wo irgendwelches Motoröl oder Teer ausgelaufen war, bevor wir hier eingezogen waren; es war nicht ganz fest, wirkte wie schwarzer Schimmel oder wie eine kleine Geschwulst oder ein Muttermal, das aus der Oberfläche des Bodens aufkeimte. Ich beauftragte Annies Leute, es zu entfernen, es wegzuschrubben. Auf der Straße in Chiswick war kein Ölfleck. Sie rückten ihm mit Bürsten zu Leibe, dann mit Spateln, dann mit allen Arten von Chemikalien, aber er ließ sich nicht entfernen. Am dritten Tag der Fluchtszenen-Durchläufe, als ein Ersatz meinen Part übernommen hatte, so dass ich von außen zuschauen konnte – wie die Autos wendeten, anhielten, querten, in einer Schleife zurückfuhren –, lenkte mich der Fleck immer wieder ab, wenn die Autos dort vorbeikamen. Er störte mich. Ich dachte an etwas, das der kleine Gemeinderat vor ein paar Tagen zu mir gesagt hatte, und rief Naz zu mir.

»Was gibt's?«, fragte er.

»Könnten Sie das Wort ›Residual‹ nachschauen lassen.«

»Residual?«

»R-e-s-i-d-u-a-l.«

Naz tippte eine Nachricht in sein Handy und blieb dann bei mir stehen, um den Autos beim Wenden und Queren zuzuschauen. Seine Augen, tief liegend wie immer, leuchteten dunkel. Nach einer Weile sagte er:

»Danach werden wir verschwinden müssen.«

»Verschwinden?«, sagte ich. Ich schaute zum Himmel. Er war blau. Es war ein strahlender, klarer Frühherbsttag. »Wie sollen wir verschwinden?«

»Untertauchen. Unsere Spuren verwischen. Wir sollten hier alle Spuren unserer Aktivitäten tilgen, und wir und unsere Nachspieler sollten von der Bildfläche verschwinden.«

»Wo sollen wir denn alle hin?«, fragte ich.

»Das ist sehr kompliziert«, sagte Naz. »Es gibt verschiedene …«

In diesem Moment piepste sein Telefon. Er schaute auf das Display und las vor:

»Als Rest zurückbleibend, restlich, z.B. in der Mathematik.«

»Übriggeblieben wie die Halbe«, sagte ich. »Ein Splitter.«

»In der Physik der Rest eines Verdunstungsprozesses«, fuhr Naz fort; »Rechtswissenschaft: restlicher Nachlass; was zurückbleibt, wenn alle Gebühren, Schulden usw. bezahlt sind. Residualer Legatar: Vermächtnisnehmer; jemand, der durch letztwillige Verfügung Zuwendungen aus dem Nachlass erhält. Resid …«

»Aufläuft«, sagte ich.

»Was?«, fragte Naz.

»Weiter«, sagte ich.

»Residualanalyse: statistisches Analyseverfahren, 1801. Restwärme einer sich abkühlenden Kugel, 1896. Restfehler in einer Beobachtungsreihe, 1871.«

»Weil es später im Jahr war. Aber so hat er es nicht gebraucht.«

»Wer?«, fragte Naz.

»Der kleine Gemeinderat«, sagte ich. »Er hat es gebraucht wie ein … Sie wissen schon, wie ein Ding. Ein Residual.«

»Ein Substantiv«, sagte Naz. »Was für ein kleiner Gemeinderat?«

»Ja, das stimmt: ein Substantiv. Dieses merkwürdige, sinnlose Residual. Und er hat das *s* wie *z* ausgesprochen, nicht wie *s*. Rezidual. Sie sollen es mit dieser Schreibweise nachschlagen.«

»Welcher Schreibweise?«, fragte Naz.

»R-e-z-i-d-u-a-l.«

Naz tippte erneut etwas in sein Handy. Ich schaute wieder zum Himmel. Etwa eineinhalb Kilometer entfernt rollten Flugzeuge zu den Hauptstartbahnen, wendeten und hoben ab; riesige Stahlkisten, vollgepackt mit Leuten und allem möglichen Kram, sie ächzten und bebten, als sie ihre Arme ausbreiteten, die Handflächen nach oben, und aufstiegen. Flugzeuge, die schon früher gestartet waren, schrumpften zu Staubkörnchen, die noch eine Weile in den äußeren Luftschichten zu schweben schienen und dann verschwanden. Ich dachte an mein Treppenhaus zurück, dann an das Reifen- und Blaues-Klebzeug-Kaskaden-Nachspiel, das wir hier in dieser Lagerhalle durchgeführt hatten. Ich hatte Annie und Frank damit beauftragt, eine Lösung zu finden, eine Vorrichtung, die verhindern sollte, dass das blaue Klebzeug auf mich niederregnete – etwas, das stattdessen alle Teilchen nach oben bringen, sie zu Himmel werden, verschwinden lassen sollte. Frank hatte vorgeschlagen, alles durch einen Schlauch nach oben zur Decke zu leiten und dann durch das Dach und es in Nebel zu verwandeln.

»Das könnten wir machen«, sagte ich.

»Wie bitte?«, fragte Naz.

»Alle verdunsten, nach oben zerstäuben. Wenn wir verschwinden müssen, wie Sie gesagt haben. Spuren verwischen, all das.«

Naz' Augen wurden leer, während das Ding dahinter surrte. Ein weiteres Flugzeug zog über uns vorbei, ächzend und bebend.

»Oder wir nehmen einfach Flugzeuge«, sagte ich. »Sie lassen uns von der Bildfläche verschwinden.«

Naz' ganzer Körper spannte sich an. Er war eine Weile vollkommen statisch, seine Muskulatur erstarrte, während der Teil von ihm, der die Berechnungen anstellte, die gesamte Energie des Systems beanspruchte. Nach einer Weile schaltete der Körper wieder um und er sagte:

»Flugzeuge sind eine sehr gute Idee.« Er überlegte noch eine Weile und fügte dann hinzu: »Zwei Flugzeuge. Nein, drei. Wir müssen die Nachspieler, die mit in der Bank sein werden, von den anderen trennen. Bevor sie an Bord gehen, dürfen sie nicht mit den anderen zusammenkommen.«

»In Ordnung«, sagte ich. »Meinetwegen.«

»Und dann …«, fing Naz an; sein Handy piepste. Er schaute darauf, steckte es dann zurück in seine Tasche und fuhr fort: »Und trennen müssen wir auch …«

»Sind das die Lexikon-Leute?«, fragte ich. »Was sagen sie?«

»Wort nicht gefunden«, sagte er.

»Was soll das heißen, nicht gefunden?«

»›Rezidual‹: Wort nicht gefunden«, wiederholte er.

Mir wurde schwindelig.

»Das muss es aber geben«, sagte ich. »Ein Substantiv: R-e-z-i …«

»So habe ich es geschrieben«, sagte Naz. »Genau wie Sie es mir gesagt haben. Sie sagen, dass es im Lexikon kein ›Rezidual‹ gibt.«

»Dann sagen Sie ihnen, dass sie in einem größeren Lexikon nachschlagen sollen!«, sagte ich. Mir ging es jetzt wirklich schlecht. »Und wenn Sie den kleinen Gemeinderat hier treffen …«

»Welchen kleinen Gemeinderat?«, fragte Naz.

Ich lehnte mich an die Außenwand der nachgebauten Bank, an eine weiße Steinplatte. Der Stein war weder warm noch kalt; seine äußere Schicht bestand aus grobem Sand, der an dem darunter befindlichen harten Stein abzugleiten schien. In der Nähe wendeten die Autos und fuhren quer über die Straße.

»Ich möchte …«, begann ich. »Naz …«

Naz beachtete mich nicht. Er stand ganz still da und schaute über die Startbahnen. Zum Glück erschien Samuels in diesem Moment, legte seinen Arm um meine Taille und hielt mich aufrecht.

»Sie sollten nach Hause gehen«, sagte jemand.

Ich wurde zu meinem Gebäude gebracht. Naz kam einige Stunden später vorbei, mitten in der Nacht. Er sah fürchterlich aus: fahlwangig und ausgemergelt.

»Was haben Sie herausgefunden?«, fragte ich.

»Es gibt nur eine Möglichkeit …«, fing er an.

»Eine Möglichkeit für was?«, sagte ich. »Was hat das mit …«

»Nur eine Möglichkeit, das Durchsickern von Informationen zu verhindern. Ganz auf Nummer sicher zu gehen.«

»Ja, aber was ist mit ›Rezidual‹?«, fragte ich.

»Nein: das ist wichtiger«, sagte Naz. »Hören Sie zu.«

»Nein!«, sagte ich. Ich richtete mich auf meinem Sofa auf. »Sie hören zu, Naz: *Ich* bestimme, was wichtig ist. Sagen Sie mir, was sie herausgefunden haben.«

Naz' Augen ruhten für einige Sekunden auf einem Punkt irgendwo neben meinem Kopf. Ich konnte sehen, wie er das, was ich gerade gesagt hatte, durch seine Datenprüfer laufen ließ und entschied, dass ich Recht hatte: Ich *hatte* zu sagen, was wichtig war. Ohne mich keine Pläne, keine Need-to-know-Diagramme, nichts. Er drehte den Kopf zur Seite, holte sein Handy aus seiner Tasche und sagte:

»Sie haben Wörter gefunden, die ähnlich sind, aber nicht das. Sie haben in der zwölfbändigen Gesamtausgabe nachgeschaut. Wollen Sie, dass ich Ihnen vorlese, was sie gefunden haben?«

»Selbstverständlich will ich das!«, sagte ich.

»Reszindieren«, las er vor; »(veraltet): vernichten, aufheben, für nichtig erklären (Gesetz usw.). Rezidivieren: wiederkehren, wiederaufleben, rückfällig werden (in Bezug auf eine Krankheit, Sünden, Schulden)...«

»Matthew Younger ist der Meinung, ich sei zu exponiert«, sagte ich. »Aber Exponierung ist gut. Wie hätte das alles überhaupt passieren können, wenn ich nicht exponiert gewesen wäre?«

»Rezidivist: jemand, der rückfällig wird; rezidiv: rückfällig, in Bezug auf... und so weiter. Aber das ist alles«, sagte Naz. »Kein Rezidual.«

Er schob das Handy in seine Tasche zurück und fuhr fort: »Ich muss eine Angelegenheit von äußerster...«

»Ich glaube, es hat vielleicht irgendwas mit Musik zu tun«, sagte ich. »Ein Rezidual. Hey! Rufen Sie meinen Pianisten an. Er wird das wissen.«

»Das werde ich tun, sobald wir mit dieser Angelegenheit fertig sind, die ich mit Ihnen besprechen muss«, sagte er. »Es ist absolut entscheidend. Mir ist klar geworden, dass es nur einen Weg gibt, sicherzustellen, dass...«

»Nein. Rufen Sie ihn sofort an!«, sagte ich.

Naz hielt wieder inne, dann sah er ein, dass er keine andere Wahl hatte, als sich zu fügen und stand auf, um den unvermeidlichen Anruf zu erledigen. Fünf Minuten später stand der Pianist in meinem Wohnzimmer. Eins seiner beiden seitlichen Haarbüschel war plattgedrückt, das andere sprießte hinter seiner Schläfe hervor. Seine Augen waren verquollen; das eine war schlafverkrustet. Er schlurfte langsam vorwärts und blieb etwa drei Meter vor mir stehen.

»Was ist ein Rezidual?«, fragte ich.

Er starrte niedergeschlagen auf meinen Teppich und sagte nichts. Ich konnte aber sehen, dass er meine Frage gehört hatte, denn der oberste Teil seiner Glatze erbleichte.

»Ein Rezidual«, sagte ich noch einmal. »Es muss irgendwas mit Musik zu tun haben.«

Er sagte immer noch nichts.

»Wie *capriccioso*«, fuhr ich fort, »*con allegro* – all dieses Zeug, das sie an den Rand schreiben. Die Komponisten. Oder die Bezeichnung für ein Stück, der Titel, wie ein Konzert, eine Sonate: ein Rezidual.«

»Es gipd ein Rosotatof«, murmelte mein Pianist traurig.

»Was?«, sagte ich.

»Es gibt ein Rezitativ«, sagte er mit seiner dumpfen, monotonen Stimme. »In der Oper. *Récitatif. Recitativo.* Halb gesungen, halb gesprochen.«

»Das ist gut«, sagte ich, »aber …«

»Oder ein Recital«, fügte er hinzu, und seine Glatze wurde immer bleicher.

»Ein Recital«, sagte ich. »Ja.«

Ich dachte eine Weile darüber nach. Schließlich fragte mein Pianist:

»Kann ich jetzt gehen?«

»Nein«, sagte ich. »Bleiben Sie hier.«

Ich starrte weiter auf seine Glatze und ließ meine Vision in ihrer Blässe verschwimmen. Ich starrte lange so. Wie lange, weiß ich nicht; ich hatte das Zeitgefühl verloren. Schließlich war er weg und Naz versuchte, meine Aufmerksamkeit auf sich zu lenken.

»Was?«, sagte ich. »Wo ist mein Pianist?«

»Hören Sie zu«, sagte Naz. »Es gibt nur einen Weg.«

»Einen Weg für was?«, fragte ich.

»Nur einen Weg, dass garantiert keinerlei Informationen durchsickern.«

»Ach, das schon wieder«, sagte ich.

»Der einzige Weg«, fuhr Naz fort, mit ruhiger, leicht zitternder Stimme, »ist, die Kanäle, durch die etwas durchsickern könnte, zu eliminieren.«

»Was meinen Sie damit, ›eliminieren‹?«, fragte ich.

»Eliminieren«, sagte er noch einmal. Seine Stimme zitterte so, dass ich an Eierlaufen denken musste, wie die Löffel dabei zittern und klappern – als wäre die Aufgabe, das zu tragen, was sie zu sagen hatte, zu viel für seine Stimme. Sie zitterte immer noch, als Naz weitersprach:

»Fortschaffen, beseitigen, verdunsten.«

»Oh, verdunsten«, sagte ich. »Als feiner Nebel, ja. Das gefällt mir.«

Naz starrte mir jetzt direkt ins Gesicht. Seine Augen sahen aus, als würden sie gleich explodieren.

»Ich könnte das organisieren«, sagte er; seine Stimme jetzt ein Krächzen.

»Oh ja, gut, machen Sie nur«, sagte ich zu ihm.

»Verstehen Sie, was ich sage?«, fragte er.

Ich sah ihn an und versuchte es zu begreifen. Er konnte organisieren, dass die Kanäle verdunsteten. Kanäle bedeutete Leute. Er sprach wieder, langsamer:

»Ich … könnte … das … *organisieren* …«, krächzte er wieder.

An seinen Schläfen bildeten sich Schweißperlen. *Verdunsten*, dachte ich: Naz will diese Leute verdunsten lassen. Ich stellte mir noch einmal vor, wie sie in einen Schlauch eingespeist, nach oben geschickt und zu Nebel, zu Himmel wurden. Ich dachte als Erstes an die Nachspieler, die mit mir in der Bank sein würden, stellte mir vor, wie sie sich entmaterialisierten, zu Blau wurden, unsichtbar, nicht mehr da. Sie wären die

Ersten, die verdunsten müssten. Aber dann die anderen, die, die nicht im Einsatz sein würden. Sie müssten ebenfalls verdunsten. Und dann –

»Wie viele Kanäle müssten verdunsten?«, fragte ich.

Er schaute mich an, bleich, manisch, krank, und krächzte:

»Alle. Die ganze Pyramide.«

Ich schaute ihn wieder an und versuchte, auch das zu begreifen. Die ganze Pyramide, das bedeutete nicht nur die Nachspieler: es bedeutete auch alle Leute im Hintergrund – Annie, Frank, deren Leute und die Leute, die zwischen ihren Leuten und den Leuten der anderen vermittelt hatten. Und auch die Hinter-Hintergrundleute: die Elektriker, Schreiner und Caterer.

»Alle miteinander!«, sagte ich. »Jeder! Wie wollen Sie …«

»Wenn sie in der Luft sind«; sagte Naz, seine Stimme immer noch ein Krächzen. »Wir müssen sie alle in die Luft bringen – alle, bis zum letzten Teammitglied – und dann …«

»Bis zum letzten Mitglied!« Das bedeutete meine Leberdame und mein Pianist! Und mein Motorradfreak und mein langweiliges Ehepaar und auch meine Portiersfrau!

»Das ist der einzige Weg«, wiederholte Naz. »Wir stecken sie alle in ein Flugzeug, und dann …«

Er verstummte, starrte mich aber immer noch an, um sicherzugehen, dass ich begriff, was er mir sagte. Ich wandte meinen Blick ab und sah vor meinem inneren Auge, wie ein Flugzeug aufbrach und sich in Wolken verwandelte.

»Wow!«, sagte ich. »Das ist unglaublich schön.«

Ich sah es noch einmal vor mir: Das Flugzeug wurde zu einem Kissen, das aufriss; die Federn seiner Füllung trieben heraus und mischten sich mit der Luft.

»Wow!«, flüsterte ich.

Ich sah es ein drittes Mal – diesmal als Knall, als Aufplatzen, eine Blume, die durch ihre äußere Membran bricht und zu Millionen winziger Pollenkörnchen explodiert, zu Licht wird. Nie zuvor hatte ich etwas so Wunderbares gesehen.

»Wow! Das ist *wirklich* unglaublich schön.«

Wir saßen eine Weile schweigend da; Naz schwitzte und seine Adern traten hervor und ich spielte dieses Bild immer wieder vor meinem inneren Auge ab. Schließlich drehte ich mich zu ihm und sagte:

»Ja, gut. Machen Sie das.«

Naz stand auf und ging zur Tür. Ich sagte ihm, dass er das Gebäude auf *an* stellen sollte; er ging weg und ich nahm ein Bad.

Ich lag für den Rest der Nacht in der Badewanne und stellte mir explodierende Flugzeuge und aufplatzende Blumen vor. Ich war glücklich – glücklich, weil ich ein so unglaublich schönes Bild gesehen hatte. Ich hörte die Töne des Pianisten dahinperlen, haken und sich wiederholen, ich hörte die Leber brutzeln und das schwache Brummen von Fernsehern, Staubsaugern und Abluftgebläsen. Ich lauschte liebevoll: Es war eines der letzten Male. Meine Pyramide war wie die Pyramide eines Pharaos. Ich war der Pharao. All die anderen waren meine treuen Sklaven; meine Belohnung für sie war die Erlaubnis, mich auf dem ersten Abschnitt meiner letzten Reise begleiten zu dürfen. Als ich zuschaute, wie der Dampf aus dem Wasser aufstieg und am Riss vorbeizog, stellte ich mir alle meine Leute vor: emporgehoben, entwendet; eingerahmt wie Heilige in bunten Kirchenfenstern wiederholte jeder von ihnen seine Aktion bis in alle Ewigkeit. Ich sah die Leberdame in leuchtenden Farben und zweidimensional, wie sie sich etwas vorbeugt, um ihre Mülltüte abzusetzen, die linke Hand in der Seite; den Pianisten im Profil, wie er am Klavier sitzt und spielt; den Motorradfreak flach, wie er auf den Knien an seinem Motorrad bastelt. Ich sah die Assistenten eingerahmt, wie sie in einem leuchtend bunten Mitarbeiterhimmel leuchtende Walkie-Talkies und leuchtende Klemmbretter hielten; sah die Katzen-Raussetzer mit den Katzen vereinigt, die sie vor sich in Position gebracht haben, während die Ersatzkatzen um die Ecken schweben wie Engelschöre. Die ganze Nacht verbrachte ich in der Badewanne, in diese Vorstellungen versunken, sah die Dampfschwaden aufsteigen, verdunsten.

Naz charterte Flugzeuge: ein großes für alle anderen und einen winzigen Privatjet für uns. Er erzählte ihnen irgendwas: Ebene Zwei das und Ebene Drei etwas anderes und Ebene Vier wieder etwas anderes und so weiter, jede Geschichte war genau mit der nächsten abgestimmt, so dass das Verhalten von Gruppe *B*, vom Standpunkt der Gruppe *D* aus, nicht der Geschichte Nr. 4 widersprach, und auch nicht das Wissen von *C*, basierend auf Geschichte Nr. 2, zu *A* durchsickerte und das Verhalten der Gruppe hinsichtlich – und so weiter und so fort, jeder Blickwinkel vorausberechnet und vorweggenommen, damit man sie alle ins Flugzeug verfrachten konnte, bevor in der Geschichte (die Saga, die alles umspannte, drehte sich um eine Reise nach Nordafrika, um irgendein Projekt dort, ein weiteres Nachspiel, gigantische Geldsummen, so gigantisch, dass niemand widerstehen konnte) Risse zu Tage traten, und sie hoch oben in der Luft verdunsten, aufplatzen konnten. Er verschwand zu heimlichen Treffen mit Flughafenmitarbeitern und irischen Republikanern oder muslimischen Fundamentalisten oder wer weiß wem, und wenn er zurückkam, sah er blass, manisch und getrieben aus, wie immer in diesen Tagen.

Ich verfolgte das alles nicht – weder brauchte noch wollte ich es: Ich war vollkommen absorbiert von unseren Proben, von den Routen, den Bewegungen, den Bögen, Phalanxen und Linien, dem Ausscheren, Queren, Anhalten, Zurückstoßen. Wir hatten die Flucht so oft geprobt, dass die Autoreifen Spuren in den Asphalt gekerbt hatten, genau wie die Reifen des Fiestas beim anderen Nachspiel, dem Blauen-Klebzeug-Kaskaden-Nachspiel. Der schwarze Fleck war immer noch da, direkt daneben: die große, halbfeste Motoröl- oder Teer-Geschwulst. Ich störte mich mittlerweile nicht mehr daran, sondern fragte mich, was sie verursacht hatte: Irgendetwas musste dort geschehen sein, irgendein Ereignis, dass diese Spur hinterlassen hatte. Eines Tages ging ich nach dem Training dorthin, hockte mich daneben und versuchte, meinen Finger hineinzubohren. Es war hart, aber nicht aufdringlich oder unfreundlich. Die Oberfläche, aus wenigen Zentimetern Abstand betrachtet, hatte lauter kleine Poren – rissig, offen, ließ Pfade erkennen, die ins Innere der Geschwulst führten.

»Wie ein Schwamm«, sagte ich.

»Wie bitte?«, fragte Samuels, der neben mir aufgetaucht war.

»Wie ein Schwamm. Fleisch. Stückchen.«

Samuels schaute auf den Fleck und sagte dann:

»Nazrul möchte, dass Sie mit ihm irgendwohin gehen.«

Als wir im Auto saßen, das uns zurück nach Chiswick brachte, erinnerte mich Naz daran, dass heute der Tag war, an dem wir den Fahrer-Nachspielern mitteilen mussten, dass wir den Nachspielschauplatz zur echten Bank verlegt hatten.

»Sie sind Ebene Zwei, erinnern Sie sich?«, sagte Naz. »Sie müssen das Fahren in den Straßen trainieren. Die Geschichte, die sie bekommen haben, ist Nummer Drei, Version Eins – die unter keinen Umständen mit Version Zwei verwechselt werden darf.«

»Gut«, sagte ich. »Meinetwegen.«

Wir trainierten das Fahren in den Straßen rund um die echte Bank. Wir übten das Wenden, Queren und Anhalten nur ein einziges Mal direkt vor der Bank, und auch das nur andeutungsweise, um keine Aufmerksamkeit zu erregen – aber durch alle anderen Straßen schlängelten wir uns immer wieder und wieder. Es war Herbst; die Bäume waren braun, gelb und rot geworden. Wenn ich meinen Blick glasig werden ließ, unscharf, verschmolzen die Farben zu einem gleichmäßigen, kontinuierlichen Fluss. In einigen Wochen, dachte ich, würden die Blätter fallen und dann in Haufen herumliegen, bis sie jemand wegkarrte.

»Wie Artischocken«, sagte ich.

»Das ist Route Sieben«, teilte Naz dem Fahrer-Nachspieler Eins mit. »Route Sieben, Version *A*. Merken Sie sich das.«

»Oder sie verfaulen einfach. Vermischen sich miteinander und mit dem Asphalt.«

»Hier an diesem Punkt«, sagte Naz, »kannst du zur Route Acht wechseln, abhängig von den Variablen. Es gibt drei ...«

»Blätter hinterlassen manchmal auch Spuren«, sagte ich. »Umrisse auf dem Asphalt, ihre eigenen Skelette. Wie Fotos. Oder Hiroshima. Wenn sie fallen.«

Später, als wir zur Lagerhalle zurückgefahren wurden, sagte Naz zu mir:

»Noch zwei Tage. Der Mechanismus wird heute Abend in Gang gesetzt.«

Wieder hatte ich das Bild von dem aufplatzenden Flugzeug vor Augen. Ich betrachtete es, lächelte und schaute dann aus dem Autofenster nach hinten. Der Westlondoner Verkehr floss zäh dahin. Ich drehte den Kopf nach vorn und starrte durch das schalldichte Glas auf die Schultern des Chauffeurs. Auch er würde sich bald in Luft auflösen. Ich verspürte eine tiefe Zuneigung zu diesem Mann. Angestrengt starrte ich auf sein Jackett, nahm dessen blaue Rundungen und Falten tief in mich auf, so dass ich mich später, wenn er fort sein würde, daran erinnern konnte. Wir kamen durch Shepherd's Bush, fuhren dann auf die Autobahn und beschleunigten. Da drehte sich Naz zu mir und fragte:

»Wann sind Sie denn mit Kordit in Berührung gekommen?«

»Kordit?«, sagte ich. »Ich glaube nicht, dass ich jemals mit Kordit zu tun hatte.«

16

Endlich war es soweit. Oder vielleicht auch nicht.

Einerseits hatte sich unser Vorhaben – die Aktionen, die wir durchführen wollten – bereits ereignet. Hatte sich schon unzählige Male ereignet: während unserer Proben in der Lagerhalle, während der Übungen für den Ernstfall, die die echten Bankangestellten und die echten Sicherheitsleute absolviert haben, und während der Tausenden, Zehntausenden, vielleicht sogar Millionen Überfälle, die stattgefunden haben, seit die Menschheit Zahlungsmittel in Umlauf gebracht hat. Es hat nie aufgehört, sich zu ereignen, periodisch, überall, und seine Wiederholung, die wir an diesem sonnigen Herbstnachmittag hier in Chiswick stattfinden ließen, war nichts als ein Echo – das Echo eines Echos eines Echos, so wie die vage Erinnerung an einen Fußball, der irgendwo von irgendeinem Jungen gegen eine Wand gekickt wird, irgendwann, lange nachdem der Junge, der ursprünglich den Fußball gegen die Wand kickte, vergessen ist, verblasst, tot, ersetzt durch unzählige Jungen, die in jeder Straße jeder Stadt Fußbälle gegen Wände kicken.

In einem anderen Sinn allerdings hatte es sich noch nie ereignet – und da es kein reales, sondern ein inszeniertes Ereignis war, wenn auch ein an einem realen Ort inszeniertes, würde es sich auch niemals ereignen. Es würde immer in der Zukunft liegen, in einer Zukunft gerade jenseits unserer Reichweite. Ich und die anderen Nachspieler waren wie Verehrer einer Religion, die es noch nicht gab: Geduldig warteten wir darauf, dass unsere Gottheit erschien, sich uns offenbarte, uns erlöste; und all unsere Gesten waren Opfergesten, Akte freudiger Erwartung.

Ich weiß es nicht. Aber eines weiß ich ganz sicher: Es war ein verdammter Reinfall. Es ging schief. All meinen komplizierten Vorbereitungen, meinen Finten und Taschenspielertricks zum Trotz machte die Materie ein Bombenspiel. Einen doppelten Bluff. Brachte mich wieder zu Fall. Zweierlei weiß ich: erstens, es ging total in die Hose; zweitens, es war ein ungeheurer Glückstag.

Fangen wir also an: bei dem Moment – diesem langen, ausgedehnten Moment –, da wir auf unseren Positionen darauf warteten, dass es losging, dass es von neuem begann: Wir saßen – sieben von uns, sechs Bankräuber-Nachspieler und zwei Fahrer – in zwei Autos, die vor der Bank auf beiden Seiten der Straße geparkt waren. Wir saßen schweigend in den Autos und warteten. Die Nachspieler, die mit mir im Auto saßen, schauten fasziniert aus dem Fenster, starrten auf die Leute, die einkaufen gingen, auf die Geschäftsleute, die Mütter mit Kinderwagen und auf die Politessen, auf all die Passanten, die kamen und gingen, Geschäfte betraten und wieder verließen, die Straße überquerten, sich an Bushaltestellen drängelten. Sie sahen sie aufmerksam an, auf der Suche nach Rissen in ihrer zur Schau gestellten Fassade – Ungereimtheiten bei der Kleidung, in der Art, sich zu bewegen und so weiter –, die sie als die Nachspieler entlarven würden, die sie doch sein sollten; denn so war es meinen Nachspielern gesagt worden. Sie sahen den Leuten hinterher, bis sie um die Ecke waren, auf der Suche nach den Rändern der Nachspielzone. Es war ihnen gesagt worden, dass die Zone sehr breit war und nicht so klar abgegrenzt wie bei den Schießerei-Nachspielen; dass sie an den Rändern durchlässig war, von Seitenstraßen und Hintergassen abgepuffert, und dort allmählich, fast unmerklich in den realen Raum überging. Das war ihnen gesagt worden – aber sie suchten trotzdem nach irgendeiner Art von Grenze.

Auch ich starrte aus dem Autofenster, genauso fasziniert. Ich betrachtete die Passanten mit Erstaunen: ihre Haltung, was ihre Gelenke taten, wenn sie sich bewegten. All diese Passanten machten es einfach richtig: ob sie standen oder sich bewegten, einfach alles – und ohne sich dessen bewusst zu sein. Die Asphaltoberfläche erschien mir genauso aufgeladen, genauso bedeutungsschwanger wie mein Treppenhaus, als ich am Tag des ersten Gebäude-Nachspiels die Treppe hinuntergegangen war. Die Markierungen auf der Straße – perfekte Reproduktionen der Markierungen vor meiner Lagerhalle, der Linien, deren Pigmentierung, Beschaffenheit und Anordnung ich so gut kannte – schienen eine genauso hochgradig giftige Bedeutung erlangt zu haben. Das ganze

Areal schien zu zischen, sehr leise zwar, aber doch so zu zischen, dass ein Detektor, wenn es Detektoren für solche Phänomene gäbe, so heftig ausschlüge, dass die Nadel weit über die Anzeige hinausschießen und ihre Feder brechen würde.

Gelegentlich ließ ich meine Augen zu den Straßenecken schweifen, wie die anderen Nachspieler auf der Suche nach einem Rand, einer Grenze, obwohl ich wusste, dass es keine Grenze gab, dass es gar keine Nachspiel-Zone gab – oder dass sie unendlich war, was in diesem Fall auf dasselbe hinauslief. Die meiste Zeit ließ ich meinen Kopf leicht nach vorne gleiten, am Türrahmen vorbei, dorthin, wo das Metall in Glas übergeht, streckte ihn so vor, dass ich mehr Fensterfläche hatte, in der mehr von der Straße zum Vorschein kam. Und immer mehr kam zum Vorschein, platzte herein, dehnte sich aus, immer mehr und mehr: Leute, Bäume, Laternenpfähle, Autos und Busse und Läden mit reflektierenden Schaufensterscheiben, in denen noch mehr Autos, Busse, Leute und Bäume erschienen und sich genüsslich räkelten und langsam hereinkamen, hereinplatzten, hierher, zu mir.

»Er kommt«, sagte einer der Nachspieler, »der Transporter kommt.«

Dieselben Worte hatte ich ihn in den Proben schon unzählige Male sprechen hören. Es war mein eigenes Drehbuch; ich hatte ihn angewiesen, genau diese Worte zu benutzen, das Wort »kommen« zu wiederholen und »er« durch »der Transporter« im zweiten Teil zu ersetzen, obwohl das »er« bereits der Transporter war. Ich hatte das wieder und wieder gehört, jedes Mal mit der genau gleichen Stimme gesprochen, mit der gleichen Geschwindigkeit, Lautstärke und Tonlage – aber jetzt klangen die Worte anders. In den Proben waren sie korrekt gewesen – korrekt in dem Sinne, dass die Kopie des Transporters auftauchte und in der Kopie der Straße parkte, wenn der Nachspieler das Sprechen dieser Worte trainierte. Jetzt aber waren sie mehr als korrekt: Sie waren wahr. Der Transporter – der echte Transporter, in dem echte Sicherheitsleute saßen – kam, bog in die echte Stummelstraße ein und parkte. Er war von selbst gekommen und hatte die Worte damit zu den wahrsten gemacht, die jemals gesprochen wurden. Der Transporter kam nicht bloß: Er tauchte auf – tauchte auf dem Schauplatz auf, wie ein Wesen, das aus einer Höhle auftaucht oder wie ein Fleck, eine Spur, ein Bild auf Fotopapier auftaucht, wenn es in Flüssigkeit getunkt wird. Er tauchte auf: zuerst klein, dann wuchs er, und dann war er groß und war da – genau an der Stelle, wo er sein sollte.

Ich beobachtete das völlig gebannt. Er war das perfekte Abbild des Transporters, den wir im Lagerhaus benutzt hatten. Mehr als perfekt: er war identisch – Fabrikat, Größe, Kennzeichen, der ausgeblichene Lack an den Seiten, die abgerundeten Kanten –, aber dann war er noch mehr, sogar noch mehr als die Summe all seiner Ähnlichkeiten. Wie er da mit seinen prallen Gummireifen auf der ausradierten und neu gezogenen gelben Linie thronte, mit seinen genoppten Stufen, die darauf warteten, betreten zu werden, den schmutzigen Blinkern und dem Auspuff, der hinten herausragte – wie er da thronte, schien er größer zu sein, seine Seiten ausgeblichener, die Reifen praller, die Kanten abgerundeter, die Stufen noch stärker genoppt, noch mehr dazu bereit, Gewicht aufzunehmen und wieder abzugeben, die Blinker und der Auspuff noch schmutziger, noch weiter herausstehend. Seine schiere Präsenz hatte etwas Exzessives, Überwältigendes. Es ließ mich tief einatmen, plötzlich; es rötete mir die Wangen und ließ meine Augen brennen.

»Wow«, flüsterte ich. »Das ist einfach ... wow.«

Der Transporter tauchte auf dem Schauplatz auf, Männer tauchten aus dem Transporter auf, das ganze Ereignis tauchte langsam auf, so wie ein Bild auf Fotopapier langsam auftaucht. Ich musste es noch nicht einmal wirklich sehen. Ich schloss die Augen und ließ sich alles vor meinem inneren Auge entwickeln. Ich sah die Szene in der Bank vor mir: Sicherheitsmann Eins und Zwei wurden am hinteren Ende der Schalterhalle eingecheckt; sie passierten die Luftschleuse, durch das erste und jetzt durch das zweite Paar Türen, und gelangten in den Innenbereich. Sie übergaben dem Kassierer die Säcke mit den neuen Scheinen, der Kassierer, der perfekt unseren pausierenden Kassierer-Nachspieler imitierte, bereitete die Quittung für sie vor und forderte die Säcke mit den alten Scheinen aus dem Tresorraum im Keller an, die, auf die wir es abgesehen hatten. Sie warteten; wir warteten; der Sicherheitsmann im Transporter wartete und die genoppten Stufen, die Blinker und der Auspuff warteten auch; die Straße wartete: Gelbe und weiße Linien, Bordsteine und Gehsteige warteten, warteten, während der Aufzug ein kleines elektrisches Jaulen von sich gab und mit von der Last straff gespannten Seilen die Brocken aus den Tiefen des Gebäudes nach oben beförderte, sie hinaus in die Welt schubste.

Die Augen immer noch geschlossen, sah ich jetzt die Säcke auftauchen, sah, wie sie von ihrer Unterlage hochgehoben wurden. Ich spürte, wie es mich innerlich anhob; ich spürte, wie meine Organe sich in mir hoben. Ich sah den Tight-End-Komplizen-Nachspieler aus der Schlange vor dem Informationsschalter ausscheren, und als ich das beobachtete, fühlte ich mich schwerelos, gleichzeitig leicht und kompakt. Als er ausscherte, neigten sich seine Schultern, so dass die linke etwas tiefer war als die rechte; sie neigten sich, beschrieben über dem Teppich einen Halbkreis durch die Luft und richteten sich dann wieder gerade, als er dicht an den anderen Leuten in der Schlange vorbeiglitt, sich parallel dazu hielt und auf die Tür zusteuerte.

Ich atmete mit einem Seufzer tief aus und öffnete meine Augen wie jemand, der von tief unten aus dem Wasser auftaucht, zurück ans Tageslicht – und als der Atem aus mir herausströmte, öffnete ich die Augen und entpackte die ganze Szene, atmete alles ins Tageslicht aus. Alles kam genau richtig heraus, alles war in Position, genau da, wo es sein sollte, und alles tat, was es tun sollte: die Bank, die Straße mit ihren Linien, der Transporter. Der Tight-End-Komplizen-Nachspieler tauchte in der Tür auf. Dann tauchte ich ebenfalls auf, tauchte aus dem Auto auf, glitt über die Straße Richtung Bankeingang und streifte dabei meine Eishockeymaske über. Mein Gleiten und Überstreifen wurde von den vier anderen Bankräuber-Nachspielern gespiegelt, die von vier verschiedenen Positionen aus – von zwei Seiten zweier Autos – auf den gleichen Punkt zuglitten, auf die gleiche Tür, wie Synchronschwimmer aus den Ecken eines Schwimmbeckens zur Mitte hin in Formation gleiten.

Ich kannte die Formation – kannte sie in- und auswendig. Ich wusste, welcher Teil sich wohin bewegte und wie sie ihre Form veränderte, während sie in fließender Bewegung vorrückte. Ich hatte sie geschaffen; ich hatte sie mir ausgedacht. Ich hatte sie von außen betrachtet, hatte sie skizziert und ausgemessen, von allen Seiten und von hinten. Ich hatte ihre Bestandteile und ihre Ausrichtung in Naz' Tabellen, Pyramiden und Ablaufpläne übertragen, hatte in den Dampfschwaden, die aus meiner Badewanne aufstiegen, gesehen, wie sie sich zusammenzog und wieder verteilte. Wieder und wieder hatte ich meine Position in der Formation eingenommen, hatte alles durchlaufen, jeden Schritt, jede Drehung, jeden Schwung, bis jeder Teil von mir instinktiv wusste, wo er wann zu sein hatte, in jedem einzelnen Moment des Gesamtablaufs. Aber nichts von all dem war mit dem Jetzt vergleichbar. Als ich und die anderen durch die Tür preschten, um unsere Positionen in der Phalanx einzunehmen, wusste ich, dass ich mich irgendwo anders befand – dass ich eine innerste Zelle erreicht hatte, eine Kammer weit unter der Oberfläche der Bewegungen und Positionen. Ich war inmitten des Schemas, war mit ihm verschmolzen, war ein Teil davon; und während es sich veränderte, sich selbst nochmals kopierte, hier, jetzt, sich selbst transformierte, begann es endlich real zu werden.

Das Defilé klaffte auseinander. Alle Ränder – von Gegenständen und Oberflächen, von Schaltern, Wandschirmen und Teppichen, und auch die Ränder der Sekunden – schienen sich zurückzuziehen, während sie gleichzeitig blieben, wo sie waren; die gewöhnlichen Entfernungen und Maße vergrößerten sich. Ich hätte alles machen können: Bevor irgendjemand auch nur einmal blinzelte, hätte ich herumlaufen, aus der Bank gehen und Autos umparken, Babys in ihren Kinderwagen austauschen, an den Wänden hochklettern und an der Decke laufen oder dort einfach nur kopfüber stehenbleiben können. Unter den gegebenen Umständen blieb ich innerhalb des Augenblicks und ging an Bankräuber-Nachspieler Eins vorbei, als er in der Tür gerade über Sicherheitsmann Drei stand. Ich verweilte sehr lange in diesem Augenblick, in diesem Moment, da ich an ihm vorbeiglitt; ich erfasste, wie sein Bein stand, wie sich sein Knie beugte, wie sich sein linker Arm, der den unter ihm liegenden Sicherheitsmann festhielt, streckte, während sein rechter Arm etwas angehoben war, so dass sich seine Hand, die eine Waffe auf den Kopf des Sicherheitsmanns richtete, in Höhe seines Kopfes befand. Das alles trank ich bis auf den letzten Tropfen, absorbierte es wie Löschpapier oder wie hochempfindlicher Film, ließ es ganz und gar in mich eindringen, bis ich selbst die Oberfläche wurde, auf der es auftauchte.

Dann kam der Ton dazu: das Geräusch der Schrotflinte, die den Warnschuss abfeuerte. Das Geräusch verlängerte sich, dehnte sich so weit aus, bis es gedämpft und durchlässig war, es sich zu einem leisen, beruhigenden Summen verlangsamt zu haben schien. Putz bröckelte von der Decke und fiel sanft herab, stückiger Pulverschnee. Bankräuber-Nachspieler Zwei sagte seinen Text:

»Alle runter auf den Boden.«

Er schrie nicht, sondern sagte es mit eher tonloser Stimme – ausdruckslos, neutral, genau wie damals die Reifen-Jungs-Nachspieler beim Blaues-Klebzeug-Nachspiel sprechen mussten. Die Worte verlängerten sich ebenfalls; sie schienen sich nach beiden Seiten hin auszudehnen, schienen sich eine innere Kammer zu schaffen, in der sie innerhalb des ausgedehnten Sprechens fast unmerklich gesprochen werden konnten – in vertraulichem Ton, wie ein zärtliches Echo.

Dann war es still. Die Kunden und Bankangestellten, die echten, die die Kunden- und Bankangestellten-Nachspieler, die wir pausieren ließen, ersetzten, lagen auf dem Boden wie Babys, die man schlafen gelegt hat. Über ihnen, wie ein Mobile an einem Gitterbettchen, pendelte die Schrotflinte von Bankräuber-Nachspieler Zwei. Ich schwenkte meine ebenfalls, ließ sie einen Bogen durch die Schalterhalle beschreiben, einen Bogen wie ein in die Horizontale übertragenes Pendel einer Uhr – das Pendel einer großväterlichen Uhr, langsam, gleichmäßig, monoton.

Jetzt ertönte ein neues Geräusch: das Klirren von splitterndem Glas, als Vier das Zertrümmern der ersten Tür der Luftschleuse nachspielte; dann, aus diesem Geräusch erwachsend, ein zweites, als Fünf das Zertrümmern der nächsten Tür nachspielte. Das Glas war modernes High-tech-Glas, das eher zu Stückchen zerbröckelte und in sich zusammenfiel als in gezackte Scherben zu zerbrechen; es fiel leise, klimperte wie eine Spieldose – wie eine alte, antike Spieldose, die eine langsame Melodie in hoher Tonlage klimpert, ein Wiegenlied.

Ich begann die Sequenz, die ich an dieser Stelle nachzuspielen hatte: mich vorwärts bewegen, durch die kaputte Luftschleuse zu Vier und Fünf, einen der Säcke nehmen und durch die Tür bis auf die Straße tragen. Auch das hatte ich unendlich oft trainiert – aber jetzt war es anders. Genau wie der Transporter war der Sack imposanter, imposanter als die Säcke, die wir sonst benutzt hatten – das Gewebe war regelmäßiger, gleichförmiger, die Kordel faseriger, die vereinzelten kleinen Buchstaben- und Zahlencluster, die sich auf seiner Oberfläche verteilten, waren kryptischer als auf den Säcken, die ich in den Proben getragen hatte. Er war ausgebeulter. Er wölbte sich genau wie die Mülltüte der Leberdame – wölbte sich ungleichmäßig, auf irgendwie sperrige Weise. Es war schwierig, ihn hochzuheben: Ich spürte, wie er sich dehnte, wie sich sein Gewicht um meinen Oberkörper herum verteilte, spürte, wie er auf jeden Muskel einwirkte. Alle meine Muskeln waren jetzt, als ich ihn trug, miteinander verbunden, arbeiteten zusammen, fügten sich zusammen, ohne dass ich ihnen sagen musste, wie sie sich zusammenfügen sollten.

»Ein System«, sagte ich zu dem Bankangestellten. »Und ich muss es nicht erst lernen. Es glückt einfach.«

Es glückte. Der Sack stellte einen unschätzbaren Wert für mich dar. Das Geld darin war wie Müll: Müll, tote Masse, Materie – und genau deshalb war er kostbar, unbezahlbar, so kostbar wie das Goldene Vlies oder die verlorene Bundeslade oder der Rosetta-Stein. Ich glitt mit ihm zur Tür. Vier und Fünf glitten vor mir dahin. Zwei war immer noch statisch, schwenkte seine Waffe von einer Ecke der Bank zur anderen und wieder zurück, langsam und gleichmäßig wie ein Rasensprenger. Ich hob den Sack ein wenig an, als er und ich den Luftschleusenstummel verließen, setzte ihn dann wieder ab und ließ ihn über den Teppich gleiten, so wie ein Sprühflugzeug über Weizenfelder gleitet. Als wir dahinglitten, ließ ich meinen Blick über die Oberfläche des Teppichs schweifen, folgte dem perfekt reproduzierten Gold auf Rot, den Biegungen und Kehrtwenden, sah, wie es sich auf mehreren Metern in regelmäßigen Abständen wiederholte und dann dort, wo sich der Teppich wellte, beschleunigte, sich die Abstände verkürzten bis zu der Falte, bei der Fünf, der etwa einen halben Meter vor mir dahinglitt, gleich sein Beinah-Stolpern nachspielen würde. Ich schickte meinen Blick voraus bis zu seinem Fuß und ließ ihn dort verweilen, beobachtete, wie er die Falte erwartete; ich sah, wie der Fuß nach vorne drängte, die Zehen nach unten gerichtet, nach hinten, sich drehten wie die Zehen eines Balletttänzers ...

Aber in diesem Teppich war keine Falte. Warum hätte dort auch eine sein sollen? In der Lagerhalle war eine Falte gewesen, aber sie war erst dort entstanden. In den Proben, als Fünf jenes eine Mal gestolpert war, hatte ich gesagt, dass er jedes Mal, wenn er dort vorbeikam, beinahe stolpern sollte. Ich hatte Frank sogar gebeten, ein kleines Holzstück unter den Teppich zu schieben, um sicherzustellen, dass die Falte erhalten blieb. Fünf hatte sich in den Wochen der Proben so daran gewöhnt, beinahe darüber zu stolpern – täglich zehn, zwanzig Mal, immer und immer wieder –, dass das Beinah-Stolpern instinktiv geschah, in Fleisch und Blut übergegangen war. Jetzt, beim eigentlichen Nachspiel, setzte er dieselbe Kraft ein, dieselbe Schubkraft nach vorne, drehte die Zehen genauso – es war bloß keine Falte da. Der Teppich war glatt. Ich sah, wie sein Fuß nach der Falte tastete, noch mehr danach tastete, während sich sein restlicher Körper bereits weiter vorwärts bewegte. Sein restlicher Körper bewegte sich so weit nach vorne, dass er schließlich den Fuß hinter sich in die Luft riss. Das ganze Bein hob sich hinter ihm bis in die Waagrechte, hob sich weiter, bis es so weit oben war, dass seine Schultern nach unten gezogen wurden und er hinfiel.

Er fiel – aber bevor er das tat, flog sein Oberkörper vom eigenen Schwung angetrieben ungebremst über den Teppich nach vorne. Seine Arme wurden nach hinten gezogen wie bei einem Fallschirmspringer im freien Fall; seine Brust wölbte sich vor wie bei einem Schwan. Das erinnerte mich an die Galionsfigur eines Schiffs, die ich einmal gesehen hatte – die Galionsfigur eines alten Schiffs, mit stolzer Kopfhaltung und einem den Wellen entgegengestreckten Körper. Ich konnte sehen, dass er geradewegs in Zwei stürzen würde. Ich dachte an Karotten und an Fluglotsen und sah zu, wie der Zusammenstoß seinen Lauf nahm.

Es war sein Kopf, der zuerst Kontakt aufnahm. Er fuhr Zwei in den Bauch, der nachgab, wie der Puffer am Ende eines Eisenbahnwagens nachgibt, wenn ein weiterer Wagen angekoppelt wird. Der Kopf von Fünf fuhr in den Bauch von Zwei, aber sein Hals schien sich in die andere Richtung zu bewegen – wie Gegenverkehr; das Fleisch faltete sich in Wellen nach hinten Richtung Schultern. Es sah aus wie die Knautschzone, die bei modernen Autos vorne eingebaut ist. Zwei ließ einen Grunzer hören, als seine Schultern nach vorne gezogen wurden; seine linke Hand ließ den Lauf der Schrotflinte los, hob sich in die Luft und fiel dann auf den Rücken von Fünf, wo sie liegen blieb und seinen Körper zärtlich hielt, als sie beide zu Boden gingen.

Sie fielen lange und langsam. Das linke Bein von Zwei hob, als Fünf auf ihn prallte, vom Boden ab; sein rechtes Bein aber blieb wie angewurzelt stehen und hielt für eine Weile die gesamte verknäuelte Komposition aus zwei Köpfen und zwei Rümpfen, vier Armen, drei Beinen, einem Sack und einer Waffe. Dieses rechte Bein schien bereit, sich selbst glauben zu machen, es könne die verknotete Konstellation halten, diese ganze frei schwebende Materie, sie in der Schwebe halten und in irgendeine imaginäre Zukunft hineintragen. Natürlich konnte es das nicht: Die Schwerkraft war dagegen. Ich sah, wie es einknickte – so wie in alten Filmen die Beine einer angeschossenen Giraffe einknicken – und dann aufgab und sich dem unvermeidlichen Aufprall auf den Boden überließ.

Allerdings gab nicht alles von Zwei auf: Als der Rest von ihm, seine Teile und die neuen Teile, die er dazubekommen hatte, die Teile von Fünf, auf dem Teppich landeten und dort beträchtlichen Raum einnahmen – sich verdrehten und zusammenklappten, als sie aufkamen, sich an einigen Stellen noch stärker zusammenpressten, an anderen lösten, auseinanderbrachen – blieb seine rechte Hand in der Luft. Die Waffe wurde immer noch von dieser Hand gehalten, die Handfläche umfasste den Kolben, der Zeigefinger hakte am Abzug fest. Der Reflex, sich am letzten noch erreichbaren stabilen Ding festzuhalten, musste der Grund dafür gewesen sein, dass er abdrückte. Die Waffe ging los. Vier krümmte sich und brach genau vor mir ebenfalls zusammen.

Jetzt erstarrte die gesamte Szenerie, so wie in meinem Treppenhaus, als die Leberdame und ich alles bis zum Stillstand verlangsamt hatten. Zwei und Fünf lagen unbeweglich am Boden, halb verbunden, halb gelöst, wie mitten in einem Manöver eingefrorene Akrobaten. Vier lag in Embryohaltung da, zusammengerollt, regungslos. Ich stand regungslos hinter ihm. Das einzige, was sich bewegte, war ein tiefroter Strom, der aus Viers Brust kam. Der dort auftauchte und über den Teppich lief.

»Wunderschön!«, flüsterte ich.

Ein Wimmern breitete sich in kleinen Wellen in der Schalterhalle aus, kam von den Mitarbeitern und Kunden, ein kollektives Gemurmel im Schlaf, als durchlebten sie in dem Traum, den sie alle träumten, gerade eine turbulente Phase. Bankräuber-Nachspieler Eins kam von der Tür herüber, nahm seine Maske ab, schaute auf Vier und sagte:

»Oh mein Gott!«

Sein Gesicht war weiß. Er nahm Vier die Maske ab. Das Gesicht von Vier war ebenfalls weiß. Sein Augen waren leer. Er war ziemlich tot. Eins schaute hoch und verkündete mit lauter Stimme:

»Brecht das Nachspiel ab!«

Niemand antwortete. Eins sah sich nach den wimmernden Leuten um. Er machte drei Schritte auf eine Ecke zu, wo zwei Kunden lagen. Als sie spürten, dass er näherkam, wimmerten sie lauter, wanden sich, wollten sich in den Boden graben. Eins beugte sich nach unten, legte einem von ihnen seine Hand auf die Schulter und sagte:

»Er ist verletzt. Wir müssen das Nachspiel sofort abbrechen.«

Der Kunde gab einen schrillen Schrei von sich und bäumte sich auf vor Angst. Eins drehte sich um und schrie die Angestellten an den Schaltern an:

»Es ist abgebrochen! Das Nachspiel ist abgebrochen! Wir müssen es jetzt abbrechen!«

Niemand bewegte sich. Natürlich bewegte sich niemand. Was abbrechen? Dieses Nachspiel konnte man nicht abbrechen. Nicht einmal ich hätte es abbrechen können. Nicht, dass ich es gewollt hätte. Etwas Wunderbares ereignete sich. Ich schaute zu Zwei und Fünf auf dem Boden. Sie wirkten jetzt weniger wie Akrobaten, eher wie Skulpturen. Der Sack, der Fünf aus der Hand gerutscht war und die Waffe, die jetzt neben Zwei lag, sahen für mich aus wie Stücke überflüssiger Materie, die entfernt worden waren, um sie zum Vorschein zu bringen. Noch etwas anderes kam zum Vorschein, etwas, das schon die ganze Zeit dagewesen war, anwesend, aber verborgen und das jetzt überall auftauchte. Es war greifbar: Ich konnte diese neue Erscheinung spüren, sie lag in der Luft. Die anderen spürten sie auch: Fünf, Eins und Zwei sahen sich in der Bank um, sahen die Kunden und die Mitarbeiter und sich gegenseitig an, ihre Augen wurden größer, ihre Körper wachsamer, wissbegieriger, waren wie aufgerüttelt. Dann sagte Eins so leise, als wäre es eher zu sich selbst, mit einer Stimme, die vor allmählich zunehmendem Entsetzen zitterte:

»Sie haben keine Ahnung.«

»Was?«, sagte Fünf.

»Sie haben keine Ahnung«, wiederholte Eins. »Diese Leute haben keine Ahnung, dass das ein Nachspiel ist.«

Es war einen Moment lang still, während Fünf und Zwei verdauten, was Eins eben gesagt hatte. Eins drehte sich zu mir und flüsterte mit immer noch bebender Stimme:

»Es ist echt!«

Das Kribbeln trat jetzt wirklich über die Ufer; es ging vom tiefsten Punkt meiner Wirbelsäule aus und durchströmte meinen ganzen Körper. Wieder fühlte ich mich schwerelos; wieder breitete sich der Augenblick über seine Ränder hinweg aus und wurde zu einem stillen, klaren Teich, der seiner Zufriedenheit alles einverleibte. Ich neigte den Kopf nach hinten; meine Arme breiteten sich aus, meine Handflächen drehten sich nach oben. Ich spürte, wie ich hochgehoben wurde, wie mein Körper unerträglich leicht und gleichzeitig unerträglich kompakt geworden war. Die Intensität steigerte sich immer mehr, bis alle meine Sinne auf einmal ausfielen. Überall um mich herum war Lärm, ein Chor: Schreien, Rufen, Krachen; Alarm schrillte, Leute rannten herum und stießen gegen Sachen und gegeneinander. Ich kniete mich neben Vier. Das Blut kam als gleichmäßige, breite Kolonne aus seiner Brust, rückte in der Ebene des Teppichs weiter vor und ließ die goldenen Streifen sich kräuseln wie Fahnen im Wind. Sein Sack lümmelte auf dem Boden wie die Mülltüte der Leberdame; sein Inhalt, der nun nicht mehr an seinem Arm in der Luft hing, hatte von selbst eine Ruheposition eingenommen. Das Blut strömte um den Sack herum, befeuchtete ihn am Rand und bildete hinter einer Falte einen wirbelnden Teich, als ob nicht Vier, sondern der Sack ein Leck hätte.

Die Blutkolonne war weiter vorne zum Stillstand gekommen und hatte ihr Lager in Form eines länglichen Ovals aufgeschlagen: ein tiefroter Fleck, auf dessen Oberfläche ich die Wand gespiegelt sehen konnte – und die zerschmetterten Glastüren der Luftschleuse, die Ecke eines Schalters, ein Stück von einem Plakat an der Wand, die Decke. Vier hatte sich geöffnet, war zu einem Schaubild geworden, einer Skizze, einer Spur. Ich legte mich flach auf den Boden, so dass sich mein Kopf genau neben dem Teich befand, und konzentrierte mich auf die Spiegelungen. Die Dinge – der Glastürstummel, die Ecke, der Plakatzipfel – waren zu etwas Abstraktem geworden, abgetrennt von dem Raum, der sie umgab, befreit von den Abständen zwischen ihnen, so dass sie in diesem Teich der Reproduktionen frei flottieren konnten, so wie meine Mitarbeiter in ihrem Buntglas-Himmel.

»Spekulation«, sagte ich; »Himmlische Einkehr. Geld, Blut und Licht. Umzüge. Nah und fern.«

Ich legte meinen Kopf neben Viers Körper und bohrte meinen Finger in die Wunde in seiner Brust. Die Wunde war erhaben, nicht eingesunken; Fleischteile waren durch die Haut gedrungen und aufgegangen, so wie Teig aufgeht. Das Fleisch war gleichzeitig fest und weich; es gab der Berührung nach, behielt aber seine Form. Aus allernächster Nähe konnte ich sehen, dass es durchlöchert war wie ein Sieb – natürliche Löcher, wie Nadelstiche, Atemlöcher. Dazwischen, dort, wo Schrotkörnchen eingedrungen waren, waren viel größere, unregelmäßige Risse entstanden. Ich konnte ein wenig in die Tunnel hineinschauen, die die Innenseite der Risse bildeten, aber nicht weit, denn sie verengten sich und bogen ab.

»Ja, tatsächlich wie ein Schwamm«, sagte ich.

Dann verließ ich die Bank. Ich ging ganz normal, ruhig. Niemand versuchte mich aufzuhalten. Alle rannten herum und schrien und stießen zusammen und fielen hin – aber um mich herum war ein Zylinder, eine Luftschleuse. Ich ging ganz ruhig durch die Eingangstür der Bank, zurück ans Tageslicht. Ich ging über die Straße, vorbei an den gelben und weißen Linien, vorbei an der Stelle, wo der leicht nach oben gewölbte Fleck nicht war. Dann saß ich wieder im Auto. Es fuhr los, beschrieb einen Bogen über die Straßenmitte, hielt, glitt weiter. Die Straße drehte sich langsam um sich selbst: die Mütter mit den Kinderwagen und der Verkehr und die Politessen und die Leute an den Bushaltestellen und die Fenster, die das spiegelten – alles um mich herum drehte sich. Ich war ein schwebender Astronaut, der sich langsam drehte, zwischen Galaxien aus bunter Materie. Ich schloss die Augen und spürte die Bewegung, die Rotation – dann öffnete ich sie wieder und wurde vom Sonnenlicht überwältigt. Es strömte der Sonne aus der Brust, sprudelte kaskadenförmig heraus, spritzte aus Autoreifen, Kühlerhauben und Windschutzscheiben und Schaufenstern, bildete ein Rinnsal an den Linien und Markierungen der Straße, schoss den Leuten um die Beine und durch Dachrinnen, tröpfelte von Dächern und Bäumen. Es ergoss sich überall, überflutete alles; zu viel, einfach zu viel, als dass es hätte aufgefangen werden können.

»Vielleicht ist es in Ordnung, dass es fällt«, sagte ich.

»Wo sind die anderen?«, fragte der Fahrer-Nachspieler.

»Sie haben die gleiche Struktur«, sagte ich.

»Sie haben was?«, fragte er. »Was war das für ein zweiter Schuss?«

»Die gleiche Struktur«, sagte ich. »Licht und Blut.«

Zwei der anderen Bankräuber-Nachspieler waren jetzt zu uns ins Auto gekommen: Fünf und Zwei, glaube ich, oder vielleicht Fünf und Eins. Jedenfalls nicht Vier. Wir wendeten und rammten ein anderes Auto, hielten einen Moment an und glitten dann weiter.

»Er ist mir reingefahren und dann einfach abgehauen«, berichtete ich. »Der Typ in Peckham. Damals war ich wütend, aber jetzt ist es in Ordnung. Alles ist in Ordnung – selbst der Splitter in meinem Knie. Die Halbe.«

Es war in Ordnung – alles. Ich war glücklich. Wir hatten die Hauptstraße verlassen und schlängelten uns durch Seitenstraßen, dieselben, in denen wir vor zwei Tagen das Durchschlängeln trainiert hatten. Dieselben Bäume säumten die Straße auf beiden Seiten – Eichen, Eschen und Platanen, deren rote, braune und gelbe Blätter sich wieder zu einem Farbstrom vermischten; einige Blätter fielen herab, flimmerten im Sonnenlicht, während sie nach unten drifteten. Eine Tanne gab es auch; die befand sich nicht in der Mauser.

»Ein Residualbaum«, sagte ich zu den anderen und deutete darauf, als wir vorbeifuhren.

Sie hörten mir nicht zu. Sie schienen sehr unglücklich zu sein. Sie schrien den Fahrer-Nachspieler an, brüllten ihn an, erzählten ihm immer und immer wieder, dass das ganze Ding echt gewesen war und kein Nachspiel. Ich drehte mich zu ihnen und sagte:

»Aber es war ein Nachspiel. Darin liegt seine Schönheit. Erst mittendrin, während es stattfand, wurde es Realität. Vor allem dank der Geisterfalte – der Falte, die die andere Falte zurückließ, als wir sie wegnahmen.«

Das schien sie nicht im Geringsten zu beruhigen. Sie schrien, jaulten und wimmerten, während wir weiter durch die bunten fallenden Blätter fuhren. Einer von ihnen fragte immerzu, was sie denn jetzt machen sollten.

»Ach, einfach weitermachen«, sagte ich. »Einfach so weitermachen. Es ist alles in Ordnung.«

Mir fiel ein, dass ich das zu dem Jungen im Treppenhaus gesagt hatte. Ich erinnerte mich an sein besorgtes Gesicht, seinen Schulranzen und seine Schuhe. Ich schaute den Nachspieler, der mich das gefragt hatte, direkt an, lächelte beruhigend und sagte:

»Ihr könnt nicht dahin zurückgehen. Sie würden es nicht verstehen. Kommt mit mir und es wird sich alles regeln.«

Ich glaube, er sah ein, dass ich Recht hatte. Natürlich konnte er nicht zur Bank zurück. Was hätte er machen sollen? Erklären, dass alles inszeniert gewesen war? Und womöglich noch den ganzen Mist mit den Kühlschranktüren und Zigaretten und Karotten und De Niro? Davon wusste er ja gar nichts, und er sah auch nicht so aus, als könnte er das irgendjemandem verständlich machen, selbst wenn ich es ihm erklärt hätte. Er war ziemlich aufgeregt. Das waren sie alle. Sie klagten und weinten und jaulten und schrien. Ich hörte ihnen eine Weile zu und versuchte, einen Rhythmus in all diesen verschiedenen Geräuschen, dem Klagen und Heulen und Jaulen, zu erkennen – was worauf folgte, wie lange es dauerte, bis sich die ganze Sequenz wiederholte –, gab es aber nach einer Weile auf. Ich wurde jetzt nicht wirklich schlau daraus; ich würde es später nachspielen lassen müssen. Ich schaute aus dem Fenster nach hinten auf die fallenden Blätter, die sich vermischten. Sie gingen über in Beton, Brücken, Pfeiler und Überführungen, als wir uns hinter Shepherd's Bush auf die Autobahn fädelten. Auch der Beton vermischte sich, umspülte uns, kippte, schwenkte über uns vorbei, kippte unter uns weg, sank und verschwand, um etwas später wieder aufzutauchen, wieder auf uns zuzukommen – diese flottierenden Blöcke, diese Kolonnen, all diese Materie.

Naz wartete an der Lagerhalle auf uns. Er stand draußen, am Tor zum Gelände. Er öffnete die Autotür und schaute mich an.

»Sie haben da Blut!«, sagte er.

»Geld, Blut und Licht«, sagte ich und strahlte, als ich aus dem Auto stieg. »Naz, es war fantastisch!«

Naz schaute ins Auto, wo immer noch die jammernden und jaulenden Nachspieler saßen. Als sie anfingen, ihm vorzujammern, ihm zu erzählen, was passiert war, ging eine merkwürdige Veränderung mit ihm vor. Er reagierte überhaupt nicht aufgeregt oder hysterisch: Es war eher, wie wenn ein Computer abstürzt – wenn der Bildschirm, statt zu explodieren oder die Zeichen wild durcheinander tanzen zu lassen, einfach einfriert. Er zog seinen Kopf aus dem Auto zurück; sein Körper erstarrte und seine Augen hängten sich auf, während das Ding dahinter zu surren versuchte. Ich beobachtete ihn fasziniert; mir war sofort klar, dass es nicht mehr surren konnte. Es war eingefroren. Die anderen setzten ihre Tiraden fort, schrien ihn an, er habe Bescheid gewusst, habe sie reingelegt, Vier war tot, sie seien Mörder, und so weiter und so fort. Er stand einfach da, komplett eingefroren. Das Sonnenlicht überflutete alles, Kaskaden von Sonnenlicht umgleißten ihn. Als seine Augen wieder angingen – halb an, als ob sie schon heruntergefahren wären – fragte er, wo die anderen Nachspieler seien.

»Wer weiß?«, sagte ich und betrat die Lagerhalle. »*En route*, geschnappt, immer noch in der Bank. Ich weiß es nicht. Hey, gute Arbeit.«

Die nachgebaute Bank war komplett abgerissen worden. Man konnte noch sehen, wo sich Schalter und Wände befunden hatten. Stümpfe davon waren noch da – das und ein paar Trümmer, ein paar Splitter, ein paar Spalten und Löcher. Es war wie ein zertrümmerter und ausradierter Grundriss, eine Geisterreplik. Ich schaute mich in aller Ruhe um. Ich ließ meinen Blick an der Stelle verweilen, von der aus der Tight-End-Komplizen-Nachspieler ausgeschert war, dann an der Stelle, an der ich wie angewurzelt gestanden hatte, als ich meine Waffe in einem weiten Bogen über den Boden geschwenkt hatte. Ich hatte meine Waffe immer noch. Ich stand an der Stelle, an der Bankräuber-Nachspieler Zwei gestanden hatte, vor den Schaltern und der Luftschleuse. Ich hob den Lauf der Schrotflinte mit meiner linken Hand und ließ ihn noch einmal einen Bogen beschreiben, schwenkte ihn langsam hin und her. Ich betrachtete die Stelle, an die der Aufzug die drei Säcke, die wir tragen würden, befördert hatte; dann wieder den Boden, wo der Teppich gelegen hatte, und stellte mir auf diesem kahlen Betonboden noch einmal die goldenen Linien vor, ihre Biegungen und Kehrtwendungen auf dem Rot, die sich regelmäßig wiederholten.

Noch einmal ließ ich meinen Blick dicht am Boden über alles schweifen – aber dieses Mal von der anderen Seite aus, so wie Zwei es gesehen hatte, als wir drei mit unseren Säcken auf ihn zukamen. Er musste auch gesehen haben, wie Fünfs Fuß nach der Falte tastete, musste gesehen haben, wie er fiel und sein Rumpf gegen ihn, Zwei, geschleudert wurde, durch die Luft getragen von seinem eigenen Schwung. Er hatte ebenfalls gewusst, dass eine Kollision unvermeidlich war, dass es keine Möglichkeit gab, sie zu verhindern. Zwei, der echte Bankräuber-Nachspieler Zwei, war ins Lagerhaus gekommen. Er war, wie ich auch, an der Stelle hereingekommen, an der das Aufzugs-Duplikat gestanden hatte, dem inneren Bereich. Er weinte und schleppte sich mühsam vorwärts, ziellos. Ich war so vertieft in das Nachspiel des Ereignisses aus seiner Perspektive, dass ich tatsächlich das Gleichgewicht verlor. Mein linkes Bein kam nach oben und meine linke Hand ließ den Lauf der Schrotflinte los; ich zog den Bauch ein und schob die Schultern nach vorne; mein rechtes Bein gab nach, streckte sich wieder und kippte dann, was meinen übrigen Körper mit sich nahm – alles mitnahm bis auf meine rechte Hand, die oben blieb, den Kolben umfasst hielt, den Zeigefinger am Abzug festgehakt.

Zwei hatte jetzt den gleichen Abstand zu mir wie Vier zu ihm, als er, Zwei, ihn, Vier, in der Bank erschossen hatte. Er bewegte sich immer noch vorwärts, kam langsam auf mich zu. Also erschoss ich ihn. Es war halb instinktiv, ein Reflex, wie ich bereits gedacht hatte: sich an das letzte erreichbare stabile Ding klammern, und das war der Abzug – sich an ihn zu klammern, als wäre er ein Fixpunkt, an dem sich der Körper wieder hochziehen konnte. Aber es wäre gelogen, wenn ich behauptete, das sei der einzige Grund dafür, dass ich abdrückte und Zwei erschoss. Ich machte es, weil ich es wollte. Als ich ihn auf der Position von Vier stehen sah, während ich mich in seiner befand und zunächst in Gedanken, dann mit meinem Körper sein langsames Fallen durchspielte, spürte ich einen Drang, ihn zu erschießen, genau wie damals vor der Victoria Station, als ich den Drang gehabt hatte, die Passanten um Münzen zu bitten. Im Grunde waren es die Bewegungen, die Positionen und das Kribbeln, was mich dazu veranlasst hatte – weiter nichts.

Die neuerliche Explosion hallte durch das Lager. Sie ließ die Wände erbeben – die Wände, die Decke und den Boden. Alles bebte und summte und dröhnte und schien zu schweben. Sägemehl stieg vom Boden auf und wirbelte durch die Luft; kleine Trümmerbrocken sprangen hoch. Zwei schwebte ebenfalls: Er hob an der Stelle, an der er gestanden hatte, vom Boden ab – wie ein Hubschrauber steil nach oben, nur dass er sich gleichzeitig nach oben und etwas nach hinten bewegte. Er schwebte eine Weile in der Luft, dann brach er zusammen.

Ich stand auf, ging zu der Stelle, wo er lag und betrachtete ihn. Er lag auf dem Rücken.

»Er sollte auf der Seite liegen«, sagte ich, ohne jemanden direkt anzusprechen.

Ich kniete mich neben ihn und zog ihn in die gleiche Embryohaltung, in der Vier gelandet war. Auch die Augen von Zwei waren leer. Er war ebenfalls ziemlich tot. Auch sein Blut floss – aber es war nicht so sauber wie das Blut von Vier. Es waren Teilchen darin, solche Körnchen und Klümpchen. Ich bohrte meinen Finger in sein exponiertes Fleisch. Es war sehr ähnlich wie das Fleisch von Vier: Es hatte die gleiche schwammige Konsistenz, gleichzeitig weich und fest.

Naz war in die Lagerhalle gekommen. Er bewegte sich sehr sehr langsam und blieb schließlich etwa einen Meter vor mir stehen, seine Augen folgten dem Blut von Zwei bis zu dem Teich, in dem es sich sammelte.

»Wow, sehen Sie sich das an«, sagte ich. »Es ist einfach ein … ein Ding. Ein Fleck. Wiederholt sich ein bisschen. *Just-a, little, bit re-peating.*«

Ich stocherte wieder in dem exponierten Fleisch von Zwei herum und spürte, wie es zunächst ein bisschen nachgab und dann widerstand.

»Ist es nicht wunderschön?«, sagte ich zu Naz. »Man kann alles entfernen – verdunsten lassen, nachbilden, transubstantiieren, was auch immer – und das würde immer noch da sein. Ganz egal wie oft.«

Naz antwortete nicht. Er stand einfach da, eingefroren, stillgestellt, leer. Er war keine große Hilfe mehr. Ich musste ihn zum Auto zurückführen und das kurze Stück zum Flughafenterminal selbst fahren, mit den beiden übriggebliebenen, jammernden und zitternden Nachspielern im Schlepptau. Wir parkten in einem Dauerparker-Parkhaus. Ich fragte Naz nach den Tickets. Er drehte nur seinen Kopf etwas in meine Richtung, sagte aber nichts. Ich fasste in seine Jacke, fand die Tickets, gab den Nachspielern ihre und behielt Naz' und meins. Ich teilte allen mit, dass wir gemeinsam zum Terminal gehen und uns dann trennen würden; die beiden Nachspieler würden ihr Gate ansteuern, während Naz und ich zum Check-In-Schalter für Privatflugzeuge mussten.

»Müssen wir durch einen Metalldetektor?«, fragte ich Naz.

Naz starrte schweigend vor sich hin.

»Naz!«, sagte ich wieder. »Müssen wir ...«

»Nein«, antwortete er. Seine Stimme hatte sich verändert, war eine Mischung aus der Eintönigkeit meines Pianisten und der Art, wie ich meine verschiedenen Nachspieler hatte sprechen lassen.

»Das ist gut!«, sagte ich. »Du kommst mit rein.«

Ich klappte meine Schrotflinte zusammen und legte sie in eine Tasche. Ich hatte sie liebgewonnen und wollte sie jetzt bei mir behalten, wollte sie herumtragen wie ein König das Zepter. Ich fühlte mich sogar noch majestätischer als sonst: Da Naz außer Betrieb war, übernahm ich die unmittelbare Befehlsgewalt über alles – Logistik, Papierkram, alles und jeden. Ich verkündete dem Auto im Allgemeinen:

»Man muss sich keine Sorgen machen. Es ist ein sehr glücklicher Tag. Und jetzt werden wir alle in die Luft gehen.«

Wir stiegen aus, marschierten durch das Parkhaus und betraten das Flughafengebäude. Die anderen schleppten sich hinter mir her. Ich ließ alle anhalten, versammelte sie zum Appell und wollte schon die beiden Nachspieler dahin schicken, wohin sie mussten, als mir etwas auffiel.

Und zwar eine dieser Café-Filialen, diese Seattledinger. Wir befanden uns zwar nicht in dem Terminal, in dem ich Catherine getroffen hatte, aber hier gab es auch so eins – wenn auch nicht an der gleichen Stelle. Tresen, Kasse und Kaffeemaschine waren anders angeordnet, hatten aber dieselbe Größe, Form und Farbe wie bei der Filiale im anderen Terminal. Es war genauso, nur ein bisschen anders. Ich ging zum Tresen.

»Ich möchte neun kleine Cappuccino«, sagte ich.

»Heyy! Neun small – neun?«, sagte er.

»Ja genau«, sagte ich, reichte ihm meine Treuekarte und einen Zwanzig-Pfund-Schein. »Ich habe noch neun vor mir. Also: Neun, plus einen.«

Er fing an, die Tassen aufzureihen, aber mir fiel etwas ein und ich sagte zu ihm:

»Sie können die anderen acht weglassen. Die anderen neun, meine ich. Ich möchte nur den, der übrig bleibt. Den zusätzlichen.«

Er war jetzt ziemlich verwirrt.

»Ich kann Ihnen doch nicht die Karte abstempeln und das Extra-Getränk geben, ohne die anderen neun.«

»Oh, ich bezahle die neun«, sagte ich. »Aber ich möchte nur den zehnten. Sie können die neun behalten oder wegschütten, ganz wie Sie wollen. Ich nehme die neun dann bei der nächsten Runde.«

»Bei der nächsten Runde?«, fragte er.

»Egal«, sagte ich.

Ich bezahlte; er stempelte meine Karte und gab mir eine neue, mit einem Stempel auf der ersten Tasse, dann gab er mir meinen Extra-Kaffee. Ich ging dorthin zurück, wo ich die anderen zum Appell versammelt hatte. Nur Naz stand noch da, eingefroren und leer.

»Wo sind die Nachspieler hin?«, fragte ich.

Er antwortete nicht, natürlich nicht. Ich glaube nicht, dass er die Frage überhaupt verstanden hatte.

»Na gut«, sagte ich. »Sind sie eben durchgesickert. Das ist in Ordnung. Also, wo ist unser Schalter?«

Ich schaute mich im Terminal um. Ein paar Meter weiter war ein Zeitungsstand. Davor stand eine Tafel mit der Abendschlagzeile. *Aktienkurse fallen*, hieß es da.

»Das ist auch gut!«, sagte ich. »Nein: das ist großartig! Erst läuft alles auf, dann fällt es. Wie die Sonne.«

Ich fand unseren Schalter. Er war merkwürdigerweise breiter als ein normaler Schalter, dabei war er doch für die kleineren Flugzeuge zuständig. Wir checkten ein; die Frau fragte uns, ob wir Gepäck hätten; ich sagte, nein, nur diese kleine Tasche; ich nehme sie als Handgepäck mit. Wir wurden durch eine kleine Tür auf den Vorplatz gelassen und in einem merkwürdigen elektrischen Auto, so ähnlich wie die kleinen Fahrzeuge auf Golfplätzen, über den Flughafen zu einem Bereich gebracht, wo einige kleinere Flugzeuge aufgereiht standen. Wir stiegen aus, gingen ein paar Meter über den Asphalt und kletterten über einige Stufen in einen winzigen Privatjet. Eine Stewardess begrüßte uns an der Tür.

»Ist alles in Ordnung mit Ihrem Freund?«, fragte sie mich, als wir an ihr vorbeikamen.

»Oh, er hat einen Schock«, sagte ich. »Aber das hat er sich selbst zu verdanken. Alles in allem ist heute ein sehr glücklicher Tag.«

Das Cockpit befand sich keinen Meter vor unseren Sitzen. Es war von der Kabine durch eine kleine Tür getrennt, die einen Spalt offen stand. Als wir an der Tür vorbeikamen, drehte sich der Pilot halb zu uns um und sagte:

»Willkommen an Bord, Leute.«

Mir gefiel, wie er sich halb umdrehte, wie er den Oberkörper zur Seite schwenkte, ohne sich ganz umzudrehen. Und mir gefiel auch, wie er seinen Text sagte. Er sagte es genau so, wie man es von Piloten erwartet. Eines Tages würde ich von der ganzen Sache ein Nachspiel machen. Wir nahmen unsere Plätze ein. Die Stewardess sagte, wir seien schon startklar, aber ob wir etwas trinken wollten, sobald wir in der Luft wären? Sie hatte Wein, Spirituosen, Tee, Kaffee, Wasser …

»Kaffee!«, sagte ich. »Ich nehme noch einen Kaffee.«

Naz äußerte sich nicht. Er starrte nur vor sich hin, wie eine Statue. Die Stewardess bat ihn, sich anzuschnallen; als er nicht auf ihre Bitte reagierte, lehnte sie sich über ihn und schnallte ihn selbst an. Sie überprüfte auch meinen Gurt, schnappte nach Luft und stieß dann hervor:

»Oh! Sie haben an Ihrem Handgelenk Blut. Und im Gesicht auch ein bisschen. Ich bringe Ihnen ein Tuch.«

»Keine Sorge«, sagte ich und lächelte sie an. »Es ist alles in Ordnung. Ich nehme von dem Schlamassel ein bisschen was mit in die Luft. Das ist nur recht und billig.«

Sie lächelte ein wenig betreten zurück, ging zu ihrem Sitz und schnallte sich ebenfalls an. Wir rollten über den Platz; dann bogen wir ab, hielten an, bogen nochmals ab und beschleunigten auf der langen Startbahn; das Flugzeug bebte und hob ab. Wir stiegen in die Luft, legten uns in die Kurve, stiegen weiter, brachen durch ein vereinzeltes kleines Wolkenfeld und stabilisierten uns dann. Die Stewardess brachte Kaffee. Sie reichte ihn mir auf einem Tablett, genauso wie Matthew Youngers Sekretärin – aber in einer normalen Tasse, nicht diese dreiteilige Sorte. Ich schlürfte den Kaffee und schaute dann zu Naz. Er starrte immer noch vor sich hin – aber er schwitzte jetzt und murmelte leise unsinnige Halbworte. Armer Naz. Er wollte alles perfekt und ordentlich haben, wollte die Materie ordnen und ablegen, so dass kein Chaos entstehen konnte. Auch er musste etwas lernen: Es ist die Materie, die uns lebendig sein lässt – das Stocken, die Unterbrechungen im Bewegungsfluss, das Narbengewebe; Erkennungszeichen der allerersten Katastrophe der Welt und zugleich Schuldschein als Garantie für die allerletzte. Der Versuch, sie zu überwinden, geschieht auf eigenes Risiko. Naz hatte es versucht, und es war schiefgegangen. Ich versuchte herauszufinden, was er da murmelte. Es schienen irgendwelche Daten zu sein: Zahlen, Zeiten, Termine, Orte; sie alle gaben ihren Posten auf und drängten nach außen, mühten sich, aus ihm heraus zu gelangen; die Ratten verließen das sinkende Schiff.

Im Cockpit knackte das Funkgerät des Piloten. Es ließ mich an Annie und ihre Assistenten denken. Sie mussten in der vergangenen Stunde gestartet sein; vielleicht war ihr Flugzeug schon explodiert. Ich überlegte, ob es über Wasser oder über Land explodieren würde. Über Land würde vielleicht ein Trümmerteil auf jemanden fallen und mir einen Erben hinterlassen. Ich stellte mir vor, wie ein Team von Flugkatastrophenermittlern das Flugzeug mehrere Monate lang rekonstruierte, jedes Flugzeugrumpfkrümelchen aufsammelte und wie ein Puzzle zusammenfügte und die Positionen der Passagiere und des Gepäcks rekonstruierte – wer hatte wo gesessen, wessen Tasche hatte was enthalten und so weiter. Und in der Bank prüften bereits die Kriminaltechniker der Polizei alles auf Herz und Nieren, der Chefermittler gab ein Untersuchungsmuster vor, seine Untergebenen fertigten Skizzen an und sammelten Abdrücke, während Kriminalbeamte die Zeugen befragten und schließlich auch die beiden Bankräuber-Nachspieler, die irgendjemand in einer Flughafentoilette verrücktes Zeug stammelnd gefunden hatte. Sie gingen die ganze Episode wieder und wieder mit ihnen durch. Rekonstruktionen, überall. Ich schaute nach unten, auf die ineinandergreifenden, umsäumten Felder und hatte die Vision, dass die ganze Erdoberfläche abgesperrt war, abgeriegelt, in ein Raster eingeteilt, in dem sich selbst verdoppelnde Muster sich unendlich wiederholten.

Die Vision verblasste, als die Stewardess aus dem Cockpit auftauchte. Sie sah nicht gerade gut gelaunt aus.

»Der Tower bittet uns umzukehren«, sagte sie.

»Umkehren?«, wiederholte ich. Ich dachte eine Weile darüber nach, lächelte dann und sagte zu ihr: »Warum nicht. Das wäre vielleicht sogar ganz gut.«

Sie lächelte wieder betreten und sagte:

»Dann werde ich das dem Captain sagen. Dass Sie einverstanden sind.«

Damit verschwand sie im Cockpit. Einige Sekunden später legten wir uns in die Kurve und wendeten. Meine Kaffeetasse rutschte an den Rand des Tischchens; Kaffee schwappte über auf den Tisch. Wir richteten uns wieder gerade. Der Kaffee lief in einem kleinen Rinnsal zur Tischmitte zurück und auf meinen Ärmel zu. Ich nahm meine Hand nicht weg; ich wollte, dass das Hemd befleckt wurde. Das Rinnsal war teerig. Matthew Younger hatte sich entschuldigt und mir eine Serviette gereicht. *Aktienkurse fallen*, war die Schlagzeile gewesen. Fünf war gefallen, Vier war gefallen. Naz schwitzte und faselte. Ich rief nach der Stewardess.

»Eine Serviette?«, fragte sie und musterte den verschütteten Kaffee.

»Nicht deswegen«, sagte ich. »Es geht darum, dass ich möchte, dass wir wieder umkehren.«

»Wieder umkehren?«, wiederholte sie.

»Ja«, sagte ich. »Ich möchte, dass wir unseren ursprünglichen Kurs wieder aufnehmen.«

Sie drehte sich um und ging ins Cockpit zurück. Kurz danach legte sich das Flugzeug wieder in die Kurve, aber diesmal zur anderen Seite. Ich spürte, wie sich das Gewicht in der Kabine und in meinem Körper verlagerte und wie ich für einen Augenblick schwerelos war, ein Gefühl, als würde ich direkt über etwas gehalten. Der Kaffee auf der Tischplatte setzte sich wieder in Bewegung. Das Flugzeug wendete und richtete sich wieder gerade, zurück auf Kurs. Ich lächelte und schaute aus dem Fenster. Die Sonne stand tief am Horizont und ließ die wenigen Wolken am Himmel blau und rot und malvenfarben erglühen. Weiter oben hatten sich verbliebene Kondensstreifen blutig purpurrot gefärbt. Unseren Streifen würde man vom Boden aus sehen können: eine Acht, und dazu das erste Stück vom Anfang – verblasst, mittlerweile etwas abgedriftet, abgelegt, rezidual, ein Überbleibsel. Im Cockpit knackte wieder das Funkgerät. Der Pilot rief mir zu:

»Wir haben jetzt die *Anweisung* erhalten, umzukehren.«

»*Anweisung*!«, wiederholte ich. »Das ist ja toll.«

Wir wendeten und flogen zurück. Die Stewardess stand regungslos neben der Kabinentür und vermied, mich anzusehen. Nach ein paar Minuten rief ich dem Piloten zu:

»Ich möchte, dass Sie wieder umkehren.«

»Das können wir nicht«, rief er zurück. »Ich fürchte, die Anweisungen der Luftfahrtbehörde setzen Ihre außer Kraft.«

»Das ist sehr ärgerlich«, sagte ich. »Gibt es nicht irgendeine …«

Ich verstummte und überlegte, was zu tun sei. Mir gefiel dieses Hin und Zurück mitten in der Luft, der Kurvenflug erst in die eine, dann in die andere Richtung mit dem wieder Aufrichten dazwischen, das Gefühl der Schwerelosigkeit, in der Schwebe gehalten zu werden. Ich wollte nicht, dass das aufhörte. Ich schaute mich um – und hatte eine fantastische Idee.

»Sagen Sie denen, dass ich Sie entführe«, rief ich dem Piloten zu.

Ich griff in meine Tasche, zog die Schrotflinte heraus und klappte den Lauf aus. Die Stewardess kreischte. Naz tat nichts. Der Pilot schwenkte seinen Oberkörper wieder halb zur Seite, sah die auf das Cockpit gerichtete Waffe und schrie:

»Mein Gott! Wenn Sie schießen, sterben wir alle.«

»Keine Sorge«, sagte ich. »Keine Sorge. Ich werde uns nicht sterben lassen. Ich möchte nur, dass wir in dieser Sequenz bleiben.«

Das Funkgerät knackte noch mehr. Der Pilot sprach mit gedämpfter, eindringlicher Stimme und berichtete dem Tower, was vorgefallen war. Der Tower knisterte zurück; der Pilot drehte sich wieder halb zu mir und fragte:

»Wohin wollen Sie?«

»Wohin?«, sagte ich. »Nirgendwohin. Machen Sie einfach so weiter.«

»Womit weitermachen?«, fragte er.

»Umkehren, und dann wieder umkehren. Und dann wieder umkehren. So wie wir es gerade machen.«

Er sprach wieder in sein Funkgerät; es knisterte zurück; er drehte sich halb zu mir um und fragte:

»Sie wollen, dass wir weiter kreisen, hin und zurück, wie jetzt?«

»Ja genau«, sagte ich. »Machen Sie einfach weiter. Das gleiche Muster. Es ist alles in Ordnung.«

Ich schaute wieder aus dem Fenster. Ich war wirklich glücklich. Wir flogen durch eine kleine Wolke. Die Wolke, von innen betrachtet, war grobkörnig, wie verschüttete Erde oder Staubkörnchen in einem

Treppenhaus. Irgendwann würde die Sonne für immer untergehen – ausbrennen, *peng*, erlöschen – und das Universum würde auslaufen wie ein Fisher-Price-Spielzeug, dessen Feder sich vollkommen entspannt hatte. Dann gäbe es keine Musik mehr, keine Schleifen. Oder vielleicht würde uns vorher der Treibstoff ausgehen. Vorläufig aber kippten die Wolken nach unten weg und die Schwerelosigkeit setzte erneut ein, denn wir legten uns in die Kurve, wendeten und kehrten wieder zurück.

Mein Dank gilt Clémentine Deliss und Thomas Boutoux von Metronome Press, Paris, die Remainder *2005 erstmals veröffentlicht haben; außerdem Jonny Pegg von der Agentur Curtis Brown, London, für seine unermüdliche Unterstützung und Johnny Rich und Tarquin Edwards, die mir ausführlich über ihre (post-)traumatischen Erfahrungen berichtet haben.*

Angelika Meier
England. Roman

328 Seiten, Gebunden mit Schutzumschlag
ISBN 978-3-03734-104-9
€ 19,90 / CHF 24,90

Als Valentine von Master Jonathan Quale Higgins III. im Trinity College als neues Mitglied des Kollegiums empfangen wird, eilt ihr der Ruf einer bahnbrechenden wissenschaftlichen Entdeckung voraus: Sie hat einen bislang völlig unbekannten Denker aus dem 17. Jahrhundert ausgegraben und arbeitet nun an der Edition seiner Werke. Lange bleibt unklar, welche Rolle sie in Cambridge und seiner herzlich-elitären Welt zu spielen hat. Was ist ihr geheimer Auftrag? Wer ist auf ihrer Seite? Will man sie beschützen oder bloßstellen? Wer ist eigentlich hinter wem (oder hinter was) her? Was wird hier gespielt?
Schauplatz des Ganzen ist ein nostalgisch-(alp)traumhaftes Science-Fiction-Cambridge, in dem die Brunnen gähnen und die Kulissen knirschen, in dem sich Schauermärchenabgründe auftun und Ludwig Wittgenstein zwischen den Touristenhorden der Jetztzeit herumirrlichtert. Eine staffagenartige Wissenswelt, die inquisitorische Herzlichkeit des Patriarchats, Spionage und Maskerade, die komisch-fatale Verwobenheit von Arbeit und Liebe: All das ist viel zu viel für die enge Welt eines kleinen Kopfes, und der Ausweg liegt wohl in der Flucht nach vorn – oder im Schlaf.

Angelika Meier
Heimlich, heimlich mich vergiss

336 Seiten, Gebunden mit Schutzumschlag
ISBN 978-3-03734-184-1
€ 22,90 / CHF 28,90

Dr. Franz v. Stern, als Arzt selbstverständlich mit einer zusätzlichen Hirnrindenschicht und einem Mediator zwischen den Rippen ausgestattet, versagt als Referent in eigener Sache: Unfähig, den Eigenbericht zu schreiben, den seine Klinikleitung ihm abverlangt, erzählt der Arzt sich zurück in seine Vergangenheit. Eine »Ambulante« erscheint ihm als Wiedergängerin seiner Frau, und im vermeintlichen Wahngerede seiner Patienten sucht er nach dem Echo der eigenen Geschichte. Irrealer als die Gegenwart, dieses taghelle Delirium, kann das Erinnerte nicht sein, und so macht von Stern sich auf, seine verglaste Welt zu verlassen.
Angelika Meiers zweiter Roman spielt in einer Welt, in der »mangelnde Gesundheitseinsicht« ein tödlicher Befund ist: eine fröhlich-düstere Elegie auf uns fast vergangene Gegenwartsmenschen, uns sentimentale Selbstoptimierer. Wie schon »England« ist dies ein Roman, in dem nicht die Handlung die Sprache vor sich hertreibt, sondern eine ganze Welt aus der Sprache gesponnen wird.

International Necronautical Society
Simon Critchley, Tom McCarthy
Offizielle Mitteilungen

Aus dem Englischen von M. Grabinger, S. Koch,
A. Sommer, A. Stumpf, G. Werbeck
160 Seiten, Broschur
ISBN 978-3-03734-160-5
€ 12,00 / CHF 15,00

Fröhlich-parasitär nährt sich die International Necronautical Society von den verblichenen Avantgarde-Bewegungen des letzten Jahrhunderts, seien sie künstlerischer, kultureller oder politischer Natur. Ihre Manifeste, Berichte und Verlautbarungen, ihre Agententätigkeit, ihre Sitzungen, Nachrichtensendungen und Anhörungen werden seit 1999 penibel dokumentiert. Der Band versammelt eine Auswahl offizieller Mitteilungen der INS aus den Jahren 1999 bis 2010, die hier erstmals in deutscher Sprache zugänglich sind.

»Manchmal fragt man uns: Wie kann ich beitreten? Wie wird man ein Nekronaut? Falsche Frage. Wie Absatz 3, Zeilen fünf und sechs des Ersten Manifests der INS klar zum Ausdruck bringt, schamlos abkupfernd bei der ausgelaugten Sprache der Dekonstruktivisten: ›Wir sind alle Nekronauten, immer schon‹. Unser Auftrag ist die Verbreitung dieser Tatsache: nicht als begreifbares Wissen, sondern eher so, wie Molly Bloom ihrem Gatten den Mund mit Mohnkuchen füllt, diesen Moment dann wiederholt, mit einem stillen Ja.«